TOD DEM CLAN

Hannes Nygaard ist das Pseudonym von Rainer Dissars-Nygaard. 1949 in Hamburg geboren, hat er sein halbes Leben in Schleswig-Holstein verbracht. Er studierte Betriebswirtschaft und war viele Jahre als Unternehmensberater tätig. Hannes Nygaard lebt auf der Insel Nordstrand. www.hannes-nygaard.de

HANNES NYGAARD

TOD DEM CLAN

Niedersachsen Krimi

emons:

Bibliografische Information der Deutschen Nationalbibliothek
Die Deutsche Nationalbibliothek verzeichnet diese Publikation in der Deutschen Nationalbibliografie; detaillierte bibliografische Daten sind im Internet über http://dnb.d-nb.de abrufbar.

Umschlagmotiv: mauritius images/Radius Images
Umschlaggestaltung: Nina Schäfer, nach einem Konzept von Leonardo Magrelli und Nina Schäfer
Umsetzung: Tobias Doetsch
Gestaltung Innenteil: César Satz & Grafik GmbH, Köln
Lektorat: Dr. Marion Heister
Druck und Bindung: CPI – Clausen & Bosse, Leck
Printed in Germany 2018
ISBN 978-3-7408-0438-1
Niedersachsen Krimi
Originalausgabe

Dieses Werk wurde vermittelt durch die Agentur Editio Dialog, Dr. Michael Wenzel (www.editio-dialog.com).

Für Ariane, Leif und Janne Anders

EINS

In der kleinen Straße herrschte Ruhe. Sie wirkte in der Großstadt wie eine friedliche Oase. Nur der fließende Verkehr auf der nahen vierspurigen Bundesstraße ließ ein gleichmäßiges Rauschen vernehmen. Die Straßenlaternen spendeten ein milchiges Licht. Die Beleuchtung aus den Fenstern der Häuser reichte nicht bis auf die Straße. Früher mochten mehr blau flackernde Lichter angezeigt haben, dass die Menschen zu dieser Stunde vor den Fernsehern saßen. Heute gingen sie anderen Beschäftigungen nach, hatten die Fernseher gegen Computerbildschirme getauscht.

Es war ein diffuses Licht. Dazu trug auch der Dunstschleier bei, der mit dem leichten Nieselregen einherging. Ein nasskalter Wind fuhr durch die Straße, genug, um den Mann im Trenchcoat frösteln zu lassen. Er hatte den breitkrempigen Kentucky-Wollhut tief in die Stirn gezogen und den Mantelkragen hochgeschlagen. Das Gesicht lag im Schatten der Hutkrempe. Mit ein wenig Phantasie hätte man ihn für eine Philip-Marlowe-Kopie halten können. Er wendete den Kopf nach rechts, als ein Auto von der Hauptstraße abbog und langsam durch das ruhige Wohngebiet fuhr. Der Mann drückte sich in den Schatten eines Hauseingangs und hoffte, dass die Fahrzeuginsassen ihn nicht bemerkten. Dann glitt sein Blick wieder suchend an der Fassade des gegenüberliegenden Hauses empor. Aus seiner Perspektive konnte er nur Schatten erkennen, die an der Zimmerdecke entlanghuschten. Nur selten tauchte eine Gestalt kurz am Fenster auf, um sich sofort wieder abzuwenden.

Der stille Beobachter warf einen Blick die Straße hinauf, dann zur anderen Seite hinunter. Er wollte nicht gesehen werden. Vor einer Viertelstunde war ein älterer Mann vorbeigekommen. Er hatte einen Hund an der Leine geführt und missmutig dreingeblickt. Obwohl er sich ganz in die Hausecke gezwängt hatte, war er dem Hundebesitzer nicht verborgen geblieben. Er hatte seinen Schritt verlangsamt, gestutzt und ihn anhaltend gemustert. Zunächst schien es, als würde er ihn ansprechen und fragen wollen, was er an einem dunklen Abend in dieser Straße suchen würde. Doch dann war er weitergegangen und hatte sich immer wieder nach ihm umgesehen. Ihm war keine andere Wahl geblieben, als seinen Standort zu verlassen und zur Hauptstraße zu gehen. Dort hatte er fünf Minuten gewartet und war dann auf seinen Beobachtungsposten zurückgekehrt.

Etwas später war seine Lage noch brenzliger geworden. Zwei Gestalten waren aus der Wohnung auf den Balkon herausgetreten und hatten geraucht. Sie waren in ein lebhaftes Gespräch vertieft. Dabei hatten sie sich auf dem Balkongeländer abgestützt und die Asche ihrer Zigarette weggeschnippt, bis sie schließlich die glühenden Kippen in die Tiefe fallen ließen. Ihre Köpfe waren mehrfach in seine Richtung gewandert. Zum Glück war er unentdeckt geblieben.

Trotz Trenchcoat und Filzhut fror er. Seit anderthalb Stunden stand er hier und wartete. Er erschrak kurz, als ihn die Turmuhr der nahen Paulikirche aus seiner stillen Konzentration riss. Er zählte mit. Neun Mal schlug die Glocke an.

Um sich abzulenken, sah er auf die Autos, die im Winkel von neunzig Grad in Reih und Glied parkten. Er war ein wenig erstaunt, dass hier, in einem zentrumsnahen Wohngebiet, kaum Autos fuhren. Passanten waren bei diesem Wetter nicht unterwegs.

Er gähnte und rieb sich über die Augen. Ein heißer Kaffee. Der würde ihm guttun. Nach weiteren zehn Minuten nahmen die kontinuierlich an der Zimmerdecke hin und her huschenden Schatten zu. Es schien in der Wohnung lebhafter zu werden. Dann erlosch das Licht.

Seine Anspannung wuchs. Er drückte sich noch weiter in den Hauseingang. Die Altbauhäuser mit den sehenswerten Fassaden standen nicht in Reihe. Zwischen ihnen gab es Durchgänge zu den Eingängen, die sich nicht an der Frontseite befanden.

In einem Durchgang tauchten jetzt zwei Männer auf. Beide rauchten. Der Regen schien sie auf dem kurzen Weg zu dem Audi A8, der ein Stück weiter geparkt war, nicht zu stören. Beide trugen schwarze Lederjacken. Fast synchron zogen sie an ihren Zigaretten. Die Glut flammte auf. Sie bogen auf dem Gehweg nach links Richtung Kirche ab.

Der Mann kroch förmlich in seine Hausecke. Seine Hände gruben sich tief in die Taschen seines Trenchcoats. Als die Männer zwischen zwei parkenden Fahrzeugen hindurch ihren Wagen ansteuerten, huschte er aus seinem Versteck.

Dann knallte es zwei Mal hintereinander. Es war ein kurzes, trockenes Aufbellen einer Pistole. Die Abstände waren so kurz, dass die beiden Raucher keine Chance hatten, zu reagieren. Der erste stolperte nach vorn und schlug der Länge nach hin. Der zweite hatte sich instinktiv umdrehen wollen. Das alles geschah in Bruchteilen von Sekunden. Das Geschoss in seinem Rücken ließ ihn straucheln. Er streckte die Arme vor, suchte Halt an einem Auto und rutschte dann an dessen Seitenfront herab. Es entstand eine kurze Pause von fünf oder sechs Sekunden. Dann durchdrang der nächste Schuss die Ruhe der stillen Straße. Nach mehreren Atemzügen folgte der vierte Schuss.

Der Mann sah noch einmal auf das Geschehen. Dann beeilte er sich, im Schatten der Häuser den Tatort zu verlassen.

ZWEI

»Bitte, nehmen Sie Platz.«

Kriminaloberrat Michael Ehlers war hinter seinem Schreibtisch hervorgekommen und reichte ihr die Hand. Der Dezernatsleiter der Zentralstelle für Organisierte Kriminalität trug zum offenen mittelblauen Hemd ein Sakko. Auf die Krawatte hatte er verzichtet. Er musterte seine Mitarbeiterin durch die Gläser der randlosen Brille. Dann nahm er wieder Platz. Der Kriminaloberrat war schlank. Bis auf den millimeterkurz geschorenen Haarkranz trug er eine Glatze.

Frauke Dobermann setzte sich ihm gegenüber.

»Braunschweig«, sagte Ehlers kurz. »Was wissen wir?«

Die Erste Kriminalhauptkommissarin schlug die Beine übereinander. »Viel und nichts«, antwortete sie.

Ehlers zog eine Augenbraue in die Höhe, griff zu einem Kugelschreiber und drehte ihn zwischen den Fingern in der rechten Hand. »Geht es etwas ausführlicher?«

»Ich erhielt gestern einen Anruf auf meinem Mobiltelefon. Nach Feierabend.«

»Von wem?«

»Anonym.«

»Wieso?«

Sie räusperte sich. »Anonyme Anrufe haben die Eigenschaft, dass sie die Identität des anderen Teilnehmers nicht preisgeben.« In ihrer Stimme klang eine Spur Ironie mit. »Ich habe die Nachricht erst heute Morgen abgehört.« Sie fingerte ihr Handy aus der Tasche ihrer Jeans und spielte die Meldung ab.

»Hallo. Hier in Braunschweig, im Östlichen Ringgebiet, genau in der Roonstraße, sind eben zwei Männer erschossen worden.«

»Das ist alles?«, fragte Ehlers enttäuscht.

Frauke nickte. »Leider fehlen die Namen des Täters und der

Opfer. Hätte der Anrufer sich bei uns gemeldet, hätten wir ihn identifizieren können. Zum Glück wissen die Leute da draußen nicht, dass die Rufnummernunterdrückung bei Polizei und Rettungsdienst nicht wirkt.«

»Sie haben keine Idee, wer der Anrufer war?«

Frauke schüttelte den Kopf.

»Was haben Sie inzwischen herausgefunden?«

»Die Braunschweiger Polizei ist von Anwohnern informiert worden. Das war sieben Minuten nach einundzwanzig Uhr. Eine Minute vorher hat der Anrufer auf meine Mobilbox gesprochen. Die Kollegen sind mit mehreren Streifenwagen ausgerückt. Gleichzeitig traf der Notarzt am Tatort ein. Der konnte nur noch den Tod der beiden Männer feststellen. Es handelt sich um Corneliu Andreescu, einunddreißig, und seinen Cousin Nicolae Andreescu, siebenundzwanzig.«

»Andreescu?«, unterbrach Ehlers die Leiterin der Ermittlungsgruppe Organisierte Kriminalität.

Frauke nickte. »Der Sohn von George Andreescu.«

Ehlers lehnte sich zurück und legte die sorgsam manikürten Fingerspitzen zu einem Dach gegeneinander. »Verdammt. Ausgerechnet der.«

Frauke nickte nachdenklich. »Andreescu ist für uns kein Unbekannter. Es gab schon mehrere Ermittlungsverfahren gegen ihn. Die sind alle im Sande verlaufen. Wir sind uns ziemlich sicher, dass er seine Finger in einer Reihe schmutziger Geschäfte hat. Im Geschäftsleben würde man sagen, er hat die Diversifikation erfolgreich betrieben. Den Grundstock für sein Imperium hat er klassisch mit Prostitution und Schutzgelderpressung gelegt. Seit ein paar Jahren betätigt er sich als Unternehmer. Und das gleich in mehreren Branchen. Bau. Reinigungsgewerbe. Fleisch. Spedition.«

»Bereiche, in denen häufig Mitarbeiter ausgebeutet werden.«

»Der Zoll hat ihn und seine Unternehmen im Visier. Schwarzarbeit und illegale Beschäftigung. Andreescu ist ein Fuchs. Und er hat exzellente Berater, die alle rechtlichen

Schlupflöcher ausnutzen. Die spielen mit den Möglichkeiten, die ihnen das EU-Recht bietet. Es ist keine neue Idee, dass die Beschäftigten in seinen Unternehmen von rumänischen Subunternehmern kommen.«

»Und sein Sohn – der jetzt erschossen wurde?«

»George Andreescu ist das Oberhaupt einer weitverzweigten Familie.«

»Das erinnert ein wenig an die Mafiastrukturen.«

Frauke schob ihre Brille mit dem Zeigefinger auf der etwas zu spitzen Nase hoch. Dann bewegte sie den Kopf mit den nackenlangen mahagonirot gefärbten Haaren.

»Bei denen wusste man, dass es Kriminelle sind. Hier haben wir es mit gefährlichen Weiße-Kragen-Verbrechern zu tun. Die haben sich Strukturen geschaffen, die wir nur schwer entschlüsseln können.«

Ehlers verschränkte die Hände im Nacken und reckte sich. »Bei uns gibt es keine rechtsfreien Räume.«

»Wir müssen den Tätern aber ihre Taten nachweisen. Gerichtsfest. Auf den ersten Blick sieht es so aus, als hätte jemand das Gesetz in die eigene Hand genommen und die Familie Andreescu für etwas abgestraft.«

»Ein Konkurrent?«, mutmaßte Ehlers.

Frauke zuckte mit den Schultern. »Eventuell. Es könnte aber auch jemand sein, den die Andreescu-Sippe ausgebeutet und betrogen hat.«

»Hoffentlich ist das nicht der Auftakt zu einer Auseinandersetzung unter rivalisierenden Gruppen«, stöhnte Ehlers.

»Wir haben die Vermutung, dass Libanesen in dieses Geschäftssegment einsteigen wollen. Während Andreescu die Leute über Subunternehmen rekrutiert, scheinen die Libanesen einen anderen Weg zu gehen. Sie beschäftigen Illegale, hauptsächlich Migranten.«

»Die dürfen nicht arbeiten«, stellte Ehlers fest.

Frauke lachte auf. »Wir haben auch Gesetze, die es verbieten, Menschen zu erschießen.«

Ehlers senkte nachdenklich den Kopf. »Sie sollten sich der Sache annehmen«, sagte er.

Erneut lachte Frauke. »Mit meiner ganzen Ermittlungsgruppe? Alle drei?«

Seit Kriminalhauptmeister Jakob Putensenf im vergangenen Jahr pensioniert worden war, bestand ihre Gruppe nur noch aus drei Ermittlern. Sie eingeschlossen.

Der Kriminaloberrat legte seinen Zeigefinger an die Nasenspitze. »Sie wissen um die knappen Personalressourcen. Die Politik wird nicht müde, zu verkünden, dass für die Polizei und die Justiz neue Stellen geschaffen werden sollen. Allein an der Umsetzung hapert es.«

»Ist es Ihr Versuch, mir zu verkünden, dass wir keine Verstärkung bekommen?«

Ehlers fuhr mit der Hand durch die Luft. »So ist das nicht. Ich habe mich für Sie eingesetzt. Schon heute erhalten Sie Unterstützung.«

»Heute?«, fragte Frauke überrascht. »Das bedeutet, der neue Mitarbeiter steht schon fest.« Sie schüttelte energisch den Kopf. »Meine Gruppe ist mit ganz speziellen Aufgaben betraut. An die Mitarbeiter werden besondere Anforderungen gestellt. Den neuen Kollegen würde ich mir gern selbst aussuchen. Ich gehe davon aus, dass man mir eine repräsentative Auswahl vorlegt.«

Ehlers nagte an der Unterlippe. »Sie haben ein gesundes Selbstbewusstsein. Aber so funktioniert das nicht, Frau Dobermann. Die Beamten werden einem Dienstposten zugewiesen, wenn die Führung von deren Qualifikation überzeugt ist.«

»Und Sie haben jemanden für mich auserkoren?«

Ihr Vorgesetzter wiegte den Kopf.

»Schön«, sagte Frauke. »Es ist also auch über Ihren Kopf hinweg entschieden worden. Mir schwant Böses. Hat man jemanden abgeschoben und will ihn bei mir zwischenparken?«

»Um Gottes willen«, protestierte Ehlers. »Ich bin davon überzeugt, man hat bei der Wahl die besonderen Anforderungen Ihrer Ermittlungsgruppe berücksichtigt. Man weiß in den oberen Etagen um das spezielle Profil. Ich bin überzeugt, dass …«

Frauke schnitt ihm mit einer Handbewegung das Wort ab. »Sparen Sie sich lange Erklärungsversuche. Wie heißt der Kollege? Kenne ich ihn?«

Der Kriminaloberrat räusperte sich. »Es ist kein *Er*.«

Sie sah ihren Vorgesetzten fast entsetzt an. »Eine *Frau*?«

»Ich verstehe nicht …«, stammelte Ehlers. »Sie geben sich doch selbst sehr emanzipiert. Überall wird gefordert, dass Frauen gefördert werden sollen. Allerorten wird nach einer Frauenquote verlangt. Die wäre in Ihrer Gruppe nun erfüllt.«

»Im Prinzip ist das richtig, aber nicht in unserem Fall. Wir beschäftigen uns mit der organisierten Kriminalität. Da kann eine Frau nicht viel ausrichten.«

Ehlers spitzte die Lippen. »Soooo?«

»Das ist … Das ist …« Frauke ärgerte sich über sich selbst, weil ihr keine passende Antwort einfiel.

»Haben Sie die Haltung unseres pensionierten Jakob Putensenf übernommen? Der hat ständig dafür plädiert, dass Frauen bei der Polizei Kaffee kochen sollen.«

»Ihre Argumentation ist unsachlich«, erwiderte sie pikiert und war froh, dass Ehlers nicht darauf einging. »Wer ist es? Kenne ich das zarte Persönchen?«

Ehlers lachte befreit auf. »Ich weiß nicht. Sie kommt von der Sitte.«

Frauke wandte sich halb zur Seite. »Was soll ich mit so einer anfangen? Die hat eine spezielle Ausbildung darin, wie sie gestörte Missbrauchsopfer einfühlsam verhört.«

Ehlers griff zum Telefonhörer und bat die Sekretärin, die neue Kollegin hereinzuschicken. Kurz darauf öffnete sich die Tür, und Frauke verschlug es den Atem. Die Frau füllte fast den ganzen Türrahmen aus. Sie musste zwischen einen Meter achtzig und einen Meter neunzig groß sein und wog bestimmt hundert Kilo. Zum massiven Gesamteindruck trug sicher auch die mächtige Oberweite bei. Das volle runde Gesicht mit der

Knollennase wurde durch kurze rote Haare ergänzt. Sie steuerte auf Frauke zu und reichte ihr die Hand. Hand? Es waren Pranken.

»Hey. Boss.«

Frauke war für einen kurzen Moment sprachlos. Sie ignorierte die dargebotene Hand.

»Eine solche Tonart ist bei uns nicht üblich. Ich bin für Sie Frau Dobermann. Ist das klar?«, sagte sie schroff.

Die Neue stockte. »Ähh«, sagte sie irritiert.

Ehlers hüstelte. »Ich glaube, da liegt ein Irrtum vor.« Er zeigte auf die Neue. »Sie heißt Boss. Kommissarin Beate Boss.«

Frauke musterte die neue Kollegin abschätzend. Es war ein unfreundlicher Blick. Sie mochte die Frau nicht. Beschloss sie.

»Kommissarin? Wie alt?«

»Zweiunddreißig?«

»Und warum will man Sie bei der Sitte loswerden?«

»Ich schlage vor, Sie nehmen Frau Boss mit und stellen sie den Kollegen Ihrer Ermittlungsgruppe vor«, sagte Ehlers mild tadelnd. »Auf gute Zusammenarbeit.«

Frauke stand auf und gab einen Knurrlaut von sich. Dann verließ sie wortlos das Büro des Kriminaloberrats. Sie achtete nicht darauf, ob die Neue ihr folgte. Sie war immer noch wütend, als sie die Tür zum Büro ihrer Mitarbeiter aufriss.

Die beiden sahen auf. »Das sind meine Mitarbeiter«, erklärte Frauke mit einem Fingerzeig. Dann wies sie auf Beate Boss. »Die haben wir für Putensenf geerbt. Unfreiwillig«, setzte sie bissig hinzu.

Der schwergewichtige Hauptkommissar in der dezenten braunen Kombination, bei der auch die Krawatte nicht fehlte, stand auf und streckte Beate Boss die Hand entgegen.

»Nathan Madsack«, stellte er sich vor. »Nicht verwandt und nicht verschwägert«, ergänzte er, um kundzutun, dass es keine Beziehung zur Familie des hannoverschen Medienkonzerns gab.

Sie ergriff seine Hand. »Boss.«

»Nein«, erwiderte Madsack und zeigte auf Frauke. »Das ist die Chefin.«

»Beate Boss. So heiße ich.«

»Ach so. Herzlich willkommen im Team«, begrüßte er sie freundlich.

Auch der Zweite war aufgestanden und gab ihr die Hand.

»Thomas Schwarczer, Kommissar«, stellte er sich vor. Schwarczer war ungefähr gleich groß, hatte aber eine sportlich-muskulöse Figur. Das tailliert anliegende T-Shirt zeichnete jeden Muskel seines Sixpack-Bauches nach. Die Brustmuskeln spielten mit dem Stoff. Wenn man Schwarczer als markante Erscheinung bezeichnen wollte, lag das aber an seinem Kopf. Das bartlose längliche Gesicht war durch einen schmalen Mund und eine schmale Nase gekennzeichnet. Über den hohen Wangenknochen saßen zwei grün-graue Augen, die mit einem fast stechenden Blick die Neue musterten. Im linken Ohrläppchen baumelte ein goldener Ring. Am meisten beeindruckte aber der kahl geschorene Schädel. Seine Lederjacke hing über der Stuhllehne.

Beate Boss hielt seinem Blick stand. Nach einem langen Händedruck, es schien, als würde sie seine Hand gar nicht wieder freigeben wollen, wich sie einen Schritt zurück und ließ ihren Blick an Schwarczer vom Kopf bis zu den Schuhen abwärtswandern. Für einen zu langen Augenblick – so empfand es Frauke – ließ sie ihre Augen an der Stelle verweilen, an der sich Schwarczers Männlichkeit abzeichnete.

»Das ist ein freier Schreibtisch«, sagte Frauke. »Da hat Putensenf gesessen. Organisieren Sie Ihren Einzug selbst.« Mehr zu sich selbst ergänzte sie: »Wird ohnehin nur vorübergehend sein.« Zu allen sagte sie: »Wir haben einen neuen Fall. In zwei Minuten bei mir.« Dann verschwand sie in ihrem Büro.

Madsack und Schwarczer waren pünktlich, Beate Boss erschien mit fünf Minuten Verspätung. Von ihr ging Zigarettenrauch aus.

»Wenn ich von zwei Minuten spreche, nehmen Sie es wörtlich«, blaffte Frauke sie an.

Boss sah sich um. Madsack, der es sich auf einem der beiden Besucherstühle vor Fraukes Schreibtisch bequem gemacht hatte, sprang in die Höhe.

»Bleiben Sie sitzen«, sagte Frauke schroff. »Wir reden ständig von der Emanzipation. Das ist keine Einbahnstraße. Wer zu spät kommt, steht.«

»Zwei Minuten ...«, protestierte Boss. »Ich muss die Treppe runter, vor die Tür, rauchen und wieder zurück. Wie soll ich das in zwei Min...«

»Dann lassen Sie es.«

Frauke schilderte kurz das, was Ehlers ihr berichtet hatte. Dann zeigte sie auf Madsack.

»Andreescu«, begann der Hautkommissar und bewies, wie gut er informiert war, »hat sich als Unternehmer erfolgreich etabliert, obwohl seine Wurzeln eindeutig im kriminellen Umfeld waren. Er lebt seit etwa vierzig Jahren in Deutschland, zunächst in Frankfurt. Dort hat er als Zuhälter begonnen, sich durch ausgesprochene Brutalität ein kleines Reich geschaffen. Die hessischen Kollegen haben mehrfach gegen ihn ermittelt. Schutzgelderpressung, Prostitution, Menschenschmuggel, weil er Illegale in seinen Bordellen hielt. Als in Frankfurt ein Bandenkrieg drohte, hat er sich in die Provinz zurückgezogen.«

»Wohin?«, unterbrach ihn Boss.

»Braunschweig«, sagte Madsack.

»Braunschweig ist doch keine Provinz«, protestierte Boss, wurde von Frauke aber rüde abgewürgt.

»Ruhe! Lassen Sie Madsack berichten.«

»Ist nicht schlimm«, versuchte der Hauptkommissar zu besänftigen. »Frau Boss kennt unsere ...«

»Madsack! Bleiben Sie beim Thema«, wies ihn Frauke an.

Der Hauptkommissar schluckte. Dann fuhr er fort: »Er stammt ursprünglich aus Braşov, das wir Kronstadt nennen. Es liegt in Siebenbürgen. Trotzdem ist Andreescu kein Siebenbürger Sachse, hat also keine volksdeutschen Vorfahren.«

»Wie konnte er sich vor vierzig Jahren in Deutschland niederlassen?«

»Das kann ich nicht sagen«, erwiderte Madsack. »Aber er hat einen Weg gefunden. Mitte der neunzehnhundertneunziger Jahre hat er die deutsche Staatsbürgerschaft erworben. Er ist zum dritten Mal verheiratet und hat zwei Söhne. Corneliu, der gestern in Braunschweig ermordet wurde, und der ältere Simion. Das zweite Mordopfer, Nicolae, ist der Sohn von Arsenie Andreescu, vierundsechzig. Das ist der Bruder von George Andreescu. Er mischt munter im Familienclan mit.«

»Weshalb ist es noch nie gelungen, jemandem aus der Sippe etwas nachzuweisen?«, unterbrach ihn Frauke, die sich in ihrem Stuhl zurückgelehnt hatte und mit einem Kugelschreiber spielte, dessen Spitze sie sich jetzt an die Nase hielt.

»Die geschäftlichen Interessen sind verschachtelt. Andreescu kann sich gute Berater leisten. Manche Steuerberater oder Anwälte verstehen sich nicht als Wahrer des Rechts, sondern sehen es als eine Herausforderung an, Lücken zu finden, die sie für die Interessen ihrer Mandanten ausnutzen.«

Frauke winkte ab. »Cum-Ex-Geschäfte, ›Paradise Papers‹ und so weiter.«

»Ob Andreescu auch hierbei mitspielt, weiß ich nicht. Mein Vortrag gründet sich auf das Studium der Akten und das, was ich im Internet recherchieren konnte.«

»Ich verstehe eines nicht«, mischte sich Boss ein. »Der Mord fand gestern Abend statt, ja? Und Dobermann …«

»Für Sie Frau Dobermann, damit das klar ist«, fuhr Frauke sie wütend an.

»Sie haben erst vorhin von der Tat gehört«, setzte Boss ihren Einwand unbeirrt fort. »Wie kommt es, dass Sie so schnell zur Person Andreescu recherchiert haben?«

Madsack hüstelte. »Das hat nichts mit den gestrigen Morden zu tun. Wir haben schon lange den Verdacht, dass der Andreescu-Clan auf zweifelhaften Pfaden wandelt.«

»Was werfen Sie ihm vor?«

»Na ja«, druckste der Hauptkommissar herum. »Nichts Konkretes.«

»Ein merkwürdiger Ansatz«, befand Boss.

»Wir sind davon überzeugt, dass Andreescu kriminell ist. Es ist unsere Aufgabe, gerichtsfeste Beweise dafür zu erbringen«, sagte Frauke.

»Hmh. Es muss doch einen Anhaltspunkt geben.« Boss gab sich nicht mit der Auskunft zufrieden.

Frauke ging nicht darauf ein.

»Weiter.« Das galt Madsack.

»In Braunschweig hat Andreescu sich auf nach außen saubere Geschäfte ausgerichtet. Er hat mit einem Reinigungsdienstleister begonnen. Heute ist er fast ein Monopolist auf diesem Gebiet, wenn man von einigen kleineren Betrieben absieht.«

»Dann betreut er auch große Objekte?«, wollte Boss wissen.

»Ja.«

Madsack warf Frauke einen fragenden Blick zu und war erleichtert, als sie unmerklich nickte.

»Sind darunter auch öffentliche Aufträge?«, hakte Boss nach.

»Leider«, mischte sich Frauke ein. »Schulen, Stadtverwaltung, Behörden. Sogar die Polizei lässt durch Andreescu ihre Büros reinigen.«

»Und wer hat das veranlasst? Irgendjemand muss dafür verantwortlich sein.«

»Der Markt. Genau genommen die Brüsseler Bürokraten. Große Aufträge müssen ausgeschrieben werden.«

Boss bewegte nachdenklich den Kopf. »Und Andreescu hat das günstigste Angebot abgegeben«, riet sie.

»So ist es«, bestätigte Madsack. »In nahezu allen Fällen.«

»Entweder hat er jemanden bestochen, der ihn über die anderen Angebote in Kenntnis gesetzt hat, oder er ist einfach billiger.«

»Ob Korruption im Spiel ist … Wir wissen es nicht«, sagte Madsack. »Jedenfalls werden Andreescus Leute lausig bezahlt.«

»Es gibt den Mindestlohn.« Boss streckte ihre Oberweite nach vorn.

»Den Andreescu anders interpretiert. Er zahlt nachweislich den Mindestlohn. Was meinen Sie, wie oft der Zoll bei ihm auf der Matte steht. Auch die Arbeitszeitdokumentation ist vordergründig in Ordnung. Niemand wagt, laut zu behaupten, dass die Stunde für Andreescus Arbeitssklaven aber neunzig Minuten hat. Oder mehr«, erklärte Frauke.

»Es muss doch jemand zu finden sein, der auspackt«, sagte Boss zweifelnd.

»Im harmlosen Fall verlieren die Leute ihren Job und müssen wieder nach Rumänien zurück, abgesehen von den Illegalen, für die es sowieso keine Beschwerdeinstanz gibt. Und wer doch den Mund aufmacht, wird zum Schweigen gebracht. Zu Hause. In Rumänien«, sagte Madsack.

»Das kann doch alles nicht wahr sein.« Boss sah in die Runde.

»Leider doch. Amtshilfe in Rumänien … Fehlanzeige. Korruption ist dort Alltag. Sie findet auf allen Ebenen des Landes statt und ist ein strukturelles Massenphänomen. Die EU nennt es ›Kultur der Korruption‹. Die öffentlichen Bediensteten sind unterbezahlt. Ihnen fehlt zudem jedes Unrechtsbewusstsein, wenn sie den Blick auf die Selbstbedienungsmentalität der wirtschaftlichen und politischen Eliten richten«, erklärte Frauke. »Verstehen Sie nun, weshalb wir Andreescu auf die Finger sehen wollen?«

Boss nickte versonnen.

»Nachdem Andreescu mit seinen Reinigungsunternehmen Erfahrung im Umgang mit billigem Personal gemacht hat, hat er das Geschäftsmodell auf andere Branchen übertragen. Er beschäftigt zahlreiche Leute im Bau, auf Schlachthöfen, betreibt Speditionen und vieles mehr. Das Grundprinzip ist immer das gleiche: Er beutet die Menschen aus, die er über ein geschickt gestricktes Netz von Subunternehmen in Rumänien rekrutiert und hier für teures Geld an einheimische Unternehmen verleiht«, schloss Madsack seine Erklärungen.

»Und nun hat sich jemand gewehrt und zwei Familienmitglieder erschossen«, meinte Boss.

»Das ist eine von vielen Optionen«, schränkte Frauke ein. »Es könnte sich auch um eine Familienfehde handeln. Wir kennen es als Blutrache, die in der ’Ndrangheta, aber auch in zahlreichen anderen Mafiastrukturen immer noch gehandhabt wird. Gut. Wir haben uns nun einen Überblick verschafft. In der Theorie. Fahren wir nach Braunschweig und eruieren wir die Lage vor Ort.«

Madsack beschaffte ein Auto von der Fahrbereitschaft. Der Mercedes A160 ist ein grundsolides Fortbewegungsmittel, wenn man in ihm nicht vier Erwachsene, darunter zwei Schwergewichte, unterbringen muss. Frauke hatte angewiesen, dass sich Schwarczer ans Lenkrad setzen sollte. Sie nahm den Beifahrersitz ein, während sich Madsack und Boss auf die Rückbank quälen mussten. Frauke spürte, dass Beate Boss Probleme hatte, ihre langen Beine im Fond unterzubringen. Die Knie drückten durch die Rückenlehne hindurch. Vielleicht hätte sie ihren eigenen Sitz noch ein wenig nach vorn schieben können. Sie fühlte sich aber nicht für Körpergröße und -umfang Dritter verantwortlich. Aus den Augenwinkeln hatte sie registriert, dass Madsack sich nur mit viel Mühe auf seinen Platz zwängen konnte.

Der Zentrale Kriminaldienst der Polizeiinspektion Braunschweig befand sich im großen Polizeiareal im östlichen Stadtteil Gliesmarode. Auf den ersten Blick wirkte das Gelände fast wie eine Kaserne. Das galt auch für die strenge Eingangskontrolle. Schwarczer musste seinen Dienstausweis zeigen und versichern, dass die anderen Insassen auch Polizisten waren.

»Was will das LKA bei uns?«, fragte der ältere Polizist am Eingang. Es war rhetorisch. Eine Antwort erwartete er nicht. Dafür erklärte er ihnen, wo sich die gesuchte Dienststelle befand. Auf dem von Gebäuden umringten Innenhof fanden sie einen Parkplatz. Wenig später klopften sie an die Bürotür mit dem Namensschild »Bitter – KHK«.

»Fabian Bitter«, stellte sich der sportliche, fast hager wirkende Enddreißiger – so schätzte Frauke ihn ein – mit dem schütteren blonden Haar und dem gepflegten Dreitagebart vor und zeigte sich über das »massive Aufgebot des LKA« überrascht.

Bitter bestätigte, Leiter des Fachkommissariats 1 zu sein.

»Weshalb interessiert sich Hannover für diesen Fall?«, wollte er wissen, nachdem er die Besucher in einen Besprechungsraum geführt hatte.

»Wir sind von der Ermittlungsgruppe Organisierte Kriminalität«, erwiderte Frauke.

Bitter streckte den Arm aus und zeigte auf eine Wand. »Da sitzen die Kollegen von der hiesigen Polizeidirektion, die dieses Deliktfeld bearbeiten. Wir stimmen uns mit denen ab.«

»Wir bündeln die Kräfte«, wiegelte Frauke den Einwand ab. »Welche Erkenntnisse liegen bisher vor? Wir wissen, wer die Opfer sind. Uns ist auch der Hintergrund bekannt.«

Bitter berichtete, dass die Morde vor der Wohnung Arsenie Andreescus in der Roonstraße geschehen waren. »Die beiden Männer wurden beim Verlassen des Hauses erschossen. Der Täter …«

»Wieso einer?«, unterbrach ihn Frauke.

»Warten Sie. Ich werde unsere Vermutung gleich erläutern. Der Täter hat offenbar eine ganze Weile auf die beiden Cousins gewartet. Als sie auf die Straße traten und zu ihrem Auto …«

»Jeder zu seinem eigenen?«, wurde er erneut von Frauke gestört.

»Sie waren gemeinsam mit dem Audi A8 Corneliu Andreescus gekommen. Genau genommen ist das Fahrzeug auf BS Inter Personal Service zugelassen. ›BS‹ steht hier für Braunschweig. Corneliu ist einer der Geschäftsführer. Die beiden Männer kamen aus dem Haus und überquerten die Straße, als der Täter von hinten an sie herantrat und jeden mit einem Schuss niederstreckte. Das war aber vermutlich nicht tödlich. Der Mörder ist in aller Ruhe zu den am Boden Liegenden gegangen und hat sie nacheinander durch einen aufgesetzten Kopfschuss regelrecht hingerichtet.«

»Das sieht nach einem Profi aus«, warf Frauke ein.

Bitter nickte zustimmend. »Das sehe ich auch so.« Er sah auf die Armbanduhr. »Uns liegen noch keine Ergebnisse hinsichtlich der verwendeten Waffe vor. Die Rechtsmedizin wird die geborgenen Geschosse, die nach ersten Erkenntnissen alle im Körper stecken geblieben sind, an den Schusswaffenerkennungsdienst des KTI weitergeben.«

»Das Kriminaltechnische Institut ist bei uns im Hause«, sagte Frauke mehr zu sich selbst und sah Madsack an. »Sie kümmern sich darum.«

Der Hauptkommissar nickte.

»Weshalb gehen Sie von nur einem Täter aus?«

»Es gibt einen Zeugen.«

»Jemand hat die Tat beobachtet?«

»Nicht direkt. Nachdem mehrere Anrufe bei der Leitstelle eingetroffen waren, wurden Streifenwagen zum Einsatzort geschickt. Die Kollegen haben uns informiert. Naturgemäß haben sich viele Schaulustige eingefunden. Unter ihnen hat sich ein Mann, er heißt Albert Riedel, bei uns gemeldet. Riedel war mit seinem Hund Gassi gehen. Er wohnt in der Heinrichstraße, die parallel zur Roonstraße verläuft. Sein Weg führt ihn normalerweise einmal um den Häuserblock. Dabei passiert er auch die Wohnung von Andreescu. Gestern war es regnerisch. Deshalb war kaum jemand auf der Straße unterwegs. Riedel ist ein Mann aufgefallen, der sich gegenüber Andreescus Wohnung in einen Hauseingang gezwängt hatte. Ihm kam es merkwürdig vor. Deshalb ist er in der Dörnbergstraße umgekehrt und noch einmal zurückgegangen. Aber da war der Mann verschwunden.«

»Gibt es eine Beschreibung?«

»Nur sehr vage. Der Unbekannte trug einen ›Detektivmantel‹, so hatte sich Riedel ausgedrückt. Er meinte damit einen Trenchcoat. Dunkel. Vom Gesicht war nichts zu erkennen gewesen. Das lag im Schatten eines breitkrempigen Huts.«

»Das klingt wie in einem amerikanischen Gangsterfilm«, warf Boss ein.

»Weitere Angaben zur Person konnte der Zeuge nicht machen. Der Mann war ›normal groß‹, was immer man darunter verstehen mag. Riedel wusste auch nicht, in welche Richtung der Unbekannte verschwunden war. Entweder ist er zur Hauptstraße, dem Hagenring, gelaufen oder hat sich in einen der Hinterhöfe zurückgezogen. In diesem Teil der Straße gibt es keine geschlossene Bebauung. Zwischen den einzelnen Gebäuden sind Lücken, durch die man auf die Rückseite und in die Gärten gelangt.«

»Es gibt noch die Option, dass sich der Unbekannte in sein Fahrzeug gesetzt hat, das möglicherweise in der Nähe stand. Es muss aber ein wenig weiter geparkt gewesen sein. Sonst hätte er bei dem schlechten Wetter nicht auf der gegenüberliegenden Seite gewartet.« Frauke sah Bitter an. »Ich teile Ihre Vermutung, dass es sich um einen Einzeltäter handelt. Die Tatausführung spricht dafür.«

»Wir haben eine Fahndung nach dem Mann ausgelöst, den der Zeuge beschrieben hat. Natürlich haben wir auch alle Anwohner befragt. Leider ohne Ergebnis. Der Unbekannte wurde nur von Albert Riedel gesehen.«

»Gibt es in der Gegend Überwachungskameras?«, wollte Frauke wissen.

»Negativ. Das ist eine ruhige Wohngegend. Mehrfamilienhäuser.«

»Wer befand sich in der Wohnung Andreescu, als die Schüsse fielen?«

»Als wir eintrafen, waren dort die Brüder George und Arsenie Andreescu sowie dessen Frau Kanita anwesend.«

»Sonst niemand?«

»Keiner«, bestätigte Bitter.

»Das ist merkwürdig«, überlegte Frauke laut. »Die beiden Opfer wollten zu ihrem Audi A8. Arsenie Andreescu wohnt in der Roonstraße.«

Der Braunschweiger Hauptkommissar nahm den Faden auf. »George Andreescu wohnt in Cremlingen. Er hat dort vor langer Zeit außerhalb einen alten Bauernhof erworben und ihn zu einer Art Festung ausgebaut.«

»Wie sollte er nach Hause kommen? Mit welchem Auto war er unterwegs?«

»Das haben wir nicht gefragt«, gestand Bitter ein. Als wollte er ablenken, ergänzte der Hauptkommissar: »Wir sind von Wohnung zu Wohnung gegangen. Niemand hat etwas bemerkt.«

»Sie sprachen von mehreren Notrufen, die bei der Polizei eingegangen sind. War da auch einer aus der Wohnung Andreescu dabei?«

»Das habe ich geprüft. Eigenartig. Es waren nur Nachbarn, die sich gemeldet haben.«

»Wenn die Familie Kontakt zur Unterwelt hat«, mischte sich Boss ein, »müssten sie doch geahnt haben, dass die Schüsse ihren Angehörigen galten.«

Bitter lachte auf. »Leute wie die beiden Alten machen sich die Hände nicht schmutzig. Als wir am Tatort eintrafen, waren die beiden Brüder unten auf der Straße. Wie gesagt – es hatte geregnet. Beide trugen regenfeste Jacken. Die Haare waren nass.«

»Was sagt uns das?«, wollte Boss wissen.

»Von den Alten ging kein Notruf aus. Möglicherweise sind sie nach den Schüssen auf die Straße geeilt.« Frauke sah Bitter an. »Haben Sie Waffen bei George oder Arsenie Andreescu sichergestellt?«

Bitter hob die Hände. »Wir hätten die Wohnung nicht durchsuchen dürfen. Es gab keine Anhaltspunkte dafür, dass die beiden alten Männer für die Tat verantwortlich waren. Sie wissen, dass der Schutz der Wohnung ein hohes Rechtsgut bei uns ist.«

Frauke stand auf. »Informieren Sie uns«, sagte sie und verabschiedete sich ohne Händedruck.

Bitter beließ es bei einem Schweigen. In seiner Mimik war deutlich zu lesen: Du kannst mich mal …

»Ich möchte jetzt eine Zigarette rauchen«, sagte Boss, als sie wieder im Freien standen.

»Nein«, entschied Frauke knapp und befahl Schwarczer, zum Tatort zu fahren.

Sie mussten eine Weile suchen, bis sie einen freien Parkplatz hinter der St.-Pauli-Kirche fanden. Frauke sah zu dem frei stehend angelegten Gebäude, das von einer großzügigen Grünfläche umgeben war. Die Kirche mit dem Grundriss eines griechischen Kreuzes war als Zentralbau im neugotischen Stil angelegt. Ihr fehlte allerdings die Turmspitze.

Madsack bemerkte Fraukes abschätzenden Blick. »Sicher gab es den einmal. Ich vermute, der Turm wurde Opfer eines Bombenangriffs.«

»Weshalb hat man ihn nicht wiederaufgebaut? Die Kirche stellt doch den Mittelpunkt dieses Stadtteils …«

»Der heißt Östliches Ringgebiet«, half Madsack aus.

»Von mir aus«, erwiderte Frauke pikiert.

Es war erstaunlich, auf welchen Gebieten sich Madsack auskannte. Manchmal war sein Wissen aber auch störend. Bei ihr kam es als altklug an. Was halfen ihm Detailkenntnisse, wenn er Schwierigkeiten hatte, sich in der engen Parklücke aus dem Auto zu quälen.

Frauke zeigte auf ihn und auf Boss. »Sie beide klappern die Wohnungen und Geschäfte auf der Hauptstraße, dem Hagenring, ab. Hören Sie sich um, ob jemand einen Fremden gesehen hat. Oder ob irgendetwas anderes Auffälliges wahrgenommen wurde.«

»Die Braunschweiger haben doch schon gestern alles in dieser Hinsicht unternommen«, wagte Boss einzuwenden.

»Die waren in der Roonstraße unterwegs, aber nicht in der Hauptstraße.« Frauke schnippte mit dem Finger. »Abmarsch.«

Sie selbst ging mit Schwarczer durch eine kurze Seitenstraße, bis sie vor der gesuchten Adresse standen. Nachdem sie die

Klingel betätigt hatten, dauerte es nur einen Moment, bis der Summer ertönte.

In der zweiten Etage erwartete sie eine Frau.

»Frau Riedel?«, fragte Frauke.

Als die Frau zur Bestätigung nickte, fuhr Frauke fort: »Kriminalpolizei. Wir hätten noch ein paar Fragen an Ihren Mann.«

»Wegen gestern«, stellte Frau Riedel fest. »Klar doch. Kommen Sie rein.« Sie drehte kurz den Kopf. »Albert. Die Polizei will noch was von dir.«

Bevor der Hausherr seinen zu leichtem Übergewicht neigenden Körper in den Flur bewegen konnte, tauchte ein weißer Mischlingshund auf, dessen Fell durch einige schwarze Flecken gezeichnet wurde.

Frau Riedel griff zum Halsband und hielt das Tier zurück. »Das ist Luna. Sie ist fürchterlich neugierig.«

»Tach«, ertönte Riedels Bass aus dem Hintergrund. »Kann einen ganz schön in Trab halten. Ist aber gut so. Man kommt vor die Tür. So wie gestern. War Schietwetter. Normalerweise kriegt mich da keiner ins Freie. Aber erklären Sie das mal einem Hund. Also bin ich noch mal um den Block.«

»Müssen wir das zwischen Tür und Angel besprechen?«, beschwerte sich Frauke.

Frau Riedel wirkte unentschlossen. »Ich bin noch nicht dazu gekommen, aufzuräumen«, sagte sie.

Frauke unterdrückte eine Antwort. Anscheinend war Frau Riedel seit Wochen nicht dazu gekommen. Zeitungen flogen herum, zwei angefangene Rätselhefte lagen auf dem Esstisch. Die Fernsehzeitung, Zigarettenpackungen, eine Chipstüte und eine angebrochene Flasche Apfelschorle. Einer der beiden trank Tee. Und der Posteingang der letzten Zeit war nach dem Öffnen auch liegen geblieben. Mitten im Raum stand ein Bügelbrett. Ein Berg Wäsche türmte sich in der Sofaecke. Bereits gebügelte Teile waren sauber gestapelt, aber noch nicht weggeräumt worden.

Frau Riedel beeilte sich, Sitzgelegenheiten für die beiden Beamten zu schaffen.

»Wann war das gestern?«, fragte Frauke Albert Riedel.

Der blies kurz die Wangen auf. »Gegen neun. Nein, kurz davor. Ich war schon auf dem Rückweg, als die Kirche glockte.«

»Die Kirche … was?«

»Glockte. Die Kirchenglocken läuteten.«

»Haben Sie mitgezählt?«

»Nicht nötig. Gestern war Dienstag. Da guckt Franzi immer ›In aller Freundschaft‹ im Ersten. Sie wird knaddelig, wenn sie das verpasst. Ich bin also mit dem Hund los. Einmal um den Block, nicht, Luna?«

Der Mischling hatte sich in einem Korb in der Zimmerecke zusammengerollt. Als sein Name fiel, hob er kurz den Kopf und spitzte die Ohren.

»Ich bin dann los. Keine Sau war draußen unterwegs. Wundert mich auch nicht. War ein Scheißwetter. Darum war ich auch so erstaunt, als ich den Mörder …«

»Moment«, unterbrach ihn Frauke »Woher wissen Sie, dass es der Mörder war?«

Riedel fuchtelte mit der Hand in der Luft herum. »Stand doch in der Zeitung.«

»Dass Sie den Mörder gesehen haben?«

»Ja. Habe ich auch dem von der Zeitung gesagt.«

»Braunschweiger Zeitung?«

»Nö. Die andere große. Die, wo es überall gibt. Wir lesen die, weil die alles ohne viel Drumrum auf den Punkt bringen. Wenig Worte. Und Bilder. Da muss man sich nicht durch ellenlanges Gelaber lesen. Die waren hier bei mir.«

Interessant, dachte Frauke. Woher hatten die Zeitungsleute so schnell die Adresse des vermeintlichen Zeugen?

»Niemand kann bisher bestätigen, dass die Person, die Sie gesehen haben, auch der Täter ist.«

Riedel tippte sich an die Stirn. »Ist doch logisch, Mann. Kein normaler Mensch treibt sich bei solchem Wetter auf der Straße rum und versteckt sich schon gar nicht im dunklen Hauseingang. Kurz darauf ballert es in der Straße. Bamm. Bamm. Das geht doch gar nicht anders. Das *muss* der Mörder gewesen sein.«

Frauke fragte noch einmal nach den Örtlichkeiten und versuchte, mehr Informationen zum Aussehen der Person zu erhalten.

»Der kam mir gleich verdächtig vor«, schmückte Riedel seine Erzählung aus. »Nicht ganz geheuer.«

»Inwiefern?«

»Na ja. Eben verdächtig.«

Mit Ausnahme des Hinweises, dass Riedel eine Person gesehen hatte, war seine Aussage nicht sehr konstruktiv. Die Beamten waren erfahren genug, ihm keine Suggestivfragen zu stellen. Der Mann hätte seine Phantasie walten lassen und ein falsches Bild abgeliefert.

»Sie gehen öfter mit Ihrem Hund Gassi?«

»Mehrfach täglich.«

»Ist Ihnen dabei früher etwas aufgefallen?«

»Mir? Nö. Eigentlich nicht.«

Frauke stand auf. »Gut. Falls Ihnen noch etwas einfällt, melden Sie sich umgehend bei der Polizei.«

Riedel beugte sich vor. »Sagen Sie mal ... Was ist da nun wirklich passiert? Wenn man zwei Rumänen umbringt ... da steckt doch irgendwas dahinter.«

»Seien Sie in der nächsten Zeit vorsichtig, Herr Riedel.« Frauke ging nicht auf die Frage ein. »Schließlich hat der Unbekannte Sie gesehen. Geben Sie auch keine Interviews mehr. Sonst könnte der Täter, sofern die Person, die Sie gesehen haben, etwas damit zu tun hat, auf die Idee kommen, Sie könnten für ihn gefährlich werden.«

Riedel erschrak. »Brauche ich jetzt Personenschutz?«

»Das ist nicht erforderlich. Aber halten Sie sich mit öffentlichen Äußerungen zurück.«

Der Mann wirkte verlegen. »Dumm«, sagte er leise. »Der Reporter, der hier war, hat mir einen Fünfziger zugesteckt. Falls mir noch etwas einfällt, hat er gesagt, liege noch ein bisschen Taschengeld drin. Also. Wir sind nicht auf Rosen gebettet, da ...«, ließ er das Ende des Satzes offen.

»Halten Sie sich zurück«, sagte Frauke zum Abschied und ließ sich von Frau Riedel zur Tür geleiten.

»Was halten Sie von der Sache?«, fragte sie unterwegs Schwarczer.

»Ich stimme Ihnen zu«, erwiderte der Kommissar wortkarg.

Unterwegs rief sie Madsack an. Der Hauptkommissar rief fünf Minuten später zurück.

»Entschuldigung. Wir waren gerade in einer Befragung. Bisher ist aber alles negativ. Niemand hat etwas bemerkt oder gesehen. Aber jeder Zweite fragt neugierig nach, was es Neues gibt.«

»Wir gehen jetzt zu Andreescu«, sagte Frauke und legte auf.

Sie mussten eine Ewigkeit vor der Tür warten, bis sie eingelassen wurden. Zuvor fragte eine zarte Frauenstimme, wer dort sei. Auch mit der Antwort »Polizei« zeigte sich die Frau nicht zufrieden. Erst als Frauke sie aufforderte, sich etwas anzuziehen und mit zur Dienststelle zu kommen, öffnete die Frau die Haustür. Vor der Wohnungstür wiederholte sich das Spielchen, bis schließlich geöffnet wurde.

Eine schlanke junge Frau musterte sie kritisch. Ihrem Äußeren nach könnte sie aus Thailand stammen, vermutete Frauke.

»Frau Kanita Andreescu?«

Die Frau, sie trug einen figurbetonten Kaschmirpullover und eine hautenge Edeljeans und war auf Strumpfsocken unterwegs, sah die beiden Polizisten ängstlich an. Sie klammerte sich mit einer Hand am Türrahmen, mit der anderen am Türblatt fest.

»Sind Sie es?«, wiederholte Frauke.

Das »Joa« war so leise gehaucht, dass es kaum zu verstehen war.

»Wir hätten gern Ihren Mann gesprochen.«

»Nicht da.«

»Wo ist er?«

»Weiß nicht.«

»Wann kommt er wieder?«

»Weiß nicht.«

Frauke zeigte in die Wohnung. »Haben Sie Kinder?«

»Nein.«

»Sind Sie allein?«

Wieder sah die Frau angstvoll zu den Polizisten. Frauke schloss daraus, dass es zutraf, Frau Andreescu es aber nicht zugeben wollte.

»Waren Sie gestern auch in der Wohnung, als die Schüsse fielen?«

»Weiß nicht.«

»Hören Sie auf mit diesen Spielchen«, fuhr Frauke sie an. »Antworten Sie vernünftig.«

»Arsenie …« Sie führte den Satz nicht zu Ende.

»Ihr Mann hat Ihnen verboten, zu reden. Der hat Ihnen aber nichts vorzuschreiben. Wir sind von der Polizei. Verstehen Sie mich?«

Ein kaum merkliches Nicken bestätigte Fraukes Vermutung.

»Worüber haben die Männer gestern gesprochen?«

Die Frau zuckte mit den Schultern.

»Wie war die Stimmung? Gab es Streit? Waren die Männer nervös?«

»Weiß nicht.«

»Zum Donnerwetter«, polterte Frauke los und schlug unverhofft mit der flachen Hand gegen das Türblatt. »Spielen Sie hier nicht das Dummchen. Wir sind nicht auf einem Kindergeburtstag.« Sie streckte den Arm aus. »Da sind zwei Verwandte von Ihnen erschossen worden. Und Sie mauern.«

Kanita Andreescu zog den Kopf zwischen die Schulterblätter, als würde sie sich in sich selbst verkriechen wollen.

»Was geschah, als die Schüsse fielen? Wie haben Ihr Mann und George reagiert?«

Es begann, um die Mundwinkel der Frau zu zucken.

»Sind sie gleich auf die Straße gelaufen? Oder haben sie erst telefoniert?« Falls ja, jedenfalls nicht mit der Polizei, dachte Frauke. Madsack müsste das prüfen lassen.

Kanita Andreescu starrte Frauke wie hypnotisiert an.

»Hat Arsenie eine Waffe?«

Jetzt konnte sie ihre Tränen nicht mehr zurückhalten. Sie löste die Hände vom Rahmen der Tür und verbarg ihr Gesicht dahinter. Statt einer Antwort war nur ein lautes Schluchzen zu vernehmen.

»Sagen Sie uns wenigstens, wie George zu Ihnen gekommen ist.«

Auch hierauf erhielten die Polizisten keine Antwort.

»Das ist ein wahres Affentheater, das Sie hier aufführen.« Frauke drohte zornig mit dem Finger. »Sie hören noch von uns. Und das können Sie getrost Arsenie und Ihrem Schwager George ausrichten. Wir sind Wadenbeißer.« Sie drehte sich zu Schwarczer um. »Kommen Sie.«

Der Kommissar folgte ihr wortlos die Treppe hinab.

»Entweder hat sie wirklich nichts mitgekriegt, oder man hat sie eingeschüchtert«, schimpfte sie auf dem Rückweg zum Auto. »Die ist doch vierzig Jahre jünger als ihr Mann. Ein gekauftes Spielzeug. Mir tut die Frau leid. Wenn sie Glück hat, wird sie nach dem *Gebrauch* nur ausrangiert. Hoffentlich geht das nicht mit Gewaltmaßnahmen einher. Solchen Typen traue ich zu, dass sie schlagen.«

Schwarczer hüstelte. »Vielleicht hat sie wirklich nichts von dem Treffen der vier Männer mitbekommen. Ich kann mir vorstellen, dass man ihre Anwesenheit nicht geduldet hat. Die Frau scheint mir auch nicht von der Sorte zu sein, dass sie an der Tür lauscht. Sie dürfte ohnehin Verständigungsprobleme haben. Außerdem hat sie Angst. Die ist bis oben hin eingeschüchtert.«

»Das hilft uns nicht weiter«, erwiderte Frauke mürrisch. Ihr war bewusst, dass Schwarczer vermutlich recht hatte. »Es waren doch harmlose Fragen.«

Schwarczer warf ihr einen Seitenblick zu. »Zum Beispiel die, ob ihr Mann eine Waffe hat?«

»Ach«, tat es Frauke ab.

Madsack und Boss standen schon am Auto. Es hatte erneut angefangen zu nieseln. Die Neue trat von einem Bein aufs andere. Als sich Frauke und Schwarczer näherten, zog sie noch einmal gierig an der Zigarette, bevor sie die Kippe wegwarf.

»Schon einmal etwas von Umweltschutz gehört?«, knurrte Frauke.

»Wohin sonst mit der Kippe? Außerdem zahle ich Steuern.«

»Von denen Sie alimentiert werden. Mir ist noch nicht aufgefallen, dass Sie Ihre Dienstbezüge auch verdienen.«

Boss öffnete den Mund, als wolle sie antworten. Dann schluckte sie ihre Replik aber hinunter. Stattdessen stieß sie Schwarczer, der neben ihr stand, den Ellenbogen in die Rippen.

»Sag mal, Thomas. Bist du vom Sternzeichen her Fisch?«

»Nein. Wieso?«, erwiderte der Kommissar.

»Weil du so stumm wie die Fische bist.«

Schwarczer verzichtete auf eine Antwort.

»Hat man Sie zu uns abgeschoben, weil die Kollegen von der Sitte Ihrer Rolle als Pausenclown überdrüssig waren?«, wollte Frauke wissen.

»Das ist ja ein tolles Arbeitsklima in dieser Truppe«, beklagte sich Boss.

»Es liegt nicht am November, dass es seit Ihrem Erscheinen frostig geworden ist.«

»Steigen Sie erst einmal ein«, schlug Madsack mit sanfter Stimme vor.

»Erst möchte ich hören, welche Ergebnisse Sie mitgebracht haben«, sagte Frauke.

»Leider negativ«, erwiderte der Hauptkommissar. »Niemand hat etwas gesehen oder gehört. Das hatte ich schon vorhin am Telefon gesagt. Auch bei unserer weiteren Recherche haben wir nichts Verwertbares in Erfahrung bringen können.«

»Das ist dürftig«, stellte Frauke fest.

»Und welche neuen Erkenntnisse haben Sie gewonnen?«, wollte Boss wissen.

Frauke feuerte einen Blick wie einen Giftpfeil in ihre Richtung ab.

»Einsteigen«, sagte sie im Befehlston. »Wir fahren zu Andreescu.« Sie war nicht überrascht, als sie Madsack, der sich hinters Lenkrad klemmte, die Anschrift nannte.

»Ich weiß, wo das ist«, sagte er und fuhr fast zehn Kilometer in östlicher Richtung. Als sie den Ort erreicht hatten, stoppte der Hauptkommissar und sah sich irritiert um.

»Was ist, Madsack? Ich denke, Sie kennen sich aus«, stichelte Frauke.

»Schon. Bis nach Cremlingen. Aber die genaue Adresse …«

»Geben Sie es ins Navi ein. Aber möglichst noch heute«, forderte sie ihn auf.

Madsack tippte hektisch die Adresse ins System. Er fühlte sich unwohl, weil Frauke ihn dabei beobachtete, und musste sich mehrfach korrigieren.

»Das geht meinem Vater auch so«, meldete sich Beate Boss vom Rücksitz. »Ein Touchscreen ist ungünstig für die Bedienung durch ältere Menschen.«

Ein wütendes Zischen von Frauke wies die Neue in die Schranken. Schließlich hatte Madsack die Anschrift eingegeben, und das Navi führte sie noch einmal sechs Kilometer weiter, durch Schandelah bis zu einem ehemaligen Bauernhof, der idyllisch am Waldrand lag.

»Die Niedersachsen spinnen doch mit ihren Einheits- und Samtgemeinden«, merkte Frauke an. »Da ist eine große Region, die sich Cremlingen nennt, und dahinter stecken viele kleine Dörfer, die weit zerstreut liegen. Jedes hat eine eigene Kultur und Geschichte.«

»Es wäre unmöglich, in jedem noch so kleinen Dorf eine eigene Gemeindeverwaltung zu finanzieren«, widersprach Boss.

»Blödsinn«, sagte Frauke barsch. »Da gibt es andere Lösungen. Nehmen Sie das Beispiel Schleswig-Holstein. Da hat man den Gemeinden die Eigenständigkeit gelassen. Sie haben sich zusammengeschlossen und für einen regionalen Verbund eine eigene Verwaltung geschaffen. Man nennt es Amtsverwaltung.«

»Kommen Sie von dort?«, fragte Boss.

»Uninteressant«, sagte Frauke unfreundlich.

Neun Jahre war es her, dass sie als Leiterin des Kommissariats 1 – K1 – der Bezirkskriminalinspektion Flensburg zum Landeskriminalamt Hannover gewechselt war. Mit dem damaligen Leiter in Flensburg, Kriminaldirektor Dr. Starke, hatte sie eine Dauerfehde ausgetragen, bis er sie sexueller Übergriffe bezichtigte. Ihr verächtliches Lachen, das bei der Erinnerung an die damaligen Ereignisse hochkam, irritierte die drei Mitfahrer.

Beweisen konnte der »Scheiß-Starke«, wie der Husumer Große Jäger ihn nannte, es nicht. Aber das Wort des Vorgesetzten wog schwerer. Um »einen Skandal« zu vermeiden, hatte man Verbindungen nach Hannover genutzt und ihr einen Wechsel an die Leine nahegelegt. Nur ein paar Eingeweihte wussten um die Hintergründe.

Gleich ihr erster Fall in Niedersachsen war spektakulär gewesen. Der Ermittlungsgruppenleiter hatte sich als korrupt und kriminell erwiesen und war sogar zum Mörder eines jungen Kollegen geworden. Es war ein weiter Weg, sich als Chefin in einem der »harten Kommissariate« gegen eine männerdominierte Truppe durchzusetzen. Sie hatte sich Respekt verschafft. Auch wenn ihr der Wechsel von der Flensburger Förde in die zunächst ungeliebte Großstadt Hannover schwergefallen war, hatte sie sich mit ihrem Leben in Niedersachsens Metropole arrangiert.

Sicher trug dazu auch Georg bei, mit dem sie ihr Leben teilte. Professor Georg von Benckendorff, der frühere hoch geachtete Chefarzt der Allgemein-, Viszeral- und Transplantationschirurgie der Medizinischen Hochschule Hannover, vergötterte sie nahezu. Sie glaubte immer noch, zu träumen, wenn er sie in seiner Villa in Isernhagen umsorgte. Dabei war sie mit ihren sechsundfünfzig Jahren auch schon eine gestandene Frau. Georg hatte ihr wiederholt Heiratsanträge unterbreitet.

Aber das ging nicht. Es wäre Bigamie gewesen, denn irgendwo

im Norden geisterte Herr Dobermann herum. Sie wusste nicht, wo, sie würde ihn kaum wiedererkennen. Sie hatte keine Ahnung von seinen Lebensumständen. Allein die Tatsache, dass er existierte, schränkte ihre Freiheiten ein. »Du könntest dich endlich scheiden lassen«, hatte Georg öfter vorgeschlagen.

Warum nicht? Sie kannte die Antwort selbst nicht.

Madsack bog auf eine mit Kopfstein gepflasterte Straße ab, die zwischen Feldern auf einen Waldrand zuführte. Dort lag das ehemalige Bauernhaus, das sich George Andreescu zu einem respektablen Anwesen ausgebaut hatte. Anwesen? Es glich eher einer Festung. Rundherum zog sich ein stabiler Zaun, dessen oberer Rand mit Spitzen bewehrt war. An Masten waren Scheinwerfer und Kameras befestigt. Frauke hatte keinen Zweifel, dass es außerdem unsichtbare Elektronik gab, die das Grundstück absicherte.

»Donnerwetter«, meldete sich Boss von der Rückbank und streckte ihren Kopf zwischen den beiden Vordersitzen hindurch. »Der muss mächtig Bammel haben. Vor diesem Hintergrund verstehe ich nicht, dass man die beiden Familienmitglieder so einfach niederstrecken konnte.«

Madsack räusperte sich. »Andreescu wohnt abseits. Wenn er hier angegriffen wird, nimmt man es im Ort nicht wahr. Weit und breit gibt es keinen Nachbarn.«

»Wir sind doch nicht im Wilden Westen«, sagte Boss. »Wo gibt es so etwas?«

»Hier und in der Roonstraße in Braunschweig«, mischte sich Frauke ein. »Sehen wir uns das einmal vor Ort an.«

Madsack hatte vor dem Tor gehalten. Frauke stieg aus und ging zur Gegensprechanlage. Sie musste nicht klingeln. Man hatte ihr Kommen schon bemerkt.

»Ja?«, sagte eine hart klingende Männerstimme.

»Polizei.«

»Und?«

»Wir wollen mit Andreescu sprechen.«

»*Herr* Andreescu«, korrigierte sie die Stimme. »Er aber nicht mit Ihnen.«

»Sind Sie der Hausmeister oder der Pressesprecher? Ich denke, Sie haben nicht die Kompetenz, über solche Dinge zu befinden. Also los. Wir wollen mit Andreescu sprechen. Es geht schließlich um den Tod seines Sohnes. Also. Dalli.«

Während des kurzen Dialogs hatte Frauke beobachtet, dass die Kamera in der Halbkugel sie nahezu scannte. Es knackte kurz im Lautsprecher. Dann war Stille.

Inzwischen waren die drei anderen ebenfalls ausgestiegen und hatten sich um sie versammelt.

»Was ist?«, fragte Boss und rieb sich die Hände. Es war unangenehm kühl. Dazu trug die feuchtkalte Witterung bei, auch wenn es im Augenblick nicht regnete.

Sie mussten zehn Minuten warten, bis sich die Stimme erneut meldete.

»Einer kann kommen«, sagte der Mann.

Bevor Frauke reagieren konnte, hatte sich Beate Boss vorgedrängelt. »Was bist du für ein Pausenclown? In euren Bunker geht keiner allein hinein. Ist das klar? Also. Mach hoch die Tür. Sonst kommt die Kavallerie. Die wollte Steinbrück in die Schweiz schicken. Nun wohnt sie in Braunschweig.«

Stille am anderen Ende.

»Hören Sie«, fauchte Frauke sie an. »Reden ist mein Job. Ist das klar?«

Boss lachte. »Einigen wir uns auf das Mittelmaß. Er da«, sie zeigte auf Schwarczer, »sagt gar nichts. Sie verkündigen alles Wichtige. Madsack ist für das Intellektuelle zuständig. Und ich fülle die Lücken aus. Wie bei dieser Lücke hier.«

Sie nickte mit dem Kopf in Richtung Gegensprechanlage.

Frauke wollte antworten, aber die Stimme meldete sich wieder. »Zwei können kommen.«

Boss grinste. »Na. Geht doch.«

Sie machte einen Schritt auf das Tor zu und war sichtlich enttäuscht, als Frauke sie bremste.

»Sie bleiben mit Madsack draußen.«

»Aber ich …«, protestierte Boss.

»Das ist keine Talkrunde«, schnitt ihr Frauke das Wort ab.

Sie wartete darauf, dass sich die Tore öffneten. Stattdessen erklang wütendes Hundegebell. Zwei schwere, massige Hunde, einer mit einem kurzen und dichten bleigrauen Fell, der andere in Schwarz, stürmten auf den Eingang zu. Der breite Schädel gab ein kräftiges Gebiss frei. Die Ohren waren klein und lagen platt an den Wangen an.

»Mastinos«, sagte Madsack atemlos. »Höllenhunde.« Er wich automatisch einen Schritt zurück. »Kampfhunde, die nur von wenigen Züchtern und noch weniger Haltern artgerecht ausgebildet werden. Sie sind direkte Nachfahren der römischen Kriegshunde, die auch in den Arenen im Kampf gegen Menschen eingesetzt wurden.«

Die beiden Hunde hatten das Tor erreicht und sprangen an den Gitterstäben empor. Frauke mochte sich nicht ausmalen, wie eine Begegnung ohne Zaun aussehen würde.

Während sie und Madsack wie gebannt auf die Hunde starrten, hatte Schwarczer seine Waffe gezogen und zielte auf die Tiere.

Jenseits des Zauns war kein Mensch zu sehen.

»Die brauchen keine weiteren Sicherungsmaßnahmen«, sagte Boss. »Solche Wächter lassen niemanden auf das Grundstück.«

Frauke war sich sicher, dass man sie beobachtete.

»Pfeifen Sie die Tiere zurück, oder wir erledigen sie«, rief sie in Richtung Lautsprecher. »Und wenn Sie anschließend den Weg freigeben, will ich nichts von den Bastarden sehen. Klar?«

Statt einer Antwort ertönte ein Pfiff. Der schien die Hunde nicht zu beeindrucken. Erst als sie mit Befehlen gerufen wurden, lösten sie sich vom Gitter.

Kurz darauf schwangen die beiden Torflügel auf. Schwarczer behielt seine Waffe in der Hand und ging ein wenig versetzt neben Frauke Richtung Haus. Von den Mastinos war nichts mehr zu sehen. Auf dem Podest am Eingang stand ein Mann mit leicht angegrauten Haaren. Er war von kräftiger Gestalt, trug ein weißes Hemd, das am Kragen offen war, und ein graues Sakko darüber. Auf der rechten Seite beulte sich die Jacke aus.

»Er hat eine Waffe«, raunte Frauke dem Kommissar zu.

Als sie vor dem Haus angekommen waren, sagte der Mann: »Stecken Sie die Waffe weg. Sie dürfen nur unbewaffnet herein. Vorher will ich Ihre Ausweise sehen.«

An der Stimme erkannte sie, dass es der Mann war, der mit ihnen über die Gegensprechanlage kommuniziert hatte. Sie zog ihren Dienstausweis hervor und nahm Schwarczers entgegen. Beide reichte sie dem Mann hoch.

Der betrachtete die Dokumente mit prüfendem Blick. Dann wollte er sie in die Sakkotasche stecken.

»Eh, Freundchen«, sagte Frauke. »So läuft das nicht. Her damit.«

Der Mann zögerte einen Moment und schien zu überlegen. Dann reichte er die Ausweise Frauke. Er trat zwei Schritte zurück.

»Kommen Sie«, forderte er die Polizisten auf. »Einzeln.«

Frauke ging voran. Sie hatte den Türrahmen kaum passiert, als der Mann seine Hände vorstreckte und geübt nach ihrer Waffe griff, die sie im Holster an der rechten Seite trug. Für ihn schien es Routine zu sein. Während seine linke Hand die Waffe ziehen wollte, drückte er sie mit dem angewinkelten rechten Arm zurück, indem er ihr seinen Ellenbogen vor die Brust stieß. Sie versuchte zu reagieren, obwohl die Aktion überraschend kam. Gleichzeitig wurde sie von hinten zur Seite gedrückt. Es war fast ein Schleudern. Im selben Augenblick schnellte Schwarczer vor, packte mit beiden Händen den rechten Arm des Mannes und riss ihn nach unten. Gleichzeitig zog der Kommissar sein Knie in die Höhe und rammte es dem Mann von unten in den Leib. Es war ein Knacken zu hören. Im selben Moment war jeder Widerstand des Mannes erloschen. Frauke wusste, dass Schwarczer ihm eine Rippe gebrochen hatte. Den

Mann durchflutete nicht nur ein fürchterlicher Schmerz, er hatte auch Probleme mit dem Atmen.

Die beiden Polizisten warteten einen kleinen Augenblick, während ihr Gegenüber sich krümmte.

»Das war ein tätlicher Angriff«, sagte Frauke.

Sie sah in die geräumige Diele, die mit lauter Antiquitäten vollgestellt war. Jedes Stück war ein Unikat und mit Sicherheit teuer. Sie passten aber nicht zueinander.

»Was geht hier vor?«, fragte eine Frauenstimme aus dem Hintergrund. Eine hochgewachsene Blondine mit hochgestecktem Haar hatte die ganze Aktion beobachtet.

»Haben Sie noch mehr Leute im Haus, die uns angreifen wollen?«, fragte Frauke im Gegenzug.

Die Blondine ging nicht darauf ein. »Dumitru sorgt für die Sicherheit der Familie«, erklärte sie. »Er tut nur seine Pflicht.«

Der Bodyguard hielt sich den Leib. Er röchelte. Aus zusammengekniffenen Augen sah er die Polizisten an. Es war ein hasserfüllter Blick. Es war gut, dachte Frauke, dass der Mann im Augenblick außer Gefecht gesetzt war.

»Dumitri – wer?«, wandte sie sich an die Blonde im Hintergrund. »Und wer sind Sie?«

»Ich bin Frau Andreescu.«

»Wir möchten gern Ihren Mann sprechen. Es geht um den Tod Ihres Sohnes.«

»Stiefsohnes«, korrigierte die Frau. Ihre Stimme war seltsam abweisend, als würde sie weder die Ermordung der beiden Männer noch der Rippenbruch des Leibwächters berühren.

»Ich glaube nicht, dass mein Mann mit Ihnen reden möchte.«

»Doch«, entgegnete Frauke. »Sonst hätte er uns nicht hereingelassen.«

»Kommen Sie.«

Die Frau ging voran und öffnete eine der hohen Holztüren, die noch aus der Zeit stammten, in der ein wohlhabender Bauer hier zu Hause war. Sie traten in einen großen Raum, der früher als Ess- oder Wohnzimmer gedient haben mochte. Heute hätte man ihn als Salon bezeichnen können. Auch dieser Raum war unübersichtlich möbliert. Es fehlte die ordnende Hand. Der Hausherr, wenn er dafür verantwortlich war, schien jedes teure Möbelstück oder Accessoire wahllos erstanden und in diesem Haus untergebracht zu haben. Für Frauke ähnelte es eher einem Lager mit für viel Geld erworbenem Spielzeug. Das galt auch für die Bilder an den Wänden. Nichts passte harmonisch zusammen. Vor dem Fenster, das zum Garten hinausführte, stand ein schmächtiger Mann mit schmalen Schultern. Er wandte ihnen den Rücken zu und hatte die Hände auf Höhe der Lendenwirbelsäule verschränkt. Seine Haare waren schütter. Den Hinterkopf zierte eine kahle Stelle. Er drehte sich nicht um.

»Was wollen Sie?«, fragte er.

»Wir ermitteln im Mordfall Ihres Sohnes und Ihres Neffen.«

»Tun Sie das. Aber schnell. Zeigen Sie Ihre Effizienz.« Er ging mit keiner Silbe auf das Geschehen an der Haustür ein, obwohl er es mitbekommen haben musste.

»Sie sollten einen Arzt oder den Rettungswagen rufen«, sagte Frauke. »Der Mann da draußen ist verletzt, nachdem er uns angegriffen hat.«

»Das lassen Sie unsere Sorge sein. Wir regeln bestimmte Dinge allein.«

»Der Vorfall wird Konsequenzen haben. Wir werden Anzeige gegen Ihren Leibwächter erstatten.«

Jetzt drehte sich der Mann um. Er hatte ein schmales Gesicht und eine spitze Nase, von deren Flügel sich Falten seitlich des Mundes nach unten zogen. Geheimratsecken zierten seinen Kopf. Würde man ihm auf der Straße begegnen, wäre die unscheinbar wirkende Figur nahezu unsichtbar. Der graue Anzug war sicher maßgeschneidert. Trotzdem wirkte er, als würde er um den mageren Körper herumschlottern.

»Sie treten hier gewalttätig auf, verletzen meinen Mitarbeiter und wagen es, solche Sprüche von sich zu geben?«

»Was ist nun mit dem Notarzt?«

»Wir kümmern uns.« Er machte eine knappe Handbewegung in Richtung seiner Frau.

»Wie heißt Ihr Bodyguard?«

»Dumitru Hârtopeanu. Lassen Sie uns zum Wesentlichen kommen. Meine Zeit ist kostbar.«

»Hat Hârtopeanu einen Waffenschein?«

»Lassen Sie es, über solche Kleinigkeiten zu sprechen.«

»Weshalb wurden die beiden erschossen?«

»Finden Sie es heraus.«

»Gab es Drohungen?«

Andreescu zog nur einen Mundwinkel in die Höhe.

»Geht es um einen Bandenkrieg in Ihrem Milieu?«

Frauke schien einen empfindlichen Nerv getroffen zu haben. George Andreescu schwenkte wütend seinen Zeigefinger hin und her.

»Hüten Sie sich vor solchen Unterstellungen. Ich bin ein angesehener Unternehmer mit weitreichenden Verbindungen.«

Frauke winkte lächelnd ab. »Sparen Sie sich solche Plattitüden. Jetzt folgen die Sprüche vom braven Steuerzahler und von den Kontakten zu den Spitzen der Gesellschaft und Politik. Wenn Ihr fragwürdiges Geschäftsmodell eines Tages zusammenbricht und Sie strafbarer Handlungen überführt werden, wird Sie keiner Ihrer sogenannten Freunde noch ansehen.«

In Andreescus Augen funkelte es böse. »Warum versuchen kleine Beamte wie Sie es immer wieder, erfolgreichen Machern nachzustellen? Gäbe es keine Leute wie mich, würde unsere Gesellschaft darben.« Er tippte sich an die Stirn und beließ die Fingerspitze für einen kurzen Moment dort. »Haben Sie einmal darüber nachgedacht, was der Begriff Arbeitgeber bedeutet? Den Menschen *Arbeit geben*. Ich sorge dafür, während Ihresgleichen sich am Beamtenstatus festkrallt und Honig von den Früchten meiner Arbeit saugt.«

»Wären Sie und Ihresgleichen die Gutmenschen, die Sie hier herauskehren wollen, würden Ihr Sohn und Ihr Neffe noch leben. Ein normaler Bürger mauert sich nicht so ein wie Sie und hält sich keinen Bodyguard. Wovor haben Sie Angst, Andreescu?«

»Es ist der pure Neid, der Erfolgreiche verfolgt. Sehen Sie in den Spiegel. Sie und die anderen Sesselfurzer versuchen, mein Geschäftsmodell zu zerstören. Wieder und immer wieder tauchen Sie auf und drehen jeden Stein um. Es wäre für alle effizienter, wenn die Behörden ihre Kraft in die Unterstützung der Unternehmer stecken würden, statt nach Knüppeln zu suchen, die man uns zwischen die Beine werfen kann.«

»Mich interessiert die Aufklärung eines kaltblütigen Doppelmordes, nicht der Rechtfertigungsversuch Ihres fragwürdigen Handelns als Unternehmer.«

»Ich brauche Sie nicht«, sagte Andreescu und drehte den Polizisten wieder den Rücken zu.

»Wir werden Ihnen das Handwerk legen. Ihnen und den Mördern Ihres Sohnes.«

Andreescu schnellte auf dem Absatz herum.

»Hüten Sie sich, in die Schusslinie zu geraten«, drohte er und schnippte mit Daumen und Zeigefinger. »Sie sind ein Nichts. Eine Null. Ein Niemand. Derjenige, der George Andreescu die Stirn bieten kann, muss noch geboren werden.«

Frauke wartete einen Augenblick mit der Antwort. Während dieser Spanne trafen sich ihre Blicke, als würden sie ins Innere des jeweils anderen eindringen wollen.

»Sie leiden unter einer Hybris«, sagte Frauke und ließ es abwertend klingen. Sie war überrascht, als Andreescu sie ratlos ansah.

»Das ist eine extreme Form der Selbstüberschätzung oder des Hochmuts. Sie sind vom Realitätsverlust befallen und beurteilen Ihre eigenen Fähigkeiten und Möglichkeiten falsch. Davon betroffen sind Personen in Machtpositionen. Aber Sie, Andreescu, *glauben* nur, mächtig zu sein. Sie sind nichts weiter als eine Laus, die sich ängstlich hinter der Baumrinde verkriecht und von dort markige Sprüche absondert. Können Sie eigentlich noch ruhig schlafen? Ist der ganze Plunder, den Sie hier angehäuft haben, es wert, dafür das Leben Ihres Sohnes einzutauschen? Regt sich in Ihrem Inneren nicht die Seele des Vaters? Wo waren Sie und Ihr Bodyguard, als Ihr Sohn erschossen wurde? Haben Sie sich feige verkrochen? Oder war sie wieder da – die Selbstüberschätzung? Glaubten Sie wirklich, Sie sind unantastbar? Vor den Behörden? Vor den Leuten, die Sie ausgebeutet und geknechtet haben? Vor den Neidern? Denen, die an Ihre Fleischtöpfe wollen? Achten Sie gut auf sich.« Frauke klopfte sich an die Brust. »Wir ermitteln mit der gleichen Akribie, wenn Sie als Opfer erschossen im Dreck liegen.«

Andreescu wurde leichenblass. »Gehen Sie«, sagte er tonlos. »Und achten Sie auf Ihre Gesundheit. Die ist seit heute stark gefährdet.« Deutlicher war eine Drohung nicht zu formulieren.

»Kommen Sie«, forderte Frauke Schwarczer zum Gehen auf. An der Tür blieb sie noch einmal stehen und zog demonstrativ ihre Waffe. »Noch etwas. Wenn auf dem Weg zum Tor Ihre Hunde, gleich ob tierisch oder menschlich, auftauchen sollten, überleben sie es nicht.«

Sie blieben bis zum Tor, das aufschwang, als sie sich näherten, unbehelligt. Dort wurden sie von Madsack und Boss erwartet.

Die Polizisten setzten sich ins Auto, und Frauke forderte Madsack auf, nach der Person des Leibwächters zu suchen.

Madsack sah von seinem iPad auf, mit dem er sich beschäftigt hatte.

»Dumitru Hârtopeanu stammt aus einem kleinen Ort in der Nähe von Braşov, der Heimat der Andreescus. Er ist achtundvierzig Jahre alt und wurde aus einem Waisenhaus heraus für die rumänische Securitate rekrutiert. Der Geheimdienst war in der Ceauşescu-Diktatur für seine Brutalität berüchtigt. Man zog sich übrigens gern Waisenkinder als willfährige Folterknechte heran. Die Aufklärung der Straftaten und Verbrechen der Securitate läuft übrigens bis heute sehr schleppend. Rumänische Menschenrechtler schätzen, dass sich möglicherweise an die zweitausend ehemalige Securitate-Leute unbehelligt in

Deutschland aufhalten. Das bemängelt auch die Literaturnobelpreisträgerin Herta Müller, die selbst Ziel und Opfer des Geheimdienstes war.«

»Da hat sich Andreescu ein richtiges Früchtchen an Land gezogen«, meinte Frauke.

»Man wundert sich, dass jemand mit einer solchen Vorgeschichte bei uns einen Waffenschein bekommt«, sagte Madsack mit einem Hauch Resignation in der Stimme.

»Wir sind tolerant und großzügig. Hier darf jeder nach seinen eigenen Gesetzen leben«, mischte sich Boss ein. »Und die Polizei sieht machtlos zu.«

»Haben Sie etwas gegen unseren Rechtsstaat?«, fragte Frauke scharf.

»Nein«, versicherte Boss eilig. »Unser Rechtssystem und unsere Gesetze bestimmen unsere Handlungsmaxime als Polizisten.«

»Das will ich doch gehofft haben. Sonst hätten Sie sofort nach Hause gehen können.«

»Was ist dort drinnen eigentlich passiert?«, wollte Boss wissen.

»Das erfahren Sie früh genug«, wehrte Frauke ab.

Es war eine schwierige Situation. Schwarczer hatte in der Vergangenheit oft genug seine Härte bewiesen, die manchmal grenzwertig war. Bis heute war nicht bewiesen, auch wenn alle Verfahren eingestellt wurden, ob der Sturz eines von ihnen Verfolgten vom Dach eines Hildesheimer Hauses tatsächlich ein Unfall war. Das galt auch für den Schusswechsel, bei dem ein Täter gegen Schwarczer den Kürzeren gezogen hatte.

Frauke hatte öfter mit ihrem Gewissen zu kämpfen gehabt. Sie setzte sich für die Verfolgung von Straftaten ein, versuchte, die Täter der Justiz zu übergeben. Dabei achtete sie stets darauf, dass alles rechtskonform ablief. Leider waren die Möglichkeiten der beiden Seiten sehr unterschiedlich ausgeprägt. Die Kriminellen konnten sich aller Varianten bedienen. Die Polizei war an den gesetzlichen Rahmen gebunden.

Wie sollte sie mit den heutigen Geschehnissen umgehen? Schließlich hatte Schwarczer eingegriffen, um sie zu beschützen. Es war immer ein Balanceakt, wenn Juristen solche Aktionen später aufarbeiteten und bewerteten. Was die Einsatzkräfte vor Ort in Bruchteilen von Sekunden entscheiden mussten, konnte später ohne jeden Zeitdruck von allen Seiten beleuchtet werden.

»Fahren Sie«, forderte sie Schwarczer auf.

Der Kommissar warf ihr einen fragenden Blick zu. Sie übersahen dabei den Pkw, der ein Stück weiter auf einer Zufahrt zu einem Feld stand und dessen Fahrer sich hinters Lenkrad duckte, nachdem er den breitkrempigen Kentucky-Wollhut abgesetzt und das Fernglas zur Seite gelegt hatte.

»Ich möchte mir das Unternehmen ansehen. Wie sieht Andreescus Firma aus?«

Sie warteten noch ein paar Minuten, bis Madsack mehrere Adressen herausgesucht hatte.

»Das ist ein undurchsichtiges Konglomerat«, sagte der Hauptkommissar. »Ich habe hier drei Firmen. Reicht das?« Er sah Frauke an.

»Das ist ein Anfang«, erwiderte sie. »Madsack und Schwarczer fahren zur Human Safe Resources Ltd. und Trust and Sure GmbH & Co. KG, Boss kommt mit mir zur vermutlichen Zentrale, der BS Inter Personal Service.«

Sie wartete die Antwort nicht ab, sondern ließ Schwarczer das Fahrzeug zum Rebenring steuern, einer vierspurig ausgebauten Hauptverkehrsstraße nördlich der Innenstadt. Dort fanden sich zahlreiche Bürogebäude. In einem war die BS Inter untergebracht. Schwarczer setzte die beiden Frauen ab und fuhr mit Madsack weiter.

BS Inter Personal Service hatte eine Etage in einem dreistöckigen Gebäude angemietet. Der weiße Putzbau mit den schmalen Fenstern lag an der Straßenfront eines kleinen Gewerbeparks. Nur ein unscheinbares Schild wies auf das Unternehmen hin. An der Drahtglastür, die zu den Büroräumen führte, fehlte jeglicher Hinweis. Es dauerte eine Weile, bis eine junge Frau mit einem auffallenden Nasenpiercing die Tür öffnete und sie fragend ansah, ohne selbst etwas zu sagen.

»BS Inter Personal Service?«, fragte Frauke.

»Warum?«, wollte die junge Frau wissen.

»Weil wir nicht zur Bärencompany wollen, Mädchen«, mischte sich Beate Boss ungefragt ein.

»Ich hol einen«, sagte die Frau und schloss die Tür.

Wenig später erschien ein Mann in einem Sporthemd und einer Jeans. Er mochte Anfang fünfzig sein und musterte sie durch eine Brille mit einem silberfarbenen Gestell.

»Was kann ich für Sie tun?«

»Polizei. Es geht um den Tod Ihres Geschäftsführers Corneliu Andreescu«, sagte Frauke.

Betroffenheit machte sich auf dem Gesicht des Mannes breit. »Schlimm«, presste er zwischen den Zähnen hervor. »Können Sie sich ausweisen?«

Frauke und Boss zeigten ihre Legitimationen. »Und wer sind Sie?«

»Erpel.«

»*Der* Erpel?«, fragte Boss und zog eine Augenbraue in die Höhe. »Und Sie heißen Donald Duck?« Sie sprach es deutsch aus.

Erpel hatte sie nicht verstanden. »Ich bin der Prokurist«, erklärte er.

»Wollen wir das Gespräch im Treppenhaus führen?«, wollte Frauke wissen.

Erpel schien ein wenig begriffsstutzig zu sein. Wieder dauerte es einen Moment, bis er einen halben Schritt zur Seite trat und sagte: »Nein. Natürlich nicht. Kommen Sie mit.«

Vom Flur mit dem fleckigen Teppichboden gingen ein paar wenige Türen ab. Die Wände bestanden aus Glasscheiben. Es mochten höchstens zehn Mitarbeiter sein, die Erpel und die beiden Polizistinnen mit neugierigen Blicken verfolgten, bis er sie in einen Glaskasten führte. Er zeigte auf die beiden schlichten Besucherstühle vor seinem Schreibtisch und nahm selbst auf der anderen Seite Platz.

»Haben Sie auch einen Vornamen?«, wollte Frauke wissen.

Er nickte. »Dieter.«

Auch dieser Arbeitsraum war, wie die anderen Büros, schlicht möbliert. Wenn man vom Computer und dem Telefon absah, wirkte es fast ein wenig antiquiert.

»Andreescu war Geschäftsführer?«

»Ja.«

»Wer noch?«

Erpel nagte an der Unterlippe.

»Wir können auch ins Handelsregister sehen.«

»Herr Hârtopeanu«, antwortete Erpel schmallippig.

Frauke war überrascht. »Dumitru Hârtopeanu?«

Der Prokurist bestätigte es.

Was war das für ein Konstrukt? Der Bodyguard, dem Schwarczer vorhin die Rippe gebrochen hatte, war formell Geschäftsführer?

»Welche Rolle spielen George Andreescu und sein Bruder Arsenie?«

Erpel schüttelte kaum wahrnehmbar den Kopf. »Ich kann Ihnen nur etwas zu unserer Firma sagen.«

»Das sind aber die Hintermänner dieses undurchsichtigen Geflechts.«

Erpel öffnete den Mund, als wollte er gegen das »Geflecht« protestieren, unterließ es aber. »Wir sind eine ordentliche eingetragene GmbH«, erklärte er. »An unserer Geschäftsführung gibt es keinen Zweifel.«

»Was betreiben Sie?«

Erpel legte die Fingerspitzen zusammen. »Wir sind die Holding der Tochterunternehmen.«

»Können Sie uns eine Auflistung dieser Firmen geben?«, fragte Frauke.

»Nein.« Es war das erste Mal, dass er sich entschlossen zeigte. »Das müssen Sie mit einem der Geschäftsführer besprechen.«

Wunderbar, dachte Frauke. Laut sagte sie: »Der eine ist tot.« Und der andere wird sich dank Schwarczers Körpereinsatz uns gegenüber nicht kooperativ zeigen. »Was ist daran so geheimnisvoll?«

Erpel antwortete nur mit einer nichtssagenden Handbewegung.

»Wie viele Mitarbeiter haben Sie?«

Der Prokurist musste nicht überlegen. »Mit den beiden Geschäftsführern dreizehn.«

Frauke runzelte die Stirn.

»Ich denke, Sie verleihen Personal im großen Stil.«

»Da sind Sie bei uns fehl am Platz.«

»Sondern?«

»Das kann ich Ihnen nicht sagen«, gab sich Erpel zugeknöpft.

»Nun komm schon, Donald«, mischte sich Boss ein. »Was soll das Ganze? Nicht nur der Erpel ... Alle Vögel pfeifen es von den Dächern, dass ihr eure Finger in ziemlich vielen Verleihfirmen stecken habt.«

»Ich bin nicht Geschäftsführer.«

Erpel rutschte unruhig auf seinem Stuhl hin und her.

»Wie geht es jetzt weiter? Hat Hârtopeanu jetzt das alleinige Sagen?«

Der Prokurist sah sie irritiert an. »Ich weiß es nicht. Wir alle hier machen uns Sorgen.«

»Hârtopeanu ist selten bis nie im Büro aufgetaucht«, riet Frauke.

Erpel bestätigte es durch eine hilflose Handbewegung.

»Worin besteht Ihre Sorge?«

»Die Arbeitsplätze«, erwiderte der Prokurist.

Du Pharisäer, dachte Frauke. Was sollten die vielen Menschen antworten, die durch den Andreescu-Clan und das weitverzweigte Netz an Tarnfirmen und Subunternehmen ausgebeutet wurden?

Hier würden sie keine weiteren Auskünfte erhalten.

»Wir bleiben im Gespräch«, verabschiedete sich Frauke und ließ es wie eine Drohung klingen.

Vor dem Bürogebäude angelte sie ihr Handy hervor und rief Madsack an.

Der Hauptkommissar zeigte sich kurz angebunden und sagte, sie seien gerade im Gespräch mit Bianca Schmidt, der Geschäftsführerin der Trust and Sure GmbH & Co. Er werde sich wieder melden. Frauke wollte die Zeit nutzen und die weitere Adresse aus dem undurchsichtigen Firmengeflecht aufsuchen. Eine Taxe brachte sie und Beate Boss zur Kurt-Schumacher-Straße nahe dem Hauptbahnhof. Sie fanden die Adresse in einem der Hochhäuser. Ein verblasster handschriftlicher Aufkleber wies auf den Klingelknopf »Tempel« hin.

»Das Heiligtum der Hochfinanz«, lästerte Beate Boss.

Weder am Klingelschild noch an den Briefkästen fanden sie den Namen des angeblich hier residierenden Unternehmens.

Erst nach wiederholtem Klingeln quakte die Wechselsprechanlage.

»Was'n los?«, fragte eine Männerstimme, die sich zwischendurch räusperte, um eine ganze Herde Frösche loszuwerden.

»Polizei«, sagte Frauke.

»Bullen? Hab damit nichts am Hut.«

»Machen Sie auf. Es geht um die Human Safe Resources.«

»Um was? Wumann Sähf? Nie gehört.«

»Mann, rede kein Blech«, drängte sich Beate Boss an das Mikrofon. »Mach auf, Tempel. Das ist der Laden, wo du Geschäftsführer bist.«

»Doch nicht so richtig.«

»Blödsinn. ›Ein bisschen schwanger‹ gibt's auch nicht. Also? Was ist? Tür auf, oder wir kommen in zehn Minuten mit der Steuerfahndung zurück.«

Ein kehliges Lachen drang aus dem Lautsprecher. »Steuerfahndung? Mann. Der ist gut. Soll'n kommen. Vielleicht finden die Mäuse.«

»Die nehmen deine Bude auseinander und packen dich gleich mit ein. Gegen die Steuerfahndung ist die Mafia ein Sozialhilfeverein. Los. Mach auf.«

Der Türsummer schnarrte, und der Fahrstuhl brachte sie in die vierte Etage. Tempel erwartete sie an der Wohnungstür, die er einen Spalt geöffnet hatte, den er ausfüllte und damit hoffte, den Einblick in den Flur zu verwehren. Er war schmächtig und klein. Beate Boss konnte mühelos über ihn hinwegblicken.

Tempel trug eine grobe Cordhose, auf der sich ein paar Flecken abzeichneten. Frauke wollte nicht darüber nachdenken, welchen Ursprungs die waren. Die Hose wurde mit einem Gürtel um die magere Taille gehalten. Das bunte Flanellhemd war bis zum Hals zugeknöpft. Aus den Hemdsärmeln lugten dünne behaarte Hände hervor. Der Hals war faltig, das Gesicht ähnelte dem einer Spitzmaus. Auf den Wangen und am Kinn zeichneten sich dunkle Schatten ab. Tempel hatte auf das Rasieren verzichtet. Die Haare wichen an den Geheimratsecken erkennbar zurück. Dafür hingen sie in fettigen Strähnen über die Ohren. Ein schmieriges Grinsen zeigte sich auf seinem Gesicht, als er die beiden Frauen erblickte.

»Polizei? Und dann erscheinen zwei Weiber?«

»Sie werden noch dankbar sein, dass die Emanzipation nicht überall greift«, sagte Frauke. »Wenn alle Frauen erst so auftreten wie wir, haben Leute wie Sie nichts mehr zu lachen.«

»Höh, höh.«

»Also. Was ist mit dem Job als Geschäftsführer?«, fragte Frauke.

»Was soll damit sein?«

»Welche krummen Dinger drehen Sie?« Sie hatte absichtlich laut gesprochen.

Tempel sah an den beiden Polizistinnen vorbei und scannte die Wohnungstüren der Nachbarn ab.

»Psst. Nicht so laut«, flüsterte er. »Was sollen die Leute denken?«

»Ist mir gleichgültig«, erwiderte Frauke in unveränderter Lautstärke.

»Ist doch nur ’n kleiner Nebenjob. Unbedeutend.«

»Für Kleinigkeiten bemüht sich nicht das Landeskriminalamt hierher«, sagte Frauke.

»Mensch.« Tempel tippte sich an die Stirn. »Ich versteh das nicht. Da rollt die geballte Staatsmacht an.« Er zog hörbar die Nase hoch. »Na ja. Nicht ganz. Da schicken die zwei Weiber.«

Beate Boss machte einen Schritt auf ihn zu. Sie überragte ihn um Haupteslänge und sah von oben auf ihn herab.

»Hör mal, Kerlemann. Wenn du nicht vernünftig mit uns sprichst, werde ich es dir beibringen.«

»Is ja gut«, versuchte Tempel sie zu besänftigen. »Ich krieg Hartz. Das ist nicht viel. Was ist dabei, wenn man sich einen Groschen dazuverdient? Durch ehrliche Arbeit.«

»Worin besteht Ihre Arbeit?«

»Das wissen Sie doch. Ich bin Geschäftsführer.«

»Ein schwerer Job?«

Tempel wich ihrem Blick aus.

»Was müssen Sie dafür tun?«, bohrte Frauke nach.

Tempel kratzte sich die Schläfe. »Was so ’n Dings … Geschäftsführer eben macht.«

»Wir haben nicht ewig Zeit. Das ist doch ein Fake«, mischte sich Beate Boss ein.

Tempel sah sie ratlos an. »Ein … was?«

»Auch noch begriffsstutzig, was?« Sie sah über den Mann hinweg in den Flur. »Sie heißen vielleicht Tempel, aber Ihre Unterkunft ist ein Saustall.«

»He, he«, protestierte er.

»Ich habe keine Lust, hier länger herumzustehen. Wollen Sie uns nicht hineinbitten?«

Tempel drehte sich kurz um und sah über die Schulter. »Das geht im Moment nicht«, erklärte er.

»Okay. Dann kommen Sie mit aufs Revier. Dort haben wir Stühle.«

»Muss das sein?« Als Frauke nickte, seufzte er. »Na schön. So 'n paar Tacken zusätzlich sind ja nicht verkehrt. Ich hab's mit Zeitungsaustragen versucht. Scheiße ist das. Mitten in der Nacht raus. Bei Kälte und Regen. Dann hab ich dieses hier gefunden. Ist 'n mieser Job. Bringt hundert Euro im Monat.«

»Was müssen Sie dafür tun?«

Tempel tat, als habe er die Frage nicht gehört.

Beate Boss stieß ihm den Zeigefinger zwischen die Rippen. »Nun sag schon.«

»Dies und das.«

»Was versteht man darunter?«

»Ich muss mit meiner Unterschrift für alles geradestehen.«

»Was unterschreiben Sie?«

Tempel hielt eine Hand in Höhe des Halses, die andere beim Bauchnabel. »So 'n Berg Papier.«

»Im Büro?«

»Nee. Da kommt einer her.«

»Und was unterschreiben Sie?«

Er zuckte mit den Schultern. »Weiß ich doch nicht. Davon verstehe ich nichts.«

Frauke schüttelte den Kopf. »Ist das normal?«

»Wieso?«, verteidigte er sich. »Das ist alles in Ordnung. Ich musste zum Notar. Und der hat alles dem Gericht vorgelegt. Die haben gesagt, es ist sauber«, interpretierte er die Handelsregistereintragung auf seine eigene Weise. Plötzlich schien ihm noch etwas einzufallen. »Das war eine Scheiße. Die Sache mit dem Notar. Ich musste zu dem hin. Also bin ich los. Mit dem Bus. Prompt gab es eine Fahrkartenkontrolle. Sechzig Euro hat das gekostet. Sagen Sie mal. Sie kennen sich da doch aus. Das sind doch sozusagen Unkosten. Geschäftsunkosten. Wie kriegt man die vom Finanzamt wieder?«

»Wer bringt Ihnen die Unterlagen, die Sie unterschreiben?«

»Keine Ahnung. Den Namen hat er nie genannt. Ein Ausländer.«

Frauke versuchte, ihm Dumitru Hârtopeanu zu beschreiben.

»Kann sein oder auch nicht. Die sehen doch alle gleich aus.«

»Wer holt die Post ab, die an die Firma geschickt wird?«

»Postfach.«

»Und die Anrufe?«

»Das macht mein Büro.«

»Ihr Büro?«

»So 'n … so 'n …« Er schnippte mit dem Finger. »Da kann man anrufen. Wie heißen die Dinger noch gleich?«

»Callcenter«, half Frauke aus.

»Ich glaube – ja.«

»Mann, Tempel. Da haben Sie sich auf etwas eingelassen«, sagte Beate Boss.

Der Mann erschrak. »Machen Sie keinen Ärger. Ich brauch das Geld.«

»Haben Sie es einmal mit anderer Arbeit versucht?«

Er grinste. »Ich wollte Pastor werden. Da lernt man, wie man Wasser in Wein verwandelt. Hat nicht geklappt. Nun muss ich mir meine Getränke teuer einkaufen.«

»Sie hören wieder von uns«, sagte Frauke und drehte sich um.

Die beiden Polizistinnen nahmen die Treppe. Vor der Tür erwarteten sie Madsack und Schwarczer. Frauke sah sie erstaunt an.

»Ich habe den beiden eine SMS geschickt«, sagte Beate Boss.

Die Tuckermannstraße lag westlich des Zentrums, nur einen Steinwurf von der Oker und ihrem Grüngürtel entfernt. In der zweiten Etage eines der Gebäude wohnte Bianca Schmidt, erklärte Madsack. Dort eine Firma vorzufinden überraschte ihn.

»Das war merkwürdig«, fuhr er fort. »Man kann getrost von einer Briefkastenfirma sprechen. Bianca Schmidt ist als alleinige Geschäftsführerin ins Handelsregister eingetragen. Das Unternehmen besteht offenbar wirklich nur aus dem Aufkleber auf dem Briefkasten. Der sogenannte Firmensitz befindet sich in der Schmidt'schen Wohnung. Das ist eine ruhige Wohngegend mit unauffälligen Mehrfamilienhäusern. Bianca Schmidt ist eine alleinerziehende Frau mit zwei kleinen Kindern, fünf und zwei Jahre alt. Unverheiratet«, schob Madsack hinterher. »Zu ihrer persönlichen Situation wollte sie keine Auskunft geben. Mit den beiden Kindern ist es unmöglich, einen Arbeitsplatz zu bekommen. Die Firmen haben Angst, sie könne zu oft ausfallen. Außerdem sei sie nicht flexibel und könne bei Bedarf nicht auf die Anforderungen des Arbeitgebers reagieren. So hat sie nach Alternativen gesucht und sich auf eine Anzeige beworben, in der ein ruhiger kaufmännischer Heimarbeitsplatz angeboten wurde. Sie war misstrauisch, da solche Lockangebote häufig von unseriösen Typen angeboten werden, die etwas verkaufen wollen, zum Beispiel Material oder die ›Idee fürs Selbstständigsein‹.«

Madsack unterbrach sich und schnaufte tief durch. Dann griff er in seine Sakkotasche und holte Bonbons hervor. Mit der flachen Hand bot er sie reihum an und zeigte sich enttäuscht, dass niemand zugreifen wollte.

»Bianca Schmidt hatte das Angebot zunächst nicht annehmen wollen, da die Vergütung mit vierhundert Euro im Monat nicht ihren Erwartungen entsprach. Mangels Alternativen musste sie es aber doch annehmen.«

»Und was ist die Gegenleistung?«, fragte Frauke. »Was muss sie tun?«

Madsack zuckte mit den Schultern. »In unregelmäßigen Abständen besucht sie ein Mann.«

»Name?«, unterbrach Frauke ihn ungeduldig.

»Erpel.«

»Das ist der Prokurist der Holding, wenn wir den Laden so bezeichnen wollen. Mit dem haben wir gerade gesprochen. Der hat den Unwissenden gespielt. Und das perfekt. Weiter, Madsack. Das kann doch nicht alles sein.«

»Doch«, widersprach der Hauptkommissar. »Wir haben nachgehakt. Kontoauszüge. Eingangspost. Telefonanrufe. Nichts. Absolut gar nichts. All das hat sie nie zu Gesicht bekommen.«

»Weiß die Frau nicht, auf was sie sich einlässt? Als Geschäftsführerin steht sie in der Verantwortung.«

»Es gibt Menschen, die haben keine Möglichkeit, abzuwägen«, mischte sich Boss ein. »In Köln gibt es einen Spruch: ›Et es noch immer jot jejange.‹ Und wenn bisher nichts Ungewöhnliches aufgetreten ist?«

»Es gibt noch den gesunden Menschenverstand«, belehrte sie Frauke.

»Der gegen die Bedürfnisse der kleinen Kinder abzuwägen ist. Die Schmidt ist Mutter«, wagte Boss zu widersprechen.

Frauke wischte das Argument mit einer Handbewegung weg. Dann berichtete sie vom Besuch bei Tempel. »Holger heißt der Knabe«, ergänzte sie.

»Die beiden Fälle sind exemplarisch«, erklärte Beate Boss. »Man bedient sich Menschen, die entweder in einer Notsituation sind wie Bianca Schmidt oder nicht durchblicken wie der Alki. Brauchen wir noch mehr Beweise dafür, dass hinter dem Ganzen ein wohldurchdachtes kriminelles System steckt?«

Frauke lachte bitter auf. »Sparen Sie sich Ihre emotionalen Ausbrüche. Tragen Sie Ihre Empörung in einem Forum für Gutmenschen vor. Formell liegt kein Rechtsverstoß vor. Nicht einmal die Dummheit des Holger Tempel ist strafbar. Und wenn das ganze Konstrukt irgendwann zusammenbricht, bleiben die armen Schweine auf der Strecke. Es ist wie in der freien Wildbahn. Die Hyänen jagen immer das schwächste Tier aus der Herde.«

»Das klingt zynisch«, sagte Beate Boss.

»Versuchen Sie, einen Job bei der Caritas zu bekommen, wenn es Ihnen hier zu rau zugeht«, empfahl Frauke.

»Wenn man bei Ihnen eine Autopsie vornehmen würde … Meinen Sie, es ließe sich ein Herz finden?«, fragte Beate Boss schnippisch.

»Das ist mir ziemlich egal. Ich bin aber überzeugt, dass mein Gehirn mehr auf die Waagschale bringen würde als Ihres.«

»Donnerwetter«, erwiderte Boss und gab einen Pfiff ab.

Sie hatten im Dienstwagen Platz genommen.

»Zurück nach Hannover«, sagte Frauke, als es an der Fensterscheibe klopfte. Ein Mann mit kurz geschnittenen dunklen Haaren stand am Fenster und bedeutete ihr, sie möge es herablassen. Trotz des leichten Nieselregens und des nasskalten Wetters trug er nur eine schwarze Lederjacke.

»Ja?« Frauke zog eine Augenbraue in die Höhe.

»Was machen Sie hier?«, wollte der Mann wissen.

»Geht es Sie etwas an?«

»Ja.«

»Wie kommen Sie auf eine solche Schnapsidee?«, fragte Frauke.

»Polizei.«

»Polizei?« Sie streckte die Hand aus dem Fenster. »Ausweis«, forderte sie.

Der Mann fingerte ein Dokument aus der Innentasche der Jacke und hielt es ihr hin, ohne es aus der Hand zu geben.

»Böhnke, Maximilian, Oberkommissar«, las Frauke laut vor, sodass die anderen es mitbekamen. »Polizeiinspektion Braunschweig«, ergänzte sie. Dann sah sie ihm ins Gesicht. »Sooo?«

»Sie haben meine Frage nicht beantwortet«, sagte Böhnke. »Wer sind Sie? Und was machen Sie hier?«

Frauke versuchte zu lächeln. Es misslang ihr. »Artikel 2 des Grundgesetzes«, entgegnete sie.

Für einen Moment war Böhnke irritiert. »Die freie Entfaltung der Persönlichkeit«, zitierte er den ersten Absatz. »Trotzdem möchte ich gern wissen, mit wem ich es zu tun habe.«

Frauke seufzte theatralisch. »LKA«, sagte sie dann leise und legte einen Finger auf die Lippen. »Pssst.«

»Darf ich *Ihren* Ausweis sehen?«

Böhnke betrachtete die Karte genauso aufmerksam, wie sie seine Legitimation studiert hatte.

»Das sind Kollegen«, erklärte Frauke und zeigte auf ihre Begleiter. »Wie kommen Sie auf uns?«

»Ich ermittele. Und da fingen Sie an, in meinem Revier zu fischen.«

»Tempel?«

Böhnke nickte. »Vorher waren Sie in Cremlingen und haben George Andreescu aufgesucht.«

»Sie haben uns verfolgt?«

Frauke ließ sich nicht anmerken, dass sie sauer war. Da saßen vier erfahrene Kriminalbeamte im Auto, und keiner von ihnen hatte es bemerkt.

Böhnke grinste schief und nickte.

»Sie sind im Fachkommissariat …«, setzte Frauke an.

»Eins«, fiel ihr Böhnke ins Wort.

»Bei Hauptkommissar Bitter?«

Böhnke nickte. »Genau.«

»Hat Ihnen Ihr Chef nicht gesagt, dass wir auch mit am Ball sind?«

Der Braunschweiger schüttelte den Kopf. »Sie machen Ihr Ding, wir unseres. Schönen Tag«, sagte er und entfernte sich, ohne die Antwort abzuwarten.

»Was ist das für eine Art der Zusammenarbeit?«, fragte Beate Boss vom Rücksitz.

»Das werden Sie immer wieder finden. Niemand lässt sich gern einen Fall aus der Hand nehmen. Die Kollegen meinen dann, sie wären nicht qualifiziert genug und man würde sie deshalb ablösen.«

»Man kann doch zusammenarbeiten. Letztlich zählt doch nur der Erfolg. Wir wollen, dass die Schuldigen vor Gericht kommen.«

»Sie vergessen dabei, dass es Menschen sind, die die Ermittlungen führen. Mit all ihren Unzulänglichkeiten und Empfindsamkeiten.« Frauke klopfte auf das Lenkrad. »Los, Schwarczer. Auf nach Hannover.«

Der Kommissar am Steuer zuckte zusammen, als sich zwei Hände auf seine Schultern legten und Beate Boss ihm sanft den Nacken massierte.

»Vorwärts. Thomas«, sagte sie.

Auf der A2 herrschte die übliche Betriebsamkeit zwischen Braunschweig und Hannover. Die Autobahn war nicht nur der direkte Weg in die deutsche Hauptstadt, sondern auch die Rennstrecke für einen Großteil des Lastverkehrs zwischen Ost- und Westeuropa. Schwarczer steuerte den Mercedes A160 zügig zurück.

Zunächst schwiegen sie. Jeder schien seinen Gedanken nachzuhängen. Madsack meldete sich als Erster zu Wort.

»Hat Holger Tempel sich darüber beklagt, dass man ihm das Geld, das er vom Andreescu-Clan zugesteckt bekommt, bei Hartz IV wieder abzieht?«

»Darüber haben wir nicht gesprochen«, erwiderte Frauke. »Der Mann ist Alkoholiker. Ich habe wenig Mitleid mit ihm. Er scheint auf dem Standpunkt zu stehen, dass Arbeiten sich nicht lohnt. Im Unterschied dazu ist Bianca Schmidt da hineingeschlittert. Sie hat wirklich kaum eine andere Chance. Das ändert aber nichts daran, dass beide irgendwann zur Rechenschaft gezogen werden. Man wird ihre persönliche Situation kaum berücksichtigen, wenn alles hochgeht. Würden die Andreescus es seriös angehen lassen, würden sie sich nicht solcher Leute bedienen. Das sind Strohmänner, die ins Feuer geschickt werden. George Andreescu, der Magier im Hintergrund, hält sich aus allem heraus. Wir kennen doch solche Fälle, in denen sich die Hintermänner nie selbst die Finger schmutzig machen.«

»Welche Rolle spielt der Prokurist Erpel?«, fragte Madsack.

»Da blicke ich auch noch nicht durch«, erwiderte Frauke. »Uns gegenüber versuchte er den Eindruck zu erwecken, als habe er keine Hintergrundinformationen. Bianca Schmidt wird aber die Wahrheit gesagt haben, als sie erzählte, dass Erpel sporadisch bei ihr auftaucht und sie Papiere unterschreiben lässt.«

»Es ist ein undurchsichtiges Firmengeflecht«, stellte Madsack fest.

»Das merkwürdige Geschäfte betreibt«, sagte Frauke. »Corneliu war Geschäftsführer der Holding, wenn ich das unscheinbare Büro am Rebenring so nennen darf. Der Leibwächter Dumitru Hârtopeanu ist doch auch nur eine Marionette. Faktisch hat Corneliu allein die Fäden gezogen. Musste er deshalb sterben? Und sein Cousin? Hatte der nur Pech, dass er in der Nähe war? Ein Kollateralschaden? Noch einmal zum Prokuristen Erpel. Ich hatte das Gefühl, der hat Angst. Aber vor wem? Wenn ja, muss er doch mehr wissen?«

Schließlich hatten sie Hannover erreicht. Die Verabschiedung in den Feierabend fiel knapp aus.

Frauke freute sich auf Isernhagen. Auf die Villa. Auf Georg. Sie stutzte. Georg und George. Welchen Unterschied das »e« ausmachte.

Georg würde sie erwarten, sich Gedanken darüber gemacht haben, womit er sie zum Abendessen überraschen könnte. Es würde ein weiterer Abend im Paradies sein. War es wirklich erstrebenswert, sich weiterhin mit Verbrechen und Kriminellen auseinanderzusetzen? Oder sollte sie Georgs Werben um sie nachgeben?

Nach all den Jahren hatte sie keine endgültige Entscheidung treffen können. Und dann gab es noch Herrn Dobermann. Zumindest in ihren Personenstandsunterlagen.

DREI

Es war November. Man musste nicht auf den Kalender sehen. Der Blick aus dem Fenster reichte. Es war trübe. An den Scheiben perlten die Regentropfen ab. Nur noch selten dachte Frauke an Flensburg. Auch dort war der November ein trister Monat. Düster. Voller Melancholie. Grau. Regen. Und Wind, den es in Hannover nicht in dem Maße gab wie an der Förde.

Der kleine Besprechungsraum lag im Halbdunkel und wurde durch die Deckenbeleuchtung in ein kaltes Licht getaucht. Die Mitglieder der Ermittlungsgruppe hatten sich an den Tisch gesetzt. Kriminaloberrat Ehlers hatte sich entschuldigt. Er musste einen anderen Termin wahrnehmen.

Sie hatten noch einmal die Erkenntnisse vom Vortag diskutiert. Dann hatte sich Frauke an Madsack gewandt.

»Gibt es schon Ergebnisse des KTI zur Mordwaffe?«

Madsack nickte. Er musste keine Notizen hervorkramen, um die bisherigen Resultate vorzutragen.

»Es wurden insgesamt vier Schüsse abgegeben. Zwei auf jedes Opfer. Zunächst wurden die beiden Männer mit Schüssen in den Rücken niedergestreckt. Bei Corneliu Andreescu drang das erste Geschoss, von hinten gesehen, links neben der Wirbelsäule in den Körper ein und traf ins Herz. Dabei wurde ziemlich viel zerfetzt, wie der Gerichtsmediziner sich ausdrückte. Der zweite Schuss traf seinen Cousin Nicolae und durchschlug die Wirbelsäule etwa auf Höhe der Brustwirbel. Das Geschoss wurde leicht abgelenkt und blieb in der Lunge stecken. Nach Ansicht des Arztes war die Verletzung bei Nicolae tödlich. Ob das auch für Corneliu gilt, ist rein hypothetisch. Der Täter ist aber auf Nummer sicher gegangen und hat beide Männer jeweils mit einem zweiten Schuss hingerichtet. Bei Corneliu war es ein Nahschuss, wie die Forensiker festgestellt haben. Der Mörder hat auf das Gesicht gezielt und etwas oberhalb der Nasenwurzel in die Stirn getroffen. Nicolae wurde durch einen aufgesetzten Schuss ins linke Auge hingerichtet. Die Schussspuren sind eindeutig. Die beiden Schüsse in den Rücken wurden aus circa drei bis vier Metern abgegeben. Der Schütze stand in nahezu gerader Linie hinter den Opfern. Daraus leiten die Forensiker ab, dass er zwischen einen Meter siebzig und einen Meter achtzig groß sein könnte. Dann ist er an die beiden Männer herangetreten und hat den Nah- beziehungsweise den aufgesetzten Schuss abgegeben.«

Sie wurden durch Beate Boss abgelenkt, die gedankenverloren mit einem saugenden Geräusch Kaffee aus ihrem Becher schlürfte.

»Oh«, sagte sie entschuldigend, verschluckte sich, um dann anzufügen: »Das war kein Amateur. Das sieht professionell aus. Der hat das nicht zum ersten Mal gemacht.«

»Davon ist auszugehen«, stimmte Frauke zu. »Das war kein enttäuschter Arbeiter, der vom Andreescu-Clan ausgenommen wurde und sich aufgrund seiner prekären Verhältnisse in einer Notlage befand. Der geht nicht so eiskalt vor.« Sie sah Madsack an. »Haben Sie Aussagen zum Schmauch des Mündungsfeuers? Gibt es eine Feinanalyse zu den Verbrennungsprodukten des Anzündsatzes oder der Treibladung?«

Madsack wirkte etwas betreten. »Leider nicht«, antwortete er. »Solche Details werden, wenn überhaupt, später analysiert. Ich weiß auch nicht, ob die Erkenntnisse auf chemografischem Wege, zum Beispiel durch Polyvinylalkohol-Abzugsverfahren, Weinsäure-Rhodizonat-Verfahren oder den Griess-Test, gewonnen wurden.«

Frauke wusste, dass Madsack mit dieser Aufzählung nur seinen Sachverstand unter Beweis stellen wollte.

»Die Schussspuren an den Projektilen konnten aber schon ausgewertet werden. Wir haben folglich Individualspuren der Tatwaffe.«

»Machen Sie es nicht so spannend«, mahnte Frauke ungeduldig.

»Es handelt sich um eine Heckler & Koch P2000.«

»Wirklich?«, fuhr Frauke dazwischen.

Madsack nickte versonnen. »Ich war auch überrascht. Eine halbautomatische Pistole, die als Polizeiwaffe entwickelt wurde. Der Rückstoßlader mit seinem modifizierten und gepufferten Browning-Verschluss im Kaliber neun Millimeter wird von der Landespolizei Niedersachsen eingesetzt.«

»Das ist unsere Polizeiwaffe«, stellte Frauke fest. »Haben wir schon …?«

»Die Anfrage beim Bundeskriminalamt läuft«, bestätigte Madsack. »In unseren Datenbeständen haben wir keinen Hinweis auf die Individualwaffe gefunden.«

»Eine Polizeiwaffe«, murmelte Frauke halblaut für sich selbst.

»Da wäre noch etwas«, sagte Madsack. »Die Telefonauswertung. Wir haben uns auf den Zeitraum vor und nach dem Mordanschlag beschränkt. Beschränken müssen«, ergänzte er. »Mehr wollte der Richter nicht genehmigen. Zwischen zwanzig Uhr, also eine Stunde vor der Tat, bis zum Mord wurde von keinem uns bekannten Handy oder den Festnetzanschlüssen aus der Wohnung telefoniert. Zur Zeit des Mordes, ich vermute, kurz danach, hat George Andreescu Dumitru Hârtopeanu …«

»Der Leibwächter«, fuhr Frauke dazwischen.

»… angerufen.«

Frauke sah in die Runde, als erwarte sie Zustimmung. »Wenn George Andreescu in Sorge um sein Wohlergehen ist … weshalb war er ohne seinen Schutz in der Wohnung seines Bruders? Fühlte er sich da sicher? Oder gab es andere Gründe, weshalb er Hârtopeanu nicht dabeihaben wollte?«

»Welche Vermutung haben Sie?«, wollte Beate Boss wissen.

Frauke maß sie mit einem langen Blick. »Wir spekulieren nicht, sondern halten uns ausschließlich an Fakten«, sagte sie unfreundlich. Dann wedelte sie mit der linken Hand in der Luft. »An die Arbeit.«

Die Teammitglieder erhoben sich. Auf dem Weg zur Tür stieß Beate Boss Schwarczer mit dem Ellenbogen in die Rippen.

Schwarczer bedachte sie mit Missachtung und war überrascht, als sie ihn von hinten am T-Shirt zog und festhielt.

»Wir sollten mal zusammen ein Bier trinken gehen«, schlug sie vor.

Schwarczer löste sich mit einer halben Drehung und ging wortlos davon.

Frauke kehrte in ihr Büro zurück und studierte noch einmal die Unterlagen, die sie bisher zusammengetragen hatten. Die Vermutung, dass die Andreescus ein undurchsichtiges Netz von Firmen aufgebaut hatten, war nicht durch Fakten abgesichert. Und irgendwo in diesem Geflecht gab es etwas, das den Mörder zu seiner Tat inspiriert hatte. Aber was?

Sie war erstaunt, als der Empfang einen Besucher ankündigte. »Zu mir?«

»Einen Namen hatte er nicht genannt. Der Besucher wollte mit jemandem sprechen, der mit dem Braunschweiger Doppelmord betraut ist. Da ist er doch bei Ihnen richtig, oder?«

»Bringen Sie den Besucher zu mir«, bat Frauke.

»Können Sie ihn nicht abholen? Ich kann hier nicht weg.«

Frauke machte sich auf den Weg. Am Empfang stand ein kleiner, füllig wirkender Mann. Er trug einen dunkelblauen Anorak. In der Hand hielt er einen Schirm. Um den kahlen Kopf lag ein silberner Haarkranz. Auf der Knollennase saß eine Goldrandbrille. Neugierig sah er Frauke entgegen.

»Sie kommen in Sachen des Braunschweiger Doppelmordes?«, fragte sie und übersah die ihr entgegengestreckte Hand.

Der Mann mit der dunklen Stimme bestätigte es.

»Mein Name ist Röhricht. Ich bin Gewerkschaftssekretär.«

Erneut hielt Röhricht ihr die Hand hin. Frauke erwiderte den festen Händedruck.

»Dobermann«, stellte sie sich vor. »In welcher Verbindung stehen Sie zur Braunschweiger Tat?«

Röhricht ließ sich nicht aus der Ruhe bringen. »Ich sagte es schon. Ich komme von der Gewerkschaft.«

»Kommen Sie mit«, forderte sie den Mann auf und führte ihn in ihr Büro. Dort zeigte sie auf den Besucherstuhl und nahm hinter dem Schreibtisch Platz.

»Die Morde geschahen in Braunschweig. Weshalb suchen Sie das LKA auf?«

»Ich habe mit Ihrem Kollegen Bitter gesprochen.«

»Der hat Sie an uns verwiesen?«, fragte Frauke verblüfft. Böhnke, der Mitarbeiter Bitters, hatte die übliche Reaktion gezeigt, wenn sich das LKA einschaltete: wenig Begeisterung.

Röhricht hatte seinen Anorak ausgezogen, sah sich um und hängte ihn über die Lehne des zweiten Besucherstuhls, weil Frauke ihm keinen Kleiderhaken anbot. Er nahm seine Brille ab und wischte sie mit einem Papiertaschentuch trocken. Dann hielt er sie am ausgestreckten Arm von sich und sah prüfend hindurch, bevor er sie wieder aufsetzte, zufrieden nickte und erklärte: »Es geht nicht direkt um den Mord, sondern um den Hintergrund. Herr Bitter sagte, die eigentliche Straftat würde die Polizei vor Ort aufklären. Das ganze Drumherum sei Aufgabe des Landeskriminalamts. So bin ich zu Ihnen gekommen.«

»Aha.«

Das war die Braunschweiger Interpretation. Frauke musste Röhricht nicht auseinandersetzen, dass sie es anders sah. Bevor sie nach Hannover wechselte, hatte sie in Flensburg das dortige K1 geleitet, das im Volksmund oft als »Mordkommission« bezeichnet wurde. Unwillkürlich musste sie lächeln, als sie an die zahlreichen Krimis dachte, die überall an der Küste eigene Mordkommissionen ansiedelten. Selbst auf den kleinsten Inseln wie Amrum und Föhr gab es Mordkommissionen, abgesehen von den mehreren Dutzend, die auf Sylt ermittelten. Dabei gab es in ganz Schleswig-Holstein nur vier solcher Einheiten. Sie hatte folglich selbst Erfahrung in Mordermittlungen und war deshalb nicht bereit, das Feld den Braunschweigern zu überlassen.

»Gewerkschaft.« Frauke streckte einen Finger in die Höhe.

»Arbeitnehmerüberlassung.« Es folgte der zweite Finger. »Leiharbeiter.« Der dritte. »Schwarzarbeit.« Der vierte. »Die Andreescu-Familie.«

Röhricht nickte nachdenklich. »Stimmt«, sagte er gedehnt. »Alles.«

»Mit dieser Thematik beschäftigen Sie sich?«

Der Gewerkschafter nickte.

Der Mann schien eine Menge berichten zu können. Sie griff zum Telefon und rief die Sekretärin an.

»Frau Westerwelle-Schönbuch. Ich habe Besuch. Bringen Sie uns zwei Kaffee.« Sie legte schnell auf, bevor »Uschi« erwidern konnte, dass sie nicht für den Service in dieser Etage zuständig sei.

»Andreescu beschäftigt über ein Netz von zwielichtigen Unternehmen Leiharbeiter«, versuchte Frauke eine gemeinsame Ausgangsbasis zu definieren.

Röhricht bewegte den Zeigefinger hin und her.

»Es ist ein offenes Geheimnis, dass wir seitens der Gewerkschaft lieber Festeinstellungen sehen als Zeitarbeit. Zeitarbeitsplätze ersetzen reguläre Arbeitsplätze. Sie werden oft geringer entlohnt, und die soziale Absicherung ist nicht so gegeben wie bei den Stammarbeitnehmern. Das führt bei den Betroffenen zu Unsicherheit. Abgesehen davon fühlen sich die Menschen als Arbeitnehmer zweiter Klasse. So werden sie in den Betrieben auch oft angesehen. Es wird nur wenig davon gesprochen, dass sich trotz Vollbeschäftigung unter den Zeitarbeitnehmern zahlreiche Aufstocker befinden, da das Einkommen für die Bestreitung des Lebensunterhalts oft nicht ausreicht.«

Er wurde unterbrochen, als die Sekretärin den Kaffee brachte und mit einem giftigen Blick in Fraukes Richtung spitz »Bitte« sagte. Sie knallte die Tasse förmlich vor Frauke auf den Schreibtisch.

Röhricht griff zur Tasse und nahm einen großen Schluck.

»Ah«, sagte er. »Kaffee. Dafür gebe ich mein Leben. Schwarz.

Heiß.« Er sah Frauke über den Rand der Tasse an. »So wie für unser Thema.«

Dann lehnte er sich zurück und fuhr fort.

»Neben den Unterschieden in der Entlohnung spielt eine große Rolle, dass die Fremdarbeiter nicht in die soziale Struktur eingebunden sind. Die betriebliche Integration wird unterbunden. Das ist gewollt. Die Leiharbeiter tragen eine andere Arbeitskleidung und sind somit schon äußerlich stigmatisiert. Sie haben oft keinen Zugang zu den Umkleide- und Sozialräumen, zahlen mehr für das Essen in der Betriebskantine und vieles mehr. In manchen Unternehmen wird hinter vorgehaltener Hand sogar berichtet, dass private Gespräche und Kontakte zwischen Stammbelegschaft und Leiharbeitern nicht gern gesehen werden. Es findet eine bewusste Ausgrenzung statt. Die Leiharbeiter sind fast immer Mitarbeiter zweiter Klasse. Nicht nur Mitarbeiter. Sie werden auch wie Menschen zweiter Klasse behandelt. Und wenn es sich wie in manchen Wirtschaftszweigen auch noch um Arbeitnehmer ausländischer Herkunft handelt, womöglich auch mit unzureichenden Deutschkenntnissen, sind die Probleme vorprogrammiert.«

»Das mag alles zutreffen«, erwiderte Frauke. »Ich sehe darin aber ein Problem, das politisch gelöst werden muss.« Sie zeigte auf Röhricht. »Mit Hilfe und Engagement der Gewerkschaft. Durch Leute wie Sie. Was hat es mit unserem Fall zu tun?«

Röhricht nickte. Er hatte seine Tasse mit dem zweiten Schluck geleert und ließ wieder ein »Ah« hören.

»Andreescus Geschäftsmodell ist ein anderes. In Deutschland benötigen Unternehmen eine Erlaubnis der Bundesagentur für Arbeit, die man früher Arbeitsamt nannte, für die Arbeitnehmerüberlassung. Die hat Andreescu nicht. Wir kreiden ihm die verdeckte Arbeitnehmerüberlassung an.«

»Dann kann man doch gegen ihn vorgehen.«

»Eben nicht. Mit seinem Firmengeflecht übernimmt er im Rahmen von Werkverträgen ganze betriebliche Funktionen, zum Beispiel in der Fleischverarbeitung. Dort schuften wie im

Beispiel Andreescu rumänische Arbeiter. Die sind bei einem dortigen Unternehmen angestellt. Mit dem schließt eine der hiesigen Andreescu-Firmen einen Werkvertrag. Der rumänische Partner wird beauftragt, in einer bestimmten Zeit zu einem festgelegten Preis eine vorgegebene Menge Fleisch zu zerlegen oder so und so viele Tiere zu schlachten. Die Bezahlung erfolgt nach Menge. Wie der Auftragnehmer das bewerkstelligt, ist seine Sache. Europa macht es möglich, dass solche Konstrukte Realität sind.«

»Das ist Business«, warf Frauke ein.

Röhricht begann mit seinen Händen in der Luft zu malen.

»Business. Business«, sagte er erregt. »Das ist menschenunwürdig. Die Leute werden nicht nur schlecht bezahlt, sondern leben hier unter Umständen, die den Tierschutz beschäftigen würden. Aber wir kommen nicht an Andreescu heran. Formell gibt es keine Verbindung zwischen ihm und den Rumänen. Wir sind aber davon überzeugt, dass er hinter allem steht und sich hinter Strohmännern versteckt.«

Diesen Eindruck hatte Frauke auch gewonnen. Holger Tempel und Bianca Schmidt waren solche Strohmänner. In Deutschland. Sie mussten versuchen, weitere Informationen über dieses Geschäftsmodell einzuholen. Andreescu und seine Familie gingen geschickt vor. Kaum jemand war eingeweiht, schon gar nicht die Betroffenen, die angeblichen Geschäftsführer, die mit einem Obolus abgespeist wurden und zur rechtlichen Verantwortung gezogen würden, wenn Röhricht und seine Mitstreiter in ihrem Kampf gegen das System Andreescu Erfolg hätten.

»Kann man das System nicht aufbrechen, indem man sich die Strohmänner vorknöpft? Das sind alles arme Schweine – ich weiß. Aber nur über diesen Weg gelingt es, Sand ins Getriebe zu streuen.«

»Sie unterschätzen George Andreescu. Das ist der große Stratege im Hintergrund. Er umgibt sich mit Mitgliedern seiner Familie. Der Bruder. Sein Sohn …«

»Der jetzt ermordet wurde«, schob Frauke ein.

»Corneliu Andreescu ist der jüngere. Da ist noch Simion.«

»Simion ist der ältere«, sagte Frauke.

»Ja, aber Corneliu war als Thronfolger ausersehen.«

»Und der zweite Tote – Nicolae?«

»Das ist der Sohn von Georges Bruder. Der durfte mitmachen. Stellen Sie es sich wie in Königshäusern vor. Königin Elizabeth hat Geschwister. Kennen Sie deren Kinder? Die dürfen *irgendwie* mitspielen, aber nur in Nebenrollen.«

»Warum wurde Nicolae dann ermordet?« Frauke zog die Stirn kraus. »Der war unglücklicherweise am falschen Ort«, gab sie sich selbst die Antwort. Und weshalb wurde der »Kronprinz« ermordet und nicht der Patriarch?, fragte sie sich im Stillen. Weil man an den nicht herankommt. Oder weil man George Andreescu damit treffen konnte, dass man seinen Lieblingssohn erschoss.

Sie zeigte auf die Kaffeetasse. »Möchten Sie noch eine?«

Röhrichts Augen leuchteten. »Oh – ja. Gern.«

Fraukes Versuch, die Sekretärin zum Herbeischaffen weiteren Kaffees zu bewegen, scheiterte. Sie wies kurzerhand Madsack an.

»Andreescu arbeitet mit Unternehmen aus Rumänien zusammen, die als Auftragnehmer die Gewerke übernehmen. Es müsste doch eine Möglichkeit geben, über die dortigen Behörden an die heranzukommen.«

Röhricht lachte schrill auf. »Das Land gehört zur Europäischen Union, ist aber in vielen Dingen nicht Teil der Wertegemeinschaft. Korruption und Amtsmissbrauch sind dort ein Massenphänomen. Der Grund sind die weitverbreitete Armut der Bevölkerung und die Unterbezahlung der öffentlich Bediensteten.« Der Gewerkschafter breitete die Arme aus. »Das sind *auch* Europäer«, sagte er. »Andererseits aber doch nicht. Ich habe die Zahlen von 2014 im Kopf. Da verdiente ein Däne im Monat viertausendsechshundert Euro, das ist Spitze. Der Deutsche trug dreitausendvierhundert Euro nach Hause. Und der Rumäne musste sich mit fünfhundertzwanzig Euro begnügen.«

»Bei insgesamt niedrigeren Lebenshaltungskosten«, warf Frauke ein.

Röhricht winkte ärgerlich ab. »Das sind dumme Argumente, die auch von einem Politiker stammen könnten. Wenn der dortige Durchschnittslohn auch sehr niedrig ist – es geht noch schlimmer. Es gibt eine noch ärmere Bevölkerungsgruppe. Die Rumänen sprechen nur von Roma. Nach dem Ende des kommunistischen Systems gehörten sie zu den zuerst Entlassenen. Wie bei uns wird diese Bevölkerungsgruppe auch im eigenen Land diskriminiert. Sie werden von der Mehrheitsbevölkerung abgelehnt. Dafür gibt es viele Gründe. Neben den Vorurteilen ist es die schlechte Bildung. Noch um die Jahrtausendwende waren vierundvierzig Prozent der Männer und fast sechzig Prozent der Frauen Analphabeten. Die Roma leben häufig in Siedlungen ohne fließend Wasser und Strom. Das ist unvorstellbar, was dort passiert.« Röhricht tippte sich aufs Herz. »Ich war da und habe es mit eigenen Augen gesehen. Sie glauben es nicht. Und das in Europa. Ich will es nicht rechtfertigen, aber aus purer Not ziehen manche der Roma durch Europa, um sich mit Stehlen über Wasser zu halten. Und das nicht etwa für sich, sondern weil sie dazu von Kriminellen gezwungen werden. Oder denken Sie an die organisierten rumänischen Bettlerbanden.«

»Sie sind aber nicht gekommen, um über das Elend der Roma zu sprechen?«

»Doch«, beharrte Röhricht. »Das ist es ja. Andreescu rekrutiert die Leute, die er hier ausbeutet, aus der Gruppe der Roma. Wer nicht kriminell werden möchte, aber trotzdem überleben will, schließt einen Pakt mit dem Teufel. Und der heißt George Andreescu. Es sind nicht nur die falschen Versprechungen, sondern die schlichte Existenznot, die die Leute zu uns führt.«

Sie wurden abgelenkt, als die Tür aufgerissen wurde und krachend gegen die Wand knallte. Beate Boss füllte fast den gesamten Türrahmen aus, als sie, zwei Tassen balancierend, ins Zimmer stolperte. Es half auch nicht, dass ihre Zunge zwischen den Lippen beim Balancieren mitzuhelfen schien. Die Tassen standen in Fußbädern. Sie setzte die Tassen vor Röhricht und Frauke ab.

»Tach«, sagte sie zum Gewerkschafter. »Ich gehöre zum Team. Und Sie sind?«

»Boss. Sie können gehen«, fuhr Frauke barsch dazwischen.

Röhricht sah sie mit großen Augen an.

»Sie *heißt* Boss«, erklärte Frauke.

In ihr keimte Ärger auf. Ein blöder Name. Ständig musste sie jemandem erklären, dass *sie* die Chefin war. Beate Boss zog beleidigt ab.

»Die Roma arbeiten also für Andreescu?«

»Ja. Äh ... Nein. Nicht für ihn als natürliche Person. Sondern für sein System.« Röhricht zog mit dem Zeigefinger das rechte Augenlid herunter. »George Andreescu taucht nirgendwo offiziell auf. Aber ohne ihn läuft gar nichts. Die Drecksarbeit überlässt er anderen. Wenn es den perfekten Verbrecher gibt, dann ist er es.«

»Die Roma-Arbeiter leben wo in Braunschweig?«

»In der Weststadt.«

Frauke hatte gehört, dass dieser relativ junge Stadtteil als Problembezirk eingestuft wurde. Dort standen Wohnblocks und Hochhäuser.

»Wer hat die Wohnungen angemietet?«

»Sie gehören Andreescu.«

»Bitte?« Frauke war überrascht.

»Auch wieder über eine seiner Schattenfirmen. Ein großer Wohnblock ist im Besitz einer Gesellschaft, die ihren Sitz auf Jersey hat. Es ist die West Real Estate LLP. Das steht für ›Limited Liability Partnership‹. Und die gehört Andreescu.«

»Sie sind sehr gut informiert.«

»Ich bin seit Langem hinter Andreescu und seiner Sippe her und versuche, Fakten zu beschaffen, um ihm das schmutzige

Handwerk zu legen. Bisher leider vergeblich.« Es klang resigniert. »Ich wundere mich immer wieder, warum die Politik nicht ernsthaft gegen solche Modelle vorgeht. Jersey lebt davon, dass es Steuerhinterziehern oder -sparern ein Domizil gibt. Dafür sorgt ein ausgeklügeltes und umfassendes Rechtssystem. Die Insel, die der britischen Krone unterstellt ist, steht seit einem halben Jahrhundert mit an der Spitze eines globalen Finanzwesens, das durch ein eigenständiges demokratisches System legitimiert wird.« Röhricht lachte bitter auf. »Die geringen Steuern machen die Kanalinseln zum Paradies für Global Player. Auf Jersey und Guernsey sind mittlerweile mehr als vierzigtausend Unternehmen niedergelassen. Wenn Sie durch St. Heliers Straßen laufen, treffen Sie auf mehr deutsche Unternehmensvertretungen als in Frankfurt oder sonst wo.« Röhricht fuchtelte erregt mit der Hand in der Luft herum. »Die Hälfte des Bruttosozialprodukts wird durch diese dunklen Geschäfte erzielt. Noch verrückter ist es auf der Insel Sark. Dort gibt es nur fünfhundertfünfzig Einwohner, aber mindestens fünfzehntausend Firmen nennen einen dieser Leute ihren Direktor.«

»Vielen Dank für diese Auskünfte«, sagte Frauke und ließ sich die Adresse des Wohnblocks in Braunschweig geben. »Können Sie uns noch Namen nennen?«

Röhricht schüttelte den Kopf. Viel zu schnell. Viel zu heftig, befand Frauke, bevor sie sich von dem Gewerkschafter verabschiedete.

Andreescus Wirken war ein Stachel in der Arbeit der Gewerkschaft. Frauke verstand, dass man alles daransetzte, um den üblen Machenschaften ein Ende zu bereiten und den Menschen, die als moderne Sklaven gehalten wurden, zu helfen, auch wenn sie nicht Mitglied der Gewerkschaft waren. Sie war dennoch von Röhrichts missionarisch anmutendem Eifer überrascht. Der Mann schien den Kampf gegen Andreescu zu einem persönlichen Feldzug gemacht zu haben.

Sie informierte kurz die Mitglieder des Teams, bevor sie nach Braunschweig aufbrachen.

»War das vorhin Ihr Informant?«, fragte Beate Boss unterwegs.

»Ist das von Bedeutung?«, erwiderte Frauke.

»Wir sind ein Team. Ich denke, Sie sollten uns mehr Informationen zukommen lassen. Lange vor meiner Zeit gab es eine Schwarz-Weiß-Fernsehserie namens ›Der Kommissar‹. Ein alter wortkarger Mann ließ seine Deppen herumlaufen, mal hier stöbern, mal da hineinsehen. Zum Schluss versammelte er alle um sich und verkündete, wer der Mörder war. So ähnlich gehen Sie vor.«

»Passt es Ihnen nicht bei uns? Ich habe Sie nicht eingeladen, zu kommen.«

»So funktioniert es nicht«, beschwerte sich Beate Boss.

»Doch«, antwortete Frauke.

Sie fuhren eine Zeit lang, ohne dass jemand sprach. Dann wandte sich Beate Boss an Madsack, der sich neben ihr in den Fond gedrückt hatte.

»Wer war eigentlich mein Vorgänger?«

Madsack räusperte sich, bevor er sagte: »Jakob Putensenf, ein Polizist der alten Schule. In jeder Hinsicht.«

»Was heißt das?«

»Kriminalhauptmeister.«

»Kriminalhaupt...? Mittlerer Dienst? Das gibt es noch?«

»Er war der letzte. Ein Fossil. Hat sich von ganz unten hochgedient. Nun ist er im wohlverdienten Ruhestand.«

Nach ein paar Minuten hakte Beate Boss nach. »Wie ist er mit ihr«, dabei zeigte sie auf Fraukes Rücken vor sich, »zurechtgekommen?«

Madsack schluckte zweimal, bevor er antwortete: »Prächtig. Ein Dreamteam.«

»Madsack«, kam es schneidend vom Beifahrersitz. »Erzählen Sie keinen Stuss. Putensenf verstand nicht, dass Frauen bei der Polizei, schon gar nicht bei der Kripo, tätig werden können. Für ihn war eine weibliche Vorgesetzte die Höchststrafe.«

»Und was hat er verbrochen, dass er mit ihr«, dabei zeigte Beate Boss erneut auf Fraukes Rücken, »zusammenarbeiten musste?«

Madsack verzichtete auf eine Antwort.

Die Weststadt lag nahe der A 391 und zeichnete sich mit ihren Hochhäusern schon von Weitem am Horizont ab. Zum Teil sollten bunte Fassaden die Tristesse auflockern, die von den – wie gewaltige Sperrriegel in der Landschaft stehenden – Wohnblöcken ausging. Im Sommer mochte das viele Grün freundlich wirken. Der November war überall trist. Und hier besonders.

Das gesuchte Haus befand sich in einem der Blocks. Auf Frauke wirkte es im Unterschied zu anderen verwahrlost. Die Glasscheibe der Eingangstür war eingeschlagen. Das Klingelbrett mit den Namen war aus der Wand gerissen. Jemand hatte »Zigeuner« an die Hauswand gesprayt.

Während sie unentschlossen vor der Eingangstür standen, kam ein kleiner Junge, Frauke schätzte ihn auf höchstens acht Jahre, vorbei. Er bremste sein Fahrrad ab und starrte sie aus dunklen Augen neugierig an. Für das Wetter war er viel zu leicht bekleidet. Auf dem pummeligen Körper saß ein runder Kopf mit dunklem Haar.

»Wollt ihr zu den Zigeunern?«, fragte er.

»Wer wohnt hier? Weiß du das?«

»Die Zigeuner. Mein Vater sagt immer, man soll aufpassen. Ich darf nicht mit denen sprechen. Niemand will sie hier haben.«

»Wie heißt du?«, fragte Frauke.

»Acar.« Er fuhr sich mit der Zunge über die Lippen. Dann ergänzte er: »Acar Ciğerci.«

»Und wo kommst du her?«

Der Junge streckte seine Hand aus und zeigte in eine unbestimmte Richtung. »Von da. Wir wohnen dort.«

»Ich meine, wo bist du geboren?«, wollte Frauke wissen.

Er sah sie mit großen Augen an. »In Braunschweig«, erklärte er und zeigte erneut in die Richtung. »Da ist unser Haus.« Er stieß sich mit dem Fuß ab und trat in die Pedale. »Ich muss weiter. Mein Vater wird sauer, wenn er mich hier bei den Zigeunern erwischt.«

Über die Schulter rief er ihnen noch ein »Tschüss« zu. Dann war er verschwunden.

»Zumindest wissen wir, dass wir hier richtig sind«, sagte Frauke.

»Mich erschüttert, wie tief die Vorurteile bei den Menschen verwurzelt sind«, mischte sich Madsack ein. »Die sprechen wirklich von *Zigeunern*. Der Kleine hat es nicht anders gelernt. Schlimm ist, dass diese diskriminierende Haltung schon bei Kindern gesät wird. Das bekommt man aus deren Köpfen nicht wieder heraus.«

Im Treppenhaus roch es unangenehm. Von den Wänden blätterte die Farbe ab. Sie klingelten an den Türen im Erdgeschoss. Niemand öffnete. Auf diese Weise kämpften sie sich von Etage zu Etage vor. Im dritten Stock vernahmen sie laute Stimmen hinter der Tür. Die Klingel versagte hier ihren Dienst. Ungefragt ballte Beate Boss die Faust und schlug kräftig gegen das Türblatt.

Ein Mann mit hageren Gesichtszügen öffnete ihnen. Seine schwarzen Haare hingen ihm in Strähnen in die Stirn. Auf den eingefallenen Wangen sprossen dunkle Haare. Er trug eine fleckige Jeans und ein buntes Wollhemd.

»Polizei«, sagte Frauke.

»Poliție?« Er sah sie aus großen Augen an.

»Sprechen Sie Deutsch?«

Seine Hände hoben sich in Schulterhöhe. »Nicht wissen«, radebrechte er.

»Ist noch jemand in der Wohnung, der uns versteht?«

Der Mann drehte sich um und rief etwas in einer fremden Sprache. Frauke nahm an, dass es Rumänisch war. Noch einmal drang Gelächter aus der Wohnung, dann erschien ein anderer Mann. Ein dichter schwarzer Schnurrbart zierte seine Oberlippe.

»Da? Ce este?« Dann erblickte er die Polizisten.

»Poliţie«, erklärte der Erste und trat einen Schritt zurück.

»Polizei?« Der Zweite sah die vier Beamten der Reihe nach an. Ungläubig schüttelte er den Kopf. »Ohne Uniform?«

»Kriminalpolizei«, erklärte Frauke.

»Nicht glauben«, sagte er und wollte die Tür zuschlagen. Schwarczer hielt seinen Fuß dazwischen.

»Ein Trick. Wir kaufen nix.«

Frauke zog ihren Dienstausweis hervor und hielt ihn dem Mann vor die Nase.

Der kniff die Augen unter den buschigen Brauen zusammen und tat, als würde er das Dokument studieren. Frauke war sich nicht sicher, ob er es verstand. Der Mann schien ihnen jedenfalls zu glauben.

»Was du wollen?«, fragte er in hart klingendem Deutsch.

»Wir möchten mit Ihnen reden.«

»Nix reden. Nix wissen.«

»Hören Sie sich doch erst einmal unsere Fragen an.«

Er bewegte die Hände vor der Brust über Kreuz hin und her. »Nix wissen.«

»He, so läuft das nicht.« Beate Boss schob Madsack vorsichtig zur Seite und sich selbst in den Vordergrund. »Wenn wir etwas wissen wollen, erwarten wir Antworten. Oder haben Sie ein schlechtes Gewissen?«

»Was willst du wissen?« Der Mann sprach deutsch, aber in abgehackter Weise. Es klang so, als hätte er die Brocken aufgeschnappt, ohne die Sprache und ihre Grammatik jemals gelernt zu haben.

»Sie arbeiten für Andreescu«, stellte Frauke fest.

»Ich kenne keinen Corneliu Andreescu«, behauptete der Mann.

»Merkwürdig, wenn Sie …«, sagte Beate Boss, wurde aber von Frauke durch einen Schlag auf den Oberarm gestoppt.

Natürlich hatte sich der Mann verraten. Niemand hatte den Vornamen genannt.

»Was machen Sie in Braunschweig?«

»Arbeiten.«

»Wo?«

»Fleischfabrik.«

»In welcher?«

»Ist egal. Alles korrekt. Wir haben Verträge. Unsere Firma aus Râşnov hat einen Vertrag mit der Fleischfabrik. Wir sind nur die Arbeiter.«

»Sie kommen aus Rumänien? Woher genau?«

»Viele kommen aus einem Dorf bei Râşnov.«

Frauke schnippte mit dem Finger in Madsacks Richtung. Der hatte schon sein Smartphone hervorgeholt und begann, dort etwas einzugeben.

»Sie sind bei einem rumänischen Unternehmen angestellt. Wie heißt es? Wer ist Ihr Chef?«

»Nicht verstehen«, behauptete der Mann.

»Wir möchten Ihre Papiere sehen.«

Erneut tat er, als würde er sie nicht verstehen.

»Sie haben keine«, unterstellte Frauke.

»Ich bin EU-Bürger«, sagte der Mann. Das hatte man ihm also eingeschärft.

»Aber auch dann gelten unsere Gesetze. Wo ist Ihr Sozialversicherungsausweis?«

»Krankenkasse?«

Frauke nickte.

»Das bezahlt alles Firma in Rumänien. Wir alle«, dabei ließ er seinen Arm kreisen, »sind dort angestellt.«

Frauke verlangte seinen Ausweis. Während er ihn holte, drehte sie sich um.

»Madsack«, sagte sie zum Hauptkommissar. Der las von seinem Smartphone ab.

»Râşnov oder auf Deutsch Rosenau ist eine Kleinstadt im Kreis Braşov in Siebenbürgen.«

»Brașov – Brașov«, wiederholte Frauke. »Da kommt der Andreescu-Clan her. Auch wenn die mittlerweile alle einen deutschen Pass haben, bestehen immer noch Kontakte zur alten Heimat. Da schließt sich der Kreis.« Sie suchte Beate Boss' Blick. »So sammelt man Puzzleteilchen für das große Ganze«, sagte sie in einem belehrenden Tonfall.

Zum Glück nutzte man in Rumänien die lateinische Schrift. So war der Ausweis lesbar. Ihr Gegenüber hieß Rudko Rosenberg und war siebenunddreißig Jahre alt. Frauke hätte ihn älter eingeschätzt.

»Wer wohnt noch in dieser Wohnung?«

»Kollegen.«

»Wie viele?«

»Egal.«

Frauke beharrte auf einer Antwort. Sie bestand darauf, die Wohnung betreten zu dürfen.

Rosenberg weigerte sich.

»Man hat behauptet, hier befindet sich Diebesgut«, sagte Beate Boss.

Rosenberg hatte sie verstanden. Eine Verwandlung ging in ihm vor. Er sah Beate Boss giftig an.

»Das wir kennen. Überall auf Welt sagt man, Roma sind immer Diebe und Verbrecher. Wollen Sie auch das sagen?«

»Wir möchten dieses Vorurteil widerlegen«, sagte Frauke. »Lassen Sie uns einen Blick in die Wohnung werfen.«

Rosenberg wollte es nicht zulassen. Der Disput dauerte eine Weile, bis er schließlich einwilligte. »Nicht alle, nur Frauen allein.«

Die Wohnung war unaufgeräumt. In den drei Zimmern fanden die Polizistinnen insgesamt elf Betten.

»Wohnen die alle hier?«, fragte Frauke entsetzt.

»Gute Wohnung«, versicherte Rosenberg.

Kleidung lag auf den Betten. Im fensterlosen Bad roch es feucht und schimmelig. Jemand hat ein paar Wäschestücke gewaschen und zum Trocknen über die Duschabtrennung gehängt. Frauke verzichtete darauf, einen Blick in die Toilettenschüssel zu werfen. Für die Reinhaltung der Wohnung schien sich niemand zuständig zu fühlen. Nur das Gröbste wurde getan.

Ein leichter Schauder durchfuhr sie. Menschenwürdig war das nicht. Elf Männer teilten sich die sanitären Einrichtungen. Und Privatsphäre hatte keiner von ihnen.

Auf dem unteren Teil eines Etagenbetts saßen zwei Männer, beide in schweißdurchtränkten Unterhemden. Ein dritter lag gegenüber im oberen Bett, hatte sich unter einer Wolldecke zusammengekrümmt und schnarchte. Die beiden Männer im Unterhemd sahen erschöpft aus. Sie hielten jeder eine Flasche Billigbier in der Hand und rauchten. Die Luft war zum Schneiden.

»Wir kommen gerade von Nachtschicht«, erklärte Rosenberg. »Akkord. Immer Akkord. Arbeit schwer.«

»Nach der Arbeit kommen Sie hierher und schlafen?«

Rosenberg nickte.

»Und dann?«

»Wieder Arbeit. Nächste Schicht.«

Es war unfassbar. Das Leben dieser Leute bestand nur aus der Akkordarbeit in der Fleischfabrik und dem Schlafen in diesem Loch. Jetzt verstand sie Röhrichts Eintreten für diese Arbeiter ein bisschen besser. Sie erfuhren noch, dass die beiden Biertrinker Šaban Lakatos und Harri Winterstein hießen, während der Schnarcher auf den Namen Dorel Todorow hörte.

»Wer ist Ihr deutscher Ansprechpartner?«, wollte Frauke wissen.

Erst nach mehrmaligem Nachfragen behauptete Rosenberg, dass der Mann Holger Tempel hieß, sie ihm aber noch nie begegnet seien.

»Warum auch? Wir machen unsere Arbeit. Schlafen. Essen. Arbeiten. Schlafen. Essen. Arbeiten.«

»Sonst nichts?«

»Sonst nichts«, versicherte Rosenberg. »Leben in Deutschland sehr teuer.«

Die Polizisten erfuhren auch noch, dass man jedem der Männer zweihundertzehn Euro für die Unterkunft berechnete.

»Boah«, entfuhr es Beate Boss. »Das sind über zweitausenddreihundert Zocken im Monat für dieses Rattenloch.«

Frauke hatte nur halb zugehört. Holger Tempel, der alkoholkranke Sozialhilfeempfänger, war den Roma-Arbeitern als Ansprechpartner genannt worden. Das war absurd. Wer nicht in diese dunkle Materie eintauchte, konnte sich nicht vorstellen, wie es Menschen ergehen konnte.

Als sie das Haus verließen und zu ihrem Auto zurückkehrten, rutschte der Mann im Trenchcoat, der sein Fahrzeug ein Stück weiter abgestellt hatte, noch tiefer in das Polster hinein.

Hauptkommissar Bitter saß mit Maximilian Böhnke in seinem Büro und zeigte sich überrascht, als die hannoverschen Polizisten auftauchten.

»Bei uns mangelt es an jeder Ecke am Personal. Wir schieben einen Riesenberg Überstunden vor uns her. Und Sie reisen in Kompaniestärke durch die Lande.«

»Dafür bringen wir auch Ergebnisse zustande«, erwiderte Frauke schroff. »Haben Sie einen Besprechungsraum?«

»Kommen Sie«, sagte Bitter und führte die kleine Runde in den kargen Raum.

Die Stimmung war frostig. Man merkte den Braunschweigern an, dass es ihnen nicht gefiel, dass sich das LKA eingeschaltet hatte.

Jeder suchte sich einen Platz, dann sagte Frauke: »Wir waren in der Weststadt und haben mit einigen der Leiharbeiter gesprochen.«

»Es sind keine *Leih*arbeiter«, stellte Bitter fest.

»Lassen wir Spitzfindigkeiten außen vor«, erwiderte Frauke. »Formell sind es Arbeiter, die von einer rumänischen Firma zur Erfüllung eines Werkvertrages nach Deutschland geschickt wurden. Alle Anwesenden wissen, was gemeint ist. Gut. Wir haben mit Rosenberg gesprochen. Kennen Sie den?«

Die beiden einheimischen Polizisten wechselten einen raschen Blick. Das hätte Profis nicht passieren dürfen. Sie hatten dadurch verraten, dass ihnen Rudko Rosenberg nicht unbekannt war. Frauke hakte sofort nach.

»Was ist mit Rosenberg?«

»Ja ... ähm.« Bitter wirkte plötzlich eine Spur verlegen. »Wir haben schon einmal mit ihm zu tun gehabt.«

»Der örtliche Pfarrer? Die Polizei? Oder Sie und Ihr Kommissariat?«

»Es geht um einen alten Fall.«

Frauke drehte die Hand im Gelenk. »Los. Erzählen Sie.«

»Vor einem halben Jahr ...«, begann Bitter und berichtete von einem Hilferuf an die Polizei. An der Wendeschleife Weserstraße der Straßenbahnlinie 3, die am Rande der Weststadt lag, hätten Passanten Hilferufe einer Frau gehört. Dort führte eine schmale, wenig befahrene Straße an einem Waldstück entlang. Als sich die Passanten näherten, entfernte sich ein großes Auto, vermutlich ein Audi, mit hoher Geschwindigkeit Richtung Timmerlah. Die Leute fanden eine junge Frau mit zerrissener Bluse und gewaltsam geöffneter Jeans. Die herbeigerufene Polizei protokollierte, dass jemand versucht haben musste, ihr die Hose vom Leib zu reißen. Die Frau, es handelte sich um die achtundzwanzigjährige rumänische Staatsangehörige Pola Weiss, wurde ins Klinikum Braunschweig in der Celler Straße gebracht. Man ging von einer vollendeten Vergewaltigung aus.

»Was heißt: ging aus?«, unterbrach ihn Frauke.

»Das Opfer verweigerte alle Untersuchungen, auch die Spurensicherung. Sie schwieg auch eisern zum Tathergang. Wir haben auch keinen Hinweis auf den möglichen Täter bekommen.«

»Pola Weiss ...«, begann Frauke, aber Bitter unterbrach sie.

»Sie ist eine Roma und wohnte in dem Haus, das Sie aufgesucht haben.«

»Hat sie auch in der Fleischfabrik gearbeitet?«

Bitter schüttelte den Kopf. »Nein.«

»War sie mit einem der Arbeiter liiert?«

»Das wissen wir nicht. Niemand hat etwas gesagt. Alle schwiegen eisern.«

»Ich denke einmal laut«, mischte sich Beate Boss ein. »In der Wohnung, die wir gesehen haben, hausen elf Männer. Vermutlich. In den anderen dürfte es ähnlich sein. Haben wir einen Überblick, wie viele Rumänen überhaupt im Einsatz sind? Hier in Braunschweig?«, relativierte sie ihre Frage.

Niemand kannte die Antwort.

»Da sind lauter Männer zusammen. Ohne Familie. Ohne soziale Kontakte zur Bevölkerung. Sie sind nur unter sich. Alkohol ist eine Droge. Aber wenn eine Frau auftaucht, rauschen die Hormone in den Ohren. Und nicht nur dort.«

»Was wollen Sie damit andeuten?«, fragte Bitter.

»Die Kerle drehen doch durch, wenn da eine Frau herumläuft. Das ist wie auf einer Waldlichtung zur Brunftzeit. Da krachen die Geweihe der kämpfenden Hirsche.«

»Die Sache hat einen Haken. Die Zeugen wollen einen Audi gesehen haben«, sagte Frauke. »Und Corneliu Andreescu hat einen A8 gefahren.«

Böhnke lachte schrill auf. »Ist das die Arbeitsweise des LKA? Wissen Sie, wie viele Audi A8 allein in Braunschweig zugelassen sind? Der Gedanke ist doch absurd.«

»Wie weit sind Sie bei Ihren Ermittlungen gekommen?« Frauke zeigte direkt auf Böhnke.

Der streifte seinen Chef mit einem hilflosen Blick.

»Die Ermittlungen wurden eingestellt«, sagte er kleinlaut. Dann hob er wieder seine Stimme. »Das Opfer hat sie mit allen Mitteln torpediert.«

»Warum?«, fragte Beate Boss dazwischen. »Vermutlich kannte sie den Täter.«

»Wenn es überhaupt ein Täter war«, erwiderte Böhnke. »Die ganze Sache ist suspekt. Pola Weiss ist kurz danach verschwunden. Wir nehmen an, sie ist in ihre Heimat zurückgekehrt.«

»Haben Sie es einmal über die rumänischen Behörden versucht?«

»Zwecklos«, mischte sich Bitter ein. »Denen ist es egal. Bei der Frau handelt es sich um eine Roma. Na und? Oft sind die auch gar nicht auffindbar.«

»So ganz erfolglos waren wir nicht«, ergänzte Böhnke. »Pola Weiss war nicht allein in Deutschland. Auch ihr Bruder Ludvig war hier.«

»Hat der etwas ausgesagt?«

»Nein«, sagte Bitter.

»Dann sollten wir ihn noch einmal befragen. Ist er einer der Arbeiter?«

»War!«, erwiderte Böhnke. »Kurz nach der Tat ist er spurlos verschwunden. Wir haben keine Beweise dafür, aber möglicherweise steckt der Bruder dahinter. Denen ist doch alles zuzutrauen. Wer weiß, ob er seine Schwester nicht *vermarktet* hat? Sie da«, er zeigte auf Beate Boss, »hat es doch angedeutet. Da laufen lauter notgeile Kerle herum. Die sind bereit, für die Dienstleistung der Frau zu bezahlen. Pola Weiss ist eine attraktive Erscheinung. Südländischer Typ. Ein Hingucker. Wenn ihr Bruder nun entdeckt hat, dass es lukrativer ist, seine Schwester an zahlungskräftigere Kunden zu verkaufen? Solchen Leuten ist doch alles zuzutrauen. Zur Not auch Inzest.«

»Das hört sich verdammt nach Vorurteil an, Böhnke«, schnauzte Frauke den Braunschweiger an.

»Glauben Sie doch, was Sie wollen.« Böhnke drehte sich halb zur Seite und wandte Frauke nicht nur sprichwörtlich die kalte Schulter zu.

»Gibt es außer dem Einsatz in der Fleischfabrik noch andere Einsatzorte?«, fragte Frauke.

Bitter nickte nachdenklich. »Jede Menge. Man hat den Eindruck, da sind Hundertschaften von Roma als Hilfsarbeiter tätig. Im Reinigungsgewerbe. Als Bauhelfer. In der Gastronomie und Hotellerie. Im letzten Bereich gab es allerdings einen Einbruch. Irgendjemand hat die Fake News lanciert, die rumänischen Zimmermädchen würden sich am Eigentum der Hotelgäste vergreifen. Der Polizei ist kein einziger Fall bekannt. Aber allein das Gerücht reichte aus, um diesen Geschäftszweig zum Erliegen zu bringen.«

»Wer hat das übernommen?«, wollte Frauke wissen.

»Eine libanesische Großfamilie aus Hannover.«

»Namen!«, forderte Frauke.

»Haytham Ghaddar«, meldete sich Böhnke zu Wort.

»Den kennen wir«, bestätigte Beate Boss. »Die Sippe mischt das Rotlichtviertel am Steintor auf. Das ist aber das Revier der Hells Angels. Diese Auseinandersetzung macht uns in Hannover zu schaffen. Wir haben schon länger den Verdacht, dass die Libanesen auf der Suche nach neuen Betätigungsfeldern sind.«

»Es sieht so aus, als würden sie es jetzt in Braunschweig versuchen.«

»Das ist eine interessante Gemengelage.« Beate Boss atmete tief durch.

»Und für uns ein weiterer Ansatzpunkt«, stellte Frauke fest. »Die Andreescus werden das Feld nicht kampflos räumen. Wir können nicht ausschließen, dass sich hier ein blutiger Konkurrenzkampf abzeichnet und Corneliu und Nicolae Andreescu dessen erste Opfer sind.«

Bitter kratzte sich den Schädel. »Diese Theorie macht den Fall nicht einfacher.«

»Weshalb schiebt man solche Leute nicht einfach ab?«, fragte Böhnke.

»Die dürfen hier sein«, erklärte Beate Boss. »Das sind EU-Bürger.«

»Libanesen? Wen haben die bestochen?«

»Das ist legale Praxis in Zypern. Wer dort in Grundstücke investiert, bekommt einen zyprischen Pass. Und mit ihm, abhängig vom Investment, die ganze Großfamilie. Damit haben die Zyprer ihre marode und darniederliegende Bauindustrie angekurbelt. Vier Milliarden Euro Einnahmen hat das Programm gebracht, von dem vor allem reiche Russen und Chinesen profitieren. Das Ganze ist in Brüssel nicht unumstritten, aber der Passverkauf – so nenne ich es einmal – nutzt eine Lücke im EU-Recht aus. Und mit dem Zypern-Pass können diese Leute die Freizügigkeit der EU ausnutzen und sich überall in deren Gebiet niederlassen.«

»Gut. Oder nicht gut«, stellte Frauke fest. »Wir müssen das als gegeben hinnehmen.« Sie sah Bitter an. »Melden Sie sich bei mir, wenn Sie Neues wissen.«

Dann machte sie die Handbewegung, mit der Dirigenten die Mitglieder ihres Orchesters auffordern, sich zu erheben.

Sie ging zur Tür.

»Ach – Frau Dobermann«, meldete sich Bitter hinter ihrem Rücken.

Sie drehte sich um.

»Sie kommen aus Flensburg?«

Frauke nickte.

»Ich hätte noch eine private Frage. Ich möchte mit meiner Familie ein paar Tage Urlaub an der Ostsee machen. Können Sie mir etwas empfehlen?«

Bevor Frauke antworten konnte, hatte er sie am Ärmel gepackt und dirigierte sie den langen Flur entlang vor die Eingangstür. An der Raucherecke herrschte gähnende Leere. Das war nicht verwunderlich. Es regnete.

»Was soll die Geheimnistuerei?«, fragte Frauke.

»Wir haben eine undichte Stelle im Haus. Kollege Böhnke und ich haben sie noch nicht ausfindig machen können. Es scheint, als würden immer wieder Informationen zu den Andreescus gelangen. Die Familie ist ziemlich mächtig und hat auch gute Verbindungen in die sogenannten höchsten Kreise. Was ich jetzt sage, ist inoffiziell. Bei uns liegt ein Papiertaschentuch von Pola Weiss. Vielleicht hat sie damit Spuren des vermutlichen Täters abgewischt. Ich gehe davon aus, dass sich darin auch Spermaspuren befinden. Wir dürfen es jedenfalls nicht verwenden. Können Sie …?«, ließ Bitter den Satz unvollendet.

»Ich lasse es direkt abholen«, versprach Frauke und ließ sich zu einem für sie ungewohnten »Danke« verleiten.

Die vier kehrten zu ihrem Dienstwagen zurück und suchten die Fleischfabrik auf. Zunächst steuerten sie den Schlachthof an, bemerkten ihren Irrtum und fanden schließlich »Mehrvelds Delikatess-Fleisch – Feine Fleisch- und Wurstwaren seit 1895« nahe der Autobahn am Rande des Gewerbegebiets.

Sie mussten sich ein wenig gedulden, bis der Geschäftsführer Zeit für sie fand. Ein sportlicher Mittvierziger mit fröhlichem Gesichtsausdruck, salopp gekleidet, empfing sie. Mit einem festen Händedruck begrüßte er jeden Einzelnen.

»Stummheitmann«, stellte er sich vor. »Wolfgang. Aber alle nennen mich Wolle.« Er sah Madsack an. »Was kann ich für Sie tun? Polizei?« Dann lachte er jungenhaft auf. »Im Krimi würde ich jetzt sagen müssen: ›Habe ich falsch geparkt?‹« Er legte die rechte Hand aufs Herz und verneigte sich ein wenig. »Was auch immer Sie auf dem Herzen haben … Ich bin unschuldig.« Plötzlich schien ihm etwas einzufallen. »Entschuldung, dass ich Sie hier stehen lasse. Kommen Sie.«

Er führte sie in einen Besprechungsraum, der ein wenig altbacken wirkte. In einer Vitrine verbargen sich Pokale und Urkunden. Auch die Wände waren damit bestückt. Auf dem Tisch standen eine Flagge mit dem Firmenlogo und ein Modellfahrzeug mit dem Firmennamen.

Stummheitmann bemerkte den Blick der Polizisten.

»Wir sind ein Traditionsunternehmen. Seit 1895 werden hier, das heißt, nicht an diesem Standort, aber in Braunschweig, feine Fleisch- und Wurstwaren hergestellt. Bis in die siebziger Jahre haben wir auch noch selbst geschlachtet. Heute bekommen wir die Schweine- und Rinderhälften oder das Geflügel angeliefert. Wir zerlegen sie und verarbeiten sie bis zum Fertigprodukt weiter. Seit fünf Jahren produzieren wir auch Convenience-Food. Dieser Bereich hat sich hervorragend entwickelt und entspricht dem Zeitgeist.«

»Sie sind angestellter Geschäftsführer?«, fragte Frauke.

»Entschuldigung«, wich er aus und fragte mit ausgestrecktem Finger jeden Einzelnen nach seinem Getränkewunsch. Er erklärte dazu, dass sie einen »dieser neumodischen Automaten« hätten, aus dem fast jedes Getränk gezapft werden könne. Dann kam er auf die Frage zurück.

»In den 1920er Jahren haben die Mehrvelds die Fabrik an Moses Salzmann verkauft. Schon zehn Jahre später ging sie an die Familie Fischer. Durch Einheirat wurde daraus Brecker. Und ich bin mit einer Brecker verheiratet.«

»Eine Erfolgsgeschichte«, stellte Frauke fest und nahm einen Schluck vom Cappuccino, den eine Mitarbeiterin inzwischen gebracht hatte.

Stummheitmann lächelte und fuhr sich dezent mit dem Finger über die Lippen. Als Frauke nicht reagierte, sagte er: »Der Schaum vom Cappu.« Dann fuhr er fort: »Wir sind erfolgreich, aber das Geschäft ist schwierig. Wir stehen in Konkurrenz zu den Großen der Branche. Nehmen Sie irgendein bekanntes Markenprodukt. Halten Sie ein zweites daneben. Beide finden Sie Seite an Seite im Supermarkt. Dabei ist Ihnen nicht bewusst, dass beide vom selben Konzern kommen. Nur ganz wenige Große beherrschen den Markt und erdrücken uns Mittelständler. Nach dem Krieg war das Braunschweiger Land unser Markt. Heute müssen wir global denken. Sogar über die Grenzen der EU hinaus. Russland. China. Das sind nicht nur Schlagworte. Aber deshalb sind Sie nicht gekommen.«

»Es geht um die Leiharbeiter in Ihrem Betrieb.«

Stummheitmann blieb gelassen. Für ihn schien das kein Reizthema zu sein.

»Darf ich Sie korrigieren? Wir beschäftigen keine Leiharbeiter, sondern haben Teile der Produktion ausgelagert.«

»Das ist doch nur eine müde Umschreibung, ein billiger Trick«, erwiderte Frauke.

Ihr Gegenüber schüttelte sanft den Kopf. »Sie haben von ›just in time‹ gehört? Die großen Autokonzerne, ein Rückgrat der deutschen Wirtschaft, fertigen kaum noch etwas selbst. Sie haben sogar ihre Lagerbestände reduziert, zum Teil sogar aufgelöst. Die Zulieferer sind dafür verantwortlich, dass die erforderlichen Teile zum richtigen Zeitpunkt am Montageband erscheinen. Nicht früher und nicht später. Regt sich jemand darüber auf, dass VW, Daimler oder BMW die Sachen nicht mehr selbst fertigen? Nein! Sehen Sie. So funktioniert das. Und nichts anderes machen wir. Der immense Kostendruck zwingt uns dazu. Auch wir haben Teile der Produktion ausgelagert. Wie ich schon sagte.«

»Das ist doch etwas anderes. Sie lassen unter dem Deckmantel von Werkverträgen Leute unter unmenschlichen Bedingungen für sich arbeiten.«

Stummheitmann blieb ohne jede sichtbare Regung. »Unsere Vertragspartner können die Arbeiten kostengünstiger ausführen als wir selbst. Wir würden sonst dem Diktat der Gewerkschaften unterliegen. Deren Funktionäre interessiert es doch nicht, ob Mittelständler vom Markt gefegt werden. Da werden dogmatisch Phantasieforderungen erhoben, die nicht erfüllbar sind. Unsere Vorgehensweise ist die einzige Überlebensstrategie für Unternehmen wie unseres. Und wir geben Menschen Arbeit, die sie in ihrer Heimat nicht finden. Die EU hat vieles kaputtgemacht. Notgedrungen nutzen wir diese Lücke, um im harten Wettbewerb zu bestehen. Es sieht nach außen wunderbar aus. Ein Traditionsunternehmen mit Stammkunden. Ist Ihnen bewusst, dass wir vom Handel abhängig sind? Von den paar Discountern und den Handelsriesen? Wissen Sie, dass die den Preis diktieren? Und dass wir sogar noch dafür bezahlen müssen, dass unsere Produkte in deren Regal stehen dürfen? Sehen Sie. Das ist unser Problem. Dazwischen versuchen wir zu bestehen. Und nun kommen Sie mit dem moralischen Zeigefinger.«

»Wer ist Ihr Vertragspartner?«

»Ein Unternehmen aus Rumänien. Ich müsste den Namen und die Anschrift heraussuchen lassen.«

»Dürfen wir auch den Vertrag sehen?«

Mit einem sanften Lächeln verneinte Stummheitmann. »Das ist vertraulich. Geschäftsgeheimnis.«

»Kennen Sie die Human Safe Resources Ltd. in Braunschweig?«, fragte Frauke.

Der Geschäftsführer nickte. »Ich selbst habe mit denen noch nichts zu tun gehabt. Ich weiß aber, dass die Leute, die bei uns im Rahmen des Werkvertrages tätig sind, diese Firma als hiesigen Ansprechpartner genannt bekommen haben.«

Ein Aberwitz, dachte Frauke. Mit solchen Argumenten waschen sich Leute wie Stummheitmann die Hände sauber. Ein alkoholabhängiger Sozialhilfeempfänger als Ansprechpartner.

»Kennen Sie Peter Röhricht?«

Der Geschäftsführer nickte. »Ein verbohrter Ideologe. Der und seinesgleichen sollten bei ihren Forderungen Augenmaß walten lassen. Dann würden wir hier nicht zusammensitzen. *Müssen!*«, schob er hinterher.

»Wie sind die Verträge zustande gekommen?«

»Unser rumänischer Partner wird hier in Braunschweig durch eine Agentur vertreten.«

»Die heißt?«

»BS Inter Personal Service.«

»Dann haben Sie mit Dieter Erpel zu tun?«

»Jaaa«, kam es gedehnt über Stummheitmanns Lippen. »Was ist mit dem? Wir haben bisher keinen Hinweis auf Unregelmäßigkeiten in den Geschäftsbeziehungen feststellen können.«

»Sie wissen, wer dort Geschäftsführer ist?«

»Ja. Corneliu Andreescu.« Stummheitmann schlug sich mit der flachen Hand gegen die Stirn. »Mein Gott, jetzt verstehe ich, weshalb Sie hier sind. Der wurde ermordet. Das ist ja schlimm. Aber was haben wir damit zu tun?«

Das wissen wir auch nicht. Noch nicht, dachte Frauke.

»Kennen Sie Rudko Rosenberg, Ludvig und Pola Weiss?«

»Wer soll das sein?«

»Menschen, die unter unwürdigen Bedingungen bei Ihnen arbeiten müssen.«

»Das mit dem ›unwürdig‹ kann ich so nicht stehen lassen. Bei uns werden alle gesetzlichen Bestimmungen zum Arbeitsschutz und andere Regeln strikt beachtet.«

Ob der Mann selbst daran glaubt, was er hier vorbringt?, fragte sich Frauke, bevor sie aufbrachen und nach Hannover zurückkehrten.

Zum Abschied verweigerte sie Stummheitmann konsequent den Handschlag.

Das trübe Wetter. Der unablässige Regen. Die Frustration, die bei jedem neuen Fall in den Anfängen eintritt, wenn man vor einem scheinbar undurchsichtigen Dickicht steht … All das hatte sie vor der Tür gelassen, als sie Georgs Villa in Isernhagen betrat. Er hatte sie kommen hören, sie an der Tür erwartet und mit ausgebreiteten Armen begrüßt. Worte hatten sie keine gewechselt. Sein Lächeln auf dem Gesicht sagte viel mehr.

Küss mich nicht, Georg. Kneife mich, hatte sie gedacht. Damit ich begreife, dass es wirklich ist. Sie hatte sich umgezogen und geduscht. Mit jedem Wassertropfen, der im Ausguss verschwand, löste sich auch die Anspannung des Alltags. Sie hatte dem schäumenden Wasser hinterhergesehen, als es sich drehte, bevor es ins Abwasser hinabfloss. Mit ihm waren Andreescu, Leiharbeiter und andere Probleme ebenfalls abgespült.

Georg hatte – wie oft – das Abendessen vorbereitet. Er war ein wenig enttäuscht, als sie auf den Rotwein, einen Barolo, zeigte und sagte, sie würde viel lieber zum Durststillen ein Alsterwasser trinken.

Georg hatte eine Flasche aus dem Getränkekühlschrank geholt.

»Dein Radler«, sagte er und schenkte ihr ein.

»Da mag Radler auf dem Etikett stehen«, erwiderte sie und nahm einen herzhaften Schluck. »Du weißt, wo ich herkomme?«

»Meine liebe kleine Flensburgerin.«

»Aus Flensburg kommen keine Sprachpanscher. Bei uns gibt es keine Radler, sondern Radfahrer. Stell dir vor, du bestellst dir einen Radfahrer.« Sie hob das Glas an und betrachtete es, als würde sie das Rubinrot eines Nuits-Saint-Georges begutachten. »Das ist ein Alsterwasser, weil es ein findiger Wirt des Mühlenkamper Fährhauses der Not gehorchend gemischt hat, als ihm an einem schönen Sommersonntag das Bier bei dem großen Ausflugsansturm auszugehen drohte. Radler ist ein Plagiat.«

Georg lachte. »Mir reicht es, wenn du ein Original bist.«

Er hatte frische Scampi gekauft und in einer leichten Knoblauchsoße zubereitet. Sie hatten gerade zu essen begonnen, als es klingelte. Der Westminsterklang der Klingel drang durchs ganze Haus.

»Nanu?« Georg tupfte sich mit der Stoffserviette den Mund ab und ging zur Tür. Frauke hörte ihn ein paar Worte wechseln. Dann kam er zurück und reichte ihr einen wattierten Umschlag. »Für dich.«

Frauke legte ihn auf die Sitzfläche des Stuhls neben sich.

»Willst du nicht nachsehen?«

»Warum?«

Georg beugte sich vor.

»Mich würde es interessieren. An deiner Stelle«, schob er betont hinterher.

Sie lachte. »Du bist neugierig wie ein Kind am Tag vor Heiligabend.«

»Ja«, gab er unumwunden zu. »Vielleicht ist es ein Heiratsantrag eines Nebenbuhlers.«

Frauke seufzte, nahm den Umschlag und öffnete ihn. Darin lag eine kleine Papiertüte, wie sie von der Polizei zur Spurensicherung verwendet wurde. Mit spitzen Fingern sah sie hinein.

»Das ging aber schnell«, sagte sie erstaunt.

»Sag. Was ist das?«

»Ein Papiertaschentuch.«

Georg lachte auf. »Ich bin Arzt. Wenn du erkältet bist, könnte ich dir etwas aus meinem Giftschrank verabreichen.«

»Du könntest mir wirklich helfen.«

»Wie?«

»Du hast doch Verbindungen zur Rechtsmedizin. Da sitzt doch ein alter Kumpel von dir.«

Georg spitzte die Lippen. »Also – ›Kumpel‹ würde ich ihn nicht nennen.«

»Akademikergeschwätz. Auch wenn ihr beide Professoren seid, habt ihr gelegentlich in einer ganz gewöhnlichen Kneipe eure Fachgespräche geführt.«

Georg drehte sich ein wenig zur Seite. »Ist doch wichtig, sich aus medizinischer Sicht mit der Frage zu beschäftigen, ob die Purine im Bier wirklich Gicht verursachen.«

»Das war also nur ein Selbstversuch«, lästerte Frauke.

»Ja. Richtig. Werner Forßmann erhielt den Nobelpreis für Medizin für seinen Selbstversuch der Rechtsherzkatheterisierung.«

»Und ihr beide bekommt ihn für euren selbstlosen Purintest mit dem Bier?«

»Das hoffe ich.«

»Wie wäre es mit dem Verdienstorden des Landes Niedersachsen?«

»Her damit.«

»Den musst du dir verdienen.«

Dann erklärte sie ihm in groben Zügen, an welchem Fall sie derzeit arbeitete und dass der Braunschweiger Kollege Bitter auf illegalem Weg ihr ein Indiz hatte zukommen lassen. Das Papiertaschentuch hatte man bei der mutmaßlich vergewaltigten Pola Weiss gefunden. Darin fanden sich Spermaspuren, die, so erklärte Frauke, zum Täter führen könnten.

»Vergewaltigung ist ein widerliches Delikt«, sagte Georg und bemühte sich nicht, seine Abscheu zu unterdrücken. »Wo ist das Problem?«

»Ein rechtliches«, wich Frauke aus. »Es ist nicht legal, wenn ich einen DNA-Abgleich über unser System durchführen lasse. Ich habe einen unbestimmten Verdacht. Sehr vage«, grenzte sie ein.

»Aha«, war Georgs ganzer Kommentar. »Und nun sollen ich und mein ›Kumpel‹ dir bei deinen ungesetzlichen Aktionen helfen?«

»Sieh das mal so«, säuselte Frauke. »Wenn ich dadurch schneller zum Ermittlungsziel komme, hätte ich mehr Zeit für dich.«

»Das ist Bestechung. Und Erpressung«, erwiderte Georg. »Aber der Einsatz ist mir jedes Risiko wert. Ich mache mir Sorgen um dich. Das sind Menschen, die scheuen keine Gewalt.«

»Weshalb machst du dir Sorgen um mich? Du bist doch bei mir«, sagte sie, stand auf und umarmte Georg.

VIER

Der November. Das Wetter. Die Großstadt. Der Berufsverkehr. All das hatte ausgereicht, um Fraukes Stimmung auf den Tiefpunkt sinken zu lassen. Auch Kriminaloberrat Ehlers' Bitte, das Team zusammenzurufen und ihm einen aktuellen Sachstand vorzutragen, trug nicht zur Aufhellung des Allgemeinbefindens bei.

Ehlers hörte sich Fraukes Vortrag geduldig an. Es war nicht seine Art, Zwischenfragen zu stellen. Mittendrin öffnete sich die Tür einen Spalt, und ein älterer Mann schob vorsichtig seinen Kopf hindurch.

»Störe ich?«, fragte er.

»Ja«, erwiderte Frauke ungnädig.

Der Mann ließ sich davon aber nicht abbringen, trat ein, sagte: »Guten Morgen«, zog seinen regennassen Mantel aus, legte ihn über eine Stuhllehne und nahm Platz.

»Raus«, rief Frauke und zeigte mit ausgestrecktem Arm Richtung Tür.

Der Mann ignorierte die Aufforderung und sah in die Runde. Sein Blick blieb bei Beate Boss hängen.

»Ein neues Gesicht?«

»Und wer sind Sie?«, erwiderte Beate Boss.

Nathan Madsack räusperte sich. »Das ist unser ehemaliger Kollege Jakob Putensenf. Pensioniert, aber immer noch mit Leib und Seele Polizist. Er kann es nicht lassen und besucht uns öfter.«

»Blödsinn«, mischte sich Frauke ein. »Zu Hause nervt er genauso, wie er es hier getan hat. Seine Frau wirft ihn raus. Und bei Mistwetter kommt er hierher. Was wollen Sie, Putensenf?«

Putensenf schien Frauke überhaupt nicht zu beachten. Er musterte interessiert Beate Boss. »Die neue Sekretärin?«

»Sekretärin?«, echauffierte sie sich. »Ich bin Kommissarin.«

»Eine Frau?« Jetzt sah Putensenf Frauke an. »In dieser Ermittlungsgruppe? Noch ein Rock? So viel Kaffee kann hier doch gar nicht getrunken werden, wie die Frauen kochen.«

»Er heißt eigentlich Pute«, erklärte Frauke. »Der vollständige Name ist entstanden, weil er überall seinen Senf dazugeben muss. Putensenf hat übrigens nicht im Bundestag gesessen, als dort die Gleichberechtigung beschlossen wurde.«

»Wie war der Name?«, fragte Putensenf nach.

»Beate Boss.«

»Beate Boss«, wiederholte er. Dann zog ein Leuchten über sein Gesicht. »Von der Sitte?«

Boss nickte.

»Das ist ...« Er sah Ehlers an. »Das ist die Sitten-Barbie? So nannte man sie doch?« Dann wanderte sein Blick unverwandt zum üppigen weiblichen Attribut. Putensenf grinste. »Statt Sitten-Barbie riefen einige auch Titt...«

»Putensenf«, schrie ihn Frauke an.

Beate Boss drückte das Kreuz durch. »Wieso? Ich kenne diesen Spruch. Das klingt doch besser als Flachbrettnixe.«

Ehlers hüstelte.

»Lassen Sie uns zur Sache kommen«, mahnte er.

»Was ist mit ihm?« Frauke nickte in Richtung Putensenf.

»Der Kollege war früher ein wertvolles Teammitglied. Es kann nicht schaden, wenn er uns heute mit seiner Erfahrung behilflich ist.«

Frauke schüttelte den Kopf. »Das sind Gebräuche hier in Hannover.«

Dann fuhr sie mit ihrem Bericht fort.

Nach fünf Minuten zeigte Putensenf auf Beate Boss' Kaffeebecher. »Wollen Sie mir auch noch einen holen?«

Sie lächelte ihn an und zeigte mit dem Daumen über die Schulter. »Gibt es in der Cafeteria.«

Frauke berichtete, dass Bitter ihr anvertraut hatte, es gebe möglicherweise ein Leck in der Braunschweiger Polizei. Er und Böhnke hätten es aber noch nicht aufdecken können.

Madsack meldete sich wie in der Schule mit erhobenem Zeigefinger. »Die Andreescus tummeln sich auf vielerlei Geschäftsfeldern und sind in unterschiedlichen Dienstleistungsbereichen tätig. Unter anderem auch in der Gebäudereinigung. Wenn sie sich irgendwo engagieren, geschieht das immer im großen Stil. Wir sollten einmal eruieren, wer die Büros in Braunschweig reinigt.«

»Ich sag es immer wieder«, mischte sich Putensenf ungefragt ein. »Das Ganze fing mit der Bundesbahn an. Da klappt nichts mehr. Opa hat noch gesagt: ›Pünktlich wie die Eisenbahn.‹ Und heute? Nix mehr.«

»Was wissen wir von der Andreescu-Familie?«, führte Ehlers das Gespräch wieder zum Thema zurück.

Frauke berichtete von der Herkunft der Familie und dass sie deutsche Staatsbürger seien. Sie erzählte, dass sich George Andreescu im Hintergrund hielt, aber ihrer Auffassung nach der Kopf und uneingeschränkte Patriarch war. »George hat seinen Vornamen ein wenig eingedeutscht. Eigentlich heißt er von Geburt an Gheorghe. Er ist dreimal geschieden. Scheidungen scheinen in der Familie zu liegen. Sein jüngerer Bruder Arsenie, vor dessen Wohnung in der Roonstraße die Morde geschahen, ist zum dritten Mal verheiratet. Wir haben mit dessen Frau Kanita gesprochen. Über die gibt es keine bei uns gespeicherten Informationen. Auf uns wirkte die Frau sehr eingeschüchtert. Sie scheint nichts zu wissen. Das ist mein Eindruck. Wenn wir sie weiter verhören, bringen wir sie unter Umständen in Gefahr, weil George und Arsenie misstrauisch werden.«

»Was ist mit Georges Ehefrau?«

Frauke zeigte auf Madsack.

»Sonja Andreescu, einundvierzig, geborene Wulff, geschiedene Hüttner.«

»Hüttner?«, unterbrach ihn Frauke.

Madsack nickte. »*Der* Hüttner. Als sein Immobilienkonzern zusammenbrach und er wegen Betruges für lange Zeit ins Gefängnis musste, hat George Andreescu dessen Ex-Frau aus der Konkursmasse übernommen.«

»Wir haben sie in Cremlingen kennengelernt«, sagte Frauke. »Sie zeigte sich völlig unberührt davon, dass der Leibwächter verletzt war. Gibt es außer George und Arsenie Andreescu noch mehr Geschwister?«

»Noch drei andere. Ein Bruder lebt in Rumänien. Dann sind da noch zwei Schwestern, die offenbar nur familiären Kontakt, aber keine Geschäftsbeziehung zu George haben.«

»Was ist mit dem rumänischen Bruder?«

»Der besitzt immer noch die rumänische Staatsangehörigkeit. Viel wissen wir nicht über ihn. Kein Wunder, bei der Geheimniskrämerei der Sippe. Es könnte sein, dass er der Statthalter vor Ort ist und die Familieninteressen in Rumänien wahrnimmt.«

»Aber warum hat er nicht auch die deutsche Staatsangehörigkeit angenommen?«, fragte Frauke in die Runde.

Niemand konnte ihr eine Antwort geben.

»Und die nächste Generation?«, fuhr sie fort.

»Wir wissen von Georges Kindern Corneliu und Simion. Der Jüngere war als Nachfolger auserkoren. Dann wird er ermordet. Das könnte zu denken geben«, sagte Madsack. »Es gab noch einen dritten Bruder.«

»*Gab?*«

»Mircea, der Jüngste. Er verunglückte vor zwei Jahren tödlich bei einem illegalen Autorennen. Sein Kontrahent verlor die Kontrolle über das Fahrzeug und streifte Mirceas Auto. Der prallte gegen eine Hauswand.«

»Und der andere Beteiligte?«

»Der Fahrer ist ein Pflegefall. Querschnittsgelähmt vom Hals abwärts. Da saß noch eine junge Frau im anderen Wagen. Die war auch sofort tot.«

»Hat Arsenie Andreescu mehrere Kinder?«

»Der hatte nur den einen Sohn. Nicolae, der mit erschossen wurde.«

»Dann bleibt aus der nächsten Generation nur Simion Andreescu übrig. Wenn der zweitgeborene Corneliu als Nachfolger auserkoren war, rückt nun plötzlich Simion an die Stelle des Kronprinzen«, überlegte Frauke laut.

»Weshalb erst nach dem Tod seines Bruders?«, warf Madsack ein. »Hält ihn der Vater für nicht geeignet? Oder gab es eine Meinungsverschiedenheit zwischen den beiden?«

»Das wissen wir nicht«, sagte Beate Boss. »Oder?« Dabei stieß sie Schwarczer in die Seite. »Sag doch mal was, Thomas.«

Schwarczer gab nur einen Knurrlaut von sich.

»In der Geschichte gab es oft Brudermorde. Nicht nur bei Kain und Abel. An Königshäusern wurde oft der Zweitgeborene von seinem großen Bruder umgebracht, damit er ihm nicht den Thron streitig machen kann«, fuhr Beate Boss fort. »Ich will keine Vorurteile schüren, aber in manchen Kulturen geht man anders mit dem Leben eines Menschen um.«

»Die Andreescus sind Deutsche«, gab Madsack zu bedenken.

»Was zählt der Eintrag im Pass? Hierauf kommt es an.« Beate Boss legte die flache Hand auf ihre linke Brust. Dabei sah sie Schwarczer herausfordernd an.

»Wo steckt Simion? Hat er ein Alibi?« Frauke zeigte auf Schwarczer. »Das prüfen Sie. Und Sie, Madsack, versuchen herauszufinden, in welcher Weise Simion bisher in Erscheinung getreten ist. Corneliu war nominell Geschäftsführer der BS Inter Personal Service. Wir vermuten, dass sie das Herzstück des Firmenimperiums ist. Was wissen wir über die West Real Estate LLP?«, fragte Frauke und sah Madsack an. »Ich gehe davon aus, dass Sie sich informiert haben.«

Der Hauptkommissar nickte. »Das ist eine Firma nach Jersey-Recht. Sie hat ihren Firmensitz in der King Street in Jerseys Hauptstadt St. Helier. Mehr können wir nicht herausfinden, da die Firma unter der Adresse einer Anwaltskanzlei geführt wird. Ich vermute, die tritt treuhänderisch auf.«

»Ein wunderbares Versteckspiel«, stellte Frauke resigniert

fest. »In dieser Hinsicht gibt es sie wirklich noch – die Schurkenstaaten. Woher weiß Röhricht von den Hintergründen?«

»Vielleicht ist es gar kein Faktenwissen, sondern eine Vermutung von ihm«, gab Beate Boss zu bedenken.

Wenn das zutraf, dachte Frauke und ließ ihre Überlegung unausgesprochen, dann würde es ihre Ansicht bestätigen, dass der Gewerkschafter einen persönlichen Feldzug durchführte und dabei auch nicht vor der Verbreitung von Unwahrheiten zurückschreckte. Möglicherweise, schränkte sie sich selbst gegenüber ein.

»Ich habe herausgefunden, dass die Böhme Gebäudereinigung GmbH den Auftrag hat, die Büros und Räume der Braunschweiger Polizei zu reinigen. Ich habe im Handelsregister nachgesehen. Das Unternehmen gehörte früher einer Margot Böhme. Die hat es an die West Clean LLP verkauft, die in St. Helier auf Jersey ihren Sitz hat.«

»Wie einfallslos«, sagte Frauke. »Dort sitzt doch auch die West Real Estate, der die Bruchwohnungen in Braunschweig gehören, in der die Roma hausen.«

»Es kommt noch schöner«, fuhr Madsack fort. »Die beiden Firmen sind unter derselben Anschrift eingetragen. In der King Street.«

»Jeder Kriminelle macht irgendwann einen Fehler. Dieses ist ein erstes kleines Puzzleteilchen. Sosehr die Andreescus auch bemüht sind, alles zu verstecken, haben wir doch hier einen ersten Ansatz gefunden. Offenbar nutzen sie gern die Kanalinsel Jersey für ihre schmutzigen Geschäfte. Lassen Sie keinen Stein in seiner Lage. Drehen Sie alles um. Ich will wissen, ob es noch mehr solcher Konstrukte gibt.«

»Und ich?«, fragte Putensenf.

»Gehen Sie nach Hause und leisten Sie Ihrer Frau Gesellschaft«, riet ihm Frauke. »Aber spielen Sie nicht den Heinrich Lohse.«

»Häh?« Putensenf sah sie ratlos an. »Wer ist das?«

»Das war der Rentner in Loriots ›Pappa ante portas‹, der

nach seiner Pensionierung die Leere in seinem Leben dadurch ausfüllte, dass er den Haushalt neu organisieren wollte und unter anderem Senf bestellte.«

»Ach der. Wenn *ich* etwas mache, dann ist das konstruktiv und wohldurchdacht.«

»Daran habe ich meine Zweifel. So! Das war's. An die Arbeit.«

Frauke kehrte in ihr Büro zurück und schloss die Tür. Dann rief sie sich alle Informationen zum Doppelmord auf ihren Bildschirm. Sie konzentrierte sich auf das Ergebnis der Rechtsmedizin und stellte fest, dass die Obduktion im Institut für Rechtsmedizin der Medizinischen Hochschule Hannover ausgeführt worden war. Von ihrem privaten Handy aus rief sie Georg an. Der zeigte sich überrascht.

»Du? Und das am Vormittag? Große Freude.«

Die wich allerdings der Skepsis, als sie ihm ihre Bitte vortrug. Zunächst lehnte er es kategorisch ab. Das könne er weder sich noch seinem »Kumpel« zumuten, behauptete Georg. Man würde gegen alle Regeln verstoßen. Auch wenn er – selbstverständlich – fast alles für sie tun würde, aber das gehe nicht. Ja, er würde fast alles für sie tun. Aber eben nur »fast«. Dieses nicht!

Doch Frauke blieb beharrlich. Stück für Stück eroberte sie die Festung Georg. Nach zwanzig Minuten lieferte er ein letztes Rückzugsgefecht, bis er schließlich zähneknirschend einwilligte, zumindest einen Versuch zu starten.

»Ich kann dir jetzt schon sagen: Das wird nichts. Das ist zu viel des Guten«, sagte er.

Dessen war sich Frauke auch bewusst. Sie würde jetzt fieberhaft auf die Antwort warten.

Dann rief sie in Braunschweig an und ließ sich mit Bitter verbinden. Der Hauptkommissar klang müde und gestand, dass sie nicht weitergekommen waren. Sie hatten noch einmal die Umgebung abgeklappert und nach Zeugen gesucht. Auch zur verwendeten Tatwaffe gab es keine neuen Erkenntnisse.

»Wir haben erneut die Ehefrau Kanita verhört. Die wirkt sehr eingeschüchtert, sagt aber kein Wort. Sie will nicht einmal erklären, ob sie etwas mitbekommen hat oder wo sie sich aufhielt, als die Schüsse fielen. Die Brüder George und Arsenie schweigen ebenfalls. George hat uns gegenüber unverhohlen damit gedroht, dass er den Mörder seines Sohnes und des Neffen selbst suchen werde. Auf unsere Nachfrage hin hat er aber im Unklaren gelassen, was er dann machen würde. Der Mann ist durchtrieben. Und vorsichtig. Er würde sich nie aufs Glatteis begeben und etwas Konkretes sagen. Sein Bruder Arsenie, der schließlich auch sein einziges Kind verloren hat, zeigt sich total verschlossen. Wir kommen nicht an ihn heran. Ich hatte nicht erwartet, dass er uns Hinweise gibt, die wir verfolgen können. Aber so etwas … Entweder ist er kaltschnäuzig, oder die beiden wissen mehr, als sie der Polizei anvertrauen wollen. Ich denke, dass wir damit ein mögliches Tatmotiv identifizieren könnten. Das wäre das Ende eines Fadens, der vielleicht zu den Tätern führen könnte.«

Frauke gab Bitter in allen Punkten recht. Dann sagte sie ihm, dass die undichte Stelle bei der Braunschweiger Polizei möglicherweise darauf zurückzuführen sei, dass die Kollegen abgehört würden. Sie gab ihm auch den Tipp, dass die Büroreinigung von einem Unternehmen ausgeführt wurde, das zum Andreescu-Imperium gehörte.

»Das kann ich mir nicht vorstellen. Das klingt wie eine schlechte Räuberpistole, dass man uns abhört.«

»Wir dürfen keine Möglichkeit außer Acht lassen.«

Bitter wollte sich umgehend darum kümmern.

Der Empfang meldete einen Besucher für Frauke an. Kurz darauf wurde Albert Riedel, der Zeuge mit dem Hund, zu ihr gebracht.

Riedel wirkte verängstigt. Selbst im Türrahmen sah er sich noch einmal um, als ob er fürchtete, verfolgt zu werden. Der Mann nahm auf dem Besucherstuhl Platz und rückte ganz nach vorn auf die Kante des Möbels.

»Wir sind extra von Braunschweig nach Hannover gekommen«, sagte er. »Franzi sitzt unten im Auto. Wissen Sie, das ist komisch. Da geht man nichts ahnend mit dem Hund raus, und schon ist man mitten in einem Kriminalfall. Du ahnst ja nicht, wie schnell so was geht.«

»Ist Ihnen noch etwas eingefallen?«, fragte Frauke, ohne auf Riedels Bemerkungen einzugehen.

»Zu dem, was ich damals gesehen habe?« Er schüttelte heftig den Kopf. »Eigentlich nicht.«

»Und weshalb kommen Sie nach Hannover? Ins LKA?«

»Das ist ja das Merkwürdige. Also. Wir sind zu Hause, Franzi und ich. Seitdem Sie mir gedroht haben …«

»Moment. Ich habe Ihnen nicht gedroht, sondern Sie nur gewarnt«, unterbrach ihn Frauke.

»Also, seitdem finden wir keine Ruhe mehr. Wir zucken zusammen, wenn es klingelt oder unser Hund die Ohren spitzt. Und? Tatsächlich.«

»Hat sich bei Ihnen jemand gemeldet?«, fragte Frauke ungeduldig.

»Ja – na. Nicht so richtig. Da war so 'n Reporter.«

»Derselbe?«

»Nee. 'n anderer. Der hat mir, bevor ich was sagen konnte, 'nen Hunni in die Hand gedrückt. Die von der Zeitung müssen ja immer sehr fix sein. Arme Kerle. Immer in Eile. Er ist ein Kollege von dem anderen, der schon mal bei uns war. Ich soll also den anderen, den Ersten, noch mal anrufen und ihm sagen, wie der Täter aussah und dass ich doch ein bisschen mehr von dem Mörder gesehen habe.«

»Haben Sie das denn?«

»Nicht so richtig.«

»Herr Riedel. Sie wissen schon, dass Sie uns nichts verschweigen dürfen.«

»Ich weiß, will ich ja auch nicht. Dafür kann man in den Bau gehen«, übertrieb Riedel. »Also der Zweite hat mir gesagt, wie der Mörder aussah, den ich nicht so genau gesehen habe. Diese Beschreibung soll ich dem Ersten geben.«

»Hat Sie das nicht verwundert? Warum sollen Sie Geld dafür bekommen? Der könnte doch seinen Kollegen ansprechen. Oder den Artikel selbst schreiben.«

»Ich kenn mich da nicht aus. Aber merkwürdig ist das schon. Deshalb bin ich ja hier. Und wenn der Artikel dann in der Zeitung steht, krieg ich vielleicht noch eine kleine Zuwendung. Hat er gesagt. Er sagt, das gönnt er mir. Die kleinen Leute kommen sonst immer zu kurz. Der war unheimlich nett und zuvorkommend. Das war bestimmt kein Ganove. Aber – irgendwie ist das komisch.«

»Es ist gut, dass Sie mich aufgesucht haben.«

Riedel holte zwei Fünfzig-Euro-Scheine aus der zerknitterten Jackentasche und legte sie auf den Tisch. »Hier.«

»Was soll ich damit?«

»Ich will das nicht haben.«

»Sie haben nichts Strafbares gemacht.«

»Wirklich nicht?«

»Nein«, versicherte ihm Frauke.

Schwups war das Geld wieder in Riedels Tasche verschwunden.

»Wie sah der Journalist aus, der Sie besucht hat?«

Riedel blies die Wangen auf. »Also ehrlich. So genau habe ich mir das nicht gemerkt. Ich war auch ziemlich aufgeregt.«

»Haben Sie den Zettel mit der angeblichen Personenbeschreibung mitgebracht?«

»Welchen Zettel?«

»Den Ihnen der Zweite gegeben hat.«

»Ich habe nichts von ihm gekriegt. Das hat er mir nur gesagt.«

»Und wie soll der angebliche Mörder ausgesehen haben?«

»Das war ein Araber. Dunkle Augen. Schwarze Haare. Und eine dunkle Brille hatte er auf.«

»Wie sollen Sie die Farbe der Augen erkannt haben, wenn er eine Brille trug?«

Riedel zog die Stirn kraus. »Stimmt. Das ist mir gar nicht

aufgefallen. Der Araber ist etwa einen Meter fünfundsiebzig groß. Aber woran man ihn besonders erkennt: Er hat ein eingerissenes Ohr. Da fehlt ein Stück.«

»Und zur Kleidung?«

»Was man so trägt.«

»Genauer.«

Jetzt machte Riedel ein betrübtes Gesicht. »Das habe ich vergessen. Es ging ja alles so schnell.«

»Gut«, sagte Frauke. »Es war richtig, dass Sie zu mir gekommen sind.«

Dann empfahl sie ihm, wieder nach Hause zu fahren und auf Ungewöhnliches in seiner Umgebung zu achten.

»Und wenn Sie etwas bemerken, wenden Sie sich an Hauptkommissar Bitter von der Braunschweiger Kripo«, gab sie ihm mit auf den Weg.

»Bin ich jetzt in Gefahr?«

»Nein«, sagte Frauke. Und davon war sie überzeugt. Nach bisherigen Erkenntnissen handelte es sich um einen Einzeltäter, aber es gab wohl Hintermänner. Es schien, als wollten sie Riedel ausnutzen, um eine falsche Fährte zu legen. Dieses Vorhaben waren sie sehr stümperhaft angegangen. Augenfarbe – Brille. Das passte nicht zueinander.

Frauke suchte im INPOL, dem Fahndungs- und Auskunftssystem der deutschen Polizeibehörden. Dort waren unter anderem der Kriminalaktennachweis und eine Datenbank mit Informationen zu Personen, die erkennungsdienstlich behandelt worden waren, gespeichert. Sie wurde unter »Haytham Ghaddar« fündig. Dieser Name war im Zusammenhang mit der libanesischen Großfamilie gefallen, die sich angeblich in Braunschweig breitmachte und Andreescu aus dem Geschäft drängen wollte. Mit diesem Namen waren Bilal Faour, Mehdi Sheikh Najarin und Mohammed Khalil verknüpft. Zu allen gab es Personenbeschreibungen, Fotografien und Fingerabdrücke. Es überraschte sie nicht, dass bei Mohammed Khalil als besonderes Merkmal ein verstümmeltes Ohr erwähnt wurde. Beim Überfliegen der elektronischen Akte erfuhr sie auch, dass er das Stück Ohr bei einer Messerstecherei im hannoverschen Steintorviertel eingebüßt hatte.

Es war ein plumper Versuch, den Libanesen den Mord in die Schuhe zu schieben. Aber wer versuchte so etwas? Der Andreescu-Clan? Kaum. Wenn George Andreescu davon überzeugt wäre, dass die Libanesen für den Tod seines Sohnes verantwortlich waren, hätte er nicht die Polizei eingeschaltet, sondern Rache auf seine Art geübt. Als mögliche Verdächtige galten noch die Roma-Arbeiter aus der Fleischfabrik. Frauke schüttelte für sich selbst den Kopf. Die hatten keine Verbindung zu den Libanesen. Außerdem traute sie denen eine solche konspirative Operation nicht zu. Es war eine weitere Merkwürdigkeit in diesem Fall.

Sie hatte ihre Überlegung noch nicht abgeschlossen, als der nächste Besucher eintraf. Peter Röhricht, der Gewerkschaftssekretär, sah übermüdet aus. Die Augen lagen tief in den Höhlen. Dunkle Ringe zeichneten sich unter ihnen ab. Die Bewegungen waren fahrig. Der Mann war angespannt und hypernervös.

»Haben Sie schon neue Erkenntnisse gewinnen können?«, wollte er wissen, als er Frauke gegenübersaß.

»Sie wissen, dass ich mit Ihnen nicht darüber sprechen kann.«

»Man hört es immer wieder. Aber wir ziehen doch am gleichen Strang. Wir wollen diesem Pack das Handwerk legen.«

»Ich diene dem Recht. Wir sammeln Fakten und Beweise. Die trägt der Staatsanwalt dann dem Gericht vor. Und das fällt schließlich ein Urteil. Emotionen spielen bei unsrer Arbeit keine Rolle.«

»Ach, hören Sie doch auf.« Röhricht klopfte sich mit der Faust aufs Herz. »Sie sind doch auch Mensch. Sie sehen doch, wie die Andreescu-Sippe mit denen umgeht. Sind diese Leute weniger wert, nur weil sie ethnisch anders sind? Die haben doch nie eine echte Chance bekommen. Glauben Sie wirklich, die möchten so leben? Bei denen ist es ein Existenzkampf. Wenn sie nicht kriminell werden wollen – sie kennen diese ganzen Vorurteile von reisenden Diebesbanden. Früher riefen die Leute im Dorf: ›Holt die Wäsche von der Leine. Die Zigeuner kommen.‹ Sie glauben nicht, wie mich das ankotzt.« Röhricht hielt sich die flache Hand an den Hals. »Es steht mir bis hier, dass Leute wie die Andreescus dieses Elend schamlos ausnutzen. Und alle sehen zu. Die Politik: ›Da können wir nichts machen. Dafür ist Brüssel zuständig. Das muss in ihrem Heimatland geregelt werden.‹« Röhricht hatte die Stimme erhoben. »Die Justiz: ›Alles geht nach Recht und Gesetz.‹ Die Öffentlichkeit: ›Na und? Wir haben unsere eigenen Probleme.‹ Und der Mob: ›Lassen Sie uns mit dem Zigeunerpack in Ruhe.‹ Haben Sie sich einmal in der sogenannten Unterkunft umgesehen? Das würde sofort den Tierschutz auf den Plan rufen, wenn es Schweine wären. Aber es sind Menschen, Frau Dobermann. *Menschen!*« Die Wiederholung hatte der Gewerkschaftssekretär herausgeschrien.

»Ich verstehe Ihre Gefühle. Sie sind bei mir aber an der falschen Adresse. Wir wollen einen Doppelmord aufklären.«

»Jaja. Doppelmord. Ist schon okay.« Röhricht bog sein Kreuz durch. Dann stach er mit dem Zeigefinger in die Luft in Fraukes Richtung. »Das macht den Unterschied zwischen Recht und Gerechtigkeit aus. Wenn im Urteil steht: ›Im Namen des Volkes‹. Glauben Sie wirklich, dass das Volk immer so entscheiden würde? Finden Sie das in Ordnung?«

»Ich hatte Ihnen schon erklärt, dass die Polizei Fakten ermittelt. Das Urteil fällt ein Gericht.«

»Sie machen es sich bequem, indem Sie sich hinter irgendwelchen Paragrafen verstecken. Begreifen Sie nicht? Den Andreescus muss das Handwerk gelegt werden. Nun drehen Sie mir nicht das Wort im Mund um, aber wenn es nicht anders geht …«

»Solche Worte möchte ich nicht hören«, sagte Frauke scharf. »Ich führe es auf Ihre Erregung zurück.«

»Ich kämpfe seit Langem gegen diese Bande. Die leisten sich teure Anwälte, die alle Lücken ausnutzen. Deren Konstrukt ist wasserdicht. Und die Roma? Die haben nicht einmal jemanden, mit dem sie sprechen können. Ich allein kann nichts ausrichten. Ich bin am Ende. Wie soll es weitergehen? Es ist aussichtslos. Da gehen Menschen zugrunde, und niemand will es sehen oder hören. Aber alle wollen billiges Fleisch auf dem Teller haben. Wie der Preis zustande kommt … Das interessiert keine Sau.«

Frauke sah demonstrativ auf ihre Armbanduhr. »Ich bin der falsche Ansprechpartner. Haben Sie noch sachliche Informationen für mich?«

Röhricht winkte ab. »Man muss endlich ein Zeichen setzen. So geht es nicht weiter.«

»Steigern Sie sich bei Ihrem ganzen Engagement nicht in etwas hinein, das Sie eventuell bereuen könnten«, riet ihm Frauke.

Röhricht holte Luft. Er sog sie so tief ein, dass er einen Hustenanfall bekam.

»Ich kann mich doch nicht zurücklehnen und die Menschen ihrem Schicksal überlassen.« Er rieb sich die Hände. »Es ist mir auch keine Genugtuung, wenn man beginnt, die Andreescus auszumerzen. Denen weint niemand eine Träne nach. Aber wer macht sich an deren Stelle breit? Die Libanesen. Die betreiben das Geschäft mit Zeitarbeitsfirmen. Das ist anders, aber nicht besser. Alle Regeln zum Schutz der Arbeitnehmer werden ausgehebelt, indem die Leute zwar den Mindestlohn bekommen, dafür aber zusätzliche unbezahlte Zeit arbeiten müssen. Können Sie sich vorstellen, dass diese Leute mehr als eine Stunde arbeiten müssen, um sich eine Schachtel Zigaretten kaufen zu können?«

Frauke unterdrückte ein »Rauchen ist ungesund«. »Was wissen Sie von den Auseinandersetzungen zwischen den Libanesen und den Andreescus?«

Röhricht zog die Nase kraus. »Eigentlich nichts. Nur das, was man so hört.«

»Sie haben einen guten Draht zu den Roma in der Weststadt, die in Mehrvelds Fleischfabrik arbeiten?«

»Arbeiten? Paah. Schuften heißt es. Die Umstände wollen Sie doch nicht ›Arbeit‹ nennen. Das ist pure Sklaverei.«

»Noch einmal zu meiner Frage: Sie kennen die Leute?«

»Einige«, gab Röhricht zu.

»Rudko Rosenberg?«

Der Gewerkschaftssekretär nickte. »Er ist eine Art Sprecher. Das liegt sicher daran, dass er ein wenig Deutsch spricht.«

»Sagt Ihnen der Name Pola Weiss etwas?«

»Nur der Name. Sie ist auch eine Roma.«

»Sie hat nie für die Andreescus gearbeitet?«

»Nicht dass ich wüsste.«

»Wieso hat sie trotzdem in der Weststadt gewohnt? Was hat sie dort gemacht?«

»Ich weiß es nicht. Man sagt, dass sie ihren Bruder begleitet hat.«

»Ludvig Weiss.«

»So hieß er wohl.«

Frauke fiel auf, dass Röhricht plötzlich sehr sparsam antwortete. Es schien, als wäre ihm dieses Thema nicht angenehm.

»Pola Weiss ist vergewaltigt worden.«

»Aber nicht in der Unterkunft in der Weststadt. Außerdem ist das nie bewiesen worden.«

»Vieles spricht dafür.«

»Hören Sie«, begehrte Röhricht auf. »Da sind nur Männer. Und plötzlich taucht eine junge Frau auf und lebt mitten unter ihnen. Da sind sie wieder, die Vorurteile. Die Roma sind alles hemmungslose Monster und missbrauchen Pola Weiss.«

»Es wäre doch auch denkbar, dass es sich nicht um Missbrauch, sondern sexuelle Dienstleistungen gehandelt haben könnte.«

»Sie haben eine blühende Phantasie«, schimpfte Röhricht.

»Die Polizei hat den Vorgang nicht klären können, weil Pola Weiss und ihr Bruder nicht nur jede Zusammenarbeit verweigert haben, sondern über Nacht verschwunden sind. Sie haben doch einen guten Draht nach Rumänien. Wissen Sie, was aus den Geschwistern geworden ist?«

»Nein. Und was heißt ›guter Draht‹? Meine Gewerkschaft hat mich hingeschickt, damit ich mich vor Ort umsehe. Das war alles.«

Röhricht schien nichts von dem Verdacht, dass Corneliu Andreescu möglicherweise der Vergewaltiger war, zu wissen. Frauke unterließ jede Andeutung. Das hätte Röhrichts Hass, anders konnte man es nicht formulieren, noch weiter verstärkt.

»Was ist nun?«, wollte Röhricht wissen. »Sind Sie auf unserer Seite?«

»Ich bin auf der Seite von Recht und Gesetz.«

»Welchen Rechts? Das, welches von windigen Juristen verbogen wird? Oder das des Herzens?«

»Das Recht, das in den Gesetzen eines demokratischen Staates fundamentiert ist.«

»Ich dachte, Sie seien ein Mensch«, sagte Röhricht zum Abschied. Deutlich schwang die Enttäuschung in seinen Worten mit.

Kurz vor Feierabend meldete sich Hauptkommissar Bitter.

»Es ist unfassbar, aber Sie hatten recht mit Ihrer Vermutung. Die Techniker haben Abhöreinrichtungen in unseren Räumen entdeckt. Nicht nur in meinem Kommissariat, sondern auch in der Leitstelle und der Einsatzzentrale. Wir werden versuchen, den Empfänger der Abhöreinrichtungen ausfindig zu machen. Große Hoffnungen haben uns die Fachleute nicht gemacht. Bei dem, was heute alles durch die Luft schwirrt, kann man das kaum verfolgen.«

FÜNF

Das Wochenende hatte Frauke den Fall zumindest vorübergehend vergessen lassen. Gestern war Volkstrauertag gewesen. Heute begann die »schwarze Woche« mit dem Buß- und Bettag und dem folgenden Wochenende, dem Totensonntag. Auch das Wetter hatte sich angepasst. Die ganze Zeit über hatte ein grauer wolkenverhangener Himmel sie begleitet. Der unaufhörliche Regen trug seinen Teil dazu bei, die Stimmung nicht in Euphorie umschlagen zu lassen.

Georg und sie hatten sich im Haus gemütlich eingerichtet, die Ruhe genossen und die wohlige Wärme des Kamins. Fraukes aktueller Fall war mit keinem Wort erwähnt worden. Sie war dankbar dafür.

In anderen Büros mochte es üblich sein, dass man sich nach der Begrüßung kurz über die Erlebnisse des Wochenendes austauschte, mit ein paar Sätzen dieses oder jenes preisgab. Frauke trennte strikt zwischen Beruf und Privatleben. Es interessierte sie auch nicht, wie ihre Mitarbeiter die freien Tage verbracht hatten. Sie sah die Teammitglieder, die mit ihr um den Tisch im Besprechungsraum saßen, der Reihe nach an.

Madsack sah zufrieden und erholt aus. Schwarczer hatte zwischen sich und Beate Boss einen Stuhl freigelassen. Wenn er am Wochenende »auf der Piste« gewesen war, hatte er sich wieder davon erholt. Im Unterschied zu Beate Boss, die nach Zigarettenqualm roch. Roch? Fraukes empfindliche Nase nahm es als Gestank wahr. Die bullige Kommissarin hatte Mühe, ein ständiges Gähnen zu unterdrücken.

»Langweilt Sie das Thema?«, fragte Frauke und registrierte befriedigt, dass Beate Boss erschrocken zusammenzuckte. Dann erteilte sie Madsack das Wort.

Der Hauptkommissar nickte beflissen und berichtete von seinen Recherchen zu Simion Andreescu, dem ältesten Sohn

Georges. Seinen Erläuterungen stellte er die Entschuldigung voran, dass das Ergebnis eher dürftig sei. Simion trat in der Öffentlichkeit kaum in Erscheinung. Er war ledig, zu seinem Privatleben fanden sich keine Informationen. Er bewohnte ein Appartement in einer ruhigen Sackgasse nahe dem Südsee. Wenn man am Fahrzeugtyp die hierarchische Stellung ablesen konnte, war er hinter seinem jüngeren Bruder einsortiert worden. Statt eines wuchtigen Audi A8 musste sich Simion mit einem BMW 320d begnügen.

»Das würde mir ganz schön stinken«, unterbrach Beate Boss den Vortrag. »Das ist wie beim dänischen Prinzgemahl Henry.« Sie sprach den Namen falsch und deutsch aus. »Der war auch sauer, dass er in der Rangfolge nicht nur hinter seiner Ollen, sondern auch hinter seinem Sohn hinterherdackeln musste. Immerhin hat der nur gemosert und nicht seine Familienangehörigen umgebracht.«

Madsack war in seinem Bericht gestört worden. Er brauchte zwei Atemzüge, um wieder anzusetzen. Simion Andreescu tauche nirgendwo in offiziellen Registern auf, nicht im Handelsregister oder anderen zugänglichen Quellen. »Ich habe auch die Schufa bemüht«, fügte Madsack an. »Alles unauffällig.«

»Wie ist seine wirtschaftliche Situation?«

Dazu gebe es keine gesicherten Erkenntnisse, sagte Madsack. Im Unterschied zu seinem Bruder und dem Cousin hatte Simion studiert. Er war Kunsthistoriker, hatte diesen Beruf aber nie ausgeübt. In den polizeilichen Systemen gab es keine Einträge. Keine Jugendstrafe, keine Auffälligkeiten. Einfach nichts.

»Womit bestreitet er seinen Lebensunterhalt?«

»Dazu müssten wir einen Blick in seine Steuererklärung werfen«, sagte Madsack. »Aber das wird uns nicht genehmigt. Steuergeheimnis.«

»Die Preußen und ihr Rechtsverständnis«, sagte Frauke und dachte noch einmal an den Besuch des Gewerkschaftssekretärs Röhricht am vergangenen Freitag.

»Vielleicht hängt er am Tropf des Seniors«, mutmaßte Beate Boss.

Das war nicht sehr ergiebig. Im Grunde blieb Simion für die Polizei ein unbeschriebenes Blatt. Frauke trug Madsack auf, sich einmal in der Nachbarschaft umzuhören.

Dann zeigte sie auf Schwarczer. »Wo war Simion zur Tatzeit?«

»Das kann ich nicht sagen. Alle Versuche, ihn zu befragen, waren vergeblich. Ich habe es mehrfach versucht. Handy. Telefon. Ich habe eine Nachricht hinterlassen, er soll sich mit uns in Verbindung setzen. Vergeblich. Ich bin auch mehrfach bei seiner Wohnung gewesen. Er ist untergetaucht.«

Frauke wollte wissen, ob es Informationen zur Stellung des Cousins Nicolae gab.

»Der war in der Szene als Raubein bekannt. Er galt aber nicht als intellektuelle Leuchte. Er war mit der Faust wohl schneller als mit dem Grips. Dafür sprechen auch die Vorstrafen. Körperverletzung. Drogenmissbrauch. Was mich am meisten gewundert hat, war ein Autodiebstahl. Jemand mit einer solchen Familie im Hintergrund hat es doch nicht nötig, sich illegal einen fahrbaren Untersatz zu beschaffen. Bei diesem Hintergrund ist es nicht verwunderlich, dass er nicht im Führungskreis auftaucht. Man munkelt, dass George ihn lieber von sich fernhielt.«

»Wir werden vermutlich nicht erfahren, worüber die beiden Senioren und ihre Söhne gesprochen haben, bevor der Mord geschah«, sagte Frauke. »Wenn George und Arsenie wichtige Dinge zu klären hatten, verstehe ich, dass Corneliu als Kronprinz daran beteiligt war. Aber was wollte Nicolae?«

Madsack räusperte sich. »Und wenn er ebenso wenig wie Kanita Andreescu am Gespräch teilgenommen hat? Wenn die beiden in der Küche saßen und Kaffee getrunken haben?«

»Nicolae hat das Haus mit seinem Cousin zusammen verlassen. Er war sein Begleiter. Madsack hat gesagt, Nicolae wäre als Raubein bekannt. Ist das nicht eine gute Voraussetzung dafür, dass er Cornelius Bodyguard war?«, überlegte Frauke laut.

»Dafür spricht«, sagte Schwarczer, »dass man bei ihm eine Waffe gefunden hat. Eine Walther P99.«

»Mensch, Schwarczer. Warum erfahre ich das erst jetzt?« Frauke war verärgert.

»Das liegt daran, dass er nie etwas sagt«, mischte sich Beate Boss ein.

»Halten Sie sich da raus. Ihre Kommentare sind unerwünscht. Jetzt und künftig«, blaffte Frauke sie an. Dann wandte sie sich an Schwarczer. »Ist die Waffe registriert?«

»Ja. Sie ist uns auch bekannt. Vor vier Jahren wurde damit geschossen. Mehrere Hunde wurden damit getötet. Und Katzen.«

»Hat man den Schützen ermittelt?«

»Nein«, antwortete Schwarczer.

»Wenn es Nicolae Andreescu war, können wir ihn nicht mehr befragen.«

»Halten Sie 's Maul«, schnauzte Frauke Beate Boss an. Nicht nur die Angesprochene zuckte dabei zusammen. Frauke holte tief Luft und wartete zehn Sekunden, bevor sie fortfuhr: »Wir dürften damit eine Erklärung für Nicolaes Beteiligung gefunden haben. Er starb dann nicht zufällig oder als Kollateralschaden, sondern in seiner Eigenschaft als Leibwächter. Schwarczer, versuchen Sie herauszufinden, ob unsere Vermutung richtig ist, dass Nicolae in dieser Funktion tätig war.«

Mit einer wedelnden Handbewegung beendete sie die Besprechung.

Endlich konnte sie das Gespräch annehmen, das sich mittels Vibration auf ihrem privaten Mobiltelefon angekündigt hatte. Georg! Sie rief ihn zurück und wollte wissen, ob er Sehnsucht nach ihr habe.

»Immer«, versicherte Georg.

»Entschuldigung, aber ich habe im Moment wenig Zeit.

Weshalb hat man mir alle Nieten, die die niedersächsische Polizei aufzubieten hat, ins Team gesteckt?«

»Du kompensierst es doch«, säuselte Georg. »So gern ich auch mit dir flirte, ich rufe aus einem anderen Grund an. Ich weiß, dass du es nicht magst, wenn Privates im LKA aufläuft.«

»Dein Kumpel hat sich gemeldet?«, riet Frauke.

»Sag nicht immer ›Kumpel‹. Es ist ein guter Freund und langjähriger Wegbegleiter meiner medizinischen Tätigkeit.«

»Du schwindelst selten«, sagte Frauke. »Wäre er Pathologe, würde ich es verstehen. Aber wie arbeiten Chirurg und Rechtsmediziner zusammen?«

»Musst du immer gleich ins Verhör einsteigen und deine Delinquenten entlarven? Also gut. Du hast recht. Was möchtest du hören?«

»Sag mir, dass die DNA aus dem Papiertaschentuch identisch ist mit der von Corneliu Andreescu.«

Georg schwieg einen kurzen Moment. »Weshalb der ganze Aufwand, wenn du es ohnehin schon weißt.«

»Das war eine Ahnung, kein Wissen«, präzisierte Frauke. »Danke für die Bestätigung.«

»Gibt es jetzt eine Verhaftung?«

»Der Leiche? Der mutmaßliche …«

»Wieso mutmaßlich?«, unterbrach sie Georg.

»So sehen es die Juristen, bis er von einem Gericht verurteilt ist.«

»Ach so.«

»Es bringt mich im Fall weiter, auch wenn es keine strafrechtlichen Konsequenzen mehr hat.«

»Dann viel Erfolg«, wünschte Georg und legte auf.

Das war eine gute Nachricht. Der wissenschaftliche Beweis, dass Corneliu Andreescu Pola Weiss missbraucht hatte. Leider konnte sie es nicht verwenden. Es war aber ein wichtiges Teilchen im Puzzle. Weshalb waren die Geschwister Weiss plötzlich verschwunden? Man konnte vermuten, dass sie geflüchtet waren.

Frauke rief Schwarczer zu sich.

»Ich habe noch einen Auftrag für Sie. Finden Sie heraus, wann man das letzte Mal Pola und Ludvig Weiss gesehen hat.«

Anschließend rief sie beim Hauptzollamt Braunschweig an und ließ sich mit der Finanzkontrolle Schwarzarbeit verbinden. Zollamtsrat Cansius wurde ihr als zuständiger Sachbearbeiter benannt. Sie war überrascht, als er sich informiert zeigte, dass sie die Ermittlungen zum Doppelmord leitete.

»Peter Röhricht hat mit mir gesprochen«, erklärte Cansius. »Außerdem habe ich gute Kontakte zu Fabian Bitter und Maximilian Böhnke von der hiesigen Kripo.« Cansius erklärte sich einverstanden, dass Frauke ihn in Braunschweig aufsuchen würde.

Die Fahrbereitschaft hatte ihr einen VW Golf zur Verfügung gestellt. Sie benötigte für die knapp siebzig Kilometer eine Stunde. Unterwegs fiel ihr ein, dass es eine Reihe von benachbarten Städten gab, die in heftiger Konkurrenz zueinander standen. Am bekanntesten war die Auseinandersetzung zwischen Köln und Düsseldorf. Aber auch Hannover und Braunschweig tauschten immer wieder Seitenhiebe auf die andere Stadt aus.

Frauke enthielt sich bei diesen Diskussionen jedes Kommentars. Sie mochte beide Städte. Jede hatte ihre eigenen Reize. Die Braunschweiger Innenstadt erinnerte ein wenig an eine alte Festung. Die Oker mit ihren grünen Uferanlagen umschloss sie wie ein Ring. Das Hauptzollamt war außerhalb in einem ruhigen Wohnviertel untergebracht. Schon von außen sah das schmucklose Gebäude wie ein Behördenbau aus. Zum Glück fanden sich dahinter ausreichend Parkplätze.

Die Tür war verschlossen. Nach dem Klingeln öffnete ihr ein Zollbeamter in Uniform die Tür und führte sie zum Büro des Zollamtsrats.

Der Mann mit dem blond gefärbten dichten Haar, das nur aus Locken zu bestehen schien, stellte sich als Norbert Cansius vor. Ein Lächeln umspielte seine Mundwinkel. Mit einer blauen

Brille hätte er fast als Double von Atze Schröder durchgehen können.

Sie setzten sich an einen kleinen runden Besprechungstisch. Zwei Tassen und eine Thermoskanne, an der ein brauner Streifen Kaffee herabgelaufen war, waren eine freundliche Geste.

Es gefiel Frauke, dass Cansius sich nicht mit langen Vorreden aufhielt. Natürlich waren die Andreescus der Finanzkontrolle Schwarzarbeit hinreichend bekannt. Er berichtete, wie schwierig die Arbeit der sechseinhalbtausend Zollbeamten war, die bundesweit gegen Schwarzarbeit und illegale Beschäftigung vorgingen.

»Dabei werden dauerhaft legale Arbeitsplätze vernichtet. Das führt zu Arbeitslosigkeit. Abgesehen davon gehen dem Staat Steuern und den Sozialversicherungen Beiträge verloren. Manchmal gelingt uns ein wirklich großer Schlag«, geriet Cansius ins Schwärmen. »Über sechshundertfünfzig Einsatzkräfte haben einmal im Raum Ludwigshafen und Mannheim gleichzeitig einhundert Geschäfts- und Privaträume durchsucht. Daran beteiligt waren Zoll, Steuerfahndung und das Landeskriminalamt. Man möchte fast sagen, ›wie üblich‹ lag der Fokus auf Unternehmen der Baubranche, des Reinigungsgewerbes und der Leiharbeit. Die drei festgenommenen Hauptbeschuldigten haben nichts ausgelassen. Sie haben Scheinrechnungen erstellt, um Steuern zu hinterziehen, keine Sozialversicherungsbeiträge abgeführt, Schwarzlohnzahlungen kaschiert und auch noch Betrug begangen.«

»Und warum gelingt ein solcher Schlag nicht gegen die Andreescus?«

Cansius stöhnte auf. »Offenbar sind die klüger. Ein wirksamer Ansatzpunkt ist häufig die Steuerhinterziehung. Das Finanzamt hat es immer wieder versucht, ist aber nie fündig geworden. Wir sind uns sicher, dass große Teile der Einkünfte in Steueroasen versickern. Bisher hat sich aber noch keine Spur dorthin gefunden. Es ist nicht so, dass Andreescu – wir sprechen hier von George – sich hier arm wie eine Kirchenmaus gibt. Sein Einkommen ist recht stattlich, sodass er nicht in Erklärungsnöte kommt, wie er seinen aufwendigen Lebensunterhalt finanziert. Das ist aber nur die Spitze des Eisberges. Ich bin mir sicher, dass der Mann sein Federbett mit Tausend-Euro-Noten gefüllt hat.«

»Tausend-Euro-Scheine?«, unterbrach ihn Frauke. »Die gibt es doch nicht.«

Cansius lächelte. »Da sehen Sie, wie geschickt er es anstellt. Wir haben unser Augenmerk aber nicht auf die steuerliche Seite, sondern auf die Schwarzarbeit gerichtet. Da gibt es aber keinen Ansatzpunkt. Was Andreescu macht und *wie* er es macht, ist wasserdicht. Alles ist legal. Auch die Werkverträge. Wir sind uns sicher, haben aber keinen Beleg dafür, dass Andreescu dahintersteckt. Sie werden es auch von anderer Seite gehört haben, dass Rumänien trotz gemeinsamer EU-Mitgliedschaft de facto nicht mit uns kooperiert.« Cansius sah unwillkürlich zur Zimmertür und senkte die Stimme, als fürchte er, dass jemand mithörte. »Das Land ist durch und durch korrupt. In meinem Freundeskreis weiß man im Großen und Ganzen, was ich mache. Was meinen Sie, wie oft ich gefragt werde, ob es nicht frustrierend ist, für überschaubare Beamtenbezüge solche Leute zu jagen. Aber Ihnen geht es ja nicht anders. Manchmal werde ich grimmig, wenn mir wieder jemand vorhält, dass wir Beamte es gut haben. Unkündbar. Ruhiger Job. Stressfrei. Überhöhte Pension. Mensch«, dabei schlug er sich aufgebracht mit der flachen Hand gegen die Stirn, »begreifen solche Leute nicht, dass viele Beamte aus Idealismus dem Staat dienen? Sie finden kaum einen korrupten Beamten.« Er streckte den Arm aus und zeigte in eine unbestimmte Richtung. »Im Unterschied zu Rumänien.«

»Sie waren nicht überrascht, als ich vorhin um ein Gespräch mit Ihnen bat.«

Wieder lächelte Cansius. »Ihr Tätigwerden ist nicht geheim geblieben. In den Behörden spricht man über Sie.«

»Sie haben Kontakte zu Bitter von der Kripo.«

»Zu ihm, zu seinem Mitarbeiter Böhnke, aber auch zu anderen Stellen.«

»Bitter wird Sie aber nicht angerufen haben.«

»Nicht Bitter, aber Böhnke.«

Frauke wiegte den Kopf. »Sie haben noch andere Informanten.«

Wieder zeigte sich das Lächeln auf Cansius' Gesicht. »Stimmt. Man merkt, dass Sie ein erfahrener Polizist sind.«

»Polizistin«, korrigierte ihn Frauke. »Und um es weiter unter Beweis zu stellen: Röhricht hat Sie angerufen.«

Cansius zog eine Augenbraue in die Höhe. »Chapeau. Das ist zutreffend. Wir haben einen guten Draht zueinander.«

»Röhricht ist sehr engagiert, aber Privatmann. Man sollte ihn nicht in alle Dinge einweihen, die von Behörden ausgehen.«

Der Zollamtsrat hob abwehrend eine Hand. »So ist das nicht gemeint. Natürlich weiß ich, wo die Grenzen sind. Sie glauben doch nicht, dass ich ihn von unseren geplanten Aktionen in Kenntnis setze. Röhricht liegen die Bedingungen, unter denen die Roma-Arbeiter hier tätig sind, auf dem Magen. Er ist genauso machtlos wie wir. Sein Kampf, anders kann man es kaum nennen, ist aber nahezu aussichtslos. Die Gewerkschaft lässt ihn aus humanitären Gründen gewähren, obwohl die Leute nicht zu ihrer Klientel gehören. Ich habe aus anderer Quelle gehört, dass man Röhricht sanft drängt, seinen Einsatz auch anderen zugutekommen zu lassen, Leuten, für die die Gewerkschaft einzustehen hat.«

»Weshalb ist Röhricht so verbissen hinter Andreescu her?«

Cansius zog eine Augenbraue in die Höhe. »Hat er erzählt, dass er schon einmal vor Ort in Rumänien war? Da müssen unbeschreibliche Zustände herrschen. Das können wir uns hier gar nicht vorstellen. Für die Roma gibt es kein soziales Netzwerk. Es geht für diese Menschen um das nackte Überleben. Das und die Art und Weise, wie Andreescu das ausnutzt, treiben Röhricht an. Für mich ist es fast ein Krieg, den er gegen Andreescu und seine Sippe führt.«

»So kommt es mir auch vor. Der Mann muss dabei aber achtgeben, dass er bestimmte Grenzen nicht überschreitet.«

»Man sollte meinen, dass er in seinem Alter kein Hitzkopf mehr ist. Er geht auf die sechzig zu. Aber auch in diesen Jahren ist man nicht vor bestimmten Dingen gefeit.«

»Wie meinen Sie das?«

Cansius griente. »Als meine Oma starb und Opa kurz darauf ins Altersheim ging, haben sich die Frauen dort fast die Köpfe eingeschlagen. Opa war immerhin sechsundsiebzig. Männer sind in dem Alter schon Mangelware.«

Frauke musterte den Zollamtsrat durchdringend.

»Sie meinen, bei Röhricht ist es etwas Persönliches?«

Cansius hob beide Hände abwehrend in die Höhe.

»Mit der gebotenen Vorsicht. Ich gebe nicht viel auf Gerüchte.«

»Interessiert er sich für Männer?«

»Gott bewahre. Nein.«

»Dann verstehe ich es nicht.«

Fraukes Gegenüber spitzte die Lippen. »Wenn der Blitz einschlägt, stören auch dreißig Jahre Altersunterschied nicht. Man munkelt, dass Röhricht sich in eine Roma-Frau verguckt hat.«

»Dreißig Jahre Altersunterschied? Roma-Frau?«, wiederholte Frauke mechanisch. Ihr fiel Pola Weiss ein. Sie nannte den Namen. »Mit der hatte Röhricht ein Verhältnis?«

»So nicht«, relativierte es Cansius. »Ich kenne auch keine Einzelheiten. Es kann sein, dass Röhricht sie bei seinem Besuch in Rumänien kennengelernt und dafür gesorgt hat, dass sie nach Braunschweig gekommen ist. Aber das sind alles nur Latrinengerüchte.«

»Woher haben Sie Ihre Weisheit?«

»Man hört dies und jenes.«

Frauke schüttelte energisch den Kopf. »Sie haben einen engeren Draht zu den Roma?«

»Nein«, erwiderte Cansius schnell. Es war offensichtlich,

dass er seinen Hinweis bereute. »Das hat mir jemand geflüstert.«

»Den Sie nicht kennen und nur zufällig einmal in einer Kneipe getroffen haben?«

»Ach.« Cansius seufzte. »Ich bin mir sicher, Sie behalten es für sich. Böhnke hat mir erzählt, dass Röhricht die kleine Roma gebumst hat.«

»Donnerwetter«, entfuhr es Frauke spontan.

Obwohl ihr Gegenüber sie neugierig musterte, behielt sie ihren Gedanken für sich. Wenn Röhricht wirklich Gefühle für die junge Frau entwickelt haben sollte, hatte er möglicherweise tatsächlich dafür gesorgt, dass sie nach Deutschland gekommen war. Frauke war sich nicht sicher, ob das nicht einseitig war. Im Team hatten sie darüber spekuliert, ob Pola Weiss aus der Not heraus nicht eventuell in Braunschweig ihren Körper verkauft hatte. Keiner hatte dabei an Peter Röhricht gedacht. Diese Konstellation könnte auch erklären, weshalb sich der Gewerkschafter so übermäßig für die Roma einsetzte. Er machte – aus seiner Sicht zu Recht – die Andreescu-Familie für die Prostitution verantwortlich. Und wenn er auch noch gehört haben sollte, dass Corneliu Andreescu die junge Weiss missbraucht hatte und sie danach wieder in ihre Heimat zurückgekehrt war, könnte das ein Motiv für einen Mord sein.

»Planen Sie in der nächsten Zeit Aktionen gegen das Andreescu-Imperium?«

»Wir würden gern. Jeder weiß, dass es kriminell ist, was die treiben. Aber wir haben keine Handhabe.«

»Da gibt es doch den Geschäftszweig Reinigungsgewerbe. Das funktioniert doch nicht nach dem Prinzip der Werkverträge wie in der Fleischindustrie.«

»Das ist richtig. Die Eigentumsverhältnisse sind aber so verschachtelt, dass wir die Verbindung zu Andreescu nicht nachweisen konnten. Alle Spuren verwischen sich auf Jersey.«

Das hatte Madsack auch schon festgestellt.

»Es muss doch einen Ansatz vor Ort geben.«

Cansius lachte bitter auf. »Wir verstehen unser Handwerk. Natürlich haben wir schon mehrfach Razzien durchgeführt, das Büro und die Buchhaltung auf den Kopf gestellt, gemeinsam in konzertierten Aktionen mit dem Finanzamt. Bei diesem Riesenaufwand sind nur ein paar Kleinigkeiten hängen geblieben. Vereinzelt. Da wurde mal vergessen, eine Meldung abzugeben, ein Arbeitnehmer ist in irgendwelchen Listen nicht aufgetaucht. Solche Dinge eben, die passieren können. Das reicht nicht einmal für ein Bußgeld. Das läuft anders. Die Leute arbeiten einfach länger für ihr Geld. Sie schreiben zwei Stunden auf und bekommen diese mit dem Mindestlohn vergütet, tatsächlich arbeiten sie aber drei oder vier.«

»Das ist ein Stundenlohn von etwa vier Euro fünfzig«, rechnete Frauke vor.

Cansius nickte.

»Andreescu war Marktführer auf dem Gebiet der Hotelreinigung.«

»*War?*«

»Ja. Für die Hintermänner ein lukratives Geschäft. Die großen Hotels beschäftigen schon lange keine eigenen Zimmermädchen mehr, sondern haben es outgesourct. Der Auftragnehmer bekommt pro Zimmer einen Fixpreis. Den rechnet er auf Zeit um. So muss das Zimmermädchen zum Beispiel ein komplettes Zimmer inklusive Wäschewechsel in achtzehn Minuten fertig haben. Schafft sie es nicht … ihr Pech. Schafft sie es doch, geht es zulasten der Qualität. Wird das bei der Abnahme festgestellt, muss sie nacharbeiten, ohne es vergütet zu bekommen. Wie auch immer – das Zimmermädchen kommt nicht über die Runden. Aber dieses Geschäft hat man den Andreescus abgejagt.«

»Ich habe davon gehört.«

»Es gab hier einmal einen Fall. Da wollte man im Rotlichtbezirk die Fläche eines chinesischen Restaurants dazuhaben, aber der Betreiber wollte nicht verkaufen. Man hat mehrfach nachts an seinem rückwärtigen Kücheneingang leere Dosen mit

Hundefutter abgeladen und das öffentlich gemacht. Nachweislich wurde in dem Restaurant nie etwas in dieser Richtung aufgetischt, trotzdem ist keiner mehr hingegangen, und der Chinese musste aufgeben. So ähnlich ist es mit dem Hotelprojekt gelaufen. Plötzlich tauchten Gerüchte auf, Andreescus Zimmermädchen würden die Hotelgäste bestehlen. Bei der Polizei ist kein einziger Fall aktenkundig geworden. Trotzdem stiegen die Hotels aus den Verträgen mit ihm aus. Seltsamerweise stand ein neuer Anbieter schon parat. Er hat auch das alte Personal von Andreescu gleich mit übernommen.«

»Die Libanesen aus Hannover«, sagte Frauke.

»Die arbeiten wie viele in dieser Branche nach dem gleichen Prinzip: Bezahlung des Personals nach Zimmer. Nur dass der Gewinn jetzt nicht mehr von Andreescu, sondern von den Libanesen abgeschöpft wird.«

»Wenn Sie das wissen, müssten Sie doch dagegen vorgehen können.«

»Wir bereiten eine Razzia vor, die demnächst stattfinden wird. Wir müssen dabei sehr diskret vorgehen, sonst werden Beweise beiseitegeschafft. Unser Problem ist, dass die Zimmermädchen schweigen. Niemand verrät den Arbeitgeber. Sie wären sonst ihren Job los. Und das wäre noch schlimmer als die Ausbeutung. Wir haben noch ein anderes Problem. Wenn wir überfallartig anrücken, bleibt das nicht im Verborgenen. Das Hotel rückt in ein schlechtes Licht und wirft uns Geschäftsschädigung vor. Und wir bekommen Druck aus der Politik. Solche Aktionen sind schlecht für das Image der Stadt. Darunter leidet der Tourismus. Sie sehen, es ist ein schwieriges Geschäft.«

Beim Abschied nahm Frauke Cansius das Versprechen ab, sie zu informieren, wenn es Neues geben würde.

Besucher Braunschweigs sehen mit Erstaunen auf die Fassade des Schlosses, hinter der sich jedoch das moderne Einkaufszentrum »Schloss-Arkaden« verbirgt. Von dort bis zum

Hagenmarkt mit der Kirche St. Katharinen war es nur ein halber Kilometer. Direkt neben dem Finanzamt, das auf der Rückseite des Marktes residierte, fand Frauke das Gewerkschaftshaus.

Peter Röhricht war sichtlich überrascht, als Frauke in der Tür seines Büros auftauchte. Eigentlich war es mehr eine Irritation.

»Sie?« Sein Blick wich ihrem aus. »Ähm. Sie in Braunschweig?« Er kratzte sich verlegen das Kinn. »Aber – was … Ähm. Was kann ich für Sie tun?«

»Darf ich mich setzen?«

Röhricht zeigte auf den leeren Schreibtisch, der seinem gegenüberstand. »Der Kollege ist heute außer Haus.«

Nachdem er selbst Platz genommen hatte, musterte er Frauke, während seine Hände sich unablässig mit sich selbst beschäftigten.

»Gibt es einen Grund, weshalb Sie so nervös sind?«

»Ich? Nervös?« Röhricht biss sich auf die Unterlippe. »Ich habe im Augenblick nur viel Stress.«

»Wegen der Roma?«

»Ja – nein.« Er nagte wieder an der Lippe. »Doch. Man möchte, dass ich meine Aktivitäten auf andere Aufgaben richte. Damit ist nicht gesagt, dass ich … wir … die Gewerkschaft sich nicht mehr für die Arbeiter interessiert. So ist das nicht gemeint. Aber es ist ein Kampf gegen Windmühlenflügel. Fast aussichtslos. Unsere Möglichkeiten sind ohnehin sehr beschränkt. Ich hatte die Idee, dass wir über unsere organisierten Mitglieder, die bei der Mehrvelds Fleischfabrik beschäftigt sind, Druck ausüben. Das ist aber rechtlich nicht zulässig. Die Medien interessieren sich nicht für das Thema. Schließlich handelt es sich nur um ein paar *Zigeuner.*« Er ließ das Wort abfällig klingen. »Die haben keine Lobby. Ganz im Gegenteil.«

»Ihr Engagement ist erstaunlich«, sagte Frauke. »Kann es sein, dass Sie nicht nur von einem humanitären Gedanken angetrieben werden, sondern auch Persönliches dahintersteckt?«

Röhricht durchfuhr sichtbar der Schreck. »Persön...? Ich verstehe Sie nicht.«

»Haben Sie ein ganz persönliches Interesse?«

»Ich? Aber – wieso denn?« Er ließ ein verunglücktes Lachen hören. »Glauben Sie, ich werde bestochen oder von den Roma bezahlt?« Er lachte erneut schrill auf. »Das ist absurd. Die haben doch selbst nichts.«

»Man kann auch mit anderen Dingen bezahlen. Nicht nur mit Geld.«

Der Gewerkschaftssekretär zog die Stirn kraus. »Womit denn? Drogen? Ich? Nie!«

»Zum Beispiel mit Sex.«

»Mit ... Sex?« Plötzlich traten Schweißperlen auf Röhrichts Stirn. »Sie wollen mir doch nicht unterstellen, dass ich etwas mit einem der Männer ...? Das ist ungeheuerlich.«

»Es gab eine Frau unter den Roma. Eine junge attraktive Frau. Pola Weiss. Sie wollen nicht behaupten, dass sie Ihnen unbekannt ist.«

Frauke registrierte, wie es in Röhricht arbeitete, wie er abwog, welche Antwort er wählen sollte. Er entschied sich für die Wahrheit.

»Ich kannte sie. Sie war mit ihrem Bruder nach Braunschweig gekommen und wohnte in der Gemeinschaftsunterkunft in der Weststadt.«

»Kam Ihnen das nicht merkwürdig vor? Eine junge Frau unter lauter sexuell ausgehungerten Männern? Was hat sie da gemacht?«

»Was weiß ich«, polterte Röhricht los.

»Haben Sie nie Gedanken dazu angestellt?«

»Dazu gab es keine Veranlassung.«

Es war nicht zu übersehen – Röhricht fühlte sich nicht nur unbehaglich. Frauke schien alte Wunden aufgerissen zu haben.

»Pola Weiss kam aus der Heimat der Männer. War sie denen zu Diensten – ich meine, in sexueller Hinsicht?«

»Sie meinen, sie war eine Art Nutte?« Fraukes Versuch

zeigte Erfolg. Röhricht wurde wütend. »Unterstellen Sie der Frau nicht so etwas.«

»Sie haben eben erklärt, dass Sie nicht wüssten, was Pola Weiss dort gemacht hat. Also ist es doch denkbar, dass sie reihum gereicht wurde als eine Art Truppenbetreuung. Jeden Abend ein anderer. Oder manchmal auch zwei am Tag.«

Röhricht hielt sich die Ohren zu. »Hören Sie auf«, schrie er. »Pola Weiss war nicht so eine.«

»Also kennen Sie sie näher.«

Er sah sie lange an, ohne zu antworten.

»Sie haben ein sexuelles Verhältnis mit der jungen Frau gehabt.«

»Nein!«

Frauke ließ ihm drei Atemzüge Zeit. »War es ein Entgegenkommen dafür, dass Sie sich für die Belange der Arbeiter einsetzen?«

»Hören Sie auf.« Röhricht atmete flach und hastig.

Frauke wartete ab. Das ließ ihn noch erregter werden. Schließlich glaubte sie, dass ihr Gegenüber am Siedepunkt war.

»Sie hatten ein Verhältnis mit Pola Weiss. Zunächst haben Sie es als angenehm empfunden, Sex mit einer attraktiven, dreißig Jahre jüngeren Frau zu haben. Und dann nagte in Ihnen der Zweifel, ob es nicht doch eine Art Bezahlung war. Aber da hatte sich bei Ihnen schon eine Abhängigkeit eingestellt. Sie waren gierig nach dem Körper der Frau. In Ihnen kochte es, wenn Sie daran dachten, dass sie es eventuell auch noch mit anderen Männern trieb. Sie waren rasend vor Eifersucht. Pola Weiss sollte nur Ihnen gehören. Und dann geschah das Unfassbare. Corneliu Andreescu nahm sich die Frau und missbrauchte sie. Er beschmutzte sie. Hat Pola Ihnen gesagt, was geschehen ist?«

»Nein!« Wieder dieser Aufschrei. »Das ist nicht wahr.«

»Sie haben ohnehin die Andreescu-Familie verfolgt. Ihnen waren deren Praktiken ein Dorn im Auge. Und als sich Corneliu auch noch an Ihrer Gespielin verging, sind Sie ausgerastet. Sie waren blind vor Wut, haben ihm aufgelauert und ihn erschossen. Ihn und seinen Cousin.«

Röhricht sackte in sich zusammen. Er röchelte. Dann schüttelte er den Kopf. Erst langsam, dann immer schneller. Schließlich war es so heftig, dass es aussah, als hätte er einen Krampfanfall.

»Wo ist Pola Weiss geblieben? Haben Sie die Frau versteckt? Aus Ihrer Sicht in Sicherheit gebracht?«

»Ich war das nicht. Weiß Gott, ich hätte es tun sollen. Die Andreescus. Das sind keine Menschen. Und Corneliu fällt über die Frau her. Dieses Schwein. Dieses elendige Schwein.«

»Das gehört von den Behörden verfolgt. Selbstjustiz ist strafbar, besonders wenn es mit Mord einhergeht.«

Speichel troff aus Röhrichts offenem Mund. »Ich war es nicht«, sagte er in weinerlichem Tonfall.

»Haben Sie eine Waffe?«

»Natürlich nicht.«

»Wo waren Sie am Abend, als der Doppelmord geschah?«

»Ich weiß es nicht.«

»Doch.«

Der Gewerkschafter legte die flachen Hände an die Schläfen. »Ich weiß es nicht.«

»Haben Sie mit Pola Weiss sexuelle Kontakte gehabt?«

»Ich will nicht mehr mit Ihnen sprechen.«

»Aber ich mit Ihnen. Haben Sie Andreescu erschossen?«

»Neeein.«

»Wo waren Sie an dem Abend?«

»Hören Sie auf. Ich kann nicht mehr.«

»Warum haben Sie die Andreescus erschossen?«

Röhricht stierte sie aus glasigen Augen an. Dann sprang er auf und rannte panikartig aus dem Raum.

Frauke blieb eine Weile sitzen und hoffte, er würde zurückkommen. Stattdessen erschien ein gemütlich wirkender Mann mit mächtigem Bierbauch.

»Was ist hier los? Wer sind Sie?«, fragte er mit sonorer Stimme.

»Ich warte auf Herrn Röhricht.«

Der Mann sah auf den leeren Schreibtischstuhl. »Der ist nicht da.« Dann zeigte er auf den Platz. »Wo ist er?«

Frauke zuckte mit den Schultern. »Keine Ahnung. Er ist plötzlich raus. Ich glaube, ihm ist nicht gut.«

»Kann ich etwas für Sie tun?«

»Nein. Wir waren mitten im Gespräch.«

Der Mann öffnete die Tür ganz und trat einen Schritt zur Seite. »Dann sollten Sie gehen. Vereinbaren Sie einen neuen Termin.«

»Mit Sicherheit«, sagte Frauke schnippisch und ignorierte das hinter ihrem Rücken hingemurmelte »Blöde Ziege«.

Dann fuhr sie nach Hannover zurück.

SECHS

Heute nahm Kriminaloberrat Ehlers wieder an der Morgenbesprechung teil. Wie üblich saß er an der Stirnseite des Tisches und überließ Frauke die Moderation. Die berichtete von ihrem Gespräch mit Zollamtsrat Cansius und Röhrichts – angeblichem – sexuellem Verhältnis zu Pola Weiss.

»Das macht ihn verdächtig«, stellte Beate Boss fest. »Wenn er sie nur so gebumst hat, ist das in Ordnung. Dann rückt er nicht auf der Liste der Kandidaten nach oben. Wenn aber auch ein bisschen Herz dabei war, könnte Eifersucht eine Rolle spielen. Die ist schon immer ein starkes Motiv für Morde und Gewalttaten gewesen. Wir sollten mit ihm sprechen.«

»Habe ich bereits«, erklärte Frauke.

»Und?«, wollte Beate Boss wissen.

»Wenn er ein Geständnis abgelegt hätte, wüssten Sie es.«

»Blöde Antwort«, mokierte sich Beate Boss.

»Wir bekommen immer blöde Antworten.« Frauke beauftragte Madsack, zu eruieren, ob Peter Röhricht eine Waffe besaß. Dann sollte Madsack berichten.

Der Hauptkommissar erzählte, dass er am Vortag noch einmal versucht hatte, Simion Andreescu zu erreichen. Er hatte dessen Wohnung aufgesucht, aber niemanden angetroffen.

»Ich habe einige Nachbarn befragt. Simion Andreescu ist ein unauffälliger und ruhiger Mitbewohner. Er ist höflich und grüßt freundlich, auch wenn er sonst keine Kontakte pflegt. Viel weiß man nicht über ihn. Bis auf eine Sache. Die Nachbarn, zumindest zwei von ihnen, glauben, dass Simion Andreescu homosexuell ist. Ein gut aussehender junger Mann, der noch nie Frauenbesuch hatte, bei dem aber regelmäßig smarte – ja, so nannte es ein Mitbewohner – Jünglinge ein und aus gehen, da bleibt kein Zweifel. Sagte der Nachbar …«

»Es könnten aber auch geschäftliche Kontakte gewesen

sein«, gab Frauke zu bedenken. »Auch wenn das unwahrscheinlich klingt.«

»Ich habe versucht, diese Vermutung näher zu hinterfragen«, sagte Madsack, »bin dabei aber auf die bekannten Vorurteile gestoßen. ›Das kennt man doch. Die Schwulen geben sich so komisch.‹ Und ähnlich wurde argumentiert.« Madsacks Blick wanderte weiter zu Schwarczer. »Erst am Vortag war einer aufgetaucht. ›Ein Erzschwuler‹, behauptete der Nachbar. In einer schwarzen Lederjacke. Der ist am Wochenende mehrfach bei Andreescu gewesen, doch niemand habe ihm geöffnet. Ein merkwürdiger Typ. Der war vorher noch nie da. Der Nachbar war sich sicher, dass es ein neuer Lover war. Und dann hat er im Detail unseren Kollegen Thomas Schwarczer beschrieben.«

Beate Boss hielt sich die Hand vor den Mund und kicherte laut. »Sag mal, Thomas, bist du wirklich schwul? Dann würde ich von meinem Interesse an dir ablassen.«

Frauke öffnete den Mund und wollte sie zurechtweisen, aber Ehlers gebot ihr mit einer Handbewegung, zu schweigen.

Schwarczer meldete sich zu Wort.

»Ich habe auftragsgemäß versucht, Simion Andreescu zu besuchen und nach seinem Alibi für die Tatzeit zu fragen. Darüber hinaus habe ich eruiert, dass Nicolae Andreescu tatsächlich als eine Art Bodyguard für seinen Cousin Corneliu tätig war. Offiziell war er dessen Chauffeur. Er ist aber immer als dessen Schatten in der Nähe gewesen. Ich habe diese Auskunft von Mitarbeitern der BS Inter Personal Service.«

»Von Erpel?«, fragte Frauke.

»Der war nicht im Hause. Sonst hätte man mir die Auskunft vermutlich nicht erteilt.«

»Haben Sie etwas über einen möglichen Nachfolger von Corneliu als Geschäftsführer gehört?«

»Darüber wollte keiner sprechen. Ich bin davon überzeugt, dass auch niemand informiert ist.«

Madsack räusperte sich.

»Die Rumänen haben sicher eine andere Vorstellung von

Moral. Ich könnte mir vorstellen, dass der alte Andreescu nicht begeistert davon war, einen schwulen Sohn zu haben. Das mag er als Schwäche oder gar als Schande für die Familie ausgelegt haben.«

»Das ist denkbar«, bestätigte Frauke. »Es würde auch erklären, weshalb der zweite Sohn Corneliu in die Rolle des Kronprinzen geschlüpft ist. Ihm war auch exekutive Macht übertragen worden, zum Beispiel als Geschäftsführer der BS Inter Personal Service. Wenn der stille Simion nicht nur unter der Zurücksetzung seines Vaters gelitten hat, sondern als Feingeist auch die Vergewaltigung durch seinen Bruder missachtete, könnte das ein Tatmotiv sein.«

»Ich habe bei der Sitte mit Menschen jeder sexuellen Orientierung zu tun gehabt«, mischte sich Beate Boss ein. »Ich will jetzt nicht von den Perversen und Kranken sprechen, sondern von normalen Menschen. Für mich gehören dazu auch solche, die an gleichgeschlechtlichen Partnern interessiert sind. Das sind oft feingeistige und zurückhaltende Menschen, die unter der immer noch vorhandenen gesellschaftlichen Stigmatisierung leiden. Und wenn Simion Andreescu zu sehr gedemütigt wurde, dabei auch noch vom Machtzentrum der Familie und dem Reichtum ausgeschlossen wurde, kann auch in stillen Menschen etwas reifen, das irgendwann ausbricht. Weshalb nicht ein Mord am Bruder? George Andreescu wird das Geschäft, wenn ich es einmal so nennen darf, nicht in fremde Hände legen. Er hat nur noch einen Sohn: Simion. Wenn wir uns in ihm getäuscht haben und der Älteste nur auf seine Chance gewartet hat?«

»Wir müssen diesen Aspekt im Auge behalten«, pflichtete Frauke ihr bei.

»Dann ist da noch etwas«, fuhr Schwarczer fort. »Sie wollten wissen, wann die Geschwister Weiss das letzte Mal gesehen wurden. Belegbare Zeugenaussagen dazu gibt es nicht. Ich habe in der Fleischfabrik nachgefragt. Dort gibt es keine Aufzeichnungen, welcher Arbeiter, in diesem Fall also Ludvig Weiss, an welchem Tag eingesetzt war. Man hat in der Fabrik ja keine

Arbeiter beschäftigt, sondern das Gewerk als solches an den rumänischen Vertragspartner ausgelagert.«

»Es muss doch eine Art Vorarbeiter geben, jemanden, der für die Rumänen hier in Deutschland die Fäden in den Händen hält.«

»Ja«, erwiderte Schwarczer. »Da wird Holger Tempel genannt.«

»Das kann nicht wahr sein. Der weiß doch gar nichts. Man führt uns regelrecht vor.«

Die Mitglieder des Teams bestätigten ihre Einschätzung durch stummes Nicken.

»Die Andreescus vermögen es, erfolgreich Nebelbomben zu werfen und alles zu verschleiern«, sagte Frauke. »Verschiedene Behörden und Institutionen haben sich bisher vergeblich die Zähne an ihnen ausgebissen. Das Finanzamt. Die Arbeitsagentur. Der Zoll. Die Polizei Braunschweig. Die Gewerkschaft.«

»Und bald können Sie Ihrer Aufzählung das LKA Hannover hinzufügen«, sagte Beate Boss resignierend.

»Es liegt an uns, das zu verhindern. Schwarczer.« Frauke sah ihn direkt an. »Mich wundert, dass die Braunschweiger noch nicht der Frage nachgegangen sind, wie George Andreescu in die Wohnung seines Bruders in die Roonstraße gekommen ist. Er muss doch auch wieder weggefahren sein.«

»Es gibt doch das Telefonprotokoll. Nach dem Mord hat Andreescu seinen Leibwächter Hârtopeanu angerufen. Möglicherweise hat er ihn hinbestellt, um sich abholen zu lassen«, erinnerte sie Schwarczer.

»Aber wie ist er dorthin gekommen? Sein Haus hat er zu einer Festung ausgebaut. Sein Bodyguard ist ein ganz harter Bursche. Wir können uns nicht vorstellen, dass Andreescu ohne ihn unterwegs ist. Ist er mit seinem Sohn gefahren? Das wäre denkbar. Oder war er doch mit Hârtopeanu unterwegs, und der musste ein Stück entfernt parken, weil er vor dem Haus oder in der Nähe keinen freien Platz gefunden hat. Versuchen Sie, etwas herauszufinden.«

Sie wurden durch die Sekretärin abgelenkt. Uschi Westerwelle-Schönbuch erschien im Türrahmen, tat, als würde sie die Reihen absuchen, um bei Frauke hängen zu bleiben.

»Ach. Da sind Sie«, sagte sie mit spitzer Stimme. »Ständig ist man auf der Suche nach Ihnen. Geht das nicht auch anders?«

»Nein«, erwiderte Frauke. »Gibt es einen triftigen Grund, uns zu stören? Sie sehen, wir arbeiten hier.«

»Arbeiten? Na ja.« Die Sekretärin schaffte es, alle Zweifel in diese wenigen Worte zu packen. »Da hat ein Bitter angerufen. Aus Braunschweig.« Auch das »Braunschweig« kam geringschätzend über ihre Lippen. »Er meint, es wäre dringend. Sehr *dringend*.«

»Hat er gesagt, um was es geht?«

»Pah. Mit mir spricht doch keiner«, monierte Westerwelle-Schönbuch und rauschte ab.

Frauke wollte die Besprechung fortsetzen, als die Sekretärin noch einmal ihren Kopf hereinsteckte. »Ich habe meine Zeit auch nicht gestohlen. Wenn ich Ihnen schon hinterherlaufe, weil es – angeblich – so wichtig ist, sollten Sie auch zurückrufen.«

Frauke kramte ihr Handy hervor und rief bei der Polizeiinspektion der zweitgrößten Stadt des Landes an. Es dauerte ewig, und sie wurde zigmal verbunden, bis sie einen gestresst klingenden Hauptkommissar am Apparat hatte.

»Es gab heute Morgen einen Zwischenfall in der Fleischfabrik.«

»Mehrvelds?«

»Ja. Dort sind zwei Arbeiter aufeinander losgegangen. Sie hatten ihre Werkzeuge in der Hand. Damit haben sie aufeinander eingestochen.«

»Opfer?«

»Einer liegt mit Stichverletzungen im Krankenhaus. Genaueres wissen wir noch nicht, er wird noch operiert. Der zweite ist hier bei uns. Wir wollen ihn verhören.«

»Roma?«

»Ja.«

»Namen?«

»Rudko Rosenberg ist in der Klinik, und sein Widersacher heißt Harri Winterstein.«

»Ich kenne beide. Warten Sie mit dem Verhör, bis wir bei Ihnen sind.«

»Ja. Aber ...«

»Warten Sie!«, sagte Frauke im Befehlston.

Sie unterrichtete ihr Team und forderte Madsack auf, mit ihr nach Braunschweig zu fahren. Beate Boss' enttäuschtes Gesicht ignorierte Frauke.

Unterwegs sollte Madsack versuchen, telefonisch weitere Vorabinformationen zu bekommen, während sie fuhr. Sie hatten einen Mercedes C180 als Dienstwagen bekommen, den Frauke mit Sonderrechten über die Autobahn nach Braunschweig trieb. Nicht jeder Verkehrsteilnehmer akzeptierte das Blaulicht und das Martinshorn bei einem zivilen Fahrzeug und verhielt sich entsprechend.

Madsack erfuhr, dass es während der Frühschicht zu einem Streit zwischen den beiden Männern gekommen war.

»Die Rinder werden nach dem Schlachten zerteilt, und es erfolgt die Fleischschau«, erklärte Madsack und hielt sein Handy hoch, um zu demonstrieren, woher er diese Weisheiten hatte. »Im nächsten Arbeitsschritt werden sie mit Handkreissägen grob zerlegt. Dann erfolgt die Feinzerlegung am Zerlegetisch. Hier haben Rosenberg und Winterstein heute gearbeitet, offenbar nebeneinander. Man sagte mir, dass dort im Akkord gearbeitet wird. Dieser Betriebsbereich wird von einem Mitarbeiter der Fleischfabrik beaufsichtigt. Er mischt sich nicht in die Arbeit ein, achtet aber auf die Einhaltung von Qualität und Arbeitstempo.«

»Und Hygiene? Arbeitsschutz? Das ist ein gefährlicher Arbeitsplatz«, warf Frauke ein.

»Kann sein«, sagte Madsack. »Aber davon wurde nicht gesprochen. Der Mitarbeiter ist ein Deutscher namens Bringschulte, der kein Rumänisch versteht. Deshalb konnte er auch nichts zum Inhalt des Streits sagen. Jedenfalls haben sich die beiden Arbeiter angeschrien. Es wurde immer lauter und heftiger. Bringschulte wollte dazwischengehen, die Gemüter beruhigen und die beiden auffordern, weiterzuarbeiten. Rosenberg hat ihn vor die Brust gestoßen. Und dann ist Winterstein mit dem Zerlegemesser auf Rosenberg losgegangen. Rosenberg hat noch zurückgestochen und Winterstein eine Fleischwunde am Oberarm zugefügt. Aber Winterstein hat mehrfach zugestoßen. Rosenberg ist zusammengebrochen. Sein Kontrahent hat von ihm abgelassen, sich von anderen Arbeitern das Messer abnehmen lassen und widerstandslos auf die Polizei gewartet, während Rosenberg vom alarmierten Notarzt erstversorgt und dann in die Klinik für Unfallchirurgie in die Holwedestraße gebracht wurde.«

»Wie ist sein Zustand?«

»Darüber liegen aktuell keine Informationen vor.«

In der Braunschweiger Polizeiinspektion erwartete sie Hauptkommissar Bitter ungeduldig.

»Das hat ewig gedauert«, beklagte er sich. »Sie wissen, der erste Angriff …«

»Genug. Kein Geplänkel«, beschied ihn Frauke. »Wo ist er?«

»Kommen Sie«, sagte Bitter und bestand darauf, dass sein Kollege Böhnke am Verhör teilnahm. Sie saßen zu viert im Verhörraum, wenig später stieß der vereidigte Dolmetscher dazu, den Bitter besorgt hatte. Dann wurde Winterstein von einem Uniformierten hereingeführt.

Frauke erkannte in ihm einen der beiden Biertrinker aus der Wohnung der Roma wieder, die sie in der Weststadt besucht hatte. Winterstein sah mitgenommen aus. Er trug abgerissene Kleidung. Die fleckige Jeans zierten noch Blutspritzer. Frauke vermochte nicht zu sagen, ob sie von Wintersteins eigener Verletzung, von seinem Opfer Rosenberg oder vom Schlachtvieh stammten.

Der Mann sah unsicher in die Runde. Er hatte Angst vor dem, was ihn erwartete. Wenn sich ihre Blicke trafen, wich er Frauke sofort aus.

Frauke beauftragte den Dolmetscher, zu fragen, ob Winterstein Deutsch sprach.

Nein.

Dann wollte sie wissen, ob es mit dem Dolmetscher Verständigungsprobleme gebe.

Auch das verneinte der Mann. Anschließend bestätigte er, dass er medizinisch versorgt sei und es keinen Hinderungsgrund für ein Verhör gebe.

Böhnke übernahm es, die Personalien vorzulesen. »Er heißt Harri Winterstein, zweiunddreißig, wohnhaft in der Nähe von Râşnov.«

»Geht es nicht genauer?«, fragte Frauke. »Für das Protokoll.«

Böhnke lachte trocken auf. »Sie sind gut. Er weiß selbst nicht genau, wo er wohnt. Die haben in der Nähe von Rosenau, so heißt das Kaff auf Deutsch, so ein Lager, ich will jetzt ausdrücklich nicht die Vokabel benutzen, die oft dafür verwandt wird«, betonte Böhnke mit einem hässlichen Grinsen, »aber das scheint eine nicht offizielle Siedlung am Waldrand zu sein. Ich glaube, Rosenau liegt an einem gebirgigen Waldgebiet. Also, da haust er.«

»Bedienen Sie sich eines zivilisierten Wortschatzes«, rügte ihn Frauke.

»Winterstein ist nach eigenen Angaben verheiratet und hat fünf Kinder. Verifizieren lässt sich das nicht.«

Frauke ließ Böhnkes Ausführung durch den Dolmetscher übersetzen. Winterstein antwortete mit einem kaum vernehmbaren *»Da«*.

»Seit wann ist er in Braunschweig?«, übernahm Frauke das Fragen.

»Seit fast einem Jahr.«

»Immer in der Fleischfabrik?«

Winterstein bestätigte es. Auch erzählte er, dass er seitdem nicht wieder zu Hause gewesen sei. Seine Frau, seine Kinder … Sie hätten nur übers Internet Kontakt.

»Angeblich sind die arm wie die Kirchenmäuse, aber für die modernsten Kommunikationseinrichtungen haben sie Geld«, kommentierte Böhnke.

»Kennen Sie Rudko Rosenberg?«

Er stamme aus derselben Gegend, aber nicht aus seiner Siedlung, erzählte Winterstein. Sie hätten sich erst in Braunschweig kennengelernt. Rosenberg habe sich zum Wortführer aufgeschwungen, weil er am besten Deutsch spreche. Alle anderen seien der Sprache nicht mächtig.

»Gibt es keine Kontakte zu Deutschen?«, wollte Frauke wissen.

Der Dolmetscher übersetzte das »Nein«.

»Sie müssen doch in der Fleischfabrik mit den Leuten gesprochen haben?«

Winterstein sprach abgehackt. Zwischen den Sätzen ließ er lange Pausen, als müsse er sich jedes Wort überlegen. Niemand kümmere sich um die Arbeiter, erzählte er. Sie seien nur unter sich. Die Leute in der Siedlung würden sie meiden. Und im Supermarkt, wenn sie einkauften, schleiche immer jemand vom Personal in ihrer Nähe herum und beobachte sie.

Frauke dachte kurz an den türkischstämmigen Jungen, der ihnen gesagt hatte, dass sein Vater ihm den Umgang mit den »Zigeunern« verboten habe.

»Um was ging es bei dem Streit?«, fragte Frauke.

Der Dolmetscher übersetzte es. Dann folgte ein längerer und intensiver Dialog zwischen ihm und Winterstein.

»Sie sollen keine Gespräche führen, sondern übersetzen«, fuhr Frauke dazwischen.

»Er will nicht antworten«, sagte der Dolmetscher. »Ich versuche nur, ihn dazu zu bewegen.«

»Wir stellen die Frag…«

Frauke wurde durch Bitter unterbrochen. »Lassen Sie ihn.

Wir wollen ein Ergebnis. Nur das zählt.« Dann zeigte der Hauptkommissar auf den Übersetzer. »Bitte. Machen Sie weiter.«

Nach einer ganzen Weile wandte sich der Dolmetscher an die Polizisten. »Er sagt, Rosenberg sei böse.«

»Das haben wir vernommen. Aber weshalb?«

Nach einem erneuten Hin und Her erklärte der Dolmetscher: »Das kann er nicht sagen.«

»Er muss aber«, beharrte Frauke.

Es half nichts. Winterstein weigerte sich. Seine Mimik glich der eines trotzigen Kindes. Die Lippen waren fest zusammengepresst. Die Arme hatte er vor der Brust verschränkt.

»Kennt er Pola Weiss?«

Bei der Nennung des Namens schien Winterstein kurz zu erstarren. Er sah Frauke mit weit geöffneten Augen an. Nach der Übersetzung antwortete er erregt.

»Ja«, sagte der Dolmetscher. »Er kennt sie. Sie ist aus seiner Heimat. Aus der Siedlung, aus der auch Rosenberg stammt. Dort kommen viele her, die hier arbeiten.« Auch die folgende Frage nach Ludvig Weiss beantwortete Winterstein positiv.

Frauke wollte wissen, wo die Geschwister Weiss gewohnt hatten.

Sie erfuhren, dass die beiden mit in der Wohnung untergebracht waren.

»Wer ist an deren Stelle gekommen?«

»Niemand.«

Die Beamten schüttelten einträchtig den Kopf vor Erstaunen, als Winterstein erzählte, dass dort ein weiteres Bett gestanden habe.

»Ein Bett?«

»Ja. Die Frau hat ja nicht gearbeitet. Sie hat mit ihrem Bruder zusammen in einem Bett geschlafen.«

»In einem Zimmer? In einer Wohnung? Unter lauter Männern? Im selben Sanitärbereich? Ohne eigene Intimsphäre?«

Das sei so gewesen, bestätigte Winterstein nahezu gleichgültig.

»Unfassbar«, murmelte Bitter erschrocken.

Aufgebracht wurde Winterstein erst, als Frauke wissen wollte, ob es Begehrlichkeiten unter den Männern gab. Und ob diese Folgen hatten.

Mit wilder Gestik antwortete Winterstein. Die lange Tirade übersetzte der Dolmetscher schlicht mit: »Die Frage kann er nicht beantworten.«

»Ist er schon einmal einem Mitglied der Andreescu-Familie begegnet?«, wechselte Frauke das Thema.

Sie musste nicht auf die Übersetzung warten. Winterstein schüttelte den Kopf.

Frauke fragte nach dem Leibwächter Hârtopeanu. Erneutes Kopfschütteln. Sie hatte aber am Zucken der Augenlider erkannt, dass der Mann log. Deshalb setzte sie noch einmal nach. Der Dolmetscher wollte nicht einsehen, dass die Frage wiederholt werden sollte. Auch Böhnke mischte sich ein.

»Wir vergeuden unsere Zeit. Wenn er sagt …«

Frauke schnitt ihm mit einer Handbewegung das Wort ab.

Sie beugte sich über den Tisch in Wintersteins Richtung und wiederholte geduldig: »Andreescu? Hârtopeanu?«

Der Mann schüttelte den Kopf. Jedes Mal ein bisschen weniger intensiv. Böhnke verdrehte die Augen, der Dolmetscher lehnte sich zurück, und Bitter spielte mit seinen Fingern. Nur Madsack folgte aufmerksam dem Geschehen.

Nach zehn Minuten erlahmte der Widerstand. Zunächst bewegte Winterstein seinen Kopf nicht mehr. Nach zwei weiteren Wiederholungen der beiden Namen verdeckte er sein Gesicht mit den Händen und schluchzte. Kaum wahrnehmbar kam ein *»da«* über seine Lippen. Dann sagte er etwas in seiner Sprache.

»Böse Leute«, übersetzte der Dolmetscher.

Es war ihm aber nicht zu entlocken, weshalb er sie so nannte. Frauke fragte, ob die Arbeiter untereinander über ihre Situation gesprochen und die Andreescus dafür verantwortlich gemacht hätten. Winterstein verstand das nicht. Frauke hatte den Eindruck, dass er die Zusammenhänge nicht begriff. Andreescu war ein mächtiger Mann. Das war den Arbeitern klar. Offenbar hatte sie aber niemand über die Zusammenhänge aufgeklärt. Auch Röhricht nicht?, fragte sich Frauke im Stillen. Der setzte sich doch so energisch für die Roma ein.

Frauke kam noch einmal auf Pola Weiss zu sprechen. Sie registrierte, dass der Dolmetscher nach den richtigen Worten suchte, als sie noch einmal auf die Situation zu sprechen kam, dass eine junge Frau unter lauter Männern, zumal bei solch beengten Wohnverhältnissen, doch begehrt werde.

Es gab das bereits bekannte Geplänkel. Zunächst bestritt Winterstein alles. Dann gab er zu, dass es schon gewisse Spannungen gegeben hatte.

»Es war nicht gut, dass die Frau da war«, sagte er. Manchmal sei es zu einer Art Konkurrenzsituation gekommen. Aber Ludvig habe immer auf seine Schwester geachtet und aufgepasst, dass ihr niemand zu nahe kam. Einmal habe es eine kurze Schlägerei zwischen Ludvig und Šaban Lakatos gegeben, weil Lakatos der jungen Frau auf die Toilette gefolgt war und ihr bei der Verrichtung zusehen wollte.

»Ich sage es doch die ganze Zeit. Die haben eine andere Kultur. Kein normaler Europäer kommt auf solche Gedanken«, entfuhr es Böhnke.

»Maximilian«, rief ihn Bitter zur Ordnung, bevor Frauke ihn rügen konnte. »Solche Vorurteile sind unangebracht. Perverse gibt es überall. Das solltest du wissen. Und nun verhalte dich professionell und unvoreingenommen. Klar?«

Bitter wurde mit einem giftigen Blick bedacht. Aber Böhnke schluckte eine Erwiderung hinunter.

In Wintersteins Augen zog ein wenig Glanz auf, als er unaufgefordert erzählte, dass Pola eine lebenslustige Frau war. War? Frauke unterdrückte den Impuls, nachzufragen. Pola habe gesungen. Getanzt. Gelacht. Wenn sie gut drauf gewesen sei, habe sie die Männer die sonst herrschende Tristesse in der Unterkunft vergessen lassen. Es sei nicht oft vorgekommen, dass man die Sorgen und das Elend beiseitelassen konnte. Aber in solchen Situationen sei es – zumindest temporär – etwas erträglicher gewesen.

»Hatte Pola eine Beziehung zu anderen Männern außerhalb der engen Gemeinschaft in der Wohnung? Auch außerhalb der Roma?«

Das konnte sich Winterstein nicht vorstellen. Allerdings musste er zugeben, dass Pola manchmal die Unterkunft verlassen hatte und mehrere Stunden unterwegs war. Sie habe nie darüber gesprochen, wo sie hingegangen sei. Ob sie auch weg war, wenn die Männer in der Fleischfabrik waren, konnte er nicht sagen.

Winterstein kannte Peter Röhricht. »Guter Mann«, ließ er den Dolmetscher ausrichten. Es war endlich einmal eine andere Aussage als »böse Leute«.

»Hat Pola Röhricht besucht? Hatten die ein Verhältnis miteinander?«, fragte Frauke.

Winterstein sah sie an, als hätte sie behauptet, der Papst würde morgen heiraten.

»Ausgeschlossen. Ausgeschlossen«, wiederholte der Dolmetscher immer wieder. Zu guter Letzt gestand Winterstein aber ein, dass er es nicht genau wisse. Diese Bemerkung ergänzte er aber sofort durch ein angefügtes »Ausgeschlossen«.

»Hat Corneliu Andreescu Pola Weiss gekannt?«

Winterstein bejahte die Frage ohne Zögern. Auf weitere Nachfrage berichtete er, dass Andreescu immer wieder versucht hatte, sie einzuladen. Sie habe ihn aber stets zurückgewiesen. Sie sei zu stolz dafür gewesen.

Dann bat Winterstein darum, die Toilette aufsuchen zu dürfen.

»Wir machen eine kurze Pause«, beschloss Frauke. »Böhnke. Besorgen Sie uns etwas zu trinken.«

Der Oberkommissar öffnete und schloss den Mund wie ein Fisch auf dem Trockenen.

»Bitte, Maximilian«, ermunterte ihn Bitter.

Als Böhnke auch den Raum verlassen hatte, sagte Frauke:

»Corneliu Andreescu muss gekränkt gewesen sein. Ich bin überzeugt, dass er es gewohnt war, dass die Frauen ihm auf ein Fingerschnippen zugeflogen sind. Er hatte alles, auf das gewisse Frauen sofort anspringen. Und dann muss er feststellen, dass ausgerechnet eine Roma, die fern seines sonstigen Jagdreviers war, ihm einen Korb erteilte. Das muss seine Eitelkeit verletzt haben. Er konnte sich alles kaufen – glaubte er. Und dann verweigert sich ihm die Frau. Das muss ihn rasend gemacht haben. Ich glaube nicht, dass er in anderen Fällen Gewalt gegen Frauen ausgeübt hat. In diesem Fall wollte er es wissen. So ist es zur Vergewaltigung gekommen.« Frauke nickte selbstzufrieden. »So könnte es gewesen sein.«

Nach einer Viertelstunde waren alle in den Verhörraum zurückgekehrt. Böhnke hatte Kaffee besorgt. Nur vor Winterstein stand ein Pappbecher mit Leitungswasser.

»Was soll das?«, fragte Frauke.

»Wir sind hier in einem Verhör und nicht in einem Caféhaus«, erwiderte Böhnke.

»Hat Sie der Hafer gestochen?«, brüllte Frauke unvermittelt. »Sind Sie noch bei Trost? Sofort besorgen Sie noch einen Kaffee. Aber dalli.«

»Langsam«, mischte sich Bitter ein. »Gehen Sie nicht so mit meinem Kollegen um. Das ist nicht die Tonart, die wir hier pflegen. Schon gar nicht in Gegenwart Dritter. Und du, Maximilian, machst so etwas nie wieder. Ist das klar?«

Der Hauptkommissar stand auf, kam kurz darauf mit einem Becher Kaffee zurück und stellte ihn vor Winterstein. »Bitte.«

Die Pause hatte allen gedient. Sie hatten die Fenster geöffnet und gelüftet.

Dadurch wurde der strenge Geruch, der von dem Verdächtigen ausging, ein wenig gemildert. An Wintersteins verschmutzter Arbeitskleidung haftete der Geruch von Fleisch und Zigarettenqualm. Er selbst hatte wohl längere Zeit nicht mehr unter der Dusche gestanden. Sicher wurde die Unterwäsche auch nicht regelmäßig gewechselt. Wie auch? Wenn sich elf Leute eine Dusche teilen und jeder nur zehn Minuten das Bad frequentiert, waren das fast zwei Stunden. So lange musste der Letzte nach der Rückkehr von der Arbeit warten, bis er unter die Dusche gehen konnte. Dazu auch noch die Benutzung der Sanitäreinrichtung. Und beim Waschen war es ähnlich eng. Hatten die Männer eigentlich eine Waschmaschine in der Wohnung? Sie hatte nicht darauf geachtet. Vermutlich nicht. Die mussten sie sich im Keller mit anderen Bewohnern teilen. In Frauke keimte Wut auf. Wenn jemand der Anwesenden sich über den Geruch – dabei sah sie unwillkürlich zu Böhnke – mokieren würde, würde sie ihre Flensburger Gelassenheit ablegen. Dachte sie.

»Um was ging es heute Morgen bei dem Streit?«, fragte Frauke.

Winterstein sah kurz Böhnke an, wich aber sofort wieder aus und richtete seinen Blick auf Frauke. Er schluckte heftig. Der Adamsapfel hüpfte auf und ab. Dann senkte er den Kopf. Es war nur ein Schluchzen zu hören. Tränen tropften auf die Tischplatte.

Böhnke zog verächtlich die Mundwinkel in die Höhe.

Frauke ließ Winterstein Zeit. Nach einer ganzen Weile sagte sie leise: »Harri. Weshalb haben Sie sich mit Rudko Rosenberg gestritten? Sprechen Sie mit uns.«

Ganz langsam begann der Mann zu reden. Es war kaum zu verstehen. Es schien, als würden die Buchstaben einzeln aus seinem Mund tropfen. Der Dolmetscher beugte sich in seine Richtung vor und fragte nach.

Harri Winterstein begann hemmungslos zu weinen.

»Schauspieler«, zischte Böhnke dazwischen.

Nachdem Winterstein ein paar zusammenhanglose Worte von sich gegeben hatte, sagte der Dolmetscher: »Es geht um ein Mädchen.«

»Pola Weiss?«

»Ja.«

»Was ist mit ihr?«

Wieder war nur ein Gestammel zu hören. Der Dolmetscher musste viel Geduld und Überredungskunst aufwenden, bis er sagte, dass die junge Frau vergewaltigt worden war.

»Was weiß er darüber?«

Zunächst hieß es: »Nichts.« Dann rückte Winterstein damit heraus, dass es »alle« gewusst hätten. Alle? Ja. Die Kollegen aus der Wohnung. Und die anderen, die auch in der Fleischfabrik arbeiteten und im Haus in der Weststadt wohnten. Pola selbst habe nicht darüber gesprochen. Aber seitdem sei sie anders gewesen. Unnahbar. Habe kaum noch etwas gegessen. Sei aggressiv gewesen, wenn sie angesprochen wurde. Sie habe immerzu geweint. Alle in ihrer Nähe seien betroffen gewesen. Und ihr Bruder Ludvig verzweifelt. Er müsse von Pola erfahren haben, wer es ihr angetan hatte. In seinem Zorn habe er gedroht, Corneliu umzubringen. Dessen Blut sollte für die Schande, die Andreescu seiner Schwester angetan hatte, fließen. Natürlich seien diese Drohungen an Andreescu weitergetragen worden. Irgendwann sei jemand in der Wohnung erschienen und habe gedroht, jeden zu töten, der solche »Unwahrheiten« in die Welt setze.

Madsack zeigte ein Bild von Hârtopeanu, dem Bodyguard.

Winterstein behauptete, sich nicht erinnern zu können. An seiner Mimik erkannte Frauke, dass er log. Der Mann hatte Angst. Todesangst?

Aber Ludvig sei nicht zu beruhigen gewesen. Er wollte zur Polizei gehen.

Winterstein sah jeden Beamten in der Runde an, bevor er weitersprach. Der deutschen Polizei könne man im Unterschied zur rumänischen vertrauen, habe Ludvig Weiss gesagt. Rosenberg habe dagegengehalten, niemand werde den Roma glauben. *Den Zigeunern*, hatte er noch angefügt. Bei diesen Worten streifte Wintersteins Blick Böhnke.

Dann habe Ludvig gesagt, er wolle mit George Andreescu sprechen und ihm erzählen, dass Corneliu ein Vergewaltiger sei. An den Vater sei er aber nicht herangekommen. Dafür sei Corneliu in Begleitung zweier gefährlicher Männer aufgetaucht – das »gefährlich« hatte Winterstein wörtlich gesagt, konnte es aber auf Nachfrage nicht weiter spezifizieren – und habe gedroht, alle Roma sofort nach Rumänien zurückzuschicken und von dort keine neuen Arbeitskräfte nach Deutschland zu holen. Sie seien Lügner. Und schlechte Arbeiter. Und sie würden ihre Frauen als Nutten losschicken. Und man werde den anderen Roma in der Heimat erzählen, dass die Männer, die derzeit in Braunschweig waren, schuld daran seien, dass niemand mehr die Chance erhielt, in Deutschland gutes Geld zu verdienen. Davon hänge aber das Überleben ab. Und man werde sich bestimmt an ihnen, die hier in Braunschweig waren, und ihren Familien rächen.

»Moment«, unterbrach ihn Frauke. »Zuvor haben Sie behauptet, Sie würden die Andreescus nicht kennen. Sie würden nicht wissen, wer hinter der Auftragsvergabe steckt.«

»Das wissen wir auch nicht«, behauptete Winterstein. »Wir sind nur Arbeiter. Ganz kleine dumme Arbeiter.«

»Jetzt sprechen Sie davon, dass Ludvig Weiss Andreescu zur Rechenschaft ziehen wollte und der im Gegenzug damit drohte, die Aufträge zu kündigen. Das ist ein Widerspruch.«

»Das ist kein Widerspruch, sondern eine Lüge. Sehen Sie es doch ein. Der lügt wie gedruckt, wenn er den Mund aufmacht.«

Bevor Frauke antworten konnte, erhielt Böhnke einen Ordnungsruf von Bitter und die Warnung, dass er beim nächsten Zwischenfall den Raum verlassen müsse.

Trotz mehrfacher Nachfrage wollte Winterstein keine Erklärung abgeben. Er zog sich darauf zurück, dass er ein ganz kleines Licht sei und niemand mit ihm spreche.

»Wer ist der Wortführer? Rosenberg?«

»Ja«, bestätigte Winterstein.

»Und mit dem gab es heute Morgen Streit?«

»Nicht erst seit heute. Schon länger. Es wurde immer schlimmer.«

»Seit damals, als die Sache mit Pola passierte«, riet Frauke.

Sie benötigte keinen Übersetzer. Winterstein nickte stumm.

»Weil Rosenberg dafür plädiert hat, die Vergewaltigung zu vertuschen?«

»Ja.«

»Daraufhin sind Ludvig Weiss und seine Schwester in die Heimat zurückgekehrt?«

Erst folgte ein Schulterzucken, dann ein unmerkliches Kopfschütteln.

»Was heißt das?«, hakte Frauke nach.

Winterstein fing wieder an zu schluchzen. Dann schüttelte ihn ein heftiger Weinkrampf.

Schließlich brach es aus ihm heraus, dass er nicht wisse, wo Pola abgeblieben sei.

»Und Ludvig?«

»Ludvig? Ludvig?« Dann folgte eine sehr lange Pause, bis Winterstein etwas flüsterte. Heiser. Kaum verständlich. Leise.

Den Beamten stockte der Atem, als der Dolmetscher es übersetzte. Frauke fragte noch einmal nach. Aber Winterstein blieb dabei.

»Ludvig ist tot.«

Für einen Moment herrschte gespenstische Stille. Frauke durchbrach sie als Erste.

»Was ist passiert?«

»Wir hatten alle Angst, dass Andreescu seine Drohung wahrmacht«, erzählte Winterstein zögernd. »Unsere Existenz wäre gefährdet gewesen. Alles. Meine Frau. Meine fünf Kinder. Wir sind arme Leute. Aber ohne das, was hier übrig bleibt, verhungern wir. So ergeht es allen Kollegen, die hier in Braunschweig sind. Oder anderswo. Und denen, die noch kommen wollen. Man ist in meiner Heimat nicht zimperlich. Wer für schuldig erklärt wird, muss das ausbaden.«

»Das haben wir schon von Ihnen gehört«, sagte Frauke ungeduldig. »Weiter.«

»Alle haben auf Ludvig eingewirkt, wollten ihn davon abbringen, zur Polizei zu gehen. Wir haben ihn gebeten, gebettelt, ihm klargemacht, welche Folgen das für uns alle haben würde. Es half nichts. Ludvig ließ sich nicht überzeugen. Er wollte Rache für seine Schwester. Er hatte erkannt, dass er nicht an Corneliu Andreescu herankommt. Wir waren uns darüber im Klaren, dass Andreescu nicht gezögert hätte, seine Drohungen wahrzumachen.«

»Hat Andreescu Ludvig oder seiner Schwester Geld geboten? Schweigegeld?«

»Geld?« Winterstein lachte höhnisch auf. »Solche Leute geben keinen Cent. Dann wiederholte er, dass wir das Problem allein lösen müssten.«

»Und? Wer hat das Problem gelöst?«

Winterstein holte hörbar Luft. Er sog den Sauerstoff bis in die Spitzen seiner Lungen ein.

»Andreescu hat auch gesagt, dass doch nichts passiert sei. Pola hat sich einem Mann hingegeben. Das machen die Roma-Frauen doch alle. Er war mit Sicherheit nicht ihr Erster. Sie würde doch mit allen Männern im Wohnblock ins Bett gehen. Was ist schon dabei?«

»Wie hat Ludvig darauf reagiert?«

»Er wollte sich auf Andreescu stürzen, aber seine beiden Männer haben ihn zurückgehalten. Der eine hat ihn zunächst auf die Brust geschlagen. Als sich Ludvig zusammenkrümmte, hat der andere ihm mit dem Knie ins Gesicht getreten. Ludvig hat geblutet. Die drei Männer sind dann gegangen. Wir haben Ludvig aufs Bett gelegt.«

»Und dann?«

»Nichts.«

»Wer hat Ludvig ermordet?«

»Wir haben uns zunächst nicht um ihn gekümmert, nur aufgepasst, dass er die Wohnung nicht verlässt. Da wir nicht immer da waren, haben wir ihn ans Bett gefesselt.«

Winterstein berichtete weiter, dass sie gemeinsam beschlossen hätten, die Vergewaltigung zu vertuschen. Pola Weiss habe Pech gehabt. Wie alle Roma. Ihnen, den Arbeitern, gehe es auch nicht besser. Nur weil sie Roma waren, mussten sie so ein Leben führen. Rosenberg habe zynisch angemerkt, dass sich jeder aus der Wohnung freuen würde, wenn man ihn vergewaltigen würde. Aber ihre Bedürfnisse würden nicht gestillt. Also solle Pola sich glücklich schätzen. Ludvig habe das alles mit anhören müssen. Er habe angefangen zu schreien. Habe getobt. Gedroht. Habe alle verflucht. Und alle bei der Polizei anzeigen wollen. Er sei wie von Sinnen gewesen. Rosenberg habe ihm daraufhin die Finger umgeknickt und gefordert, Ludvig solle schwören, dass er schweigt. Der aber habe sich nicht von seiner Drohung abbringen lassen. Daraufhin habe Rosenberg ihm die Finger gebrochen. Ludvig habe laut geschrien. Man habe es im ganzen Haus gehört.

»Ist niemand gekommen, ihm zu helfen? Oder nachzusehen, was dort los war?«, fragte Frauke.

»So sind wir nicht. Man hält sich am besten aus solchen Dingen heraus. Man hat es auch auf der Straße gehört.«

»Kam von dort Hilfe?«

Winterstein schüttelte den Kopf. »Šaban Lakatos hat aus dem Fenster gesehen und gesagt, dort blieben Jugendliche stehen und sähen zu uns herauf.«

»Und? Erzählen Sie alles«, forderte Frauke ihn auf.

»Rosenberg hat eine Bierflasche gegriffen und auf Ludvig eingeschlagen. Immer wieder. Alles war voller Blut.« Winterstein fing an zu würgen. Madsack beeilte sich, außer Reichweite zu kommen. Dann erzählte Winterstein mit stockender Stimme, wie Ludvig dagelegen habe. »Wir kennen es ja von der Fleischfabrik. Aber ein Mensch – das ist etwas anderes.«

»Was ist mit der Leiche geschehen?«

»Ich weiß es nicht. Ich bin weg. Einfach raus. Ich bin stundenlang durch die Stadt gelaufen. Irgendwohin. Ich weiß nicht mehr, wo.«

»Als Sie wiederkamen …«

»Die Leiche war weg, aber das Blut war noch da.«

»Wer hat sie weggeschafft?«

»Rosenberg und Lakatos. Todorow hat sauber gemacht.«

»Und Sie?«

»Ich habe tagelang nicht geschlafen. Bin krank geworden.«

»Waren Sie beim Arzt?«

Winterstein sah Frauke erstaunt an.

»Arzt? Wir? Niemand kann zum Arzt gehen. Wer krank wird, hat Pech gehabt.«

»Was ist in der Folgezeit passiert?«

»Alle haben geschwiegen. Niemand hat etwas gesagt. Aber die anderen haben mich missachtet, weil ich ein Schwächling bin. Und sie haben mir gedroht. Wenn ich etwas sagen würde, müssten es meine Frau und die Kinder ausbaden.«

»Was ist noch geschehen?«

»Rosenberg hat erzählt, dass Andreescu gesagt hat, wir dürfen bleiben und weiterarbeiten. Aber wehe, jemand würde reden. Er würde enden wie Ludvig, das Schwein. Ja – Schwein. So hat er ihn genannt.«

Winterberg schluckte heftig. Frauke bedeutete ihm, zu trinken. Dann berichtete er weiter, dass es in ihm immer gegärt habe. Diese unmenschliche Umgebung, die Enge, die Nähe der drei anderen. Er habe Angst gehabt, dass man ihn im Schlaf überrasche und auch beiseiteschaffen könne. Er habe überlegt zu fliehen. Aber wohin? Und was würde dann mit seiner Familie passieren? Er konnte mit keinem über seine seelische Not sprechen. Er wollte in die Kirche, aber dort hätte ihn niemand verstanden. Manchmal habe er Rosenberg gegenüber vorsichtige Andeutungen gemacht. Er habe einfach darüber reden müssen. Aber Rosenberg habe nur gesagt: »Halt's Maul«, und ihm gedroht. Immer wieder.

Winterstein ballte eine Faust und schlug sich gegen das Herz. »Hier drinnen hat es gebrannt. Immer mehr. Immer heftiger. Gestern haben wir lange gestritten. Und heute Morgen hat Rosenberg gesagt, er würde dafür sorgen, dass ich verschwinde.«

»Wohin?«, fragte Frauke.

»Das weiß ich nicht. Vielleicht nach Hause. Vielleicht ins Grab.«

Rosenberg war schon einmal zum Mörder geworden, wenn Winterbergs Geschichte stimmte, überlegte Frauke. Dann schwebte ihr Gegenüber auch in Gefahr. Das Gericht musste entscheiden, ob Winterstein in Notwehr gehandelt hatte.

»Wo ist Pola Weiss abgeblieben?«

Winterstein behauptete – auch nach mehreren Nachfragen –, dass er das nicht wisse. Er habe die Frau nie wiedergesehen. Darüber würde auch nicht gesprochen. Sie sei einfach weg.

»Hat sie mitbekommen, was mit ihrem Bruder geschehen ist?«

»Das weiß ich nicht«, versicherte Winterstein.

Frauke ließ ihn abführen.

»Das ist eine unverhoffte Wendung«, sagte Bitter überrascht. »Da bekommen wir einen Mord serviert, von dem wir nichts gewusst haben.«

»Wie schätzen wir den Wahrheitsgehalt ein?«, fragte Böhnke skeptisch.

»Es klingt glaubwürdig«, erwiderte Bitter. »Objektiv müssen wir noch den Nachweis erbringen.« Dann veranlasste er, dass die Spurensicherung die Wohnung untersuchen sollte. »Vielleicht finden die noch etwas.« Außerdem erteilte er die Anweisung, Šaban Lakatos und Dorel Todorow festzunehmen.

»Und Rosenberg?«, fragte Böhnke.

»Wir beide fahren selbst ins Krankenhaus«, sagte Bitter.

»Halt«, stoppte Frauke die Braunschweiger. »Haben wir den Tathergang von heute Morgen schon geklärt?«

»Der ist doch bekannt. Außerdem ist das nicht relevant«, sagte Böhnke.

Frauke zeigte auf ihn, sah aber Bitter an. »Ist er noch in der Ausbildung?«

Bitter ignorierte die Bemerkung. »Beide Kontrahenten waren am Zerlegetisch und haben das entsprechende Werkzeug in den Händen gehalten, das für die Arbeit erforderlich ist. Es handelt sich um ein circa sechsundzwanzig Zentimeter langes Zerlegemesser.«

»Das hat eine Form wie ein Türkensäbel«, fuhr Böhnke dazwischen.« Dann grinste er in Richtung Bitter. »Oder ist ›Türkensäbel‹ auch diskriminierend?« Er wandte sich Frauke zu. »Das sind Profiwerkzeuge. Zum Fleischzerlegen, um keine Missverständnisse aufkommen zu lassen. Die Klingen sind besonders scharf, weisen eine hohe Reinigungs- und Korrosionsbeständigkeit auf und haben einen optimierten Schneidewinkel für alle Einsatzgebiete. Am Zerlegetisch – natürlich. Bei der Herstellung werden Kohlenstoff und Chrom verwandt, um eine hohe Festigkeit und Härte, aber auch Schnitthaltigkeit und Verschleißfestigkeit zu erreichen. Der spezielle Herstellungsprozess erhöht die Festigkeit und Flexibilität. Deutsche Wertarbeit.« Böhnke ließ ein meckerndes Lachen hören. »Nicht dass in der Presse zu lesen ist, unsere Waffen würden wieder an ausländische Kriminelle geliefert, selbst wenn die sich gegenseitig umbringen. Beide sind Rechtshänder. Die linke Hand wird bei der nicht ungefährlichen Arbeit durch einen Stechschutzhandschuh mit Stulpe geschützt. Mit dem hat Winterstein die Stiche seines Gegners abgeblockt. Zumindest die gefährlichen. Rosenberg hatte nicht so viel Glück. Winterstein hat zuerst zugestochen, sodass Rosenberg nicht ausweichen konnte.«

Frauke beauftragte Bitter, im Krankenhaus den Zustand des Patienten zu erfragen.

Bitter telefonierte. Dann berichtete er: »Rosenberg ist aus dem OP heraus. Man hat ihn stabilisiert. Ob es bleibende Schäden gibt, steht noch nicht fest. Akute Lebensgefahr besteht nicht, auch wenn jede Operation nach einer solchen Tat Risiken birgt. Vorerst geben die Ärzte kein grünes Licht für ein Verhör.«

»Wir werden zu Mehrvelds Fleischfabrik fahren«, verkündete Frauke. »Sie haben hier andere Aufgaben.«

»Sie können doch nicht über unsere …«, rief ihr Bitter hinterher, aber sie hatte schon den Raum verlassen.

Geschäftsführer Stummheitmann wirkte nicht so selbstsicher wie bei ihrem ersten Besuch. Fahrig und nervös trat er den beiden Polizisten gegenüber, nachdem er sie in den von ihrem ersten Besuch bekannten Besprechungsraum gebeten hatte.

»So etwas darf nicht passieren«, beklagte er sich. »Das ist ein Verfall unserer Sitten. Wo sind wir gelandet? Ich bin fassungslos. Die Firmengeschichte dieses Traditionsbetriebes hat so was noch nicht erlebt. Wir arbeiten hier unter hohem Zeitdruck. Und seit heute Morgen stehen alle Räder still. Wer bezahlt uns den Produktionsausfall? Wir kalkulieren ohnehin schon hart an der Grenze zur Unrentabilität. Was soll ich jetzt machen? Ich bin stinksauer. Wenn ich mich weigere, künftig streitlustige Roma in unserem Betrieb einzusetzen, wirft man mir Rassismus vor. Reagiere ich nicht, ist es auch nicht recht. Solche Geschehnisse wie die von heute Morgen kommen rasend schnell in Umlauf.« Stummheitmann drehte den Zeigefinger in der Luft. »Sie glauben es nicht, aber der Einkäufer eines Großkunden hat sich bereits bei mir gemeldet. Er hat mir klar ins Gesicht gesagt, dass ich sicherstellen soll, dass seine Firma nicht aus der betreffenden Charge beliefert wird. Er verlangt von mir – noch heute – eine notariell beglaubigte Erklärung darüber. Wir produzieren Lebensmittel. Frische Lebensmittel. Tag für Tag. Natürlich bestehen alle Kunden auf den für heute und morgen vertraglich vereinbarten Mengen. Wo soll ich die Ware herbekommen, wenn die Produktion bei uns stillsteht? Ich muss versuchen, Fleisch auf dem Markt zu kaufen. Zu welchen Preisen? Und zu welcher Qualität? Sie haben keine Vorstellung, was das für unseren Betrieb bedeutet, ganz abgesehen vom Imageverlust.«

»Gab es in der Vergangenheit nie Probleme mit den rumänischen Arbeitern?«

»Wie?« Stummheitmann schien kurz in eine Art Trancezustand gefallen zu sein. »Dafür ist der Werkvertragsnehmer zuständig«, sagte er.

»Dann wenden Sie sich an den. Machen Sie dort Regressansprüche geltend.«

»Ich kann doch nicht …« Stummheitmann führte den Satz nicht zu Ende.

»Klagen Sie Andreescu Ihr Leid. Vielleicht hat der Verständnis für Sie.« Frauke gab sich keine Mühe, den Zynismus in ihrer Stimme zu unterdrücken.

»Soll ich jetzt andere Werkvertragspartner suchen? Oder vielleicht doch mit eigenen Mitarbeitern arbeiten?«

»Peter Röhricht von der Gewerkschaft würde Ihnen in diesem Fall sicher mit Rat zur Seite stehen«, schlug Frauke vor.

Stummheitmann überhörte den Ratschlag. »Wo bekomme ich so schnell Fachkräfte her? Fleisch zerlegen – das muss man können.«

»Wenn es so hoch qualifizierte Arbeiten sind … Weshalb bezahlen Sie sie nicht vernünftig?«

Der Geschäftsführer lachte auf. »Sie als Beamte haben gut lachen. Jeden Monat beziehen Sie Ihr Gehalt, ohne sich Gedanken darüber machen zu müssen, wo es herkommt. Wie soll ich das heutige Dilemma wegstecken?«

»Jeder hat sein Päckchen zu tragen«, erwiderte Frauke ungerührt. »Wir haben eine Straftat aufzuklären. Also! Gab es schon früher Auseinandersetzungen unter den Rumänen?«

Stummheitmann kratzte sich den Hinterkopf. »Die haben eine andere Kultur. Allein deren Sprache. Das ist eine Aneinanderreihung gutturaler Laute. Und wenn die reden, können wir kaum unterscheiden, ob sie sich normal unterhalten oder streiten. Ich werde einen Teufel tun und mich einmischen.« Er wedelte mit der Hand in der Luft herum. »Sie haben ja gesehen, wie locker das Messer bei denen sitzt.«

»Trotzdem beschäftigen Sie diese Menschen. Und das zu unmenschlichen Konditionen.«

»Hören Sie doch auf«, brüllte Stummheitmann sie an. »Ich habe ganze Aufgaben ausgelagert. Ich habe doch keine Ahnung, was man uns aus Rumänien schickt. Ich überweise jeden Monat viel Geld dafür, dass die Arbeit erledigt wird.«

»Noch einmal. Gab es früher Streit unter den Arbeitern?«

»Ich weiß es nicht.«

»So etwas müssen Sie oder Ihre Leute doch mitbekommen.«

»Seit einem halben Jahr ist es unruhiger unter den Rumänen. Wir haben auch beobachtet, dass die Qualität ihrer Arbeit nachgelassen hat. Das können wir nicht akzeptieren.«

»Haben Sie nicht reagiert?«

»Doch«, gab Stummheitmann nach einigem Zögern zu.

»In welcher Weise?«

»Ich habe mich beim Auftragnehmer beschwert.«

»In Rumänien?«

»Die haben hier eine deutsche Agentur.«

»Mit denen stehen Sie in regelmäßigem Kontakt?«

»Nicht direkt«, druckste Stummheitmann herum. »Der Vertrag wurde durch die Human Safe Resources Ltd. vermittelt.«

»Holger Tempel.« Der alkoholkranke Sozialhilfeempfänger, dachte Frauke.

»Und wer war hier?«

»Ein anderer.«

»Los. Name. Wir sind hier nicht im Kindergarten oder bei einer Vorabend-Quizshow.«

»Erpel heißt er.«

»Dieter Erpel?«

Stummheitmann nickte.

»Hat er mit den Arbeitern gesprochen?«

»Nein. Ich glaube, er kann kein Rumänisch.«

»Er war in Begleitung?«

Der Geschäftsführer bestätigte es.

Frauke sah Madsack an. Der zog sein Smartphone hervor und zeigte Stummheitmann ein Bild des Bodyguards Hârtopeanu.

»Den kenne ich auch«, bestätigte Stummheitmann. »Der ist Fahrer.«

Also war Hârtopeanu nie als »Geschäftsführer« der BS Inter Personal Service in Erscheinung getreten. Das war ein weiterer Beweis dafür, dass er nur als Strohmann agierte.

»Wer war dann hier? Corneliu Andreescu?«

»Nein. Zwei andere aus der Familie.«

»Zwei?«

Stummheitmann schien zu resignieren. »Der andere, den man ermordet hat.«

»Nicolae?«

»Wenn er so heißt. Und ein Älterer.«

Madsack suchte kurz, dann hatte er ein Bild gefunden.

»Der war es«, bestätigte Stummheitmann.

Interessant, dachte Frauke. Es war das erste Mal, dass Arsenie Andreescu in der Öffentlichkeit auftauchte.

»Die haben mit den Arbeitern gesprochen?«

»Ja. Danach war auch zunächst Ruhe, bis es langsam wieder zu brodeln begann. Und heute fand es den traurigen Höhepunkt.«

»Sie werden das Problem lösen«, sagte Frauke.

»Was wissen Sie denn?«, sagte Stummheitmann mit einem Seufzer.

Zu wenig, dachte Frauke. Laut sagte sie: »Wir werden so lange in diesem Dickicht wühlen, bis wir *alles* wissen. Und wer glaubt, sich im Nebel verstecken zu können, wird von der Spitze unserer Stange gepikst werden, mit der wir im Nebel herumstochern. Ich kann nur jedem raten, vorher freiwillig ans Licht zu kommen.«

Dann kehrten sie zu ihrem Fahrzeug zurück.

Auf der Polizeiinspektion herrschte Hochbetrieb. Die Braunschweiger hatten in der Zwischenzeit Šaban Lakatos und Dorel Todorow abgeholt. Hauptkommissar Bitter war dabei, Lakatos zu verhören. Frauke kam hinzu, legte den Zeigefinger auf die Lippen und bedeutete Bitter, dass sie nur zuhören wollte. Madsack hatte sie in den anderen Raum zu Böhnke beordert, der Todorow vernahm.

Die Fragen übersetzte der Dolmetscher, den sie schon vom Verhör von Harri Winterstein kannte. Er nickte Frauke kurz zu und konzentrierte sich dann wieder darauf, Bitters Worte zu übersetzen. Lakatos schien von Fraukes Anwesenheit überrascht zu sein.

Frauke fand es unglücklich, dass sie einen Übersetzer benötigten. So blieb Lakatos Zeit, zu überlegen. Bitters Fragen prasselten auf den Verdächtigen herab. Er machte seine Sache gut. Routiniert. Ruhig. Aber unerbittlich. Sie lächelte bei diesem kleinen Wortspiel. Lakatos hatte es bemerkt. Es schien ihn zu verunsichern. Mit leicht zusammengekniffenen Augen versuchte er, in Fraukes Mimik zu lesen. Daraufhin verstärkte sie das Lächeln. Es gelang ihr, es arrogant und herablassend wirken zu lassen. Betont gelassen zog sie ihr Handy hervor und tippte dort eine kurze Nachricht ein. Dann hielt sie Bitter das Display hin.

»Machen Sie weiter«, stand dort. »Er ist verunsichert und glaubt, wir hätten neue Erkenntnisse gewonnen. Mein Dazukommen irritiert ihn.«

Bitter spielte mit. Er ließ seinen Zeigefinger über das Smartphone wandern und wiederholte diese Prozedur. Dann bewegte er den Kopf nachdenklich, kratzte sich an der Schläfe und sagte bedeutungsvoll: »Tja.«

Auch ohne Übersetzung verstand Lakatos die Bedeutung.

Bitter lehnte sich entspannt zurück und verschränkte die Arme vor der Brust. Er lächelte. Das war alles. Dann sagte er zu Frauke, dass Rudko Rosenberg nicht ansprechbar sei. Dabei betonte er den Namen des Rumänen so überdeutlich, dass Lakatos ihn verstand. Dem Dolmetscher teilte er mit, dass er seine letzten Worte nicht übersetzen solle.

Dann schwiegen sie. Lakatos wurde immer unruhiger. Schließlich hielt er es nicht mehr aus.

»Ich will wissen, was los ist«, rief er.

»Dann sagen Sie es uns«, erwiderte Bitter.

»Ich bin unschuldig.«

»Dann ist ja gut.«

Schweigen.

Nach zwanzig Minuten war Lakatos am Ende.

»Ich war das nicht«, schrie er.

Bitter wartete eine lange Minute, bis er fragte: »Was?«

»Das mit Ludvig Weiss.«

Dann begann er zu erzählen, dass Weiss und Rosenberg Streit hatten. »So wie heute Morgen zwischen Rosenberg und Winterstein.«

Bitter fragte nach dem Grund.

»Weiß nicht.«

»Ging es um Pola Weiss?«

»Weiß nicht.«

»Hat Andreescu mitgewirkt?«

»Weiß nicht.« Nach einem kurzen Überlegen ergänzte Lakatos: »Nein. Das nicht. Andreescu?« Er behauptete, keinen Andreescu zu kennen. Lediglich die Schilderung, dass Rosenberg Ludvig Weiss mit einer Bierflasche erschlagen hatte, deckte sich mit Wintersteins Aussage.

Rosenberg habe anschließend behauptet, sie würden alle zur Rechenschaft gezogen werden. Die Deutschen würden »Zigeuner« hart bestrafen. In Gefängnissen würden sie in Extraabteilungen untergebracht werden, in denen es besonders grausam zuging. Und wer sollte sich um die Familien zu Hause kümmern?

Auch nach mehrmaligem Insistieren bestritt Lakatos, dass dieses Argument von Andreescu gekommen sei. Rosenberg habe es aus der Situation heraus vorgebracht. Er habe sie so eingeschüchtert, dass die anderen schwiegen und ihm halfen, die Leiche zu entsorgen.

Dann schilderte er, wie sie Ludvig Weiss zuvor zerlegt hatten. »Das kennen wir aus der Fleischfabrik.« Ihnen fehlte aber das richtige Werkzeug. So hätten sie es mit den Messern erledigen müssen, die sie in der Küche vorfanden.

»Wo haben Sie den Leichnam gelassen?«

»Wir haben kein Auto. Deshalb haben wir alles in Müllsäcke gepackt und sind zu Fuß in den Kleingartenverein gegangen.

Wir haben gezittert, da uns unterwegs Leute begegnet sind. Die haben uns komisch angesehen.«

Bitter unterbrach die Vernehmung. Er kam nach wenigen Minuten zurück und erklärte: »Es kann sich nur um den Gartenverein Westend in der Traunstraße handeln. Der liegt gleich neben dem Wohngebiet.«

Sie hätten auf dem Areal eine Parzelle gesucht, dort einen Schuppen aufgebrochen und einen Spaten entwendet. Ein Stück entfernt hätten sie dann Ludvig Weiss vergraben. Und – ja – er würde die Stelle wiederfinden.

Seitdem herrsche eine angespannte Situation in der Wohnung. Zunächst hätten alle geschwiegen. Es sei bedrückend gewesen. Dann habe Winterstein es nicht mehr ausgehalten. Es habe immer öfter Streit gegeben. Und aus dem Weg gehen konnten sie sich nicht. Bis es heute Morgen eskaliert sei und die beiden mit dem Messer aufeinander losgegangen seien.

Nachdem Lakatos in seine Zelle gebracht worden war, setzten sie sich mit Madsack und Böhnke zusammen. Die beiden Beamten waren enttäuscht. Todorow hatte eisern geschwiegen.

Bitter ließ den Roma noch einmal vorführen und konfrontierte ihn mit dem, was die Polizei von Winterstein und Lakatos erfahren hatte. Todorow kniff die Augen zu schmalen Schlitzen zusammen. Um seine Mundwinkel zuckte es. Dann ballte er die Faust und drohte den beiden Kollegen den Tod an. Das galt auch für die Polizeibeamten. Und den Dolmetscher bezog er als Verräter gleich mit ein. Der Übersetzer war davon tief beeindruckt und erschrocken.

SIEBEN

Schon früh am Morgen hatte sich Bitter gemeldet und mitgeteilt, dass Lakatos sie zu der Parzelle führen wollte, wo man die sterblichen Überreste von Ludvig Weiss verscharrt hatte. Der Braunschweiger wollte sich wieder melden. Frauke eröffnete die Morgenbesprechung mit dieser Nachricht. Der Erfolg bei der Aufklärung des Verschwindens von Ludvig Weiss hatte sich schon herumgesprochen. Jetzt informierte sie ihr Team über die Einzelheiten.

»Boss, Sie kommen nachher mit nach Braunschweig. Wir versuchen, an die Leichenteile zu kommen«, bestimmte sie. Mit einem Quäntchen Genugtuung registrierte Frauke, wie Beate Boss ein Schauder durchfuhr.

Dann erteilte sie Schwarczer das Wort.

Der hatte herausgefunden, dass George Andreescu am Tag des Doppelmordes tatsächlich von seinem Leibwächter Hârtopeanu zur Roonstraße gefahren worden war. Der Bodyguard hatte seinen Boss vor der Wohnung von Arsenie Andreescu abgesetzt und war dann weiter zur Shell-Tankstelle in der Hans-Sommer-Straße gefahren. Es handelte sich um eine moderne große Anlage. Dort zeigte man sich sehr kooperativ, hatte das Überwachungsvideo herausgesucht und auch die Kartenzahlung gefunden.

»Mir ist aufgefallen, dass Hârtopeanu mit einer Kreditkarte bezahlt hat, die auf die BS Inter Personal Service ausgestellt ist«, sagte Schwarczer.

Frauke lachte kurz auf. »Da geben sich George Andreescu und seine Leute viel Mühe, ein undurchsichtiges Firmengeflecht aufzubauen und alles zu verschleiern. Und dann ist er zu geizig, die Spritkosten selbst zu bezahlen und rechnet sie über die Firma ab. Aber Al Capone wurde auch nie wegen Mordes, sondern wegen Steuerhinterziehung eingesperrt.«

»Hârtopeanu hat dort genau um zwanzig Uhr neunzehn bezahlt.«

»Wo ist er dann hingefahren?«, fragte Frauke.

»Das ist ungeklärt. Es könnte sein, dass er auf der Tankstelle geblieben ist.«

»Geht es präziser?«, mahnte Frauke an. Sie hasste Unklarheiten.

»Nur bedingt.« Schwarczer ließ sich nicht aus der Ruhe bringen. »Hârtopeanu hat sich noch Zigaretten und Kaffee auf der Tankstelle besorgt. Er hat den Wagen an die Seite gefahren. Diese Stelle liegt außerhalb des Bereichs der Überwachungskameras. Das war dem Kassierer, mit dem ich gestern gesprochen habe, aufgefallen. Da der Wagen aber niemanden störte und der Fahrer vorher getankt und bezahlt hatte, hat er ihn gewähren lassen. Irgendwann war der Wagen verschwunden. Wann? Das kann er nicht sagen, weil er zwischendurch immer wieder durch andere Kunden abgelenkt war und auch keine Veranlassung hatte, das Auto ständig zu beobachten. Ihm war nur der Wagen aufgefallen. Schließlich kämen Bentleys nicht allzu häufig vorbei. Er meinte aber, das Fahrzeug habe dort ziemlich lange gestanden. Es könnte nach neun gewesen sein. Der Kassierer meinte, er habe noch mit einem Stammkunden über den Bentley gesprochen. Wir haben nachgesehen, wann der Stammkunde bezahlt hat. Das war neun Minuten nach neun.«

»Es ist denkbar, dass Hârtopeanu die Zeit, die George Andreescu in der Wohnung seines Bruders zugebracht hat, zum Tanken genutzt hat. Auf der Tankstelle erreichte ihn dann Andreescus Anruf, und er ist zur Roonstraße gefahren. Damit wissen wir auch, wie George Andreescu von dort wieder weggekommen ist.«

Frauke sah in die Runde, als erwarte sie Zustimmung. »Ist das nicht eigenartig? Da fallen Schüsse vor der Haustür. Vielleicht haben die Andreescus aus dem Fenster gesehen und erkannt, was dort passiert ist. Ruft man nicht als Erstes die Polizei oder den Rettungsdienst? Stattdessen wählt er die Nummer seines Bodyguards. Wenn George Andreescu in Sorge um sein Wohlergehen ist … weshalb war er ohne dessen Schutz in der Wohnung seines Bruders? Fühlte er sich da sicher? Oder gab es andere Gründe, weshalb er Hârtopeanu nicht dabeihaben wollte? Wir müssen diesem Punkt weitere Beachtung schenken.« Sie warf einen Blick auf die Uhr. »Los, Boss. Wir fahren jetzt nach Braunschweig.«

Unterwegs ließ sich Frauke die Adresse des Kleingartens geben. Als sie dort eintrafen, waren Bitter und Böhnke schon vor Ort. Sie stellten einen weiteren Zivilisten vor, der blass aussah und seinen Mantel am Kragen fest geschlossen hielt. Staatsanwalt Fischer kroch förmlich in seinen Mantel hinein. Dazu trug auch das regnerische Wetter bei.

Frauke warf einen Blick auf Lakatos, der von zwei Uniformierten eingerahmt wurde. Es war nicht zu erkennen, ob der Mann witterungsbedingt oder vor Aufregung zitterte. Weitere Streifenbeamte versuchten das Areal abzusperren. Trotz des unwirtlichen Wetters hatten sich Schaulustige eingefunden.

»Können wir?«, fragte Bitter Staatsanwalt Fischer. Der nickte stumm.

Der Hauptkommissar ließ sich von Lakatos noch einmal die Stelle zeigen, wo die Leichenteile vergraben worden waren. Während die Polizisten anfingen, das Rasenstück umzugraben, sah Frauke sich um. Die Parzelle war von einer Hecke umgeben, an der jetzt nur noch braune Blätter an den vergangenen Sommer erinnerten. Die Laube war verschlossen. Ein Blick durch das Fenster zeigte einen kleinen Raum mit einem Tisch, der mit einer Wachstuchdecke belegt war. Darum gruppierten sich Gartenstühle aus Stahlrohr. Das Regal im Hintergrund war durch einen Vorhang abgedeckt. Frauke entdeckte einen Fernseher und einen Gaskocher. In der Ecke stand ein Kühlschrank, dessen Tür angelehnt war. An der Wand stand ein Wäschekorb, in dem Kinderspielzeug gesammelt wurde. Hinter dem Haus gab es zwei weitere Türen. Eine war mit einem

Sicherheitsschloss ausgestattet, die zweite durch ein Vorhängeschloss gesichert. Frauke vermutete hinter der ersten Tür die Toilette, der zweite Raum diente vermutlich zur Aufbewahrung der Gartengeräte. Dicht an die Wand gedrängt stand eine abgedeckte Hollywoodschaukel.

Auf dem kleinen Stück Land hatten die Besitzer Beete angelegt, die jetzt winterfest gemacht worden waren. Von der Schaukel war nur das Gestell übrig geblieben.

Die Anwesenden starrten stumm auf die Polizisten, die sich mühsam in den Erdboden vorarbeiteten. Den Aushub schaufelten sie an die Seite. Sie waren etwa dreißig Zentimeter tief, als Bitter sie anwies, auch die Flächen daneben mit einzubeziehen.

Erst als die Beamten noch eine Spatentiefe ausgruben, stieß der erste auf einen Widerstand. »Hier.«

Einer der in weiße Schutzanzüge gekleideten Spurensicherer kniete sich vor das Loch und grub vorsichtig mit den Händen im lehmigen, feuchten Boden. Vorsichtig kratzte er mit den Fingern die Erde zur Seite. Es tauchte immer mehr von einem grauen Alba-Müllsack auf. Schließlich hatte der Spurensicherer den Sack so weit freigelegt, dass er herausgeholt werden konnte. Zuvor wurde die Fundstelle dokumentiert und fotografiert. Dann zogen zwei Beamte den Sack in die Höhe und legten ihn neben dem Aushub auf den Rasen. Der Beutel war durch einen Knoten verschlossen. Nachdem dieser gelöst war, öffnete einer der Männer den Behälter und warf einen Blick hinein. Reflexartig fuhr er zurück und ließ ein »Booaaah« hören.

»Das sieht nicht gut aus. Man kann mit Phantasie einen Kopf und zwei Arme erkennen.«

Frauke verzichtete auf die Inaugenscheinnahme und staunte über Beate Boss, die ebenso leichenblass wie Staatsanwalt Fischer war, aber trotzdem in den Sack hineinsah. Beide hatten Mühe, die Übelkeit zu unterdrücken.

Sie gruben weiter und fanden noch zwei weitere Müllsäcke mit ähnlichem Inhalt.

»Das dürfte alles sein«, stellte Bitter fest.

Der Regen hatte alles durchweicht. Auch die regenfeste Kleidung hatte ihm nicht standhalten können. Fraukes Schuhe waren durchnässt. Der Schlamm hatte sich an den Knöcheln bis zu den Waden hochgearbeitet. Erst als die Anspannung von ihr abfiel, bemerkte sie die nasse Kälte.

Sie wurden durch eine Auseinandersetzung abgelenkt, die sich am Zugang zur Parzelle abspielte. Ein Mann in einer blauen Latzhose mit der Aufschrift »Heizung Sanitär Gräfe« wollte sich nicht davon abbringen lassen, das Grundstück zu betreten.

»Was geht hier vor?«, fragte Frauke.

»Das frage ich Sie«, erwiderte der Mann aufgebracht. Frauke schätzte ihn auf Anfang vierzig. Die Arbeitshose spannte über dem Bauch. »Was machen Sie da in unserem Garten?«

»Das ist ein Polizeieinsatz.«

»Doch nicht bei uns. Schwachsinn. Glauben Sie, wir haben dort einen Schatz vergraben?«

»Keinen Schatz, aber Leichenteile.«

»Leichentei…« Der Mann wankte kurz. »Wie das?«

»Vor etwa einem halben Jahr. Ist Ihnen da etwas aufgefallen?«

»Im …« Der Mann rechnete kurz zurück. »Mai?«

»Ungefähr.«

»Da haben wir die Rasenfläche erneuert. Die war komplett um. Wegen der Kinder. Aber – wieso Leichenteile?«

»Jemand hat ein Mordopfer bei Ihnen vergraben.«

»Bei uns? Oh mein Gott.« Er zeigte auf den Kleingarten. »Da haben unsere Kinder den Sommer über gespielt. Und wir haben da gegrillt. Und – unter unseren Füßen liegt eine Leiche.« Er begann zu würgen.

»Die Kollegen von der Streife werden Ihre Personalien aufnehmen. Wir brauchen auch noch Ihre Aussage für das Protokoll.«

»Aber – ich kann doch nichts sagen. Aber – halt. Warten Sie mal. Damals hat jemand das Schloss unseres Schuppens aufgebrochen und einen Spaten geklaut, nur den Spaten. Wir haben uns gefragt, was das soll. Äh – was soll ins Protokoll?«

»Das, was Sie mir eben erzählt haben.«

Der Mann wurde von einem Polizisten fortgeführt. »Unfassbar«, wiederholte er ständig.

Hier gab es nichts mehr für sie zu tun. Frauke trug Bitter auf, sie über jede neue Erkenntnis zu informieren. Der Hauptkommissar würde in der nächsten Zeit mit der Dokumentation dieses Mordes genug zu tun haben. Die Akten mussten vervollständigt werden. Berichte waren zu schreiben. Und weitere Verhöre mussten durchgeführt werden. Vor allem galt es, ein Geständnis von Rudko Rosenberg zu bekommen. Und wo war Pola Weiss?

Frauke beschloss, noch einmal die Fleischfabrik aufzusuchen. Als sie den Kleingartenverein verließen, wurden sie aus einem Auto heraus beobachtet. Der Mann im Trenchcoat duckte sich so tief wie möglich hinter das Lenkrad seines Autos.

»Mehrvelds Feine Fleisch- und Wurstwaren« schien in einer Art Dämmerzustand zu weilen. So kam es jedenfalls Frauke vor. Aber vermutlich war das nur subjektiv. Der Geschäftsführer hatte ihr am Vortag leidvoll geklagt, dass sich die Geschehnisse der letzten Tage nachteilig auf den Geschäftsbetrieb auswirkten.

Stummheitmann sah missmutig aus. Das galt aber nicht nur für sein Äußeres. Auch seine Stimmung war entsprechend. »Wird das jetzt eine tägliche Gewohnheit, dass Sie uns bei der Arbeit stören? Sie haben gestern selbst mitbekommen, wie schwer die Situation im Augenblick für uns ist. Ich trage Verantwortung für die Mitarbeiter und deren Familien.«

Ob der Mann von seinen Worten überzeugt war?, dachte Frauke.

Stummheitmann sah an ihr herab. Sein Blick blieb an den Hosenbeinen und den Schuhen haften. »Wo kommen Sie denn her?«

»Wir haben eben die Überreste eines Ihrer Arbeiter aus dem Dreck gegraben.«

»Quatsch«, sagte der Geschäftsführer und unternahm keine Anstalten, Frauke in den Besprechungsraum zu bitten.

Sie standen im Windfang des Verwaltungsgebäudes. Stummheitmann hatte die Hände tief in den Hosentaschen vergraben. Ein deutlicheres Zeichen seines Unmuts konnte er nicht setzen.

Frauke zeigte auf ihre Waden. »Ludvig Weiss. Ich wollte Sie zur Identifizierung abholen«, sagte sie und zog dabei kunstvoll die Nase hoch. »Wir haben ihn in einem Schrebergarten gefunden. Vergraben. Aber zuvor kunstvoll zerlegt.«

Sie schilderte plastisch, wie man das Opfer gefunden hatte, und sah mit Genugtuung, dass Stummheitmann blass wurde. »Es sollte Ihnen nichts ausmachen. Das sieht genauso aus wie bei den Tierhälften, die in Ihrem Betrieb zerlegt werden. Nur dass es in diesem Fall ein Mensch war.«

»Hören Sie auf. Das ist widerlich«, rief der Geschäftsführer.

»Jeder Mord ist widerlich.«

»Weshalb erzählen Sie mir solche Grausamkeiten? Ich habe damit nichts zu tun.«

»Das prüfen wir noch. Wir haben die Täter bereits gefasst. Es sind Arbeiter aus Ihrer Fabrik.«

»Es sind nicht meine Arbeiter«, erwiderte Stummheitmann zornig. »Ich habe mit denen nichts zu tun.«

»Täter und Opfer waren bei Ihnen beschäftigt. Man hat die Leiche sachkundig zerlegt. Wie bei Ihnen auf dem Zerlegetisch. Ich weiß nicht, ob man diese Fakten der Öffentlichkeit vorenthalten kann. Die Medien werden das schnell herausfinden.«

Stummheitmann starrte sie mit leerem Blick an. Erst dann schien ihm bewusst zu werden, was Frauke gesagt hatte.

»Mein Gott«, stöhnte er auf.

»Gestern Morgen sind zwei der Leute mit dem Messer aufeinander losgegangen. Mit fatalen Konsequenzen für Ihren Betrieb. Sie haben berichtet, dass ein großer Kunde Ihnen daraufhin Schwierigkeiten gemacht hat.«

»Einer? Die großen Handelskonzerne sind zwar Konkurrenten, aber man kennt sich untereinander. Alle anderen Kunden folgten im Halbstundenrhythmus.«

»Stellen Sie sich vor, wir finden heraus, dass das Opfer in Ihrer Fabrik ermordet und auch dort zerlegt wurde. Das ist ein gefundenes Fressen für militante Veganer.« Sie malte mit ihren Händen in der Luft herum. »Ich möchte nicht in Ihrer Haut stecken, wenn in den sozialen Medien der Shitstorm losbricht. ›Mordopfer in Mehrvelds Wurst entsorgt‹.« Frauke legte eine Pause ein. »Kannten Sie Ludvig Weiss?«

Stummheitmann nickte unmerklich. »Bringschulte …«

»Das ist Ihr Aufseher in dem Bereich, wo Sie die Rumänen eingesetzt haben.«

»Ja, der war auch gestern Morgen Zeuge der Auseinandersetzung geworden. Bringschulte hat vor einem halben Jahr berichtet, dass Unruhe unter den Rumänen entstanden ist. Er hatte den Eindruck, dass einer von ihnen gemobbt wurde, aber nicht herausgefunden, weshalb.«

»Das war Ludvig Weiss?«

»Ja.«

»Seine Schwester war in Braunschweig.«

»Man munkelte, dass sich die Roma eine Frau zur Unterhaltung mitgebracht haben. Was kümmert mich, was die in ihrer Freizeit machen. Für uns ist aus Gründen der Arbeitssicherheit nur wichtig, dass keiner betrunken zur Arbeit erscheint. Das wäre zu gefährlich.«

»Was ist mit Weiss und seiner Schwester geschehen?«

»Keine Ahnung. Das interessiert mich auch nicht. Für mich ist nur von Bedeutung, dass die Arbeit im Betrieb erledigt wird. Einzig das zählt.«

»Weiss ist irgendwann nicht mehr erschienen.«

»Genau. Und seitdem brodelte es im Untergrund. Die Stimmung war denkbar schlecht.«

»Haben Sie sich beschwert?«

Stummheitmann nickte.

»Bei wem?«

»Ach«, sagte er und winkte ab. »Nun ist alles egal. Ich kannte Corneliu Andreescu. Wir sind uns ein paarmal begegnet.«

»Sie wussten, dass seine Familie hinter dem Konstrukt mit den Werkverträgen steckt?«

»Nicht genau. Aber es wurde so etwas gemunkelt. Wir haben ein paar Wohnungen erworben. Privat, nicht als Firma. Über drei Ecken habe ich gehört, dass auf den Baustellen Subunternehmer tätig waren, die osteuropäische Arbeiter beschäftigen.«

»Rumänen? Oder besser: Sinti und Roma?«

»Sinti und Roma nur dann, wenn sich keine anderen fanden.«

Frauke empfand Abscheu vor einer solchen Einstellung. Da war sich offenbar ein ganzes Netzwerk darüber einig, dass Menschen in bestimmte Schubladen einsortiert und beliebig hin- und hergeschoben werden konnten. Und die Ärmsten mussten auch noch dankbar dafür sein, dass man sie versklavte. Und diese Situation hatte Corneliu Andreescu ausgenutzt und indirekt zum Mord an Ludvig Weiss aufgerufen, indem er die Roma erpresst hatte.

»Und die kamen von Andreescu?«

»Das ist doch bekannt, dass die Andreescus Leiharbeitsfirmen betreiben.«

»Wie soll es bei Ihnen weitergehen?«

Stummheitmann atmete tief durch. »Das ist eine wirkliche Krise, die uns getroffen hat. Ich weiß nicht, wie wir unsere Verträge erfüllen sollen. Ich muss eine kurzfristige Lösung finden.«

»Indem Ihr Werkvertragspartner das Loch stopft und neue Leute schickt?«

Der Geschäftsführer wich Fraukes Blick aus. »Der hat sich in der letzten Zeit nicht als zuverlässig erwiesen.«

»Sie wollen einen anderen Weg gehen?«

»Wir werden die Leute direkt beschäftigen. In eigener Regie.«

»Also Personal einstellen.«

»Ich arbeite noch an einer Lösung«, wich Stummheitmann aus.

Der Mann hatte sich wieder ein wenig gefangen. Ihm war nicht zu entlocken, welche Möglichkeiten er sah. Frauke bezweifelte, dass Mehrvelds Feine Fleisch- und Wurstwaren demnächst wieder reguläre Arbeitnehmer in ihrem Zerlegebetrieb beschäftigen würde.

Stummheitmann schien froh zu sein, als Frauke ihn verließ. Bisher hatten sie noch nicht mit Arsenie Andreescu gesprochen. Zunächst schien es so, als würde der Bruder eine Rolle im Abseits spielen. Er war nirgendwo beteiligt, tauchte in keinem Zusammenhang mit einem der Unternehmen auf. George Andreescu hielt den Begriff »Familie« sehr eng gefasst.

Galten Blutsbande bei Süd- und Osteuropäern, aber auch in libanesischen Groß*familien* nicht mehr als hierzulande? George hielt aber offenbar nichts von diesem Zweig des Familienclans. Konnte man dann noch von Clan sprechen? Frauke hatte den Eindruck, dass George über allen thronte, für Außenstehende unsichtbar, aber dennoch hielt er fest die Zügel in der Hand. Corneliu war langsam an verantwortliche Dinge herangeführt worden. Seinem Bruder Arsenie und dem Neffen traute George aber ebenso wenig zu wie seinem Erstgeborenen.

Frauke interessierte, ob es dafür Gründe gab. Sie beschloss, noch einen Überraschungsbesuch in der Roonstraße zu unternehmen.

Sie mussten eine Weile suchen, bis sie einen Parkplatz fanden. Es war grau und nasskalt, aber es regnete nicht.

»Ich gehe allein hinein«, sagte Frauke zu Beate Boss.

Vor der Haustür dauerte es eine gefühlte Ewigkeit, bis eine forsche Frauenstimme ertönte und knapp »Ja?« fragte. Sie gehörte nicht Arsenies Ehefrau Kanita.

Frauke nannte ihren Namen. »Landeskriminalamt«, fügte sie an und dass sie noch ein paar Fragen habe.

Die Frau am anderen Ende tuschelte mit jemandem, dann sagte sie: »Kommen Sie rauf. Aber nicht in Kompaniestärke.«

»Ich bin allein.«

Die Frau wirkte verblüfft. »Sonst treten Sie doch immer als massives Aufgebot an.«

Dann ertönte der Summer.

Frauke war überrascht, als sie Sonja Andreescu erblickte, Georges Ehefrau. Sie trug einen figurbetonten Pullover und eine enge Leggins, die man durchaus als »gewagt« bezeichnen konnte. Mit spitzen Fingern hielt sie eine Zigarette in Mundnähe.

»Hallo, Frau Hüttner«, sagte Frauke und benutzte den Namen des vorherigen Ehemannes.

Sonja Andreescu zog an ihrer Zigarette. Sie wartete, bis sie den Rauch wieder herausließ. Dann kniff sie die Augen zusammen, weil der Qualm biss.

»Sparen Sie sich solche kindischen Sprüche. Soll das der primitive Versuch einer Provokation sein?«

»Ist Ihr Schwager da?«

»Was wollen Sie von ihm?«

»Das würde ich ihn schon gern persönlich fragen.«

Sonja Andreescu trat einen Schritt zur Seite. »Kommen Sie.«

Das Wohnzimmer, in das Frauke gebeten wurde, war groß, im Unterschied zum Haus von George Andreescu aber spartanisch möbliert. Es sah aus, als wäre erst ein Teil der Einrichtung geliefert worden.

Arsenie Andreescu saß auf einem bunt gestreiften Sofa. Auf dem Tisch aus Kunststoff vor ihm stand ein Tumbler mit einer braunen Flüssigkeit. Darin schwamm ein Eiswürfel. Frauke vermutete, dass es sich um Whisky handelte. Georg hätte jetzt diskret das Gesicht verzogen. Whisky und Eis … Das passte nicht zusammen. Aber vermutlich befand sich im Glas eine andere Sorte als jene, die Georg in seiner Hausbar vorrätig hielt.

Der große Aschenbecher auf dem Tisch war gut gefüllt. Die beiden mussten schon eine Weile zusammensitzen.

Sonja Andreescu nahm wieder Platz, ohne Frauke eine Sitzgelegenheit anzubieten, und griff zu einem halb gefüllten Sektglas. Frauke setzte sich auf einen allein stehenden Sessel.

»Können wir allein miteinander reden?«, fragte Frauke.

Arsenie Andreescu hatte Ähnlichkeit mit seinem Bruder, war allerdings größer und stämmiger. Wären nicht die ersten Anzeichen des Alters erkennbar gewesen, hätte er als durchtrainiert gelten können. Das sich lichtende Haar, die schlaffer werdende Gesichtshaut und ein beginnender Bauch waren nicht mehr zu kaschieren.

»Reden Sie«, sagte Andreescu mit einer etwas hart klingenden Aussprache.

»Können Sie mir etwas über Ihren Sohn erzählen?«

»Der ist tot.«

»Deshalb bin ich hier. Was hat er beruflich gemacht?«

»Er war in der Firma meines Stiefsohnes angestellt«, mischte sich Sonja Andreescu ein.

»Was hat er dort gemacht?«

»Er war dort beschäftigt. Das reicht als Erklärung.«

»Ihr Sohn …«

»Stiefsohn. Begreifen Sie es endlich!«

»… war Geschäftsführer, der Leibwächter auch.«

»Wie kommen Sie auf den Leibwächter? So etwas haben wir nicht nötig. Nicht wahr, Arsenie?« Sie sah ihren Schwager an.

Der knurrte etwas Unverständliches.

»Die beiden Senioren leben zurückgezogen, zumindest tauchen sie nicht öffentlich auf. Sind aber die Drahtzieher, oder?« Fraukes Frage war an Arsenie Andreescu gerichtet.

»Ich weiß nicht, was Sie meinen«, erwiderte der.

»Hören Sie mit dem Versteckspiel auf. Ihr Bruder George ist der Pate im Hintergrund, schlau genug, nicht öffentlich in Erscheinung zu treten. Die schmutzige Arbeit lässt er andere machen. Zum Beispiel Dumitru Hârtopeanu, das ehemalige Waisenkind, das der Securitate in die Hände gefallen war. Sie wollen mir nicht weismachen, dass so einer plötzlich als Geschäftsführer eines seriösen Unternehmens tätig werden kann. Corneliu war als Kronprinz auserkoren. Simion ist schwul. Deshalb gilt er als Schandfleck der Familie. Ein Homo, das passt nicht ins doppelte Bild der Sippe. Einerseits mit dem biederen Anstrich, hinter den Kulissen aber hart, brutal und kriminell.«

»Hüten Sie Ihre Zunge«, sagte Sonja Andreescu. »Alles, was Sie von sich geben, ist strafbar. Verleumdung, falsche Verdächtigungen, Beleidigungen und vieles mehr.«

»Ich bin allein hier«, erwiderte Frauke. »Gehen Sie gern zu Ihrem Anwalt, lassen Sie ihn Anzeige gegen mich erstatten. Dann wird es zu einer Verhandlung kommen, in der meine Worte öffentlich vor Gericht wiederholt werden. Die Medien werden gegenwärtig sein und darüber berichten. Glauben Sie wirklich, dass die Leute da draußen das Fragezeichen hinter der Überschrift ›Ist der Andreescu-Clan kriminell?‹ in der Zeitung mit den großen Buchstaben wahrnehmen?«

»Sie bewegen sich auf dünnem Eis«, sagte Sonja Andreescu. Die Frau war eiskalt. Frauke war das Verhalten schon beim Besuch in der Villa ihres Mannes aufgefallen, als sie sich nicht für den Zustand Hârtopeanus nach Schwarczers Eingreifen zu interessieren schien.

»Seien Sie vorsichtig«, ergänzte Andreescu. »Das Leben ist gefährlich.«

»Wo ist eigentlich Ihre Frau?«, fragte Frauke.

»Das geht Sie nichts an«, erwiderte Andreescu.

Frauke sah Sonja Andreescu an.

»Weiß Ihr Mann, dass Sie hier sind?«

Ihr entging nicht der schnelle Blick, den die beiden wechselten.

»Diese Frage gehört nicht zu Ihren Ermittlungen«, sagte die Frau.

»Alles gehört zu unseren Ermittlungen. Wir untersuchen regelmäßig, ob es in der Familie oder im persönlichen Umfeld des Opfers Motive gibt.« Sie musterte die beiden nacheinander. »Gibt es die?«

»Unsere Kinder wurden von einem irren Gewalttäter ermordet. Jemand, der da draußen herumläuft und Menschen nach dem Zufallsprinzip erschießt.«

Frauke lachte laut auf. »Sie haben bis eben den Eindruck erweckt, cool und überlegt bis zur Arroganz zu sein«, sagte sie zu Sonja Andreescu. »Und dann kommt so ein Blödsinn über Ihre Lippen. Sie enttäuschen mich.«

Die Worte machten Eindruck. Die Frau fühlte sich getroffen. Kritik schien sie nicht gewohnt. Sie öffnete kurz die Lippen. Das war ein deutliches Anzeichen von Empörung.

»Worüber haben Sie am Mordtag bei Ihrem Treffen gesprochen?«, fragte Frauke.

»Das war ein kurzer familiärer Besuch«, antwortete Sonja Andreescu.

»An dem Ihre Schwägerin nicht teilnehmen durfte?«, unterstellte Frauke. »Sie musste draußen warten.«

Sonja Andreescu sah ihren Schwager an. »Woher wissen Sie das?«, fragte sie überrascht.

»Polizeiarbeit«, erwiderte Frauke ausweichend.

»Hat Kanita so etwas behauptet? Die weiß von nichts und hat eine blühende Phantasie.«

»Und woher sind Sie so gut informiert? Sie haben an der Strategiebesprechung nicht teilgenommen.«

»Ich habe von ...« Plötzlich stutzte Sonja Andreescu. »Was heißt hier ›Strategiebesprechung‹? Um welche Strategie sollte es gehen?«

»Wie man den in letzter Zeit zuhauf auftretenden Problemen begegnen kann. Die Kunden, wie zum Beispiel die Fleischfabrik, sind unzufrieden. Die Qualität stimmt nicht mehr. Unter den Arbeitssklaven ...«

»Was heißt hier ›Arbeitssklaven‹?«, fuhr Sonja Andreescu brüsk dazwischen.

»Unter den Arbeitssklaven herrscht Unruhe. Das Ganze mündet in der Messerstecherei von gestern. Die Konkurrenz jagt Ihnen das Geschäft mit der Hotelreinigung ab.«

»Welches Geschäft?«, versuchte Sonja Andreescu auszuweichen.

»Wir wissen Bescheid«, erklärte Frauke. »Also. Noch einmal. Welches wichtige Thema haben Sie am Tag des Mordes behandelt? Ging es um Drohungen, die gegen Familienmitglieder ausgesprochen wurden?«

»Warum sollte uns jemand bedrohen?«, fragte Sonja Andreescu.

»Weil Corneliu zum Mord an Ludvig Weiss aufgefordert hat. Er hat die Roma in der Weststadt erpresst. Wenn Weiss nicht aus dem Weg geschafft wird, müssten alle anderen nach Hause gehen, hat er gesagt. Und Sie«, dabei zeigte sie auf Arsenie Andreescu, »haben der Forderung durch Ihren gemeinsamen Drohbesuch mit Hârtopeanu Nachdruck verliehen, bis Rudko Rosenberg und seine Helfer Ludvig Weiss erschlagen und in der Kleingartenkolonie verscharrt haben. Uns liegen Geständnisse vor. Wir wissen auch – unwiderlegbar«, betonte Frauke, »dass Corneliu Pola Weiss vergewaltigt hat. Uns sind die Hintergründe und Zusammenhänge bekannt.«

Frauke sah abwechselnd zu Andreescu und seiner Schwägerin. Es war kein Erstaunen, es war Entsetzen, das sich in ihren Gesichtern widerspiegelte.

Sie ließ den beiden viel Zeit, in der es kein Entkommen gab. Unerbittlich waren sie Fraukes Blicken ausgesetzt, spürten, dass die Polizistin jede Regung mitbekam, jeden Wimpernschlag registrierte, das Niederschlagen der Augen, um ihr nicht ins Gesicht sehen zu müssen. Es war totenstill im Raum. Nicht einmal das Atmen war zu vernehmen.

»Es gibt zahlreiche Gründe, Corneliu zu ermorden. Rache. Oder war er zu tief in schmutzige Geschäfte verwickelt? Ist es nicht Ironie, dass Sie hier zusammensitzen und gemeinsam überlegen, wie man das Problem aus der Welt schaffen kann, und dann kommt jemand und löst es auf seine Weise, indem er Corneliu und seinen Cousin erschießt?«

Wieder hielt Frauke inne. Die Atmosphäre schien zu vibrieren. Es herrschte eine Spannung in der Luft, als würde sie sich gleich wie bei einem Gewitter mit einem Blitz und einem folgenden Donner entladen.

Arsenie Andreescu räusperte sich. Er unternahm mehrere Anläufe, bis seine Stimme wieder frei war.

»Sie phantasieren herum«, sagte er, und es klang belegt. »Was soll das Ganze? Es ist traurig genug, dass wir unsere Kinder verloren haben.«

»Ihre Trauer hält sich aber in Grenzen«, sagte Frauke. »Sie turteln hier ungeniert mit Ihrer Schwägerin herum.«

Unvermittelt schlug Sonja Andreescu mit der Faust auf die Tischplatte, dass die Gläser klirrten. »Nun ist Schluss. Was erlauben Sie sich? Wir sitzen hier und überlegen, wie wir die Beerdigung unserer Kinder würdig gestalten können. Und dann tauchen Sie auf, reihen eine bösartige Verleumdung an die andere, lügen, drohen und versuchen, uns etwas zu unterstellen. Was sind das für Methoden? Haben Sie Ihr Handwerk bei der Stasi gelernt?«

»Welcher der Gründe, die ich aufgezählt habe, ist zutreffend? Sagen Sie es mir. Das vereinfacht das Verfahren. Sie haben gemerkt, dass wir nicht untätig geblieben sind. Ich habe Ihnen aufgezählt, was wir wissen. Es sei Ihnen versichert, dass das nur so wenig ist, was ich von unseren Erkenntnissen vorgetragen habe.« Frauke hielt Daumen und Zeigefinger in die Höhe und ließ einen Zentimeter Platz zwischen den Fingerspitzen. »Es ist wie beim Eisberg. Sie sehen nur zehn Prozent. Glauben Sie mir. Die Polizei hat Radar. Wir erkennen auch, was unsichtbar unter der Oberfläche schwimmt. Ich frage mich, weshalb Sie nach den tödlichen Schüssen nicht sofort die Polizei oder den Rettungsdienst alarmiert haben. Das wäre doch die natürliche Reaktion gewesen. Stattdessen ruft George Andreescu seinen Leibwächter an. Hat der versagt, weil er nicht zugegen war?« Frauke drohte mit dem Zeigefinger. »Sie haben mit Sicherheit genauso viele offene Fragen zu beantworten wie die Polizei. Aber! Wir sind besser. Ach! Noch etwas. Ich werde mit Ihrem

Mann sprechen, Frau Andreescu. Vielleicht kann er mir erklären, weshalb Sie hier mit Ihrem Schwager in trauter Zweisamkeit zusammensitzen. Guten Tag.«

Frauke stand auf und ging, ohne sich noch einmal umzudrehen. Sie war davon überzeugt, dass sie die beiden in Unruhe versetzt hatte.

Sie rief in Hannover an und forderte ihr Team auf, ihre Rückkehr abzuwarten und den Feierabend zu verschieben.

Im LKA waren die beiden anderen Mitarbeiter noch anwesend. Beate Boss sah demonstrativ auf ihre Uhr, als Frauke sie im Besprechungszimmer zusammengerufen hatte.

»Wenn Sie pünktlich Feierabend machen wollen, sollten Sie sich ins Einwohnermeldeamt versetzen lassen«, sagte Frauke. »Unsere Kunden richten sich nicht nach formellen Öffnungszeiten.«

Dann berichtete sie von ihrem Ausflug nach Braunschweig.

»Bemerkenswert ist, dass die Andreescus derzeit mit einigen Problemen zu kämpfen haben. In die Lücken, die sich auftun, stoßen aber sofort andere vor. Das Hotelgeschäft haben die Libanesen übernommen. Im Geschäft mit der Fleischfabrik stehen auch schon andere bereit, nachdem Stummheitmann überlegt, ob er sich nach einem anderen Partner umsehen soll. Es ist fast eine Ironie des Schicksals, dass man den Roma zuvor gedroht hat, sie nach Hause zu schicken. Nun müssen sie eventuell doch gehen, aber gegen das Interesse der Andreescus. Einige Arbeiter sind ausgefallen. Das sind nur wenige, aber die stellen so etwas wie die Speerspitze dar. Man nennt es ›key people‹. Neue können nicht so schnell herbeigeschafft werden, da sie nicht über die notwendige Qualifikation verfügen.«

Madsack räusperte sich. »Ich habe mir noch einmal die Protokolle angesehen. Es geht um die Zeittafel am Mordabend. Hârtopeanu war mit dem Bentley zum Tanken gefahren. Von der Tankstelle bis zur Roonstraße sind es etwas mehr als ein Kilometer. Wir wissen vom Kassierer, dass der Bentley um neun

Minuten nach neun Uhr noch auf der Tankstelle stand. Um sieben Minuten nach neun ging der Anruf eines Anwohners bei der Leitstelle ein. Um einundzwanzig Uhr zehn hat Andreescu seinen Leibwächter angerufen. Wir wissen nicht genau, wann der Bentley von der Tankstelle weggefahren ist.«

»Vermutlich gleich nach dem Anruf«, sagte Beate Boss.

»Ihr ›vermutlich‹ stört mich«, sagte Frauke. »An solchen Vokabeln scheitern manche Ermittlungen. Madsack. Erklären Sie es ihr.«

»Wir können nur Fakten gelten lassen«, sagte der Hauptkommissar. »Tatsache ist, dass wir weder den exakten Zeitpunkt kennen, zu dem Hârtopeanu die Tankstelle verlassen hat, noch wissen, wann er in der Roonstraße eingetroffen ist.«

»Zum Zeitpunkt des Mordes war er aber nachweislich nicht in der Roonstraße«, widersprach Beate Boss. »Die Polizei wurde um sieben nach neun alarmiert. Hârtopeanu stand zwei Minuten später noch auf der Tankstelle.«

»Hârtopeanu oder der Bentley?«, fragte Frauke spitz.

Beate Boss stieß einen leisen Pfiff aus.

»Richtig«, sagte sie. »Ich habe nicht behauptet, perfekt zu sein. Hier kann man noch etwas lernen. Anerkennung.« Sie deutete einen Applaus an. »Andreescus Anruf kann Hârtopeanu auch unterwegs erreicht haben. Der Mann ist durchtrainiert. Die Entfernung kann er zu Fuß in zehn Minuten zurückgelegt haben. Und bei dem schlechten Wetter lief er auch nicht Gefahr, dass ihm jemand begegnete. Und wenn … In einer anonymen Großstadt achtet niemand auf andere Passanten. Aber … Weshalb sollte Hârtopeanu den Sohn seines Chefs ermorden?«

»Genau das ist eine Frage, auf die wir eine Antwort finden sollten.«

»Macht es nicht mehr Sinn, George Andreescu zu erschießen?«, fragte Beate Boss zweifelnd. »Dann wäre der Patriarch aus dem Weg geräumt. Wer profitiert davon, wenn der Kronprinz stirbt?« Sie fühlte sich sichtbar unbehaglich, als die anderen Teammitglieder sie anstarrten. »Der ältere Sohn könnte –

könnte – Nutznießer sein. Ah. Wir wissen, dass er schwul ist. Nun müssen wir herausfinden, ob Hârtopeanu vielleicht auch homosexuell ist. Dann würde es Sinn machen.«

»Dann wissen Sie, was Sie zu tun haben«, sagte Frauke. »Zum nächsten Punkt.«

»Moment. Ich habe herausgefunden, dass Hârtopeanu nicht schwul ist. Ich habe mich bei meinen Kollegen von der Braunschweiger Sitte umgehört und um Hilfe gebeten. Er hat eine feste Freundin. Außerdem verkehrt er gelegentlich in der Bruchstraße. Das ist die Bordellstraße in Braunschweig«, ergänzte Beate Boss. »Damit dürfte das Motiv entfallen, dass er den Weg für Simion Andreescu frei machen wollte. Eine solche Möglichkeit hatten wir ins Auge gefasst.«

»Wir wissen immer noch nicht, wo sich Pola Weiss aufhält«, sagte Frauke. »Ist sie in ihre Heimat zurückgekehrt? Hält sie sich noch in Deutschland auf? Oder müssen wir befürchten, dass sie das Schicksal ihres Bruders teilen musste?«

»Hätte Winterstein das dann nicht ebenfalls gestanden?«, fragte Madsack.

»Wenn er darüber nicht informiert ist?«, gab Beate Boss zu bedenken. »Beim Mord an Ludvig Weiss ist er auch nur Zufallszeuge gewesen. Nach eigenem Bekunden hat er mit der Tat nichts zu tun gehabt. Er war auch nicht an der Beseitigung der Leiche beteiligt.«

»Und wenn nicht die Roma, sondern Corneliu Andreescu der jungen Frau etwas angetan …«

»Hat er doch«, fuhr Beate Boss dazwischen.

Madsack ließ sich nicht aus der Ruhe bringen.

»Wir dürfen nicht unbeachtet lassen«, setzte er erneut an, »dass Corneliu Andreescu eine unliebsame Zeugin beseitigt haben könnte. Das erfahren wir möglicherweise nie.«

»Der Gedanke ist nicht abwegig«, stimmte Frauke zu. »Allerdings würde sich Corneliu nicht selbst die Finger schmutzig machen, sondern sich eines Mordschergen bedienen. Davon gibt es nicht so viele.«

»Dumitru Hârtopeanu.«

Alle Teammitglieder sahen erstaunt Schwarczer an, der sich sonst jedes Kommentares enthielt.

»Das ist eine Option«, stimmte ihm Frauke zu. »Andere Namen, falls es sie gibt, kennen wir nicht. Wir wissen auch noch nicht, ob Röhricht etwas davon mitbekommen hat, dass Andreescu die Arbeiter erpresst hat. Wusste er vielleicht sogar vom Tod Ludvigs? Das könnte auch ein Motiv sein. Schließlich ist Röhricht fast zusammengebrochen, als ich mit ihm über Pola Weiss gesprochen habe.«

Dann entließ sie ihre Mitarbeiter in den Feierabend.

ACHT

Am nächsten Morgen lagen neue Ergebnisse vor. Aus Braunschweig kam die Nachricht, dass Rudko Rosenberg auf Geheiß der behandelnden Ärzte immer noch nicht vernehmungsfähig war. Frauke war ungehalten. Sie war nicht davon überzeugt, dass Rosenberg wirklich nicht ansprechbar war. Ärzte, so ihre Meinung, stellten sich häufig vor ihre Patienten und glaubten, sie vor den aus ihrer Sicht unangemessen harten Zugriffen der Polizei schützen zu müssen. Aber das Wort des Mediziners galt.

Die Gerichtsmedizin hatte sich ebenfalls gemeldet. Und deren Informationen waren von Interesse. Die Obduktionsergebnisse von Ludvig Weiss lagen vor. Es gab massive Einwirkungen auf den Schädel. Die Schläge waren so heftig ausgeführt worden, dass die Schädelkalotte regelrecht zertrümmert worden war. Sie waren sofort tödlich, hatte der Rechtsmediziner angemerkt.

Frauke überflog die mit medizinischen Fachausdrücken gespickten Erläuterungen und blieb bei weiteren Ergebnissen hängen. Ludvig Weiss waren Finger und die Nase gebrochen worden. Harri Winterstein hatte detailliert geschildert, wie Rosenberg sein Opfer zuvor malträtiert hatte. Er hatte von diesen Einwirkungen gesprochen. Das konnte als Bestätigung dafür ausgelegt werden, dass Wintersteins Aussage nahe bei der Wirklichkeit war.

Es lag auch schon das Ergebnis des DNA-Abgleichs vor. Weiss' DNA stimmte mit der der Blutspuren aus der Wohnung überein. Sie passte zu den Spuren an der Wand, dort, wo das Bett gestanden hatte, und zu denen auf der Matratze, die in einem schmutzigen Kellerloch abgestellt war. Damit war der Tathergang auch forensisch abgesichert. Die Tatwaffe, eine Bierflasche, würden sie nicht mehr finden. Die Mordanklage gegen Rudko Rosenberg müsste sich demnach auf die Aussage Wintersteins stützen, sofern Rosenberg nicht ein Geständnis ablegte.

»Wie verfahren wir weiter?«, wollte Beate Boss wissen.

»Wir werden George Andreescu mit dem konfrontieren, was wir bisher in Erfahrung bringen konnten«, beschloss Frauke.

»Also auf nach Braunschweig.«

»Sie nicht«, erklärte Frauke einer enttäuschten Beate Boss. »Sie und Schwarczer ziehen Erkundigungen über die Libanesen ein. Ich werde mit Madsack zu Andreescu fahren.«

»Da wäre ich gern dabei gewesen«, maulte Beate Boss.

»Sie haben doch Pufferfahrung im Steintorviertel. Das ist das Revier der Libanesen.«

»Also … Pufferfahrung ist zu viel des Guten. Das klingt wie … wie …«

»Nehmen Sie Schwarczer als Bodyguard mit.«

»Na gut.« Beate Boss legte ihre Hand auf Schwarczers Unterarm. »Auf, Thomas. Gönnen wir uns einen schönen Tag im Rotlichtmilieu.«

»Sie sollen nicht ins Rotlichtmilieu, sondern ins Rotlichtviertel. Ist Ihnen der Unterschied bewusst?«

»Schon gut. Ich bin groß genug.«

Frauke maß sie von Kopf bis Fuß. »Das mag stimmen, ob Sie auch klug genug sind, wird sich zeigen.«

Eine halbe Stunde später waren sie auf dem Weg nach Braunschweig. Madsack bot Frauke – gefühlt – alle zehn Kilometer einen Bonbon an. Nachdem sie mehrmals abgelehnt hatte und nach dem dritten Mal energisch darauf verwies, dass sie auch für den Rest des Tages keine Süßigkeiten wünsche, stopfte der Hauptkommissar die Bonbons unentwegt in sich hinein.

»Sie sollten das sein lassen«, sagte sie zwischendurch. »So viele Bonsche sind ungesund.«

Madsack nickte freundlich, schwieg aber.

Das Grundstück der Andreescus lag still und friedlich vor

ihnen, als sie auf der schmalen Zufahrt abgebogen und auf den ehemaligen Hof am Waldrand zugerollt waren.

Madsack wollte aussteigen, aber Frauke war schneller.

»Ich mache das«, sagte sie und betätigte die Klingel. Hinter der dunklen Halbkugel sah sie den Schatten des sich bewegenden Objektivs der Kamera. Aus dem Lautsprecher drang kein Ton.

»Lassen Sie die Sperenzien. Machen Sie auf. Und sperren Sie die Hunde ein. Die vierbeinigen und die zweibeinigen. Aber fix.«

Automatisch sah sie zum Himmel, aus dem es ekelhaft nieselte. Das Wetter passte zu diesem Fall. Alles war grau und trübe. Sonne war nicht in Sicht.

Der Summer ertönte, und das Tor schwang auf. Frauke hatte vorsichtshalber ihre Waffe gezogen und Madsack, der inzwischen ebenfalls das Auto verlassen hatte, aufgefordert, es ihr gleichzutun. Der Hauptkommissar hatte zögernd die Pistole zur Hand genommen. Er hielt sie wie ein heißes Stück Eisen.

Sie kamen ungehindert bis zur Haustür. Dort empfing sie eine Frau.

»Wir wollen zu Andreescu«, sagte Frauke und fügte an: »Polizei. Und wer sind Sie?«

»Ich arbeite hier im Haus. Putzfrau«, sagte die Frau. Ihre Aussprache verriet eine ausländische Herkunft. Für Frauke klang es osteuropäisch.

»Sie sind allmählich lästig wie Bettwanzen«, meldete sich aus dem Hintergrund Sonja Andreescu.

»Kennen Sie sich da aus?«, erwiderte Frauke. »Ist Andreescu im Hause? Haben Sie heute kein Date mit Ihrem Schwager?«

Ein Blick wie ein Blitz traf Frauke. Sonja Andreescu zog die Mundwinkel in die Höhe.

»Mein Mann erwartet Sie im Salon. Allein. Er da wartet im Flur«, sagte sie und ging in den Raum voran, in dem Frauke schon einmal mit George Andreescu gesprochen hatte.

Der Hausherr stand wieder vor dem Fenster. Dieses Mal wandte er ihnen allerdings nicht den Rücken zu.

»Gibt es Neuigkeiten?«, begann er ohne eine Begrüßung.

»Es gibt viele Neuigkeiten. Wir haben ein Dutzend Motive zusammengetragen, die dem Mord an Ihrem Sohn und Ihrem Neffen zugrunde liegen könnten.«

»Ich will keine Theorie hören, sondern wissen, ob Sie den Mörder gefasst haben.«

»Was macht Ihre Suche? Sind Sie erfolgreich?«

»Weshalb finden Sie den Mörder nicht?«

»Ohh«, tat Frauke überrascht. »Sie sprechen von einem Einzeltäter. Was veranlasst Sie zu der Vermutung, dass es nicht mehrere waren?«

»Kommen Sie zum Punkt.« Andreescu ging nicht auf die Frage ein.

Der Mann sah bleich aus. Dunkle Ringe lagen unter seinen Augen. Die Wangen waren eingefallen.

»Sie sehen nicht gut aus«, sagte Frauke. »Die Probleme häufen sich. Da läuft einiges aus dem Ruder. Ihr Imperium bröckelt.« Sie bemerkte, dass ihre Worte Wirkung zeigten. Andreescu knetete nervös seine Finger. »Zunächst haben Sie das Hotelgeschäft verloren. Die Libanesen drängen Sie aus dem Markt. Und dann entpuppt sich Corneliu als Verbrecher. Ganz profan. Er vergewaltigt eine junge Frau.«

»Wer behauptet so etwas? Das ist infam.«

»Langsam. Es gibt dafür unwiderlegbare Beweise.« Frauke berichtete von der Spurensicherung und den DNA-Beweisen, den Spermaspuren und von Zeugenaussagen.

»Zeugenaussagen? Die sollen das in meiner Gegenwart wiederholen«, drohte George Andreescu.

»Das wird sich ermöglichen lassen«, antwortete Frauke ruhig. »Vor Gericht.«

»Es wird kein Gerichtsverfahren geben.« Der drohende Unterton schwang immer noch mit.

»Was wissen Sie? Hat Ihr Sohn die Vergewaltigung zugegeben? Musste er deshalb sterben? Wissen Sie, wer Ihren Sohn erschossen hat?«

»Es war keine Vergewaltigung«, behauptete Andreescu und drehte sich kurz um. Er sah in den Garten hinaus. Nach einer Weile fuhr er fort: »Pola Weiss war eine Prostituierte.«

»Immerhin kennen Sie ihren Namen.«

»Sie ist eine Trittbrettfahrerin und hat sich den Arbeitern angedient. Unterstes Niveau.«

»Das überrascht mich. Corneliu war schließlich aus gutem Haus. So stellen Sie sich zumindest dar. Und der lässt sich mit einer billigen Nutte ein?« Frauke schüttelte den Kopf. »Da stimmt etwas nicht.«

Andreescu sah sie wieder an. Sein Augenlid zuckte. Er rieb sich die Hände. Ihm war klar geworden, dass er einen Fehler gemacht hatte.

»Die Frau war wie eine läufige Hündin. Sie ist meinem Sohn hinterhergelaufen, hat sich ihm angeboten. Sie war nicht abzuwimmeln. Na und? Da hat er sie gebraucht.«

Gebraucht! Wie ein billiges Werkzeug. Ein Wegwerfartikel. Frauke war entsetzt über diese Formulierung.

»Es ist ekelhaft, wie Sie über die junge Frau sprechen, wie Sie das Verbrechen Ihres Sohnes umdeuten wollen.«

Andreescu lachte höhnisch auf. »Dieser Schwachsinn mit der angeblichen Gleichstellung der Frau. Es ist heute so irre, dass Männern grundsätzlich sexuelle Nötigung unterstellt wird, wenn sie sich einer Frau in positiver Absicht nähern. Wie sollen Mann und Frau zueinanderfinden? Sie stehen immer mit einem Bein im Gefängnis. Und wenn sich eine Frau einem Mann hingibt, wie in diesem Fall gegen Bezahlung, wird er gleich einer Sexualstraftat bezichtigt. Ist jeder Mann, der da draußen herumläuft, ein potenzieller Verbrecher, nur weil er mit einer Frau spricht?«

»In dieser Hinsicht müssen Sie sich bei Ihrem anderen Sohn keine Sorgen machen. Simion wird sich kaum einer Frau unsittlich nähern.«

Andreescu erstarrte zur Salzsäule. Fraukes Anmerkung hatte ihn tief getroffen. In seinen Kreisen schien Homosexualität etwas Abnormes zu sein. Etwas Krankes. Man war nicht schwul. Das war eine Schande für die Familie. Und jetzt stand vor ihm die Polizistin. Eine Frau. Und sie ließ ihn wissen, dass sie von Simions Neigung wusste.

»Wie verkraften Sie so etwas? Spottet man darüber? Sie sind zu bedauern. Ein Sohn kommt bei einem illegalen Autorennen ums Leben. Der Kronprinz wird ermordet. Und der letzte ist schwul. Wer führt das Geschäft nach Ihrem Abgang weiter?«

Frauke legte eine Kunstpause ein und ließ Andreescu dabei nicht aus den Augen. Er wich ihrem Blick aus.

»Aber diese Frage stellt sich vielleicht gar nicht mehr. Das Ende ist eingeläutet. Sie stehen vor den Scherben Ihres Imperiums. Das Verbrechen hat zu Unruhen in der Fleischfabrik geführt.« Sie hob ihre Hand. »Das ist nur ein winziges Mosaiksteinchen Ihres Geschäfts. Aber es ist wie beim Bau von mittelalterlichen Kathedralen. Der letzte Stein oben im Bogen hält alles zusammen. Ohne ihn bricht die Statik zusammen. Wenn Mehrvelds Fleischfabrik ausschert, folgen andere. Die Zuverlässigkeit, die Sie den Auftraggebern garantiert haben, ist nicht mehr gegeben. Die harte Hand, mit der Sie die Arbeiter diszipliniert haben, versagt. Trotz der bitteren Not, die in Teilen Rumäniens herrscht, verlassen die Arbeitskräfte Ihre Firmen. Sie, Andreescu, bringen mehr als Not. Sie bringen den Tod.«

»Das ist … Das ist …« Andreescu zitterte am ganzen Leib.

»Das ist das Ende«, setzte Frauke den Satz fort. »Auch wenn Sie es so kunstvoll geschmiedet haben. Die Scheinfirmen, die Strohmänner, die Deckadressen in der King Street in St. Helier«, zählte Frauke auf.

Andreescu machte einen halben Schritt auf Frauke zu.

»Warum verfolgt man mich? Hat man etwas gegen Ausländer? Ausländer! Ich bin Deutscher. Meine Steuern – ja, die nimmt man gern. Mein Beitrag zur Wirtschaftsleistung. Ich sorge dafür, dass viele Dinge gut laufen. Besser laufen«, korrigierte er sich selbst.

Immerhin, dachte Frauke, bekennt er sich erstmals dazu, hinter dem ganzen Firmengeflecht zu stecken. War es Frust? Oder fühlte sich Andreescu in die Enge getrieben?

»Sie wollen nicht behaupten, Arbeitsplätze zu schaffen. Ganz im Gegenteil. Sie verhindern es.«

»Was ist das für ein Staat, der alles dafür tut, erfolgreiche Menschen zu drangsalieren? Ein verbohrter Gewerkschaftsfunktionär jagt seinen marxistischen Idealen hinterher. Was will Röhricht? Ich denke, wenn er sich angesehen hat, wie die Menschen in Rumänien dahinvegetieren, müsste er doch froh sein über jeden, der hier sein Auskommen findet.«

»Wir haben in Deutschland andere Standards. Haben Sie jemals die Wohnungen in der Weststadt besucht, in denen die Arbeiter zu Wuchermieten hausen? Wissen Sie, wie die Arbeit am Zerlegetisch aussieht? Nein! Sie haben sich hier verschanzt und wagen sich nur mit einem Leibwächter vor die Tür. Sie haben nur noch einen Sohn. Und der ist schwul. Dieser ganze Krempel hier«, dabei ließ sie ihren Arm kreisen, »macht Sie doch nicht wirklich glücklich? Und das Gefühl von Macht? Im Augenblick entgleitet Ihnen alles. Geben Sie auf, Andreescu.«

Ihr Gegenüber schluckte heftig.

»Neid. Purer Neid. Ich kenne diese Sprüche.«

»Worauf soll ich neidisch sein? Wenn ich Feierabend mache und in mein Privatleben zurückkehre, empfängt mich eine wohltuende Atmosphäre. Behaglichkeit. Geborgenheit. Und Sie? Sie können sich nicht einmal Ihrer Frau sicher sein. Während Sie hier Angst haben, vergnügt die sich mit Ihrem Bruder.«

»Meine Frau? Mein Bruder?« Andreescu sah Frauke mit großen Augen an. Er hatte die Worte lautlos über die Lippen kommen lassen.

Frauke konnte sie aber problemlos ablesen.

»Und nun? Wollen Sie alle verfolgen? Röhricht? Zollamtsrat Cansius? Mich? Stummheitmann? Die Rumänen? Ihre Frau?

Ihren Bruder? Wen wollen Sie loshetzen? Ihren Schläger Hârtopeanu? Ist er schon wieder einsatzfähig mit seinen gebrochenen Rippen? Er soll aufpassen, dass er sich das nächste Mal nicht mehr bricht.«

Andreescu machte zwei schnelle Schritte auf Frauke zu. Es sah aus, als wollte er sich auf sie stürzen. Sie blieb ruhig stehen. Der Mann war erregt. Sie hatte ihn ans Limit geführt. Dennoch war Andreescu niemand, der offen auf seine Kontrahenten zuging. Leute wie er waren feige. Sie waren wie Hyänen und griffen nur von hinten an, am liebsten weideten sie am Aas, das andere für sie erlegt hatten.

»Sie sind gut im Täuschen. Was sollen Ihre Worte bezwecken? Wenn Sie den Mund öffnen, lügen Sie. Ich weiß, dass es bei den Behörden eine Allianz gegen mich gibt. Die ganze Clique vom Zoll über das Finanzamt und andere Behörden versucht, mir etwas anzuhängen. Vergeblich. Wo nichts ist, kann nichts gefunden werden.«

»Sie sind sehr optimistisch. Ich habe aufgezählt, was wir schon wissen. Und wir werden weitersuchen. Seien Sie sich sicher, Andreescu. Ich werde Sie jagen. Bis ans Ende der Welt. Und zu guter Letzt wird nicht nur der Mörder Ihres Sohnes, sondern auch Sie zur Rechenschaft gezogen. Es gibt nicht nur den irdischen Richter, der in der Robe im Gerichtssaal sitzt und Sie nach den Buchstaben des Gesetzes verurteilt.«

»Wollen Sie mir drohen?« Andreescu maß sie mit einem stieren Blick. »Passen Sie auf sich auf. Es lauern überall Gefahren. Jederzeit. Tag und Nacht.«

»Ich weiß, ich bin in einem Dschungel unterwegs. Aber Sie«, sie zeigte mit ausgestrecktem Finger auf ihn, »werden in diesem Dschungel umkommen.«

Andreescu sah sich um, als würde er prüfen, ob jemand mithört.

»Sie haben eben Ihr eigenes Todesurteil gesprochen«, sagte er leise. »Und nun verschwinden Sie, bevor es vollstreckt wird.«

So offen war Frauke noch nie bedroht worden. Andreescu

war gefährlich. Jäger wussten, dass ein angeschossenes Tier sich auf seinen Gegner stürzte. Es kam aber auch aus seiner Deckung hervor. Das hatte sie bezweckt und erreicht.

»Ihr Ende ist eingeläutet«, sagte sie und wandte sich zur Tür. »Oder wollen Sie noch etwas sagen?« Sie blieb noch einmal stehen und drehte sich zu ihm um. »Wer übernimmt jetzt eigentlich Ihre Nachfolge? Doch Simion? Die Libanesen? Oder Ihr Bruder, der das Imperium, zumindest das, was davon noch übrig bleibt, und Ihre Frau übernimmt.« Dann ging sie hinaus. Auf der Schwelle hob sie ihren Arm. »Ciao, Andreescu«, sagte sie laut und ließ es fröhlich klingen.

Ein wütendes Wortgewitter auf Rumänisch verfolgte sie.

Madsack stand in der Diele und hatte sich mit dem Rücken zur Wand postiert. Frauke unterdrückte ein Lächeln, als sie sah, dass der Hauptkommissar seine Dienstwaffe in der Hand hielt, die kraftlos an seiner Seite herunterhing. Ihr entgingen auch nicht das leise Beben seiner Nasenflügel und die Erleichterung in seinem Gesicht, als er sie kommen sah. Dann wanderte sein Blick zur Treppe. Dort stand Sonja Andreescu, zwei Stufen über ihr lehnte sich Hârtopeanu über das Geländer, und neben ihm stand ein Unbekannter, der lässig ein Streichholz im Mund hin- und herwandern ließ und dabei grinste.

Frauke war froh, dass sie heute Madsack als Begleitung gewählt hatte. Hârtopeanu strahlte unverhohlenen Hass aus. Wider alle Vernunft hätte er sich auf Schwarczer gestürzt. Davon war Frauke überzeugt. Die Situation war unwirklich. Sie ähnelte einer Szene in einem amerikanischen Western, in dem sich die Kontrahenten mit gezogenem Colt gegenüberstanden und jeden Moment eine Schießerei ausbrechen konnte. War der Neue eine Verstärkung für Hârtopeanu? Sah Andreescu keine andere Möglichkeit, als sich mit Gewalt durchzusetzen? Bisher waren seine Waffen andere gewesen. Ein geschickt gestricktes Netzwerk, das wie ein Spinnengewebe für viele unsichtbar war und in dem sich mancher verfing. Und wer dort hineingeriet, wurde ausgesaugt.

»Kommen Sie, Madsack«, sagte Frauke und beachtete die drei Wartenden nicht weiter.

Sie gelangten ungehindert ins Freie.

»Es wäre besser gewesen, wenn wir das Gespräch mit Andreescu gemeinsam geführt hätten«, sagte Madsack auf dem Weg zum Auto. Als Frauke ihm einen spöttischen Blick zuwarf, ergänzte er: »Ich meine nur, dass ich dann den Gesprächsinhalt hätte bezeugen können.«

»Ich glaube nicht, Madsack, dass Sie das hätten hören mögen. Sie sind ein überaus korrekter Beamter. Manchmal spricht man auch außerhalb des Protokolls.«

»Aha«, erwiderte Madsack.

Frauke kannte ihn gut genug, um zu wissen, dass er nicht weiter nachfragen würde.

Sie stiegen in den Dienstwagen und fuhren langsam den Weg zur Straße zurück. Dort übersahen sie das abgestellte Fahrzeug. Der Mann im schwarzen Trenchcoat hatte sie von Weitem kommen sehen und war in den Fußraum seines Autos abgetaucht.

»Haben Sie Hârtopeanu bemerkt? Der Mann ist gefährlich«, sagte Frauke im Auto. »Solche Typen können keine Niederlagen vertragen. Tief in seinem Inneren kocht es. Es ist eine Frage der Zeit, bis der Mann explodiert.«

»Und wir sind machtlos«, stellte Madsack resigniert fest. »Das sind die Schattenseiten des Rechtsstaats. Wir können ihm nichts nachweisen.«

»Sie haben recht. Es ist ein schweres Geschäft, solche Leute im Auge zu behalten. Wir müssten ihm eigentlich einen ständigen Beobachter hinterherschicken. Aber dazu fehlen uns die Mittel. Und die Berechtigung. Das wäre Stalking im Namen des Staates. Wer war der zweite Mann auf der Treppe? Haben Sie etwas herausgefunden?«

Madsack wirkte zerknirscht. »Leider nicht. Er hat sich mit Hârtopeanu auf Rumänisch unterhalten.«

»Und die Frau?«

»Die stand daneben, hat sich aber nicht beteiligt. Ich hatte den Eindruck, sie hat das nicht verstanden. Sie hat auch sonst kein Wort mit den beiden gewechselt. Man könnte meinen, dass sie sich für etwas Besseres hält und nicht mit dem Personal kommuniziert.«

»Ich bin mir nicht sicher, ob Sonja Andreescu auf dem Absprung ist. Als ich sie und ihren Schwager in der Roonstraße überraschte, wirkten beide ein wenig irritiert. Wir wissen aus ihrer Vita, dass sie sich oft neu orientiert hat, wenn es dem aktuellen Ehemann nicht mehr gut ging. Das ist kein sachlicher Ermittlungsansatz, aber wenn man ihr Verhalten als Seismografen ansehen kann, könnte sich ein Erdbeben anbahnen.«

»Und der Bruder? Steht der nicht loyal zu George Andreescu?«

»Da bin ich mir nicht sicher. Wir wissen zu wenig über Arsenie Andreescus Rolle. Wie George taucht er selten auf und nimmt keine offene Führungsposition ein. Wenn Sie die äußeren Umstände betrachten, ist er jemand, der von den Brosamen des Bruders lebt. Vergleichen Sie den Lebensstil der beiden, das Anwesen in Cremlingen und Arsenies bürgerlich anmutende Unterkunft in der Roonstraße. Wenn wir Georges Charakter zugrunde legen, neigte er nie zur leistungsgerechten Bezahlung seiner Vasallen. Welche Aufgaben nimmt Arsenie wahr? Oder ist er nur ein Kostgänger des Älteren? Falls das zutrifft, muss er sich ducken. Man beißt nicht die Hand, die einen füttert.«

»Und wenn er sich doch im Hintergrund nützlich macht?«

»Finden Sie es heraus, Madsack.«

Sie fuhren zur Polizeiinspektion. Bitter konnte ihnen allerdings keine Neuigkeiten berichten. Die Braunschweiger hatten erneut die drei Roma verhört. Sie blieben bei ihren Aussagen. Ebenso war die Suche nach Pola Weiss erfolglos geblieben.

»Haben Sie inzwischen herausgefunden, wer Interna aus der Polizei weitergibt?«

»Leider nicht«, sagte der Hauptkommissar bedauernd. »Aber Kollege Böhnke ist am Ball. Es wäre von Übel, wenn etwas von der für morgen geplanten Aktion nach draußen dringen würde.«

Frauke versuchte, ihre Überraschung zu verbergen. »Wie groß ist der Coup angesetzt?«, fragte sie.

Bitter fiel darauf herein. »Ziemlich groß. Zoll. Steuerfahndung. Arbeitsamt. Und wir, die Polizei. Es gilt ja, einige Objekte parallel zu durchsuchen.«

»Haben Sie denn alle relevanten Adressen des Andreescu-Imperiums?«

»Die Federführung liegt bei Norbert Cansius.« Bitter zeigte auf seinen Bildschirm. »Wir haben vor einer halben Stunde eine Übersicht erhalten. Ich werde sie nachher mit dem Leiter des MEK durchgehen, um den Bedarf an Einsatzkräften zu besprechen.«

»Dann wird sich der Kreis der Eingeweihten erheblich erweitern.«

»Wir sind vorsichtig. Einzelheiten werden nicht preisgegeben. Unsere Leute erfahren die Ziele erst am Freitagmorgen.«

Frauke und Madsack kehrten zu ihrem Auto zurück. Von dort rief sie Cansius an. Der Zollamtsrat zeigte sich überrascht, dass Frauke von dem geplanten Einsatz wusste.

»Wer hat nicht dichtgehalten?«

»Eine solche Aktion musste irgendwann stattfinden. Wann geht es los? Wir würden gern daran teilnehmen.«

»Nein!«, sagte Cansius entschieden. »Das würde den Erfolg gefährden.«

»Halten Sie uns für Deppen?«

»Das habe ich nicht unterstellt, aber die beteiligten Einsatzkräfte sind ein eingespieltes Team. Es geht hier nicht darum, ein Verbrechernest auszuheben und dabei auf bewaffneten Widerstand zu stoßen. Wir sind anderen Dingen auf der Spur. Deshalb ein klares Nein. Und das ist endgültig.«

Frauke sah Cansius' Argumente ein. Sie würden zeitig vom Ergebnis der Aktion erfahren. Die Auswertung der Unterlagen würde ohnehin viel Zeit in Anspruch nehmen.

»Haben Sie auch Andreescus Privathaus auf Ihrer Liste?«

»Das hätten wir gern. Aber dafür haben wir keine Genehmigung durch die Staatsanwaltschaft erhalten. Wir konnten nicht nachweisen, dass George Andreescu in irgendeiner Weise mit den Firmen, die wir im Visier haben, in Verbindung steht.«

Frauke wünschte Cansius viel Erfolg. Dann verkündete sie Madsack, dass sie zum Gewerkschaftshaus fahren sollten. »Wir müssen noch einmal mit Röhricht sprechen.«

Das erwies sich als schwierig. Im Gewerkschaftshaus erfuhren sie, dass Peter Röhricht krank sei.

»Ist er zu Hause?«

»Krank.«

»Was hat er?«

»Krank.«

Frauke vermied es, sich als Polizistin auszugeben. Das hätte, in Verbindung mit seiner Erkrankung, zu Spekulationen geführt. Gerüchte, auch wenn sie fern jeder Wahrheit waren, hielten sich lange. Sie hafteten der betroffenen Person wie Pest und Cholera an und bewirkten in der Zukunft oft Nachteile. Röhricht war nicht frei von Verdachtsmomenten. Das reichte aber nicht, um ihn beruflich oder gesellschaftlich zu demontieren.

Man war bei der Gewerkschaft nicht einmal bereit, Röhrichts Privatanschrift zu nennen. Für Madsack bedeutete es keine Hürde, herauszufinden, dass Peter Röhricht im Walkürenring wohnte. Der Hauptkommissar gab die Adresse ins Navigationssystem ein, und sie wurden in die Nordstadt dirigiert.

»In der Nähe ist das Eintracht-Stadion«, sagte Madsack. »Gleich nebenan der Bullenteich.«

Die Straße mit den Mehrfamilienhäusern führte im Halbkreis von der Siegfriedstraße wieder zu ihr zurück.

Frauke unterdrückte zu sagen, dass der Walkürenring vielleicht nach Beate Boss benannt worden war. In einem der Blocks mit vorgebauten dreieckigen Erkern wohnte Röhricht. Sie klingelten mehrfach. Niemand öffnete.

»Vielleicht ist er nicht zu Hause«, vermutete Madsack.

Schließlich ertönte der Lautsprecher, und eine dünne Stimme fragte: »Wer ist da?«

»Dobermann. LKA Hannover.«

Röhricht benötigte einen Moment für die Antwort.

»Das geht nicht. Ich bin krank.«

»Es geht. Machen Sie auf«, sagte Frauke im Befehlston.

»Ich will nicht.«

»Röhricht!«

Der Summer ertönte, und Frauke drückte die Tür auf. Sie erklommen die Treppe bis zur zweiten Etage. Mit Besorgnis registrierte Frauke, wie ihr Madsack schnaufend folgte. Sie nahm sich vor, mit ihm ein ernsthaftes Wort zu reden. Der schwergewichtige Hauptkommissar war für das Team unersetzlich. Er rauchte nicht, vermied aber auch jede überflüssige Bewegung. Seine Naschsucht tat ihr Übriges.

Der Gewerkschafter empfing sie vor seiner Wohnungstür. Er sah mitgenommen aus. Bleich, fast grau im Gesicht. Die Bartstoppeln warfen zusätzliche Schatten. Röhricht trug eine Jeans, ein Hemd und darüber einen dicken Pullover. Es sah aus, als friere er erbärmlich und leide unter einer starken Erkältung. Dagegen sprach, dass er keine Triefnase hatte und seine Stimme zwar belegt, aber nicht verkühlt klang.

»Was wollen Sie von mir?«, begrüßte er sie. »Ich bin nicht in der Lage, mit Ihnen zu reden.«

»Sie haben Angst. Das ist alles«, sagte Frauke und sprach lauter. »Wollen Sie, dass wir hier im Treppenhaus sprechen und jeder Nachbar mitbekommt, dass die Polizei Ihnen Fragen stellt?«

Röhricht fuhr erschrocken zusammen. »Nicht so laut«, flüsterte er. »Kommen Sie mit rein.«

Sie folgten ihm durch einen kleinen Flur. Bis auf die Küchentür waren alle anderen geschlossen. Frauke warf einen kurzen Blick hinein. Der weiße Kunststoffkorpus der Küchenzeile ließ den Raum hell erscheinen. Alles war aufgeräumt. Nicht einmal in der Spüle stand benutztes Geschirr. Weiß schien Röhrichts Farbe zu sein. Auch das Wohnzimmer war mit weißen Möbeln eingerichtet. Vor dem Fenster stand ein kleiner Esstisch mit zwei Stühlen. Auch hier wirkte alles aufgeräumt und sauber. Auf dem niedrigen Tisch vor dem Sofa lag aufgeschlagen die Braunschweiger Zeitung. Daneben stand ein Stövchen mit einer gläsernen Teekanne. Die Tasse war halb gefüllt.

»Woher wissen Sie …?«, fragte Röhricht mit vibrierender Stimme.

»Wir wissen mehr, als Sie vermuten«, antwortete Frauke ausweichend.

»Ich habe mit niemandem darüber gesprochen.«

»Wir haben unsere Quellen und Methoden.«

»Ja … aber. Ich meine … Haben Sie ihn?«

»Wir haben eine Reihe von Verdächtigen festgenommen.«

»Hat er es zugegeben?«

»Ich kann Ihnen keine Ermittlungsergebnisse offenlegen.«

»Sie sagten aber eben, dass Sie den haben, der mich bedroht.«

Frauke sah sich um und nahm auf einem Sessel Platz. Sie bedeutete Madsack, sich am Esstisch niederzulassen. Röhricht hatte nicht mitbekommen, dass Frauke nicht wusste, wovon er sprach.

»Weshalb haben Sie keine Anzeige erstattet?«, wollte Frauke wissen.

»Ja – weshalb?«, sagte Röhricht zu sich selbst. Er nagte an seiner Unterlippe. »Es würde kein gutes Licht auf mich werfen. Nehme ich das Angebot an und tauche eine Weile unter, würde man mich für bestechlich halten. Das wäre dann auch zutreffend. Ich bin nicht so naiv, zu glauben, dass es unbemerkt bliebe. Wenn ich mich widersetze, droht man mir.«

»Was hat man Ihnen angedroht?«

»Meine Gesundheit wäre ruiniert«, sagte Röhricht leise. »Konkreter ist man nicht geworden. Aber das ist auch nicht notwendig. Ich wage mich nicht mehr aus dem Haus. Jedes Geräusch im Treppenhaus lässt mich zusammenfahren. Wenn das Telefon klingelt und keine bekannte Nummer im Display erscheint, bekomme ich Herzrasen. Noch mehr, als ich ohnehin schon habe.«

»Was wirft man Ihnen vor? Oder will man Sie und Ihre Aktivitäten nur aus dem Weg schaffen?«

»Man behauptet, ich wäre die treibende Kraft hinter dem Wechsel von Mehrvelds Fleischfabrik zu einem anderen Personalausleiher.«

»Stummheitmann überlegt, ob er statt der rumänischen Werkvertragspartner einen anderen Weg beschreitet«, sagte Frauke.

»Pah. Da sind Sie nicht über den aktuellen Stand informiert. Die Rumänen sind mit sofortiger Wirkung rausgeflogen. Möglicherweise gibt es ein juristisches Nachspiel, weil Mehrvelds Fleischfabrik die Verträge nicht eingehalten hat. Dem kann entgegenhalten werden, dass die Roma sich so aufgeführt haben, zum Beispiel die Messerstecherei, dass eine weitere Zusammenarbeit nicht mehr möglich ist. Die Neuen sind ab morgen in der Fabrik.«

»Sie kennen sich in der Szene aus. Woher hat Stummheitmann so viele Mitarbeiter gewinnen und einstellen können? Ich denke, der Markt an Fachkräften ist leer gefegt.«

»Eingestellt? Der Teufel wurde mit dem Beelzebub ausgetrieben. Statt Werkvertrag setzt er jetzt Leiharbeiter ein.«

»Wissen Sie, mit wem Stummheitmann kontrahiert hat?«

Röhricht nickte. »Es ist eine relativ kleine Firma, die lokal in Braunschweig tätig war.«

»War?«

»Ja. Abgesehen davon, dass wir als Gewerkschaft immer für Regelarbeitsverhältnisse plädieren, hat dieser Betrieb relativ seriös gearbeitet.«

»Sie sprechen in der Vergangenheitsform.«

»Dort hat vor Kurzem, genau genommen in der letzten Woche ein Gesellschafterwechsel stattgefunden.«

»Wissen Sie, wer da eingestiegen ist?«

»Libanesen aus Hannover.«

Frauke nickte zustimmend. Jetzt nahm der befürchtete Kampf um den Markt Formen an. »Kampf« durfte man wörtlich nehmen.

»Haben Sie daran mitgewirkt?«

»Das wird mir unterstellt.«

»Vom Andreescu-Clan«, sagte Frauke und vermutete, dass der auch hinter den Drohungen gegen Röhricht steckte. Das wäre widersinnig. Der Gewerkschafter hatte nie einen Hehl daraus gemacht, dass er sich für Regelarbeitsverhältnisse und humane Arbeitsbedingungen einsetzte. Bei Andreescu mussten die Nerven blank liegen, wenn er das nicht mehr erkannte.

»Es ist ein Kampf gegen Windmühlenflügel.« Röhricht klang mutlos. »Wenn man morgen bei der Razzia gegen Andreescus Firmengeflecht fündig wird, folgen die nächsten Ausbeuter. Andere. Die Arbeiter bleiben die Leidtragenden. Ob es nun Roma sind oder Bulgaren, Polen oder sonstiger Herkunft. Es sind Menschen. Und die bleiben in jedem Fall auf der Strecke.«

»Woher wissen Sie von der morgigen Razzia?«

»Ich bin gut vernetzt.«

»Röhricht! Nur ein kleiner Kreis ist informiert.«

Der Gewerkschafter schwieg. Er verriet seine Quelle nicht.

»Wollen Sie mir nicht endlich sagen, was mit Pola Weiss ist?«, fragte Frauke.

Röhricht sah sie lange an. Dann fuhr er sich mit der Hand durchs Gesicht.

»Ich weiß, dass es eine Dummheit war. Aber es ist eben passiert.«

»Sie hatten ein Verhältnis mit ihr?«

»Was ist ein Verhältnis?«

»Sie haben sexuelle Beziehungen zu ihr unterhalten?«

Der Gewerkschafter nickte geistesabwesend. Es wirkte, als würden seine Gedanken in die Vergangenheit zurückkehren.

»Ich habe es nicht gewollt, schon gar nicht darauf abgesehen. Es ist auch keine Gegenleistung für meinen Einsatz für die

Menschen. Das eine hat nichts mit dem anderen zu tun. Pola ist jung und attraktiv. Und ich bin kein Playboy, schon gar nicht ein Partygänger. Sie war genauso verzweifelt wie ihre Landsleute in der Weststadt. Für die Menschen ist alles aussichtslos. Sie haben keine Perspektiven. Weder hier noch zu Hause. Sie werden überall nur herumgestoßen, ausgenutzt und verachtet. Pola hatte nur ihre Jugend und ihre Schönheit.«

»Und ihren Körper«, fügte Frauke an.

»Da liegen Sie falsch. So eine war sie nicht. Vielleicht hätte sie ihn gut vermarkten können, wenn sie von den richtigen Leuten aus der entsprechenden Szene gemanagt worden wäre.«

»Sie meinen, wenn sie einen Zuhälter gehabt hätte.«

»Aber genau das war sie nicht. Sie hat sich nicht prostituiert.«

»Und warum hat sie mit Ihnen geschlafen? Sie sind fast dreißig Jahre älter. Haben Sie ihr Versprechungen gemacht?«

»Ich?« Röhricht lachte bitter auf. »Sie meinen, mit Ehe und so? Nein. Wir hätten keine Zukunft gehabt. Dafür gab es keine Gemeinsamkeiten.«

»Also eine reine Bettgeschichte?«

»Wie soll man das beantworten?«

»Haben Sie ihr etwas zukommen lassen?«

»Ja«, gab Röhricht unumwunden zu. »Aber nicht so, wie Sie denken. Ich habe sie nicht für Sex bezahlt. Ich habe ihr zugehört, ihr eine Schulter zum Anlehnen gegeben.«

»Sonst nichts?«

Der Gewerkschafter stierte unendlich lange in Richtung Fenster.

»Sie haben keine Vorstellung davon, wie dankbar Menschen für Kleinigkeiten sein können. Eine heiße Dusche, ohne sie mit zehn anderen teilen zu müssen. Ein frisch bezogenes Bett. Ein ganz normales Frühstück. Sehen Sie sich doch um.« Er machte eine einladende Handbewegung. »Das ist kein Königreich, kein Paradies, sondern eine ganz normale bürgerliche Umgebung. Als ich sah, wie schlecht es ihr ging, und sie mich das erste Mal besucht hat – übrigens ohne jeden Hintergedanken –, habe ich ihr angeboten, hier zu schlafen. Einmal in Ruhe und Frieden ausschlafen. Ich habe auf dem Sofa übernachtet. Tja, als sie das zweite Mal zum Ausschlafen gekommen ist, da ... da ...« Röhricht breitete hilflos die Arme aus.

»Wo ist Pola Weiss jetzt?«

»Ich weiß es nicht. Wirklich nicht.«

»Was wissen Sie über Polas Bruder Ludvig?«

»Nur, dass er zu den Arbeitern gehörte.«

»Wie war sein Verhältnis zu Pola?«

»Er hat sehr auf sie geachtet.«

»Hat er akzeptiert, dass Pola über Nacht weggeblieben ist? Wusste er, dass sie bei Ihnen war?«

»Darüber haben wir nie gesprochen.«

Wenn Ludvig sehr um seine Schwester besorgt war, würde er ihr Vorhaltungen gemacht haben, überlegte Frauke. Sie hätte ihm erklären müssen, wo sie die Nacht zugebracht hatte.

»Wie oft war Pola bei Ihnen?«

»Fünf-, sechsmal.«

Das konnte nur mit Zustimmung Ludvigs geschehen sein. Eine Nacht hätte Pola sich davonschleichen können. Aber nicht so oft. Außerdem hatte Winterstein erzählt, dass Pola gelegentlich die Nacht nicht in der Wohnung verbracht hatte. War die junge Frau nur bei Röhricht gewesen? Oder gab es noch Begegnungen mit anderen Männern? Falls das der Fall war, wäre sie mit der Verteilung ihrer Gunst großzügig gewesen. Weshalb hatte sie sich dann gegen ein sexuelles Abenteuer mit Corneliu Andreescu so erbittert gewehrt? Für den wäre eine wie auch immer geartete »Vergütung« kein Problem gewesen. War es Cornelius Stolz, dass er für Sex nicht zahlen wollte? Frauke fürchtete, dass nicht alle ihre Fragen beantwortet werden würden.

»Weshalb haben Sie nicht von Beginn an offen mit uns gesprochen?«

Röhricht nickte versonnen. »Tja ... Ich habe mich geschämt,

habe mich gefragt, ob ich unterm Strich nicht doch Polas Lage ausgenutzt habe. Ich bin fast sechzig. Die Höhepunkte in meinem Leben sind rar. Wie Sie sehen, lebe ich allein. Ich engagiere mich für die Arbeiter, besonders die Roma. Die haben überhaupt keine Lobby. Ich gehe manchmal mit Kollegen ein Bier trinken oder zur Eintracht. Es kommt noch seltener vor, dass ich eine Frau … Na, Sie wissen schon. Und dann taucht so ein Fabelwesen wie Pola auf. Für einen Mann wie mich war sie ein betörendes Geschenk. Ich habe mich immer wieder selbst gefragt, ob es rechtens ist, was ich da mache. Aber dann hat das Verlangen gesiegt.«

Frauke war davon überzeugt, dass Pola Weiss sich nicht in der Wohnung versteckt hielt. Sie hielt es auch für unwahrscheinlich, dass Röhricht ihr eine andere Unterkunft besorgt hatte.

»Falls Sie etwas über Pola Weiss' Aufenthaltsort erfahren, informieren Sie mich umgehend«, trug sie ihm auf.

Röhricht sicherte es zu. »Wie geht es jetzt weiter?«, wollte er zum Abschluss wissen. »Ich meine, mit den gegen mich gerichteten Drohungen?«, schob er hinterher.

»Sie sollten sich nicht bestechen lassen. Und die Drohungen würde ich nicht ernst nehmen.«

»Es klingt aber ernsthaft. Kann die Polizei nichts unternehmen?«

»Wir arbeiten an der Aufklärung des großen Ganzen.«

»Trotzdem.« Röhricht blieb skeptisch.

»Seien Sie vorsichtig. Das ist alles. Man weiß, dass Sie nur Ihre Arbeit verrichten. Wir Polizisten werden oft bedroht. Das sind fast ausschließlich leere Worte, denen keine Taten folgen.«

Röhricht wirkte nicht vollends beruhigt, als Frauke und Madsack ihn verließen.

Auf dem Weg zum Auto prüfte Frauke auf ihrem Handy den Eingang von Nachrichten. Bitter bat um Rückruf.

»Was gibt's?«, fragte Frauke kurz angebunden. »Wir wollen nach Hannover zurück.«

»Davon will ich Sie nicht abhalten. Wollen Sie es trotzdem wissen?«

»Mensch, Bitter. Wir sind hier nicht beim Vorabendquiz.«

»Dieter Erpel ist überfallen worden.«

»Der Prokurist?«

»Kennen Sie noch mehr Erpel, wenn man von denen, die auf der Oker schwimmen, absieht?«

»Kommen Sie zur Sache.«

»Das Ganze hat sich vor neunzig Minuten in der Tuckermannstraße abgespielt.«

»Da wohnt Bianca Schmidt, die als Geschäftsführerin für eine von Andreescus Scheinfirmen tätig ist.« Die Frau hatte im Unterschied zu Holger Tempel ausgesagt, dass Erpel ihr gelegentlich Unterlagen zum Unterschreiben vorbeibringen würde.

»Offenbar wollte er zu Bianca Schmidt. Der Überfall ist in deren Treppenhaus passiert. Erpel konnte noch nicht vernommen werden. Er wurde ins Städtische Klinikum eingeliefert. Wir wissen noch nicht viel. Erpel ist mit seinem Auto in die Tuckermannstraße gefahren und hat es in der Nähe abgestellt. Er hat bei Schmidt geklingelt, und die Frau hat den Türöffner betätigt. Dann hat sie gehört, dass noch jemand ins Haus eingedrungen sein muss. Offenbar ist es dort zu einer Auseinandersetzung gekommen. Der oder die Täter haben Erpel zusammengeschlagen. Frau Schmidt sagte, sie hat Rufe gehört. Es mögen auch Schreie gewesen sein. Sie hat ›Hallo, was ist da los?‹ gerufen, aber keine Antwort erhalten.«

»Hat sie etwas gesehen?«

»Nein«, sagte Bitter. »Auf die Idee, hinunterzusehen, ist sie vor Schreck nicht gekommen. Das Ganze hat auch nur ein oder zwei Minuten gedauert. Ihr kam es allerdings wie eine Ewigkeit vor. Nachdem Stille eingekehrt war, hat sie sich nach unten getraut und ist dort zeitgleich mit einer Nachbarin eingetroffen, einer älteren Frau, die im Parterre wohnt. Sie haben Erpel dort liegen sehen. Er war blutüberströmt und nicht ansprechbar. Die

Nachbarin hat die Feuerwehr angerufen. Kurz darauf ist auch die erste Streife eingetroffen. Von den Tätern war nichts mehr zu sehen. Sie müssen sofort nach dem Überfall geflüchtet sein.«

»Gibt es Zeugen?«

»Wir sind noch dabei, vor Ort zu ermitteln. Sobald ich mehr weiß, werde ich Sie informieren.«

»Bitter, woher wissen …«

Der Hauptkommissar hatte aufgelegt.

»Los, Madsack, fahren wir zum Tatort«, befahl Frauke.

In der ruhigen Wohnstraße stauten sich die Einsatzfahrzeuge. Ein Uniformierter wollte sie verscheuchen, als sie hinter einem Einsatzfahrzeug hielten.

»LKA«, sagte Frauke und beeindruckte den jungen Beamten mit diesen Buchstaben so sehr, dass er nicht einmal nach ihren Ausweisen fragte.

Der Hauseingang war weiträumig abgesperrt. Dort fanden sie Böhnke. Der Oberkommissar bemerkte sie, wandte sich aber gleich wieder einem Beamten im weißen Schutzanzug zu und sprach weiter. Er reagierte auch nicht, als sich Frauke und Madsack dazustellten.

Der Spurensicherer berichtete, dass man im Treppenhaus keine verwertbaren Spuren habe feststellen können.

»Dort laufen zahlreiche Menschen treppauf und treppab. Wenn wir Vergleichsspuren von den Hausbewohnern nehmen, haben wir immer noch nicht die Besucher erfasst. Tatwerkzeuge haben wir keine gefunden. Es könnte sein – *könnte*«, betonte der Mann, »dass Erpel mit einem Totschläger niedergestreckt worden ist. Davon zeugen typische Spuren am Hinterkopf und im Gesicht. Die Täter sind dabei äußerst brutal vorgegangen. Als das Opfer versuchte, sich umzudrehen, haben sie von vorn auf ihn eingeschlagen. Dann muss er auf die Treppe gestürzt sein. Danach haben sie auf ihn eingetreten. Vielleicht können wir im Labor mehr Details herauskitzeln«, erklärte der Spurensicherer zuversichtlich.

»Gibt es weitere Zeugenaussagen?«, wandte sich Frauke an Böhnke.

»Bin ich der Infopoint?«

»Sie sind ein Klugschnacker. Aber jetzt setzen Sie uns ins Bild.«

Böhnke sah sie giftig an, verzichtete aber auf eine Widerrede. »Nur die von Frau Schmidt und von der Nachbarin. Beide haben aber nichts gesehen, sondern nur etwas gehört.«

»Haben die Täter gesprochen?«

»Nein. Davon war nie die Rede.«

»Kann es Zufall gewesen sein, dass man Erpel erwischt hat?«

»Sie meinen, ein Raubüberfall? Am helllichten Tag?« Böhnke lachte laut auf. »Man hat ihm nichts gestohlen. Keine Brieftasche, nicht die Uhr. Die Täter haben sich nicht einmal um die Unterschriftenmappe gekümmert, die er offenbar unterm Arm trug. Die ist heruntergefallen, durch das Treppengeländer gerutscht und dann auf der Kellertreppe gelandet.«

»Wo sind die Papiere?«

Böhnke zeigte ins Unbestimmte. »Die sollten irgendwo bei der Spusi sein.«

Frauke trug Madsack auf, sich darum zu kümmern.

»Die Täter müssen irgendwie hergekommen und auch wieder geflüchtet sein«, sagte Frauke.

»Das haben wir uns auch schon gedacht«, sagte Böhnke. »Die Kollegen sind schon unterwegs, um nach möglichen Zeugen zu suchen.«

Sie wurden durch einen Beamten der Schutzpolizei abgelenkt, der sich umsah und von einem anderen Uniformierten an Böhnke verwiesen wurde.

»Sind Sie der Einsatzleiter?«, fragte der Hauptmeister, nachdem er zuvor einen abschätzenden Blick auf Frauke geworfen und dann erkennbar für sich entschieden hatte, dass eine Frau diese Position nicht innehaben konnte. Er wartete die Antwort nicht ab, sondern zeigte mit dem Daumen über die Schulter. »Die nächste Querstraße ist die Bürgerstraße. Dort liegt die

Grundschule. Ein Stück davor, also in unsere Richtung, hat ein Passant zwei Männer gesehen. Sagt er. Ihm sind zwei Männer aufgefallen. Araber. Sagt er. Die sind von hier gekommen und nach dort gegangen. Dann sind sie in ein Auto eingestiegen und weggefahren. Sagt er.«

»Ist ihm an den Männern etwas aufgefallen?«, mischte sich Frauke ein, bevor Böhnke das Wort ergreifen konnte.

Der Hauptmeister sah Frauke irritiert an. Dann wieder Böhnke. »Nee. Doch. Es waren Araber. Sonst wären sie ihm nicht aufgefallen. Sagt er.«

»War etwas Besonderes an ihnen? Kleidung? Gang? Blut?«

»Blut? Nein. Nur, dass sie Araber waren. Sagt er.«

»In was für ein Auto sind die Männer eingestiegen?«

Der Hauptmeister strahlte. »Ein dunkles.«

»Marke? Kennzeichen?«

»Daran konnte sich der Zeuge nicht erinnern. Nur daran, dass es Araber waren.«

»Woran will er erkannt haben, dass es Araber waren? Haben sie eine Kufiya getragen?«

»Eine – was?«

»Das ist eine typische arabische Kopfbedeckung.«

»Sie meinen so eine Art Geschirrhandtuch. Nee. Davon war nicht die Rede.«

»Haben Sie Name und Anschrift des Zeugen?«

»Natürlich«, warf sich der Hauptmeister in die Brust.

»Gut. Geben Sie das dem Kollegen hier.« Sie zeigte auf Böhnke. »Wir können dann dem Zeugen ein paar Bilder zeigen. Vielleicht erkennt er jemanden wieder. Gibt es noch mehr Hinweise?«

»Leider nicht. Das ist ein Wohngebiet. Da sind nicht so viele Leute«, sagte der Hauptmeister. Es klang fast wie eine Entschuldigung. Dann fiel ihm noch etwas ein. »Was für Bilder wollen Sie dem Zeugen zeigen? Kennen Sie die Täter?«

»Das würde mich auch interessieren«, merkte Böhnke an.

»Wir werden sehen«, wich Frauke aus.

Als sich der Hauptmeister entfernt hatte, hakte Böhnke nach.

»Denken Sie nach«, erwiderte Frauke. »Erpel arbeitet für Andreescu.«

»Was nicht gerichtsfest bewiesen ist«, warf Böhnke ein.

Frauke strafte ihn mit einem bösen Blick.

»Wir wissen, dass die Libanesen um Haytham Ghaddar auf den Braunschweiger Markt drängen. Denen ist jedes Mittel recht, Andreescu nicht nur Kunden abzujagen, sondern auch seine Mitarbeiter zu vergraulen.«

»Das sind alles unbewiesene Thesen.«

»Ich arbeite lieber mit solchen als mit leeren Inhalten, wie Sie sie in Ihrem Kopf transportieren.«

»So geht das nicht«, protestierte Böhnke. »Ich werde mich …«

»Machen Sie das. Es wäre das erste Sinnvolle, das ich bei Ihnen sehe. Wo ist eigentlich Ihr Chef?«

»Der ist im Umkreis unterwegs.«

Es dauerte zehn Minuten, bis Bitter zu ihnen stieß. Er hörte sich Böhnkes Beschwerde über Frauke an, unterließ es aber, dazu Stellung zu beziehen.

Nachdem er über den Sachstand informiert war, sagte er zu, dass man den Zeugen aus der Bürgerstraße einladen und ihm Bilder der Libanesen aus Hannover zeigen werde. Leider, so hatte er zuvor erklärt, gebe es keine weiteren Hinweise auf die Täter.

»Ich halte Ihre Überlegungen für gut«, schloss Bitter. »Es ist sehr wahrscheinlich, dass der Übergriff ein neues Kapitel im Konkurrenzkampf zwischen Andreescu und den Libanesen ist. Wenn das zutrifft, steht uns hier in Braunschweig einiges bevor.«

»Ich habe mir die Unterlagen angesehen, die Erpel zu Bianca Schmidt tragen wollte«, sagte Madsack, der zu ihnen getreten war, nachdem die Braunschweiger sich anderen Dingen zugewandt hatten. »Es ging um zwei Verträge für Arbeitnehmerüberlassung, beide im Baugewerbe und ein Angebot für einen Versandhandel.«

»Haben Sie etwas Besonderes bemerkt?«

»Ich bin kein Fachanwalt für Vertragsrecht«, sagte Madsack. »Aber ich habe auf den ersten Blick nichts Auffälliges gefunden. Dem äußeren Anschein nach ist alles korrekt. Aber …« Er legte eine Pause ein, sodass Frauke ihn drängte, weiterzusprechen. »Es hat uns damals schon gewundert. Erpel ist Prokurist der BS Inter Personal Service, während Bianca Schmidt als Geschäftsführerin der Trust and Sure GmbH & Co. KG fungiert. Beide Unternehmen haben offiziell nichts miteinander zu tun. Ich habe die Papiere auch überflogen. Dort taucht nirgendwo der Name ›BS Inter Personal Service‹ auf. Wie kommt Erpel an diese Dokumente? Es ist mir schon klar, dass die Verträge nicht von Frau Schmidt verhandelt werden.«

»Das ist wieder einer dieser kleinen Fehler, die Täter oft begehen. Sie rechnen nicht mit Zwischenfällen wie dem Überfall, bei dem solche Dinge ans Tageslicht kommen. Es bestätigt uns erneut, was wir schon wissen, dass Andreescu mit seinem Scheinfirmengeflecht ein Netz ausgelegt hat. Dessen Wirkung ist aber verloren gegangen. Diese Art des Werfens von Nebelkerzen bringt nichts mehr«, sagte Frauke. »Dann fahren wir jetzt zur BS Inter und hören uns dort ein wenig um.«

Auf dem Weg zum Rebenring sagte Frauke zu Madsack, dass sie Verständnis für Röhrichts Angst vor den gegen ihn gerichteten Drohungen habe. Beide Seiten wendeten die gleichen Methoden an, auch wenn es sich nicht um die gleichen Täter handelte. »Die schenken sich nichts und gehen mit roher Gewalt aufeinander los.«

»Es wäre nicht verwunderlich, wenn der Doppelmord von den Libanesen ausgeführt wurde«, sagte Madsack.

Im Büro der BS Inter war niemand bereit, mit ihnen zu sprechen. Frauke hatte den Eindruck, dass die Mitarbeiter ratlos zusammensaßen und selbst nicht wussten, wie es weitergehen sollte. Es bedurfte einiger harscher Worte, bis man sie überhaupt in die Räume hineinließ. Der Überfall auf Dieter Erpel hatte sich herumgesprochen. Frauke bat alle Angestellten in einen Raum. Dort meldete sich zaghaft eine ältere Frau und fragte, ob die Polizei schon Näheres zum Angriff auf den Prokuristen wisse.

»Erpel war auf dem Weg zu Bianca Schmidt«, stellte Frauke fest. »Was wollte er da?«

Es herrschte betretenes Schweigen. Jeder, den sie ansah, wich ihrem Blick aus.

»Sie sind?«, fragte sie die ältere Frau.

»Behrens«, sagte sie leise. »Aber ich weiß nichts. Ich bin nur eine kleine Sachbearbeiterin.«

»Erpel wird die Verträge, die er bei sich trug, nicht allein geschrieben haben. Also. Wer hat daran mitgewirkt?« Frauke hob den Zeigefinger, und Madsack nannte die Namen der Unternehmen, die in den Verträgen standen.

Alle schwiegen.

»Gut. Dann werden wir jetzt Verstärkung anfordern und jeden von Ihnen einzeln verhören. Irgendjemand muss daran mitgearbeitet haben.«

Frau Behrens sah sich um. »Corinna«, sprach sie eine junge Frau mit Nasenpiercing an. »Das hast du gemacht.«

Ein leichter Rotschimmer überzog Corinnas Gesicht. »Ich habe nur die Standardverträge kopiert und andere Namen eingesetzt. Die hat mir Herr Erpel genannt. Das mache ich immer so. Das ist alles.«

»Sie haben die Vertragsvorlagen im System?«

Corinna nickte.

»Sind Sie für alle Verträge mit den Scheinfirmen zuständig?«

»Scheinfirmen?«, fragte Corinna ängstlich. »Davon weiß ich nichts. Ich erledige nur das, was man mir aufträgt.«

»Und das kam von Erpel?«

Corinna nickte.

»Wer weiß sonst noch Bescheid?«

Frau Behrens fasste sich ein Herz. »Niemand. Herr Erpel hat alles organisiert. Er allein hatte den Überblick.«

»Jemand muss ihn doch vertreten haben.«

Die Mitarbeiter tauschten Blicke untereinander aus. Dann schüttelten sie einträchtig den Kopf.

»Er hatte doch irgendwann Urlaub?«

»Da hat er seine Anweisungen vorher erteilt.«

»Sie haben auch zwei Geschäftsführer?«

»Einer ist erschossen worden«, wisperte Frau Behrens. »Und jetzt das mit Herrn Erpel. Um Himmels willen, was geht hier vor?«

»Das möchte ich gern von Ihnen wissen.«

»Wirklich«, versicherte Frau Behrens. »Wir wissen nichts. Deshalb haben wir zusammengesessen. Können Sie uns sagen, wie es weitergeht?«

»Es gibt noch einen zweiten Geschäftsführer. Was ist mit dem?«

»Den kennen wir nicht. Nicht so richtig. Wenn er mal hier war, hat er mit Herrn Andreescu zusammengesessen.«

»Oder sich an einen leeren Schreibtisch gesetzt und Kaffee getrunken«, ergänzte Corinna.

»Er hat kein eigenes Büro?«

Nein, versicherten die Angestellten. Sie hätten ihn auch nie arbeiten sehen. »So am Schreibtisch, wie ein Kaufmann«, sagte Frau Behrens.

»Hat jemand Unterschriftsvollmacht?«

Niemand.

»Irgendjemand muss doch jetzt für die Geschäfte verantwortlich sein?«

Frauke erntete nur große Ratlosigkeit auf ihre Frage.

»Hat sich jemand von der Andreescu-Familie gemeldet?«

»Nein. Auch nicht nach dem Tod von Corneliu Andreescu. Wir haben uns gewundert. Aber dafür war ja Herr Erpel zuständig.«

Die Polizisten erfuhren auch, dass Erpel öfter außer Haus war und Geschäftsbesuche machte.

»War er auch in Rumänien?«

»Nein. Wieso?« Corinnas Frage klang echt.

»Wir müssen morgen mit unserem Steuerberater sprechen. Der macht die Buchhaltung und die Gehälter«, fiel Frau Behrens ein, und sie gab den Beamten Namen und Adresse.

Frauke war enttäuscht. »Die sind wirklich kopf- und führungslos«, sagte sie zu Madsack, als sie zum Auto zurückkehrten. »Ob die Libanesen so exakt über die inneren Strukturen von Andreescus Netzwerk informiert sind? Es sieht so aus, als würden sie dessen Schaltzentrale von innen aushöhlen. Sie verbreiten Angst und Schrecken. Ich glaube, Madsack, wir müssen uns diesen Herren etwas intensiver zuwenden.«

Ihr Versuch, den Steuerberater, Matthias Klingelhöfer, in seiner Kanzlei am Kohlmarkt zu erreichen, schlug fehl. Sie erfuhren, dass Klingelhöfer bei einem Mandanten sei und von dort aus wegfahren wolle. Er werde erst am kommenden Montag wieder zu sprechen sein.

Es war schon spät, als sie in Hannover eintrafen. Zu Fraukes Überraschung war Beate Boss noch im Büro. Die Luft war von Zigarettenrauch geschwängert.

»Sind Sie von allen guten Geistern verlassen?«, fauchte Frauke sie an und riss die Fenster auf. »Das Rauchen im Gebäude ist streng untersagt. Es ist nicht nur eine Unverschämtheit, sondern auch eine Zumutung den anderen gegenüber. Den elendigen Gestank bekommt man über Wochen nicht mehr aus dem Raum. Das hat Folgen für Sie.«

»Sooo?« Es war nicht nur der Zigarettenqualm. Beate Boss hatte eine belegte Stimme. Beim Näherkommen überdeckte ihre Fahne noch den Tabakgeruch.

»Das war's dann für Sie«, fluchte Frauke. »Ihr letzter Tag in unserer Gruppe.«

»Sooo?« Es folgten ein »Hicks« und ein »Entschuldigung«.

Nach einem weiteren »Hicks« fuhr Beate Boss fort: »Dann erfahren Sie auch nicht, was … was … wir herausgefunden habe… hicks … haben.«

»Wo ist Schwarczer?«

»Den habe ich in ein Tax… Taxi gesetzt und nach Hause geschickt. Ich wollte ja zuerst mit zu ihm. Aber mit dem ist heute nix mehr los.«

»Sie haben sich beide im Dienst maßlos betrunken?«

»Jawwwwohl. Aber«, dabei verdrehte sie die Augen, dass nur noch das Weiße zu sehen war, »aber die anderen beiden sind gar nicht mehr aus dem Laden rausgekommen. Der eine kotzt wohl immer noch, und der andere pennt am Tisch, wenn der Wirt ihn nicht rausgeschmissen hat. Hicks.«

Dann berichtete sie mit lallender Zunge, dass Schwarczer und sie auftragsgemäß ins Steintorviertel gefahren waren, um Erkundigungen über die Libanesen einzuholen. Aus ihrer Zeit bei der Sitte kannte sie dort eine Menge Leute. Und man kannte sie. Sie legte ihre großen Hände an die Brüste und deutete ein Drücken an.

»Man nennt mich dort Sitten-Barbie, manche auch Titten-Barbie. Mit den Zuhältern, Nutten und anderen, die da rumkreisen, kommt man nur zurecht, wenn man ihren Jargon beherrscht.« Sie versicherte, dass beim Stoff die Toleranz aufhöre. Das hätten auch alle Steintorleute gewusst. »Aber beim Sauf… Saufen wollten die mich alle machen. Hat aber nicht geklappt. Wer es länger drauf angelegt hat, hat jetzt 'ne Leberzirrhose.«

»Ich möchte nicht Ihre Leber sehen, geschweige denn sein«, fügte Frauke ein.

»Och, das geht noch. Also, was wollt ich sagen?« Sie zog die Stirn kraus. »Ach – richtig. Die haun sich alle mal die Köppe ein. Gegenseitig. Aber gegenüber Dritten sind die 'ne Einheitsfront. Besonders, wenn die Bullerei anrückt. Hups.« Erschrocken hielt sie die Hand vor den Mund. Als das »Hicks« folgte, wirkte sie erleichtert.

»Man sagt doch, Alkohol löst die Zunge. Also haben wir,

also ich und Thomas und Jacki und der Tiger, erst mal 'nen Bier getrunken. Sie müssen wissen, wenn einer 'nen Bier ausgibt, muss der andere auch. Na, tja, und wer nur eins ausgibt, ist geizig.«

»Wer ist Jacky?«, wollte Frauke wissen. Sie sprach es englisch aus.

Beate Boss lachte auf. »Jacki. Wie Jacke. Er heißt so, weil er immer eine dicke Lederjacke trägt.«

»Ein Hells Angel?«

»Lassen wir doch solche Kinker… Kinkerlitzchen. Jacki ist jedenfalls fest verdrahtet in der Szene.«

»Und der Tiger?«

»Hi, hi, hi.« Beate Boss kicherte wie ein Schulmädchen. »Der ist Rennstallbesitzer. Also – der hat ein paar Pferdchen laufen.«

»Zuhälter.«

»Wenn Sie so wollen.« Beate Boss wedelte mit der Hand in der Luft herum. »Also. Die Mädchen haben ihn Tiger genannt, weil er immer so höllische Laute ausstößt, wenn er mit ihnen … na, Sie wissen schon.«

»Sie haben merkwürdige Freunde, Boss.«

»Nö. Freunde sind das nicht. Ich würde es Geschäftspartner nennen. Hicks.« Sie klopfte mit den flachen Händen auf ihre Hosentaschen, sagte: »Ach da«, und versuchte, eine zerknautschte Packung Zigaretten herauszuangeln.

»Kommt nicht in Frage«, sagte Frauke bestimmt. »Also. Wie geht es weiter mit Ihrer Orgie?«

»Na. Die beiden sind Kleinunternehmer im Steintorviertel. Tiger nicht. Der arbeitet für den … den … Sie wissen schon, den König.«

»Also ein Hells Angel.«

»Ist doch egal. Es geht doch um die … die … Wo kommen die noch gleich her?«

»Libanon.«

»Genau.« Beate Boss verdrehte erneut die Augen. Sie erzählte, dass es unruhig im Steintorviertel geworden sei. In das einträgliche Geschäft mit Lust und Laster mischten sich Neue ein. »Die Libanesen. Das ist eine Großfamilie. Die sind alle«, dabei fuhr sie wild mit der Hand durch die Luft, »verwandt. Alllle.«

Die Libanesen erwiesen sich dabei als nicht zimperlich. Sie schikanierten und bedrohten Besucher des Vergnügungsviertels, sodass einige wegblieben. Auch die Mädchen wurden bedroht. Sie würden nie wieder einen Mann ansehen können, hieß es, wenn sie nicht fortan für die Libanesen arbeiten würden. Die Eindringlinge versuchten auch, eigene Frauen unterzubringen. Zum Glück klappte es mit dem Discountangebot nicht, hatte Jacki erzählt. Die Freier fürchteten, dass die »Billignutten« krank und drogenabhängig seien, HIV-infiziert oder Hepatitis hätten.

»Die Libanesen – also, das sind doch so 'ne Art Araber. Na, nicht direkt. Wieso machen die das? Das mit dem Puff. Kommen da immer neue zweiundsiebzig Jungfrauen?«

»Boss. Sie sind betrunken und erzählen Stuss.«

»Stimmt nicht. Also das mit den Störungen durch die Libanesen hat der Szene am Steintor nicht gefallen. Die haben mit denen Tacheles geredet. Na – nicht direkt geredet.«

»Gehört der Mann, dem eine abgebrochene Flasche in die Rückenmuskulatur gestoßen wurde, zu dieser Auseinandersetzung?«, fragte Frauke.

»Könnte sein. Er ist Algerier. Und hat nichts ausgesagt.«

»Ich erinnere mich an mehrere Vorkommnisse«, sagte Frauke. »Einem wurde das Ohr abgeschnitten, ein anderer wurde mit Stichverletzungen am Oberschenkel aufgefunden. Und einen Libanesen konnte man grade noch im Krankenhaus retten. Man hatte ihn mit Crystal vollgepumpt.«

»Vergessen Sie nicht den, der auf der Münzstraße volltrunken in ein Taxi gelaufen ist und mit zahlreichen Knochenbrüchen ins Vinzenzkrankenhaus eingeliefert wurde. Den hat es ordentlich erwischt. Hups.«

»Das war ein … ein …«, überlegte Frauke.

»Genau. Hups. Auch ein Araber. Die saufen wie die Löcher.«

»Ich erinnere mich, dass die Steintorleute den eingefangen und gegen seinen Willen abgefüllt haben«, widersprach Frauke. »Das alles sind Aktionen, die man auf die Auseinandersetzung zwischen den Steintorleuten und den Libanesen zurückführen kann.«

»Das haben Jacki und der Tiger auch gesagt.« Beate Boss schwenkte den Zeigefinger. »Nö. Nicht so direkt. Sie haben gesagt, dass man das vermutet. Aber nichts Genaues weiß man nicht.«

»Und hinter allem stecken die Libanesen?«

»So ist das, Chef.« Beate Boss versuchte mit der Hand an der Schläfe zu salutieren, verfehlte aber ihren Kopf, und die Finger streiften ihre Nase.

»Und welche Erkenntnisse gewinnen wir daraus?«, wollte Frauke wissen.

»Dass die Steintorleute besser sind als wir, ich meine, allgemein die Poli… Polizei. Die sind dabei, die Libanausen … äh … Libanesen zu vertreiben. Und nun gehen die nach Braundingsda. Und wir müssen denen hinterherlaufen. Wie immer.«

»Hätten Sie das nicht auch mit weniger Alkohol herausfinden können?«, fragte Frauke vorwurfsvoll.

»Wenn Sie nur Allgemeines wissen wollten – ja. Aber Insiderwissen kriegen Sie nur so. Alohol löst die Zunge.«

»Was haben Sie noch erfahren?«

»Namen.«

»Und damit kommen Sie erst jetzt?«

»Sie lassen mich ja nicht zu Wort kommen«, lallte Beate Boss. »Da sind drei ganz harte Jungs bei den Libanesen, die Kampfbrigade, wenn ich das … hicks … mal so sagen darf. Bilal Faour, Mohammed Khalil und Mehdi Sheikh Najarin. Oder so ähnlich. Das Tolle ist, dass die Polizei alle kennt. Die haben einiges auf dem Kerbholz. Und wenn die eingefahren waren und wieder rausgekommen sind, dann … dann war's das. Denen kannste nichts anhaben. Sind ja EU-Bürger. Wegen Zypern und so.«

»Fahren Sie nach Hause und schlafen Sie sich aus.« Frauke sah Madsack an. »Oder soll er Sie bringen?«

»Sagen Sie mal … Kann ich die Spesen eigentlich aufschreiben?«

»Ihr Besäufnis? Ich glaube, es stimmt, dass man bei jedem Alkoholkonsum Millionen von Gehirnzellen verliert.«

»Macht nix«, lallte Beate Boss. »Ich hab genug davon.« Dann versuchte sie ein Lächeln und zeigte mit fahriger Bewegung zunächst auf Madsack, dann auf Frauke. »Was ist, Kollegen. Kommt noch jemand mit auf 'nen Feierabendbier?«

NEUN

Wie fast jeden Morgen hatten sie sich im Besprechungszimmer zusammengefunden. Frauke wedelte mit der Hand vor der Nase herum.

»Boss. Sie stinken wie eine ganze Hafenkneipe.«

»Da kennen Sie sich gut aus. Sie kommen doch aus Flensburg.«

Schwarczer sah immer noch mitgenommen aus. Immerhin hatte er sich ganz in die Ecke zurückgezogen und verhielt sich ruhig.

Frauke fasste noch einmal die Ergebnisse des Vortags zusammen. Anschließend erteilte sie Madsack das Wort. Der berichtete von den drei genannten Libanesen. Alle waren vorbestraft. Körperverletzung, Verstoß gegen das Betäubungsmittelgesetz, Nötigung. Bilal Faour hatte einen Eintrag wegen Widerstand gegen Vollstreckungsbeamte, Mohammed Khalil schien eine Vorliebe für Beleidigungen zu haben. Außerdem hatte man ihn mehrfach beim Fahren ohne Führerschein erwischt.

»Ich möchte wetten, von denen ist keiner Messdiener gewesen«, nuschelte Beate Boss.

»Wieso?«, meldete sich Putensenf zu Wort, der sich wieder unaufgefordert in die Besprechung gemogelt hatte. »Das sind doch Muslime. Oder?«

Madsack übernahm es, zu antworten.

»Jakob. Das ist ein Scherz.«

»Abgesehen davon sind die Mehrheit der Libanesen Christen, allerdings in vielen unterschiedlichen Schattierungen«, erklärte Frauke.

»Wie ist das zu verstehen?«, fragte Putensenf.

»Fragen Sie Ihre Freundin Google«, riet ihm Frauke. »Wir sind hier das LKA und nicht die Volkshochschule. Ich habe aber noch eine brandaktuelle Neuigkeit. Stummheitmann von der

Mehrveld'schen Fleischfabrik arbeitet ab sofort mit der Helga Becker GmbH zusammen.«

»Das klingt aber sehr deutsch«, meinte Beate Boss.

»Nebelkerzen«, erwiderte Frauke. »Röhricht hat es mir erklärt. Dahinter steckt eine bis dato relativ kleine, aber seriöse Firma, die lokal Arbeitnehmerüberlassung betrieben hat. Ein Familienbetrieb. Der ist vor Kurzem verkauft worden. Neuer alleiniger Gesellschafter ist Haytham Ghaddar.«

»Das ist der Clan-Chef der Libanesen«, sagte Madsack. »Dann ändert sich nicht viel für die Arbeitnehmer in der Fleischfabrik, nur der Name und der Sklavenhändler.«

»Wir haben noch ein weiteres Problem. Das ist der Kampf um das Revier. Andreescu wird sich nicht freiwillig zurückziehen. Er ist angeschlagen. Aber gerade dann werden solche Leute besonders gefährlich. Seine Souveränität, mit der er sein Imperium bisher gemanagt hat, ist angekratzt. Wir haben jetzt ein Dreiecksverhältnis. Jeder gegen jeden.«

»Wer sind die drei?«, fragte Putensenf, um gleich selbst die Antwort zu finden: »Wir, Andreescu und die Libanesen.«

»Du hast es gut, Jakob«, meinte Beate Boss. »Als Pensionär bist du nicht mehr im Fadenkreuz.«

»Sie sollen mich nicht duzen«, empörte sich Putensenf. »Was ist das für eine Unsitte. Der komische dicke Jäger aus Husum hat mich auch immer geduzt.«

»Der hatte auch einen Spitznamen für dich«, sagte Madsack mit einem Lächeln.

Putensenf drohte dem Hauptkommissar mit erhobenem Finger. »Wehe dir, Nathan, du sagst es.«

»Das weiß doch jeder«, sagte Frauke. »Statt Putensenf hat er Sie immer Hühnerketchup genannt.«

»Muss ich mir das bieten lassen?«

»Niemand hat Sie eingeladen. Sie können Ihren Rentnerkaffee auch am Kröpcke trinken und nicht hier im LKA. Noch einmal zum Überfall auf Andreescus Statthalter Erpel. Wir gehen davon aus, dass die Libanesen dahinterstecken. Ein

Zeuge will sie auf dem Weg zu ihrem Auto gesehen haben. Ihm werden in Braunschweig ein paar Bilder gezeigt. Ich bin allerdings nicht sehr optimistisch.« Sie sah Madsack an. »Das wäre eine Aufgabe für Sie.« Dann erhob sie sich. »Sie, Boss, erkundigen sich nach dem Zustand von Erpel. Ich möchte auch wissen, wann Rosenberg vernehmungsfähig ist. Klar? An die Arbeit.«

Sie kehrte in ihr Büro zurück und wartete ungeduldig auf eine Nachricht aus Braunschweig. Die traf fast zwei Stunden später ein. Zollamtsrat Cansius meldete sich und berichtete vom morgendlichen Einsatz. Frauke musste ihn mehrfach unterbrechen, weil er fortwährend fluchte und seinen ganzen Wortschatz an Fäkalausdrücken einbrachte.

»Da scheint etwas schiefgelaufen zu sein«, sagte Frauke, als Cansius Luft holte.

»Das können Sie laut sagen. Ich bin schon länger im Geschäft. Aber so etwas habe ich noch nicht erlebt. Ich deutete an, dass wir die Vorbereitungen unter größter Geheimhaltung getroffen haben. Erst heute Morgen um halb sieben wurden die Beteiligten über die Ziele informiert. Wir haben um halb acht gleichzeitig an zahlreichen Punkten mit der Razzia begonnen. In sechs Hotels, auf neun Baustellen, bei vier der sogenannten Scheinfirmen und bei der BS Inter Service, von der wir annehmen, dass es die Zentrale ist.«

Cansius berichtete, dass sie in den Hotels auf ein paar unklare Fälle gestoßen seien. Dort hatten Mitarbeiter ihre Papiere nicht dabei. Die mussten nachgereicht werden. In einem großen Hotel hätten sie zwei Kräfte angetroffen, die offenbar nicht bei den Sozialversicherern angemeldet waren.

»Wie durch ein Wunder war nirgendwo Personal anwesend, das für den Zimmerservice zuständig ist«, sagte Cansius. »Wir haben aber Dokumentationen sichergestellt, die nun ausgewertet werden. Das gilt auch für die Baustellen. Dort war nur mäßiger Betrieb. Das kann man auch auf die Witterung zurückführen. Wir haben auf einer drei Leute erwischt, die

Arbeitslosengeld empfangen. Bei den Scheinfirmen war erwartungsgemäß nichts vorhanden. Nicht ein Blatt Papier.«

»Waren Sie auch bei der Human Safe Resources in Bahnhofsnähe?«

»Sie meinen Holger Tempel? Klar. Den haben wir mit Mühe aus dem Bett geklingelt. Der lag noch im Dämmerzustand in den Federn. Ich bin mir sicher, der hat gar nicht kapiert, was dort gelaufen ist. Wir haben unsortierte Papiere sichergestellt. Möglicherweise hat er Einkünfte kassiert, ohne sie gegen ALG II anrechnen zu lassen. Wir waren auch bei Bianca Schmidt in der Tuckermannstraße. *Trust and Sure GmbH & Co. KG.* Ich lach mich kringelig. Von wegen Vertrauen und Sicherheit. Die hat uns etwas von ›keine andere Möglichkeit‹, ›alles versucht‹ und so weiter erzählt. Das rechtfertigt doch nicht, dass man sich auf solch krumme Geschäfte einlässt. Jeder halbwegs normale Mensch muss doch begreifen, dass man nirgendwo auf der Welt etwas geschenkt bekommt. Da muss doch etwas faul sein. Jedenfalls ist die auch auf unserer Liste für das Nacharbeiten gelandet. Im Unterschied zu Holger Tempel hatte sie aber gleich ihren Geschäftsführervertrag griffbereit. Wir sind bei ihr allerdings noch auf etwas anderes gestoßen. Geldwäsche. Auf ihrem Girokonto sind regelmäßig Geldbeträge eingegangen, immer nur ein paar tausend Euro, sodass die Sparkasse nicht eingeschritten ist und ihrer Meldepflicht nachkommen musste. Das Geld hat die Schmidt in bar abgehoben und im All-in-one-Shop der Western Union im Bohlweg bar eingezahlt. Für jede Transaktion hat sie eine Provision von zwanzig Euro bekommen. Stellen Sie sich das vor! Für zwanzig Euro verkaufen manche ihre Seele.«

»Und der Einsatz bei der BS Inter Service?«, fragte Frauke.

»Dort kam die erste Angestellte um halb neun eingetrudelt. Was ist das für ein Saftladen? Die Frau …«

»Name?«

»Behrens. Die wollte uns nicht reinlassen. Wir haben sie mit sanftem Druck überzeugen müssen. Aber die hatte wirklich keine Ahnung. Überhaupt war niemand Kompetentes da. Kein Ansprechpartner. Sie wissen, dass der eine Geschäftsführer ermordet wurde, der andere war nicht zu erreichen.«

»Hârtopeanu.«

»Genau der. Dann gibt es noch einen Prokuristen.«

»Erpel.«

»Der ist angeblich gestern überfallen worden, als er Bianca Schmidt aufsuchen wollte. Auch Erpel ist nicht ansprechbar. Die Angestellten sitzen herum und starren Löcher in die Luft. Sie haben niemanden, der ihnen etwas sagt und Anweisungen erteilt. Wir haben nach dem Anwalt oder dem Steuerberater gefragt. Aber auch da kam nichts. So ein Tohuwabohu habe ich noch nie erlebt. Da herrscht Chaos pur.«

»Sie haben aber Unterlagen beschlagnahmt?«

Cansius lachte bitter auf. »Das war das Einzige, was dort funktioniert. Die Schränke waren leer. Alle Ordner und Datenträger waren verschwunden. Die kommen nicht einmal mehr in ihre Computer. Man hat am Vortag den Server ausgebaut.«

»Das ist nicht wahr«, entfuhr es Frauke.

»Meinen Sie, ich verschwende Ihre Zeit mit Phantasiegeschichten? Die Angestellten mussten am Vortag mithelfen, die Unterlagen in einen Transporter zu laden, den Erpel bei Avis am Mittwoch angemietet hat. Da ist auch der Server gelandet.«

»Haben sich die Mitarbeiter nicht gewundert?«

»Das haben wir sie auch gefragt. Anscheinend sind in der Firma öfter merkwürdige Dinge passiert. Aber dieses war schon eigenartig. Die Angestellten waren eingeschüchtert und verängstigt. Normal ist so etwas nicht.«

Frauke fragte sich, weshalb ihr beim Besuch des Unternehmens am Vortag niemand davon erzählt hatte. Hier häuften sich die Absonderlichkeiten.

»Wo sind die Unterlagen hingekommen?«

»Das weiß niemand von den Angestellten. Und Erpel ist nicht ansprechbar. Kurzum: Wir wissen es nicht.«

»Haben Sie Ihre Razzia nicht auf die Wohnungen der beiden

Andreescus in Cremlingen und in der Roonstraße ausweiten können?«

»Welcher Richter unterschreibt einen Durchsuchungsbeschluss? Beiden können wir formell die Verbindung zu dem ganzen Firmengeflecht nicht nachweisen. Bauchgefühl und Ahnung reichen dafür nicht aus. Goethe sagte, was man schwarz auf weiß besitzt, kann man getrost nach Hause tragen. Und?«

Leider hatte Cansius recht.

»Es gibt immer ein nächstes Mal«, versuchte Frauke den Zollamtsrat zu trösten.

»Das ändert aber nichts an der Tatsache, dass unsere Aktion verraten wurde. Hauptkommissar Bitter ist am Ball.«

Frauke bat Cansius, eine Liste mit den Personen aufzustellen, die im Vorhinein unterrichtet waren. Nachdem sie die Abhöreinrichtung bei der Braunschweiger Polizei ausgeschaltet hatten, gab es immer noch irgendwo im Apparat eine undichte Stelle. Hoffentlich wurden Bitter und Böhnke bald fündig.

Beate Boss betrat Fraukes Büro.

»Ich habe mit Böhnke gesprochen. Bitter ist beschäftigt. An den komme ich nicht heran. Böhnke sagte, dass Rudko Rosenberg jetzt ansprechbar ist. Bitter hat Druck gemacht und mit einem Amtsarzt gedroht. Das Krankenhaus hat daraufhin eingewilligt, dass die Braunschweiger kurz, aber nur in Gegenwart eines Arztes, mit Rosenberg sprechen konnten. Inzwischen liegt auch ein Haftbefehl gegen Rosenberg vor. Man möchte ihn gern ins Niedersächsische Justizvollzugskrankenhaus verlegen. Aber das ist weit entfernt in Lingen. Auch hier sträuben sich die Ärzte und behaupten, Rosenberg wäre nicht transportfähig. Die Braunschweiger Kollegen haben noch weitere Anstrengungen unternommen, um Zeugen zu finden, die etwas zu den vermeintlichen Tätern sagen könnten, die den Überfall auf Erpel getätigt haben. Leider vergeblich. Die Zeiten, als ältere Frauen mit einem Kissen als Unterlage in den Fenstern lehnten und die Straße und Nachbarschaft beobachtet haben, sind vorbei. Ich habe auch versucht, Auskünfte über

Erpels Gesundheitszustand zu erhalten. Aber die hat man mir verweigert.«

»Ich hätte gerne gesagt: ›Lassen Sie mal Ihren Charme spielen.‹ Aber das wäre bei Ihnen gelogen.«

»Wie wäre es mit einem einfachen ›Danke, Frau Boss. Gut gemacht‹?«

»Sehen Sie auf den Nettobetrag Ihrer nächsten Abrechnung der Dienstbezüge. Da steht es.«

»Wie sieht bei Ihnen eigentlich der unsichtbare Teil aus?«, fragte Beate Boss.

Frauke sah sie ratlos an.

»Man sagt, dass von Eisbergen nur zehn Prozent sichtbar sind.«

Dann beeilte sie sich, das Zimmer zu verlassen.

Bitter meldete sich. »Es ist uns endlich gelungen, mit Rudko Rosenberg zu sprechen. Der streitet natürlich alles ab. Er gibt zu, sich an der Beseitigung der Leiche beteiligt zu haben. Nicht am Zersägen, nur am Transport und Vergraben im Kleingarten. Als er von einem Spaziergang zurückkehrte, sei ihm bewusst geworden, dass die Männer in der Wohnung alle verdächtigt werden würden. Sie hätten Weiss' Leichnam beseitigt. Rosenberg behauptet, dass Harri Winterstein wie ein geiler Hahn, so sagte er wörtlich, hinter Pola Weiss her war. Das führte zu einem ständigen Streit mit Ludvig Weiss. Als Rosenberg am fraglichen Tag vom angeblichen Spaziergang zurückkehrte, war Weiss tot. Winterstein hat ihn mit einer Bierflasche erschlagen. Es war nicht die erste Flasche, die Winterstein getrunken hatte. Statt Geld für die Familie zu sparen und nach Hause zu schicken, hat Winterstein alles vertrunken. Deshalb war er auch ständig aggressiv. Winterstein ist Alkoholiker. Rosenberg und die anderen haben versucht, ihn zu beschützen, aber Winterstein wurde immer unerträglicher. Das wirkte sich auch auf die Arbeit am Zerlegetisch aus. Die anderen mussten für ihn mitarbeiten. Das war aber unmöglich, da sie ohnehin schon im Akkord tätig waren. Mehr ging nicht. So gab es ständig

Streit, und Rosenberg will Winterstein angedroht haben, ihn zu melden. Da ist Winterstein ausgerastet und hat ihn mit dem Messer angegriffen.«

»Haben Sie ihn auch zur Vergewaltigung befragt?«

»Natürlich. Das sind alles Lügen, behauptet Rosenberg. Pola Weiss ist mit jedem mitgegangen und in jedes Bett gehüpft. Ein richtiger Herr der Gesellschaft, so bezeichnete er Corneliu Andreescu, hätte sich nie mit einem Straßenmädchen abgegeben. Das sind Hirngespinste. Insofern gab es für Corneliu Andreescu auch keinen Grund, die anderen Bewohner der Weststadt zu bedrohen oder gar zu erpressen. Niemand hätte Ludvig Weiss aus solchem Anlass getötet. Winterstein ist – wie gesagt – Alkoholiker und ein notorischer Lügner.«

»Wo ist Pola Weiss abgeblieben?«

»Das weiß er nicht. Rosenberg vermutet, dass sie irgendwo untergeschlüpft ist, wahrscheinlich bei irgendeinem Mann. Sie war nicht wählerisch. Er meint, auch einmal gehört zu haben, dass sie sich an einen älteren Mann, einen Gewerkschaftsfunktionär, herangemacht hat. Der hat immer etwas von Hilfe gefaselt, so Rosenberg. In Wirklichkeit hatte er es aber nur darauf abgesehen, Pola Weiss ins Bett zu bekommen. Das ist ihm wohl auch gelungen. Rosenberg ist von einigen seiner Landsleute enttäuscht. Er möchte so schnell wie möglich wieder arbeiten und Geld verdienen. In der Fleischfabrik. Das ist – seiner Meinung nach – ein guter Job.«

»Das dürfte nichts werden«, sagte Frauke. »Ich bin von seinen Aussagen nicht überzeugt. Bleiben Sie am Ball.«

Bitter versprach es.

»Cansius hat mich informiert, dass die Aktionen heute Morgen ein Reinfall waren.«

»Totale Pleite«, bestätigte Bitter.

»Das liegt aber nicht daran, dass die Verdächtigen unschuldig sind. Die bevorstehende Razzia ist verraten worden. Womöglich hat sich der Maulwurf damit keinen Gefallen getan. Dieses Mal waren nur wenige Leute eingeweiht. Der Personenkreis ist überschaubar. Wir können sogar die Zeit als Ermittlungsfaktor hinzunehmen. Erpel hat am Mittwoch den Transporter angemietet, mit dem am Donnerstag die Unterlagen und der Server aus den Büroräumen der BS Inter Service fortgeschafft wurden. Wenn wir jetzt die Liste der Eingeweihten durchgehen, können wir auch berücksichtigen, wer von denen schon am Mittwoch von der Aktion wusste und wer erst danach informiert wurde. Sie und Böhnke sind in diesem Punkt die Speerspitze, habe ich gehört. Ich möchte unbedingt über Ihre Untersuchungen informiert werden. Dazu brauche ich auch die Aufstellung, wer wann in Kenntnis gesetzt wurde.«

»Wir haben hier alle Hände voll zu tun. Wer soll das machen?«, beklagte sich Bitter.

»Sie«, erwiderte Frauke ungerührt.

Anschließend suchte sie Madsack auf. Der Hauptkommissar hielt sich schuldbewusst eine Hand vor den Mund, bis er die Handvoll Lachgummis zerkaut und hinuntergeschluckt hatte. Er zeigte auf das Glas auf der Ecke seines Schreibtisches, das randvoll mit Süßigkeiten gefüllt war. Jeder Mitarbeiter auf dem Flur kannte es und wusste von Madsacks Einladung, sich daraus bedienen zu dürfen.

»Ich habe noch eine interessante Information von der Rechtsmedizin erhalten«, sagte Madsack. »Rosenberg hatte gegenüber Bitter behauptet, Winterstein sei ein notorischer Alkoholiker und habe Ludvig Weiss im Rauschzustand erschlagen. Wir haben daraufhin Winterstein gründlich untersuchen lassen. Die Ärzte konnten keinen Hinweis auf extensiven Alkoholmissbrauch feststellen. Damit ist nicht gesagt, dass er nicht sporadisch Alkohol konsumiert, aber nicht permanent. Das könnte ein kleiner Hinweis darauf sein, dass in Anbetracht der widersprüchlichen Aussagen von Rosenberg und Winterstein Rosenberg eher zu lügen scheint. Ich weiß«, betonte Madsack, »dass wir damit kein Indiz für den Augenblick des Tatvorgangs haben. Aber es ist eine Indikation, um anzunehmen, wem wir eher Glauben schenken könnten. Außerdem habe ich aus Braunschweig gehört, dass man inzwischen dem einzigen Zeugen Bilder gezeigt hat. Dem Mann, der die – angeblich – arabisch aussehenden Täter auf dem Weg zu ihrem Fahrzeug gesehen haben will, nachdem sie Erpel überfallen haben.«

»Was ist dabei herausgekommen?«, fragte Frauke.

Madsack rieb sich die Hände. »Nichts. Es handelt sich bekanntlich um zwei männliche Täter. Der Zeuge hat aber mit absoluter Gewissheit, wie er betonte, fünf Verdächtige identifiziert, die ganz bestimmt an ihm vorbeigelaufen sind.«

»Alle?«

»Ja. Die Kollegen in Braunschweig haben ihn gefragt, wie es angehen kann, dass er bei zwei Männern gleich fünf wiedererkannt hat. Das könne er auch nicht sagen, hat er geantwortet. Aber alle fünf seien dabei gewesen. Das würde er auch beschwören. Enttäuschend ist nur, dass unter den angeblich Wiedererkannten keiner dabei war, den wir den Libanesen zuordnen können.«

»Man kann manchmal nicht krumm genug denken«, sagte Frauke. »Wir wissen, dass Erpel zuvor die Akten und den Server beiseitegeschafft hat. Der Gegenseite muss klar gewesen sein, dass wir das sehr bald herausfinden und Erpel befragen werden. Wenn Erpel durch irgendeine Maßnahme daran gehindert wird, mit uns zu sprechen, könnten es auch die eigenen Leute gewesen sein.«

»Sie meinen, Hârtopeanu und die andere finstere Gestalt, die wir bei unserem letzten Besuch bei George Andreescu gesehen haben?«

»Wir dürfen keine Option ausschließen«, sagte Frauke. »Wie geht es Erpel? Wissen Sie etwas? Boss wollte man keine Auskunft erteilen.«

»Es gibt in diesem Punkt keine Neuigkeiten, die uns weiterführen«, erwiderte Madsack.

Nach einem Umweg über die Nassräume kehrte Frauke in ihr Büro zurück. Dort wurde sie ungeduldig von Beate Boss erwartet, die unruhig von einem Bein auf das andere trat.

»Bei der Sitte läuft vieles anders als hier«, begann sie ungefragt. »Dort hat man oft mit denselben Leuten zu tun, besonders mit denen aus dem Rotlichtmilieu. Das ist auch angenehmer, als sich mit Opfern von Sexualstraftaten zu unterhalten. Besonders schlimm ist es für jeden Mitarbeiter des Dezernats, wenn Kinder im Spiel sind. Das bekommen selbst hartgesottene Profis nicht so schnell aus dem Kopf. Ich war oft im Steintorviertel unterwegs. Daher kenne ich die Leute sehr gut.«

»Wollen Sie einen neuen Alkoholexzess starten?«, unterbrach Frauke sie.

»Nein, aber ich habe noch Kontakte dorthin. Die habe ich auch erfolgreich genutzt. Das Treffen zwischen Thomas Schwarczer, meiner Wenigkeit, Jacki und Tiger ist jedenfalls nicht unbeobachtet geblieben. Im Stillen hatte ich mir diese Aufmerksamkeit gewünscht. Mich hat eben einer der Libanesen, den ich entfernt kenne, angerufen.«

»Wie heißt er?«

»Ich kenne ihn unter dem Namen Samir.«

»Hat er auch einen Zunamen?«

»Der ist mir nicht bekannt. Samir ist ein Zuträger, ein relativ kleines Licht. Wir haben ihn nur peripher wahrgenommen. Er steht nicht im Verdacht, in Straftaten verwickelt zu sein.«

»Weshalb singen Sie hier das Hohelied der Lobpreisung?«

»Wie gesagt – Samir ist nur ein Handlanger. Deshalb war ich überrascht, als er mich eben anrief.«

»Auf dem Handy?«

Beate Boss nickte.

»Woher hat er die Nummer?«

»Die hat jeder Zweite im Steintorviertel.« Sie grinste. »Sie wissen doch … Ich bin die Titten-Barbie. Samir hat ausgerichtet, dass Haytham Ghaddar mit uns sprechen möchte.«

Frauke war überrascht. »Das ist der Clan-Chef.«

»Ja. Er erwartet uns in einer Stunde.«

»Wo?«

»In einem Café.«

Frauke fragte nach.

»Ich kenne es«, behauptete Beate Boss. »Kommen Sie. Wir gehen.«

»Ich nehme den Termin allein wahr.«

»Wir sollten zu zweit gehen.«

»Sie nennen mir den Treffpunkt. Keine Diskussion.«

»Aber …«

»Boss!« Der Ordnungsruf kam an.

»In der Holländischen Kakao-Stube.«

»Kenne ich«, sagte Frauke. »Und nun machen Sie weiter. Wir haben viel zu erledigen. Ist Ihnen Ghaddar persönlich bekannt?«

»Nein.«

Beate Boss versuchte noch einmal, Frauke umzustimmen. Vergeblich.

Die Ständehausstraße verband die Fußgängerzone Karmarschstraße mit dem Promenierboulevard Georgstraße. Der Kröpcke und der Opernplatz mit dem Staatstheater lagen in Reichweite. Frauke lächelte, als sie direkt neben ihrem Ziel das Modegeschäft sah, das mit Übergrößen warb. Ob Beate Boss dort Kundin war?

Die Holländische Kakao-Stube genoss in Hannover Kultstatus. Man tauchte in eine vergangene Welt ein. Die Kellnerinnen trugen feine Spitzenschürzchen, die Kacheln an den Wänden und die goldenen Kronleuchter unterstrichen das Ambiente. Trotzdem wirkte es nicht plüschig, sondern gemütlich.

Sie hatten kein Erkennungszeichen ausgemacht. Der Libanese erwartete eine kräftig gebaute Frau oder zumindest zwei Personen, die suchend durch das Café gingen und nach ihm Ausschau hielten. Man sagte, manche Leute könnten Polizeibeamte förmlich riechen. Nun oblag es ihr, Ghaddar zu erkennen. Sie schlenderte langsam durch das gut besuchte Café. Alle Tische waren besetzt. Ältere Frauen, Paare, aber auch erstaunlich viele junge Leute genossen die Atmosphäre. Durch einen Pfeiler halb verdeckt, saß ein auffällig gekleideter Mann auf der lederbezogenen Bank an einem kleinen Tisch. Er bemerkte Frauke, hielt sie aber offenbar nicht für seinen Besuch. Erst als sie vor ihm stehen blieb und fragte: »Herr Ghaddar?«, sprang er auf und kam ihr den schmalen Spalt zwischen seinem und dem Nachbartisch entgegen. Er zog fragend eine Augenbraue in die Höhe.

»Sie hatten anrufen lassen und erwarten unseren Besuch. Mein Name ist Dobermann. Ich bin von der Behörde, zu der Sie Kontakt suchen«, umschrieb sie das LKA.

Ghaddar warf einen suchenden Blick über ihre Schulter, dann sah er sich im Café um.

»Sie sind allein?«, fragte er ein wenig ungläubig.

»Sie auch?«, erwiderte Frauke. »Ohne Bodyguard?«

Ghaddar lächelte und zeigte dabei zwei Reihen strahlend weißer Zähne, die zu perfekt waren, um als Natur durchgehen zu können. Die Frage ließ er unbeantwortet. Er reichte Frauke die schlanke manikürte Hand und begrüßte sie. Es war ein fester, angenehmer Händedruck. Dann streckte er die Arme vor und half ihr aus der Jacke. Ghaddar sah sich suchend um, bis er die Garderobe entdeckte und das Kleidungsstück dorthin trug.

Als er zurückkehrte, wartete er, bis sie auf dem Holzstuhl gegenüber Platz genommen hatte, dann setzte er sich selbst. Frauke registrierte, wie er dabei unterm Tisch zu seinen Knien griff und die tadellose Bügelfalte mit spitzen Fingern ein wenig hochzog. Es war eine Geste, die man heutzutage nur noch selten sah.

Sie maßen sich einen Moment mit Blicken. Ghaddar sah sie an, ohne mit den Lidern zu klimpern. Er hatte braune Augen, die zu seinem leicht getönten Teint passten. Die gleichmäßige Nase, das Kinn mit Kontur, die ebenmäßigen Ohren und die dunklen Haare, die an den Schläfen feine graue Spuren aufwiesen, verliehen ihm eine besondere Attraktivität. Frauen würden seine Erscheinung möglicherweise mit »interessant« umschreiben. Dazu trugen auch das dunkelblaue Sakko und das zartblaue Hemd mit der dezenten Krawatte bei. Am schmalen Handgelenk trug er eine Uhr, die mit Sicherheit einer Schweizer Edelmanufaktur entsprang, auch wenn Frauke die Marke nicht erkennen konnte.

»Ich bin ein wenig überrascht«, sagte er mit einer angenehm tiefen Stimme, die nicht völlig akzentfrei war.

»Weil ich allein komme? Oder weil ich eine Frau bin? Entspricht das nicht den Vorstellungen Ihrer Kultur?«

Ein Lächeln umspielte seine Mundwinkel. »Der Libanon wurde immer wieder durch die umliegenden Staaten in Auseinandersetzungen hineingezogen. Früher hieß es einmal, der Libanon sei die Schweiz des Nahen Ostens. Das war zutreffend, leider auch in dem Sinne, dass wir zu friedlich dachten und uns denen gegenüber, die über den Zedernstaat hergefallen und ihn zugrunde gerichtet haben, nicht zur Wehr setzen konnten. So haben viele rechtschaffene Menschen ihrer Heimat den Rücken kehren müssen. Meine Familie hat hier ein neues Leben gefunden.«

»Sie haben formell die zyprische Staatsangehörigkeit.«

»Ich bin Europäer. So wie Sie.« Er unterstrich seine Erklärung mit einer sparsamen Handbewegung.

Dann wurden sie abgelenkt, als eine ältere Kellnerin an ihren Tisch trat.

»Darf ich Ihnen etwas empfehlen?«, fragte Ghaddar. »Sie müssen unbedingt die Wiener Schokolade mit Sahnehaube und frisch geraspeltem Schokoladentopping probieren. Dafür lassen Sie Ihr Leben.« Er sah die Kellnerin an. »Zwei Mal«, entschied er. »Dazu hätte ich gern die Beerenschmandtorte.« Frauke entschied sich für die Apfeltorte.

»Sie suchen das Gespräch«, sagte Frauke.

Erneut zeigte er das überlegen wirkende Lächeln. »Überall auf der Welt, wohin es meine Landsleute verschlagen hat, engagieren sie sich als Kaufleute. Es scheint in unseren Genen zu liegen. So ist es nicht verwunderlich, dass auch ich diesen Weg eingeschlagen habe.«

»Im Rotlichtmilieu«, sagte Frauke.

Ghaddar ließ sich nicht aus der Ruhe bringen.

»Es klingt so abwertend, wenn Sie es aussprechen.«

»Es ist so gemeint, wie Sie es verstanden haben.«

Wieder erschien das überlegene Lächeln auf seinem Gesicht.

»Im Nahen Osten dominiert der Islam.« Er legte die Hand auf sein Herz. »Ich gehöre nicht dazu. Ich will mich hier nicht über Religionen auslassen. In dieser Hinsicht – und nicht nur da – bin ich tolerant. Jeder darf sein Leben so gestalten, wie er möchte. Ich werde nie verstehen, wie eine Religion ihren Anhängern jede Lebensfreude verbieten kann. Lassen Sie die Menschen doch fröhlich sein und die Annehmlichkeiten des Lebens genießen. Dabei sollte jeder für sich entscheiden, was er möchte. Der eine raucht, der andere trinkt gern ein Glas Wein. Und der Dritte weiß zu schätzen, welches Geschenk Gott uns mit der Frau gemacht hat.«

»Indem sie zwangsweise als Prostituierte in einem Ihrer Bordelle gehalten wird?«

»Zwangsweise? Das wäre nicht gut. Die Kunden merken es sofort, ob ihre, äh … sagen wir, Partnerin auf Zeit es geschäftsmäßig abspult oder ob Leidenschaft dahintersteckt. Sie können Ihren Beruf doch auch nur voll ausfüllen, weil Sie nicht irgendeinem beliebigen Job nachgehen und ständig auf die Uhr sehen in der Erwartung, dass der Tag bald vergangen ist. So ist es auch mit den Frauen, die dort tätig sind.«

»Das sind salbungsvolle Worte«, sagte Frauke und unterbrach sich, weil ihre Schokolade und der Kuchen gebracht wurden.

»Ich sehe mich als Unternehmer, der den Menschen Freude schenkt.«

»Die haben die angestammten Platzhirsche im Steintorviertel aber nicht geteilt.«

»Ach«, winkte Ghaddar ab. »Es ist wie in jeder Branche. Neid ist eine Triebfeder für unüberlegtes Handeln. Wenn ein besseres Produkt auf den Markt kommt, ein neues Konzept besser läuft, versuchen manche, nicht durch Kreativität, sondern auf andere Weise ihr Revier zu verteidigen.«

»Dieser Wettbewerb wird aber blutig ausgetragen.«

»Darüber war ich auch überrascht«, sagte Ghaddar. »Nicht nur überrascht, sondern erschrocken. Ich bin Unternehmer. Manche verwenden auch den Begriff ›Geschäftsmann‹.« Er lächelte. »›Unternehmer‹ gefällt mir besser. Ich investiere nicht einseitig, sondern sehe mich nach lukrativen Märkten um.«

»Sie handeln immer mit Menschen. Das ist Ihre Ware. Seien es Prostituierte oder Leiharbeiter.«

Ghaddar lehnte sich entspannt zurück, führte eine Kuchengabel voll sahniger Torte zum Mund, schloss kurz die Augen, um zu genießen. »Seit Gerhard Schröder, der ja hier in Hannover zu Hause war, heißt es doch ›Fördern und Fordern‹. Heute wird überall gegen die Agenda 2010 gewettert. Aber das Ausland beneidet uns um unsere wirtschaftliche Stärke, um die Flexibilität unserer Unternehmen. Gehen Sie zum Hauptbahnhof. Dort sehen Sie im Berufsverkehr die Straßenbahnen alle paar Minuten fahren. Jeweils mit Anhänger. Der Fahrplan wird zu später Stunde ausgedünnt und dem Bedarf angepasst. Niemand erwartet, dass um Mitternacht alle fünf Minuten ein Langzug Richtung Sarstedt fährt. Ist es nicht folgerichtig, wenn auch die Wirtschaft den Personalbedarf den Bedürfnissen anpasst? Wenn viel Bedarf gegeben ist, setzt man betriebsfremde Mitarbeiter ein. Ist der Arbeitsanfall geringer, können diese Kräfte an anderer Stelle tätig werden. Diese Flexibilität macht den Erfolg der deutschen Wirtschaft aus.«

»Sie nutzen die Menschen, die keine Alternative haben, aus und betrachten sie als Manövriermasse.«

»Ich habe Ihnen eben zu erklären versucht, weshalb Deutschland so gut dasteht in der Welt. Davon profitieren alle.«

»Kaum. Die Zimmermädchen in den Hotels, die für einen Hungerlohn tätig sind, die …«

Ghaddar hob die Hand wie ein Verkehrspolizist, der den Strom der Autos anhalten will.

»Wäre es so, wie Sie es schildern, würde niemand freiwillig diese Arbeit ausführen. Wir leben in einer Marktwirtschaft. Da regelt es sich nach Angebot und Nachfrage. Wenn Sie zu Marktbedingungen keine Mitarbeiter bekommen, müssen Sie eben mehr zahlen. Damit werden die Preise insgesamt angehoben. Wir wären international nicht mehr konkurrenzfähig. Es gab einen bedeutenden Volkswirtschaftler an der Kieler Uni, Professor Schneider. Von ihm stammt der Vergleich mit den Kinostühlen. Wenn sich ein Zuschauer im voll besetzten Kino hinstellt, kann er besser sehen, andere aber werden dadurch behindert. In der Folge stehen sie auch auf, um wieder besser sehen zu können. Danach ist die Situation wie zuvor. Jeder sieht wieder so wie beim Sitzen, nur dass es jetzt alle unbequemer haben. So ist es, wenn Sie den Forderungen nach einem höheren Einkommen nachgeben.«

»Sie haben mich nicht hierhergebeten, um mir eine Vorlesung in Volkswirtschaft zu halten. Ich kann Ihren Argumenten, mit denen Sie die Ausbeutung der Arbeitnehmer begründen wollen, nicht zustimmen.«

Wieder erschien das überlegene Lächeln auf seinem Gesicht. »Ich verstehe, dass jemand, der sich für ein ruhiges Leben als Beamter entschieden hat, das nicht begreift. In der Natur wird den Raubtieren das Futter auch nicht gebracht. Sie müssen es sich erjagen. Nur der Schnellste wird satt. Haben Sie jemals gehört, dass sich dagegen Protest auftut?«

»Wollen Sie sich damit auf eine Stufe mit Raubtieren stellen? Sind Sie ein Raubtier?«

»Deshalb habe ich um dieses Gespräch gebeten. Ich verdanke diesem Land viel. Hier herrscht Ordnung. Gesetze werden eingehalten. Korruption findet kaum statt. Man kann der Polizei vertrauen. Sie finden auf unserem Planeten wenig

Plätze, wo es den Menschen so gut geht. Deshalb habe ich mich entschlossen, in Deutschland zu leben und meine unternehmerischen Fähigkeiten in den Dienst dieses Landes zu stellen. Sie haben in Deutschland ein Kartellamt, das darauf achtet, dass Wettbewerb herrscht. Ein gesunder Wettbewerb, der den Menschen zugutekommt. Dafür stehe ich. Sie wissen, worauf ich hinausmöchte?«

»Sagen Sie es mir.«

»Ich möchte mit der Polizei zusammenarbeiten.«

»Sie wollen uns vor Ihren Karren spannen?«

»Nein.« Ghaddar zeigte seine Zähne. »Ich möchte, dass Leute, die unredlich sind und die bestehenden Gesetze umgehen, zur Rechenschaft gezogen werden.«

»Wenn Sie etwas wissen, sollten Sie sich an die Staatsanwaltschaft wenden und Anzeige erstatten.«

»Sie wissen, dass wir über die schmutzigen Geschäfte der Andreescus sprechen. Die Behörden sind ihnen schon lange auf den Fersen. Die Familie ist geschickt. Sie haben mit Hilfe von guten Beratern ein komplexes Netzwerk aufgebaut, das selbst Polizei und Finanzamt nicht aufdecken konnten. Meine Familie möchte das Grau, das dort herrscht, durch ein transparentes Weiß ersetzen. Statt dubioser Werkverträge setzen wir nach deutschem Recht Zeitarbeiter ein. An einigen Stellen haben wir die Einsicht der Unternehmen bereits wecken können.«

»Sie meinen die Braunschweiger Hotels und die Mehrveld'sche Fleischfabrik.«

Ghaddar hob nur kurz die Hand und beließ es bei dieser Geste. Für Frauke war es eine Bestätigung.

»Wie sind Sie an die Kunden herangekommen?«

»Wenn man in einem Marktsegment tätig ist, bleibt es einem nicht verborgen, wenn der Mitbewerber Schwierigkeiten hat.«

»Haben Sie nachgeholfen, Andreescu diese zu bereiten?«

»Er stolpert über seine eigenen Füße.«

»Sein Sohn und der Neffe sind ermordet worden.«

»Das ist mir nicht verborgen geblieben.«

»Haben Sie daran mitgewirkt?«

»Aber – aber. Ich bin Kaufmann, aber kein Mörder.«

»Andreescus Zentrale ist temporär handlungsunfähig. Sein Sohn, der Geschäftsführer, wurde ermordet. Man hat ihm Kunden abgejagt. Jetzt ist auch noch der Prokurist überfallen worden.«

»Es ist ein strategischer Fehler, wenn man alles auf tönernen Füßen baut.«

»Ist Ihr Konzept besser?«

»Der Erfolg spricht für uns.«

»Haben Sie nachgeholfen, indem Sie den Prokuristen zusammenschlagen ließen?«

Ghaddar legte die Fingerspitzen zusammen. »Ich distanziere mich von jeder Form von Gewalt oder anderen unrechtmäßigen Mitteln. Außerdem würde ich mir damit ins eigene Fleisch schneiden.«

»Wie meinen Sie das?«

Ihr Gegenüber spitzte wieder die Lippen. »Man kann sich nicht nur um die Kunden des Konkurrenten bemühen.«

»Sie werben auch sein Personal ab?«

»Denkbar.«

»Bestimmte Leute?«

»Wenn ich weitere Einzelheiten nennen würde, würde das zu weit führen«, sagte Ghaddar. Er griff in die Innentasche seines Sakkos, holte eine schmale Brieftasche hervor und überreichte Frauke eine gehämmerte Visitenkarte. »Sie erreichen mich jederzeit, falls Sie noch Fragen haben. Mir ist sehr daran gelegen, dass alles gesetzeskonform und sauber abläuft.« Er zeigte auf den leeren Teller und die Tasse. »Das übernehme selbstverständlich ich.«

»Danke, nein«, sagte Frauke, winkte der Bedienung und bat um die Rechnung.

»Sie gefallen mir«, stellte Ghaddar fest. »Konsequent, blitzgescheit und attraktiv.«

»Sie werden auf Ihrem Speiseplan vermutlich andere Gerichte als Fleisch in Aspik haben. Sparen Sie sich deshalb das Gesülze«, sagte Frauke und ließ es betont unfreundlich klingen.

Ghaddar beeindruckte ihre Unfreundlichkeit nicht. Er stand auf, holte ihre Jacke und half ihr hinein. Er wirkte auch nicht beleidigt, als sie ihm den Händedruck zum Abschied verweigerte. Aus den Augenwinkeln registrierte sie einen Mann, der eine Eierlikörtorte vor sich stehen hatte und jetzt an der Kaffeetasse nippte. Dabei war er bemüht, nicht ihrem Blick zu begegnen.

Wusste Andreescu, dass Erpel sich mit Abwanderungsgedanken beschäftigte, sofern Ghaddar mit seinen Andeutungen recht hatte? Sollte es eine Warnung sein, dass er den Prokuristen zusammenschlagen ließ? Frauke überlegte, ob ein Passant Hârtopeanu und den anderen Mann, den sie in George Andreescus Haus gesehen hatten, für Araber halten konnte. Manche Leute waren in ihrer Ablehnung gegenüber allem Fremden so blind, dass sie Menschen mit einem anderen Aussehen für Araber hielten, sofern es keine Japaner waren – darunter fielen für sie auch alle anderen mit schmalen Augen.

War Erpel, der mehr wusste, als er zugegeben hatte, korrupt und dem Angebot der Libanesen erlegen? Es gab deutliche Anzeichen dafür, dass Andreescus Reich bröckelte. Waren die Unterlagen der BS Inter und der Server bei Ghaddar gelandet? Das wäre ein wertvoller Schatz, aus dem der Libanese schöpfen könnte. Für Erpel wäre es nicht nur sein Begrüßungsgeschenk für den neuen Arbeitgeber, sondern auch lebensgefährlich, weil Andreescu das nicht akzeptieren würde.

Sie mussten unbedingt mit Erpel sprechen. Frauke hielt den Mann für nicht so widerstandsfähig, dass er einem Verhör standhalten würde. Sicher wusste er, welche Geschäfte Andreescu betrieb und dass hinter den Kulissen schmutzige Dinge abliefen. Aber Erpel, so ihre bisherigen Erkenntnisse, hatte sich keiner offensichtlichen Straftat schuldig gemacht. Und eine moralische Schuld, wie Röhricht jetzt anmahnen würde, interessierte die Justiz und ihr Hilfsorgan, die Polizei, nicht.

Frauke kehrte ins LKA zurück. Beate Boss musste auf sie gewartet haben. Sie überfiel Frauke schon auf dem Flur und wollte wissen, wie das Gespräch gelaufen sei.

»Ghaddar ist gefährlich«, sagte Frauke. »Er ist kein Hitzkopf, der Unüberlegtes tut. Er ist auch kein typischer Rotlichtaktivist, der sich mit Gewalt einen Vorteil gegenüber den Platzhirschen zu verschaffen sucht. Auf mich wirkt er wie ein kühler Stratege, der seine Schritte sorgfältig plant und wie ein kluger Schachspieler mehrere Züge im Voraus berechnet. So einer kann Andreescu nicht nur gefährlich werden. Er ist dabei, das Imperium des Braunschweigers zu zerschlagen und dessen Reich zu übernehmen. Während sich seine Leute im Steintorviertel noch handfest mit den Dortigen die Köpfe einschlagen und dabei offenbar den Kürzeren ziehen, beschreitet er in Braunschweig einen anderen Weg. Sein Gegner ist Andreescu, sein Ziel, dessen Markt zu übernehmen. Er höhlt Andreescus Imperium von innen und von außen aus.«

»Sie meinen, indem er ihm die Kunden abspenstig macht, ihn gleichzeitig aber auch an der empfindlichsten Stelle trifft und den Nachwuchs, die nächste Generation, ermordet?«

»Diese Möglichkeit haben wir nie ausgeschlossen.«

Sie hatten Madsacks Büro erreicht. Die Tür stand offen. Frauke ging hinein. Beate Boss folgte ihr.

Der Hauptkommissar hob den Zeigefinger, als würde er sich zu Wort melden. »Ich habe etwas herausgefunden«, sagte er. »Bei einer Autovermietung hier in Hannover haben zwei der Libanesen gestern einen Pkw gemietet. Von einem haben wir den Namen. Bilal Faour. Er hat sich ausgewiesen, einen gültigen Führerschein präsentiert und mit Kreditkarte bezahlt. Auch das Auto passt. Der Zeuge in Braunschweig will gesehen haben, wie die beiden Unbekannten in ein dunkles Auto eingestiegen sind. Es war ein dunkelblauer BMW 320.«

Frauke schnalzte mit der Zunge. »Das ist interessant, Madsack. Gute Arbeit. Da haben wir es wieder. Die Täter werden oft überführt, weil sie Kleinigkeiten außer Acht lassen. Natürlich fahren sie nicht mit dem eigenen Wagen zum Tatort. In einem schlechten Kriminalfilm würden die Täter ein Auto stehlen. Hier unterschätzt man uns und hält es nicht für möglich, dass wir auf die Idee mit dem Autoverleiher kommen.«

»Laut Autovermietung sind die Leute, es waren zwei, etwa einhundertsechzig Kilometer gefahren. Von Hannover nach Braunschweig sind es etwa siebzig Kilometer. Das könnte passen. Bis auf die Unaufmerksamkeit, dass wir auch Autovermietungen hätten befragen können, haben sie sich unauffällig verhalten. Sie haben das Fahrzeug abgeliefert und durch die Autovermietung auftanken lassen. Damit tauchen sie auf keiner Videoüberwachung einer Tankstelle auf.«

»Wir sollten Bilal Faour fragen, ob er in Braunschweig war«, sagte Frauke.

»Oh ja«, zeigte sich Beate Boss begeistert. »Ich weiß, wo wir ihn finden.«

»Sagen Sie es mir.«

»Geht nicht. Da muss ich dabei sein. Sie bekommen keine Auskünfte«, behauptete Beate Boss.

Frauke war klar, dass sie recht hatte. Unterwegs hüllte Beate Boss sich in Schweigen und gab nur knappe Anweisungen, wohin Frauke das Fahrzeug steuern sollte. Sie ließ sich auch nicht davon abbringen, als Frauke sie anschnauzte, behauptete, sie seien nicht auf einem Kindergeburtstag und würden nicht Blindekuh spielen.

»Wenn hier eine Kuh mitspielt, dann sind Sie es«, sagte Frauke zornig. Ihr war bewusst, dass es beleidigend war. Aber sie mochte solche Spielchen nicht. Keiner ihrer anderen Mitarbeiter hatte sich erlaubt, so etwas mit ihr zu machen.

Beate Boss schien der Rüffel nicht zu stören. Im Gegenteil. Sie genoss offenbar die Situation. Es war schwierig, am Steintor einen Parkplatz zu bekommen. Jetzt fing Boss auch noch an, hämisch zu grinsen, als Frauke immer ungeduldiger wurde und laut fluchte. Schließlich war auch dieses Problem gelöst, und Frauke folgte ihrer Mitarbeiterin zur Reitwallstraße.

»Ist es nicht lustig, dass die Bordellstraße ausgerechnet Reitwall heißt?«, fragte Beate Boss unterwegs.

»Ich mag Ihre Art von Humor nicht«, erwiderte Frauke.

»Das ist immer noch besser, als überhaupt keinen Humor zu haben«, erwiderte Beate Boss und entging einer Antwort nur, weil sie vor einem Sex-Club stehen blieb.

Sie klingelte an der schäbigen Tür. Als die geöffnet wurde, stand ein älterer Mann im Türrahmen. Er hatte ein faltenreiches Gesicht, trug eine Weste und darunter ein Hemd mit offenem Kragen. In der Hand, die neben seinem Körper baumelte, hielt er eine glimmende Zigarette. Für einen kurzen Moment war er irritiert, als er zwei Frauen sah, dann erkannte er Beate Boss. Sein Gesicht hellte sich auf.

»Mensch, die Sitten-Barbie«, sagte er und schien sich tatsächlich zu freuen. »Ich habe dich lange nicht gesehen. Du bist nicht mehr für uns zuständig?«

»Ich habe die Abteilung gewechselt.«

»Die Abteilung oder die Fronten?« Als er den Mund öffnete, zeigten sich lauter gelbe Zahnstummel.

»Quatsch keine Orgien, Heinzi.«

Sie konnte sich nicht dagegen wehren, dass er sie trotz brennender Zigarette umarmte.

»Das ist süpi«, sagte er dabei. »Du bist wirklich weg von der Sitte?«

Sie nickte.

»Geil.« Mit der anderen Hand griff er sich zwischen die Beine und deutete an, er würde sich dort reiben. »Dann steht ja nichts mehr im Wege, dass ich dich mal flachlege.«

»Heinzi«, erwiderte Beate Boss ungerührt. »Du bist zwei Generationen zu alt. Schon meine Oma hat gesagt, dass du es vor vierzig Jahren nicht gekonnt hast. Und mal ehrlich … Wenn ich mich auf dich werfe, krachen deine morschen Rippen.«

»Lass es auf einen Versuch ankommen.«

»So viel Zeit habe ich nicht, bis du so weit bist.«

»Was willst du denn?«

»Wo sind die Libanesen?«

»Weg.«

Beate Boss legte ihm eine Hand auf die Schulter und drückte ihn ein wenig nach unten.

»Erzähl keinen Scheiß. Ich suche einen.«

»Wen?«

»Bilal Faour.«

Heinzi verdrehte kunstvoll die Augen. »Ein ganz schlimmer Finger. Was hat er gemacht?«

»Das flüstere ich dir nicht. Wo finde ich Faour?«

»Du weißt doch, dass die Libanesen hier einsteigen wollten. Faour und ein paar andere waren der Stoßtrupp. Die haben hier ein wenig aufgemischt und sich von hintenrum ins Geschäft eingeschlichen. Dann gab es Stress. Und ein paar von unseren Jungs haben denen gezeigt, wo Barthel den Most holt. Die Orientalen hatten ein paar Pappnasen dabei. Einer ist im Suff rückwärts in eine Flasche gefallen, ein anderer hat sich beim Apfelsinenschälen in den Oberschenkel gestochen. Und die können nichts ab. Ballern sich einen und torkeln dann besoffen vor ein Taxi. Im Unterschied zu dir. Ich habe gehört, du hast neulich mit Jacki und Tiger gebechert. Das muss ganz schön heavy gewesen sein. Es kommt nicht oft vor, dass Tiger am nächsten Tag statt Crystal eine Aspirin schluckt.«

»Ist gut«, sagte Beate Boss mit einem prüfenden Seitenblick auf Frauke.

Auch Heinzi sah sie an. »Nett, deine Familie kennenzulernen. Deine Mutter?«

Jetzt reichte es Frauke. »Schluss jetzt«, sagte sie. »Wir sind vom …«

Beate Boss legte ihr die Hand auf den Unterarm. »Ist gut, meine Liebe. Heinzi weiß, dass wir nicht von der Heilsarmee kommen. Pass mal auf, Heinzi. Wir kommen jetzt mit rein, setzen uns an eure sogenannte Bar und unterhalten uns nett mit euren Gästen. Wir fragen sie, woher sie kommen, wie sie heißen, was sie hier wollen und so weiter.«

Heinzi nahm einen tiefen Zug von seiner Zigarette. »Mensch, Titten-Barbie. Du hast dich nicht verändert. Ich dachte, du bist inzwischen ein anständiger Mensch geworden. Aber nee. Nix da.«

»Also? Wo steckt Faour?«

»Willst du ihn wegstecken?«

»Wo?«

Sie machte Anstalten, Heinzi zur Seite zu schieben, und tat, als würde sie das Etablissement betreten.

»Okay. Versuch es mal beim Türken.«

»Ciao, Heinzi. Bis nächstes Mal.«

»Dafür bist du mir was schuldig«, rief er den beiden Frauen hinterher. »Mindestens eine Runde Wegstecken.«

Sie waren ein paar Schritte gegangen, als Frauke anmerkte: »Sie haben eine ebenso merkwürdige wie unkonventionelle Art.«

»Glauben Sie, Ihre ist anders?« Beate Boss grinste.

Es waren nur wenige Schritte bis zum »Türken«.

»Das ist das letzte Rückzugsgebiet für die Libanesen«, erklärte Beate Boss, bevor sie das Lokal, eine Mischung aus Imbiss und Bistro, betraten. Es roch nach altem Fett. Frauke würde hier nicht essen wollen. Sie stellte sich vor, wie Georg, der Feingeist, reagieren würde, müsste er diesen Laden betreten.

Beate Boss steuerte zielsicher auf einen Tisch zu, an dem drei Männer saßen. Sie angelte mit dem Fuß einen Stuhl vom Nebentisch und setzte sich ungefragt. Sie achtete auch nicht auf Frauke, die hinter ihr stehen blieb.

»Hi«, sagte sie. »Machen wir es kurz. Weshalb seid ihr mit dem Leihwagen nach Braunschweig gefahren?«

Ein Mann in abgewetzter Lederjacke lachte laut auf. »Was bist du denn für eine? Hat dich der Ortsdoofe gebumst?«

»Fick dich«, erwiderte sie ungerührt und rülpste laut. »Also. Weshalb?«

»Bist du bescheuert? Verpisst euch.«

»Okay. Aber vorher klemme ich dich unter meinen Arm und nehme dich mit.«

»Was ziehst du hier für eine Show ab?«, fragte der Mann ein wenig vorsichtiger.

»Rat mal.«

»Bulle?«

»In welcher Karawanserei bist du zur Schule gegangen? 'n Bulle ist männlich.«

Einer der Männer aus der Runde lachte. Dann sagte er etwas auf Arabisch. Frauke glaubte aber, deutlich »Bilal« verstanden zu haben. Der Wortführer war Bilal Faour.

»Bei uns hat man recht, dass man die Weiber in der Küche lässt. Für anderes sind die nicht tauglich. Hier dürfen die sogar so tun, als kämen sie von der Polizei.«

»Nun dröhn hier nicht so rum. Willst du es hier gestehen, dass ihr in Braunschweig wart?«

»Wo?« Er tippte sich an die Stirn. »Welcher Hannoveraner fährt in dieses Kaff?«

»Du bist kein Hannoveraner, sondern ein Zypriidote«, sagte Beate Boss. Faour hatte sie nicht verstanden. »Komm, pack deine Sachen. Du kommst mit.«

Faour lachte laut auf. »Wohin? Euch beide ficken?«

Ehe er sich versah, war Beate Boss, die über Eck saß, aufgesprungen, hatte den überraschten Mann gepackt und drückte ihn auf die Tischplatte.

»Ich fick dich. Jetzt und hier. Aber anders, als du es dir vorstellst.«

Einer der Männer am Tisch war aufgesprungen. Wie von Geisterhand hielt er ein Messer in der Hand. Auch Frauke hatte reagiert und blitzschnell ihre Waffe gezogen, die sie auf den Messerhelden richtete.

»Sofort fallen lassen«, sagte sie im Befehlston. Dann senkte sie den Lauf der Waffe ab und zielte auf die Stelle zwischen den Beinen.

Beate Boss hatte es mit einem Lächeln registriert. »Das tut weh«, sagte sie. »Nicht nur einmal. Dafür kannst du hinterher im Kirchenchor singen. Als erster Sopran.«

»Fallen lassen«, befahl Frauke.

Der Mann zögerte, entschloss sich dann aber, das Messer abzulegen.

»Ihr kommt jetzt mit«, sagte Beate Boss und rief dem Wirt hinterm Tresen zu: »Murat, ruf die Streife.«

»Muss das sein?«, fragte der Schnauzbärtige zurück. »Schon wieder die Polizei?«

»Mach schon.«

»Ist ja gut«, meldete sich Faour. »Wir haben eine kleine Spritztour gemacht. Er und ich.« Er bewegte seinen Kopf in Richtung des Messermannes.

»Mit Mohammed Khalil«, riet Frauke und registrierte mit Genugtuung, wie es in den Augen des Messermannes aufblitzte. Das war ein Zufallstreffer.

»Nach Braunschweig?«

»Wieso Braunschweig?« Faour zeigte ein schiefes Grinsen. »Wir waren in Celle.«

»So. In Celle. Was wolltet ihr da?«, fragte Beate Boss.

»Ist eine schöne Stadt.«

»Ihr wart in Braunschweig. Dafür gibt es Zeugen.«

»So? Dann zeig sie mir.«

»Ihr Idioten habt beim Überfall auf Erpel eure DNA hinterlassen. Dumm gelaufen«, behauptete Beate Boss.

»Woher kennst du meine DNA?« Faour lachte laut auf. »Komm mit ins Hinterzimmer. Dann impfe ich dich mit meiner DNA.«

»Wir besorgen uns einen richterlichen Beschluss. Und du solltest dich verkriechen. Egal, in welchem Loch, wir finden dich. Ghaddar wird nicht begeistert sein, wenn er erfährt, welche Stümper er beschäftigt. Glaub mir, du Arsch. Was dann geschieht, dafür reicht der Krankenschein nicht aus. Noch was. Wenn einer von euch in der nächsten Viertelstunde die Nase vor die Tür steckt, bekommt er sie blutig verpasst. Ist das klar?«

Nachdem keiner antwortete, stupste Beate Boss Faours Gesicht noch einmal auf die Tischplatte. Dann löste sie sich vorsichtig von ihm. Die beiden Frauen gingen rückwärts zur Tür. Unterwegs rief Beate Boss dem Wirt zu: »Murat. Du solltest darauf achten, dass du nicht solches Gammelfleisch in deine Bude lässt.«

Sie kamen ungehindert zu Fraukes Audi. Dort ließ sich Beate Boss in den Sitz fallen, dass es in der Halterung krachte.

»Wie kommen wir an die DNA?«, fragte sie. »Das KTI wird die Tatortspuren in der Tuckermannstraße nur dann auswerten, wenn wir ihnen ein Gegenstück präsentieren, das heißt die DNA der beiden Verdächtigen Bilal Faour und Mohammed Khalil. Es wäre einfacher, wenn Erpel reden würde.«

»Es gibt mehrere Gründe für ihn, zu schweigen«, sagte Frauke. »Er hat Angst. Der Überfall war ihm eine Warnung. Außerdem würde er damit auch die Verbindung zu Andreescu offenlegen, auch wenn er es nicht wörtlich vortragen würde. Falls er, wie wir durchaus in Erwägung ziehen, die Seiten wechseln und künftig für die Libanesen arbeiten wird, muss er sich ebenfalls hüten, auszusagen. Ich bin davon überzeugt, dass Erpel schweigen wird. Mich würde interessieren, ob er trotz des ärztlich verordneten Aussageverbots Besuch bekommen hat, zum Beispiel von seinem Anwalt oder einem Vertrauten.«

»Wie können wir sonst herausfinden, ob die Libanesen für den Übergriff auf Erpel verantwortlich sind?«, fragte Beate Boss.

»Im Augenblick haben wir wenig Möglichkeiten.«

»Im Kriminalroman verliert der Täter immer einen Streichholzbrief seiner Lieblingsbar.«

Frauke trat so hart auf die Bremse, dass Beate Boss in den Gurt gedrückt wurde.

»Das ist es«, sagte sie.

Beate Boss musterte sie von der Seite. »Häh?«

»Die Spusi hat vor Ort gesagt, dass es zu viele Spuren gäbe. Der Aufwand bei einer Körperverletzung wäre zu groß und stünde nicht im Verhältnis zur Tat.«

»Es ist ganz schön traurig, dass mittlerweile auch bei uns nach dem kaufmännischen Prinzip von Kosten und Nutzen gehandelt wird.«

»Wir haben von Bilal Faour und Mohammed Khalil keine DNA. Ihre bisherigen Straftaten haben es nicht gerechtfertigt, diese zu speichern. Uns liegen aber ihre Fingerabdrücke vor.«

»Die werden nichts angetatscht haben.«

»Nicht alles, aber möglicherweise haben sie einen Blick in die Unterschriftenmappe geworfen, die Erpel zu Bianca Schmidt bringen wollte. Rufen Sie Madsack an. Er soll sich darum kümmern. Die Mappe müsste noch beim KTI liegen.«

Der Hauptkommissar war trotz der späten Stunde noch auf der Dienststelle und sagte, dass er die Prüfung veranlasst hatte. Dann verabschiedeten sich die Beamten ins Wochenende. Im Hinausgehen drehte sich Beate Boss noch einmal um.

»Ist Thomas schon weg?«

Als sie erfuhr, dass Schwarczer das Haus schon verlassen hatte, meinte sie: »Schade. Ich hätte gern noch ein Bier mit ihm getrunken.«

»Das ist wohl ein recht einseitiger Wunsch«, murmelte Frauke vor sich hin.

ZEHN

Frauke hatte es nicht gestört, dass das letzte Novemberwochenende grau und trübe war. Das Wetter passte zum Totensonntag. Georg und sie hatten sich passend angezogen und an beiden Tagen lange Spaziergänge unternommen. Sie hatte es geschafft, jeden Gedanken an die Morde, den Krieg zwischen Andreescu und den Libanesen und den Überfall auf Erpel zu verdrängen. Nur einmal, ganz kurz, überlegte sie, wie die Roma wohl das Wochenende verbrachten. Waren sie noch in dem baufälligen Haus in der Weststadt, nachdem sie ihre Arbeit in der Fleischfabrik verloren hatten? Wer hatte ihnen gesagt, dass sie wieder zurück nach Rumänien mussten? Hatten es die drei, die im Braunschweiger Polizeigewahrsam saßen, besser? Für sie wurde gesorgt, sie hatten eine Unterkunft. Es klang fast ein wenig zynisch, aber die Gefängniszelle war nicht unbequemer als die unmenschliche Behausung, in der sie zuvor ihr Dasein gefristet hatten.

Bis auf Madsack erschienen ihre Mitarbeiter in ihrem Büro und fragten erstaunt, ob es heute Morgen keine Teambesprechung gebe.

Frauke wollte andere Dinge erledigen. Sie rief den Steuerberater Matthias Klingelhöfer am Braunschweiger Kohlmarkt an. Während sie darauf wartete, mit dem Chef der Kanzlei verbunden zu werden, tauchte vor ihrem geistigen Auge das Zentrum der Braunschweiger City auf. Im Sommer konnte man unter den Bäumen oder in einer Außengastronomie sitzen und die Leute beobachten, sich den Cappuccino schmecken lassen und dazu eine kleine Leckerei genießen. Viele der Fassaden, die den Kohlmarkt einrahmten, waren sehenswert. Wie in anderen Städten und an anderen Plätzen hatten sich aber auch hier Betonmonster dazwischen gemogelt. Sie wurde bei ihrem geistigen Spaziergang durch eine Stimme unterbrochen.

»Klingelhöfer.«

Frauke stellte sich kurz vor und sagte, dass sie im Mordfall Andreescu ermittle. Dazu gehöre auch das private und geschäftliche Umfeld des Opfers.

»Die Mitarbeiter der BS Inter sagten, Sie seien der steuerliche Berater des Unternehmens. Ist das zutreffend?«

»Dazu kann ich keine Auskunft geben«, wehrte Klingelhöfer ab.

»Ich möchte nur wissen, ob das stimmt.«

Der Steuerberater blieb stur bei seinem Nein.

»Jetzt ist auch der Prokurist ausgefallen. Erpel. Kennen Sie ihn?«

Klingelhöfer fiel nicht darauf rein. »Ich gebe Ihnen keine Auskunft.«

»Was soll das Versteckspiel? Wir wissen, dass die BS Inter Ihr Mandant ist. Man wird Sie informiert haben, dass am Freitag die Geschäftsräume des Unternehmens durchsucht wurden.«

»Wenn das so ist«, erwiderte Klingelhöfer ausweichend, »wird der Anwalt oder der Steuerberater sich mit den Behörden in Verbindung setzen und Einsicht in die Akten nehmen. In welchem Zusammenhang stehen Sie zu einer solchen – ich betone ausdrücklich – *möglichen* Razzia?«

»Für uns geht es um die Verbindungen des Geschäftsführers. Das Motiv für den Mord könnte auch in der beruflichen Tätigkeit des Opfers begründet sein.«

»Dazu kann ich nichts sagen.«

»Wer ist jetzt Ansprechpartner bei der BS Inter?«

»Hören Sie.« Es klang genervt. »Ich habe Ihnen gesagt, dass ich keine Auskünfte erteilen kann.«

»Das ist doch kein Geheimnis.«

»Wenn dem so wäre, wüssten Sie es.«

»Stimmen Sie sich mit George Andreescu ab? Oder seinem Bruder Arsenie? Hârtopeanu kann doch nicht einmal Ihren Namen schreiben.«

»Ich bin ein viel beschäftigter Mensch«, sagte Klingelhöfer

bestimmt. »War's das? Gut. Auf Wiederhören.« Dann hatte er aufgelegt.

Madsack erschien in Fraukes Büro. »Sie hatten recht«, sagte er. »Das KTI konnte Fingerabdrücke von Bilal Faour auf der Unterschriftenmappe und einigen Seiten der darin enthaltenen Papiere sicherstellen. Faour muss die Mappe durchgeblättert haben, bevor er sie die Kellertreppe hinunterwarf.«

»Weshalb hat er das gemacht?«, überlegte Frauke. »Es würde doch Sinn machen, die Dokumente mitzunehmen. Ghaddar hätte sich bestimmt dafür interessiert. Es sei denn ...«

»... er hat es nicht nötig, weil Erpel ihm die Akten und den Server ausgehändigt hat«, ergänzte Madsack.

»Wir müssen unbedingt mit Erpel sprechen, unabhängig davon, ob er vernehmungsfähig ist oder nicht. Er ist im Augenblick der Schlüssel für unsere weitere Vorgehensweise. Kümmern Sie sich darum.«

Madsack kehrte nach fünf Minuten zurück und machte ein bekümmertes Gesicht.

»Erpel ist verschwunden.«

»Er ist – was?«

»Erpel hat das Krankenhaus am Sonntagvormittag verlassen. Zum Frühstück war er noch da. Am Sonntag findet keine Visite statt. Und keine Untersuchungen. Zumindest nicht bei ihm. Als man ihm am Mittag das Essen bringen wollte, war er nicht im Zimmer. Die Stationshilfe dachte, er sei im Bad, und hat das Essen auf den Nachttisch gestellt. Als sie das Geschirr abholen wollte, war es noch unberührt. Sie wurde misstrauisch, hat in der Nasszelle nachgesehen und ihre Kollegin informiert. Die beiden haben dann festgestellt, dass auch seine persönlichen Sachen fehlten.«

»Warum hat man nicht umgehend die Polizei verständigt?«

»Daran hat keiner gedacht. Die waren nur zu zweit und hatten alle Hände voll zu tun. Am Nachmittag tauchte der Stationsarzt auf. Da haben sie es erwähnt. Der hat veranlasst, dass man im Krankenhaus nach Erpel sucht. Aber er blieb verschwunden. Erst beim Schichtwechsel fragte jemand nach der Polizei. Die anderen haben angeblich nichts davon gewusst.«

»Verdammt«, rief Frauke.

»Es gab auch keinen Grund, ihn zu bewachen. Er stand nicht unter Verdacht. Und gefährdet schien er auch nicht«, sagte Madsack. »Wir können es nur zur Kenntnis nehmen. Es gibt nicht einmal einen Grund, ihn zur Fahndung auszuschreiben.«

Leider hatte Madsack recht.

»Wo könnte er sich aufhalten? Versuchen Sie, alles über ihn zusammenzutragen. Adresse. Hat er Angehörige? Freunde? Einen zweiten Wohnsitz? Ein Wohnmobil? Alles, Madsack.«

Der Hauptkommissar nickte stumm und watschelte davon.

Das war ein herber Rückschlag. Frauke hatte sich von einem Verhör des Prokuristen aufschlussreiche Informationen erhofft. Kurz entschlossen rief sie ihr Team zusammen und wies Madsack an, in Hannover zu bleiben und die Informationen über Erpel zusammenzutragen.

»Wir anderen fahren nach Braunschweig«, sagte sie.

Schwarczer hatte das Fahren übernommen, Frauke hielt Kontakt zu Madsack. Zunächst versuchten sie es in einem Neubaugebiet im Braunschweiger Stadtteil Rautheim. Erpel bewohnte dort ein Reihenhaus, das sich in seiner Unauffälligkeit in nichts von den Nachbarhäusern unterschied.

»Erpel ist ledig, aber unter der Adresse ist noch eine Stefanie Seilinger gemeldet«, hatte Madsack durchgegeben.

Das Haus lag still und verlassen da. Aus dem Briefkasten ragte ein Anzeigenblatt hervor.

»Der wird nicht nach Hause gegangen sein«, stellte Beate Boss fest, die neben Frauke vor der Haustür stand.

Frauke wies sie an, es bei den Nachbarn zu versuchen. Nach zehn Minuten kehrte Beate Boss zurück.

»Erpel wurde seit ein paar Tagen nicht mehr gesehen. Das ist aber nichts Ungewöhnliches, sagen die Nachbarn. Er ist öfter geschäftlich unterwegs gewesen.«

»Und Stefanie Seilinger?«

»Das ist seine Freundin. Die wohnen schon länger zusammen. Sie arbeitet irgendetwas im Büro einer Spedition. Die Nachbarin meint, die Seilinger ist schon am letzten Wochenende zu ihren Eltern gefahren. Das macht sie zwei- bis dreimal im Jahr.«

Madsack brauchte fünf Minuten, um herauszufinden, dass Seilinger der Name des geschiedenen Ehemanns war und die Frau den Geburtsnamen Konerdinger führte. Die Eltern wohnten in Simmersfeld.

»In – wo?«, fragte Frauke nach.

»Das ist ein Dorf im Nordschwarzwald.«

»Nehmen Sie Kontakt zur örtlichen Polizei auf. Die sollen dort vorbeifahren und die Frau befragen. Sie sollen auch nachsehen, ob sich Erpel dorthin zurückgezogen hat.«

Beate Boss hatte auch nach einem Wohnmobil oder einem bekannten Zweitwohnsitz oder einem Ferienhaus gefragt.

»Dieter und Stefanie können sich ihr Grillfleisch und die Flasche Wein dazu leisten«, hatte die Nachbarin geantwortet. »Aber Millionäre sind sie nicht. Wie keiner aus der Siedlung.« Zu Freunden oder Familienangehörigen wusste die Nachbarin nichts zu berichten.

»Dann fragen wir Andreescu, ob Erpel bei ihm Unterschlupf gefunden hat«, sagte Frauke.

Sie konnten die Absicht aber nicht umsetzen, weil Bitter sich meldete und berichtete, dass es vor der Fleischfabrik zu einem Polizeieinsatz gekommen war.

»Das sehen wir uns an«, sagte Frauke.

Das Tor zum Werksgelände war verschlossen. Davor standen etwa dreißig Arbeiter.

»Das sind dem Aussehen nach Roma«, stellt Beate Boss fest. »Vermutlich sind es die anderen Arbeiter aus der Weststadt, die wir nicht zu Gesicht bekommen haben.«

Frauke registrierte, dass die Männer für das nasskalte Wetter viel zu dünn gekleidet waren. Sie hatten sich vor der Zufahrt postiert und blockierten diese. Drei Kühllaster standen auf der Straße, auf dem Gelände wurden zwei andere Fahrzeuge daran gehindert, das Areal zu verlassen.

Etwas abseits standen die Besatzungen von drei Streifenwagen. Ein älterer Hauptkommissar sprach in sein Funkgerät und betrachtete die drei Kriminalpolizisten argwöhnisch. Mit dem Zeigefinger wies er kurz in ihre Richtung. Ein anderer Uniformierter kam ihnen entgegen und breitete die Arme aus.

»Presse?«

Es klang eher wie eine unfreundliche Feststellung denn wie eine Frage.

»LKA«, erwiderte Frauke, während Beate Boss ihren Dienstausweis zückte.

»Verstehe ich nicht«, sagte der Polizist.

»Macht nichts«, sagte Beate Boss. »Was wollen die Männer?«

»Wir vermuten, dass Sie in die Fabrik wollen, um zu arbeiten. Die Leute von der Fleischfabrik behaupten aber, das würde nicht stimmen. Von den Randalierern ist nichts zu erfahren. Wir haben versucht, mit denen zu sprechen. Die können aber kein Deutsch.«

»Das sind Rumänen.«

Der Polizist zog die Stirn kraus. »Sinti und Roma?«

»Rumänen«, bekräftigte Frauke.

Sie ging auf die Männer zu. Einige hielten Bierdosen in der Hand. Auf dem Boden lagen zahlreiche Kippen.

»Spricht jemand Deutsch?«, fragte sie mit lauter Stimme.

Ein Mann mit eingefallenen Wangen trat an sie heran.

»Geh weg«, sagte er mit kehliger Stimme. »Zeitung?«

»Polizei.«

Umstehende hatten das Wort aufgeschnappt. Es pflanzte sich fort. Im Nu war Frauke von den Protestierenden umringt.

»Gehen Sie nach Hause«, sagte sie geduldig. »Das ist Nötigung, was Sie hier machen.«

Von dem Stimmengewirr, das über sie hereinbrach, verstand sie kein Wort.

Der Arbeiter, den sie angesprochen hatte, erklärte: »Wir arbeiten. *No* Lohn. Du verstehen?« Dabei rieb er Daumen und Zeigefinger gegeneinander.

»Dafür ist die Fleischfabrik nicht zuständig.«

»Wir arbeiten da. Gut Arbeit. Kein Geld. Was machen?«

»Wer ist Ihr Chef?«

Der Mann streckte den Arm aus und zeigte auf die Fleischfabrik. »Chef da.«

Es war aussichtslos.

»Du Polizei«, sagte der Arbeiter. »Holen unser Geld.«

»Das kann ich nicht.«

Aber der Mann wiederholte seine Aufforderung. Als Frauke nicht reagierte, hob er seinen Arm und zeigte in Richtung des Werksgeländes. Dann rief er etwas in seiner Muttersprache. Die anderen antworteten mit einem lauten Gebrüll, rotteten sich zusammen und marschierten auf das Werktor zu.

»Hören Sie«, rief Frauke den Männern hinterher. »Halt. Das geht nicht.«

Sie fand kein Gehör.

Sie lief hinterher und versuchte, ihren Ansprechpartner am Ärmel festzuhalten, aber der schüttelte sie nur ärgerlich ab. Sie versuchte es noch einmal, breitete die Arme aus und rief laut: »Stopp.«

Einer der Männer wischte sie zur Seite.

Frauke sah zu den abseitsstehenden Streifenpolizisten hinüber. Der Ältere mit dem Funkgerät zuckte hilflos mit den Schultern.

Die Rumänen hatten das Tor erreicht, umfassten die Gitterstäbe und rüttelten daran. Dabei skandierten sie lauthals in ihrer Muttersprache. Nach einer Weile begann der Erste, eine Räuberleiter zu bilden. Ein anderer stieg darauf und versuchte über das Tor zu klettern. Das durften sie nicht zulassen. Wenn der Zorn und die Forderungen der Männer auch verständlich erschienen, stand dem das Ungesetzliche ihres Vorhabens entgegen.

Schwarczer hatte als Erster reagiert und war an Fraukes Seite geeilt, als sie der Arbeiter zur Seite drängte. Beate Boss war ihm gefolgt. Sie bildeten mit Frauke einen Block. Für einen kurzen Moment dachte Frauke mit Genugtuung daran, dass ihre Teammitglieder gefährliche Situationen einschätzen konnten und auch unaufgefordert Position bezogen.

Die Rumänen versuchten, sich gegenseitig über das Tor zu helfen. Die Ersten saßen oben auf dem Zaun.

»Zugriff«, rief Frauke den Polizisten zu und winkte sie mit dem Arm heran.

Für einen kurzen Moment zögerten die Beamten, dann setzten sie sich in Bewegung und eilten im Laufschritt auf den Pulk der Arbeiter zu.

Es gab ein Gerangel, bei dem sich Schwarczer einmischte und zu Fraukes Erstaunen auch Beate Boss munter mitmachte. Die Kommissarin packte den ersten Rumänen am Zeug und zog ihn mit Schwung nach hinten. Der Mann kam ins Stolpern, fing sich und versuchte, Beate Boss abzuwehren. Aber sie war schneller. Und geschickter. Sie hielt ihn an der Kleidung fest und drehte sich um die eigene Achse. Wie beim Hammerwurf, dachte Frauke. Dann ließ sie ihren Widerpart los und schleuderte ihn vom Tor weg. Der Mann ruderte mit den Armen und versuchte stolpernd das Gleichgewicht zu halten, während Beate Boss an dem Nächsten zerrte.

Schwarczer packte kräftig zu. Er schnappte den ersten Arbeiter am Kragen und warf ihn schwungvoll nach hinten. Der Mann hatte weniger Glück und fiel hin. Schwarczer hatte sich einem weiteren zugewandt, der versuchte, sich zu widersetzen. Schwarczer streckte sein Bein vor, packte den Mann am Oberarm und krallte sich in die Kleidung vor seiner Brust fest. Mit einem Ruck warf er ihn zu Boden.

Inzwischen hatten sich auch die Streifenpolizisten ins Getümmel gestürzt. Die Beamten waren nicht nur in einer besseren körperlichen Verfassung, sondern auch für solche Einsätze ausgebildet. Sie rangen mit einem Teil der Randalierer, drängten andere ab und zogen schließlich den Letzten von der Spitze des Zauns herunter. Es war eine kurze Auseinandersetzung gewesen, bei der außer einigen blauen Flecken und verschmutzter Kleidung kein weiterer Schaden entstanden war.

»Die spinnen doch«, sagte der ältere Hauptkommissar. »Das wird Folgen haben.«

»Seien Sie großzügig«, meinte Frauke. »Das sind arme Schweine. Mit denen sind die Pferde durchgegangen.«

»Das rechtfertigt aber noch keinen Hausfriedensbruch und keinen tätlichen Angriff auf Polizeibeamte«, stellte der Polizist etwas atemlos fest.

Frauke gab ihm recht und erklärte ihm die Situation der Rumänen.

»Die haben über Nacht ihre Arbeit verloren. Es gibt für sie keinen Ansprechpartner. Man hat ihnen den Lohn vorenthalten, und die stehen nun vor dem Nichts. Sie haben nicht einmal Geld, um mit leeren Händen in ihre Heimat zurückzukehren.«

»Man sollte sich vorher überlegen, auf welche Abenteuer man sich einlässt«, erwiderte der Hauptkommissar.

Frauke unterließ es, ihm zu antworten. Sie ging ein paar Schritte weg und rief Röhricht an. Es dauerte eine Ewigkeit, bis sich der Gewerkschafter meldete und »Ja?« fragte.

»Dobermann.«

»Haben Sie die Leute gefunden, die mich bedrohen?«

»Nein, aber …« Sie berichtete in Kurzform von den aktuellen Ereignissen am Tor vor der Fleischfabrik. »Jemand muss den Leuten helfen. Das ist eine Aufgabe für Sie.«

»Ich bin in diesem Fall machtlos«, sagte Röhricht. »Das sind keine Mitglieder unserer Gewerkschaft.«

»Können Sie nicht aus humanitären Gründen tätig werden?«

»Ich fürchte, da bin ich nicht der richtige Ansprechpartner. Ich hab schon genügend Ärger wegen meines Engagements für die Leute.«

Sosehr Frauke ihn zu überzeugen versuchte, Röhricht wollte nichts unternehmen.

Der Hauptkommissar hatte zugehört.

»Wenn das Rumänen sind, müssen sie sich an ihr Konsulat wenden«, sagte er. »Dort wird man ihnen helfen.«

»Mit Sicherheit wird das nicht der Fall sein«, entgegnete Frauke. »Das sind Roma. Die erfahren keine Hilfe durch das Konsulat. Das sind Geächtete im eigenen Land.«

Die Arbeiter hatten sich zusammengefunden, starrten noch einmal unentschlossen auf das Werkgelände und trotteten dann mit gesenkten Häuptern wie eine geschlagene Armee davon.

»Arme Schweine«, sagte der Hauptkommissar nachdenklich und sah ihnen hinterher.

Frauke tauschte mit dem Beamten noch den Namen und die Dienststelle aus. Dann zogen sich die Streifenpolizisten zurück. Als die Rumänen außer Sichtweite waren, erschien Stummheitmann und kam zum Tor.

»Das hätte ins Auge gehen können«, sagte er. »Mann, so was. Sind die von allen guten Geistern verlassen?«

»Das sind die Geister, die Sie gerufen haben. Und wir müssen jetzt für Sie die Schmutzarbeit übernehmen.«

»So nicht«, beklagte sich Stummheitmann und zeigte mit dem Daumen über die Schulter. »Wir sind ein solides Unternehmen, das sich immer im Rahmen der Gesetze bewegt.«

»Sie sollten bei der Auswahl Ihrer Vertragspartner mehr Sorgfalt an den Tag legen. Und nicht alles, was legitim erscheint, ist auch moralisch akzeptabel.«

»Wollen Sie mir jetzt eine ethische Vorlesung halten?«

»Wenn Sie etwas mehr Herz hätten, müssten wir nicht hier vor dem Tor die Drecksarbeit für Sie erledigen.«

»Das ist Ihre Pflicht«, entrüstete sich Stummheitmann.

»Jaja«, sagte Frauke und wandte sich ab.

»Und wer kommt für den Betriebsstillstand auf, der uns durch diese Blockade entstanden ist?«

»Sprechen Sie mit Ihren Partnern, dem alten und dem

neuen«, rief sie ihm hinterher und hörte nicht mehr, was er antwortete.

»Nun besuchen wir George Andreescu«, sagte Frauke grimmig, als sie wieder im Auto saßen.

Wie bei ihren früheren Besuchen lag das gesicherte Anwesen George Andreescus friedlich abseits der Straße vor dem Wald. Sie hielten vor dem Tor, Frauke stieg aus und klingelte. Sie sah, wie sich die Kamera auf sie richtete. Dann meldete sich Sonja Andreescu über den Lautsprecher.

»Was wollen Sie schon wieder? Wir möchten nicht mit Ihnen reden.«

»Es geht nicht darum, was Sie wollen. Wir suchen immer noch den Mörder Ihres Stiefsohnes.«

»Das zeugt von Ihrer Unfähigkeit. Was ist das für ein Staat, in dem man selbst die Mörder seiner Angehörigen suchen muss?«

»Ihr Mann hatte in seinem Zorn gesagt, er wolle sich auf eigene Faust umhören.«

»Im Unterschied zu Ihnen war er auch erfolgreich.«

»Verschweigen Sie uns nichts.«

Die Antwort bestand aus einem höhnischen Lachen.

»Selbstjustiz ist strafbar.«

»Ihnen und Ihresgleichen ist nicht daran gelegen, die Täter zur Rechenschaft zu ziehen. Es geht nur darum, das Lebenswerk eines erfolgreichen Unternehmers zu zerstören. Aus Neid?«

»Ich will mit Ihnen keine Grundsatzdiskussionen führen. Lassen Sie mich ins Haus.«

Erneut lachte Sonja Andreescu auf. »Kommen Sie doch.«

Kurz darauf ertönte wütendes Hundegebell, und die beiden Mastinos kamen auf das Tor zugerannt. Frauke wich unwillkürlich einen Schritt zurück, als die Tiere am Gitter hochsprangen. Sie hatten die Lefzen nach oben gezogen und zeigten ihre Zähne. So drohten Hunde ihrem Gegenüber offensiv. Für jeden Gegner war es gefährlich.

Frauke mochte sich nicht ausmalen, wie die Situation wäre, wenn sie nicht durch das stabile Tor von den Hunden getrennt wäre. Hoffentlich, schoss es ihr durch den Kopf, war das ganze Grundstück gut gesichert. Wenn es ein Loch im Zaun gab, eine undichte Stelle, dann wäre sie den Höllenhunden schutzlos ausgeliefert gewesen. Es war nur ein schwacher Trost, dass sie hinter sich die Autotür hörte. Dann erschien Schwarczer an ihrer Seite. Er hielt seine Waffe in der Hand.

»Ist Erpel bei Ihnen?«, fragte Frauke. »Er wird von uns für eine Aussage dringend gesucht.«

»Welcher Erpel? Donald Duck?«

»Erhält Erpel von Ihrem Mann neue Anweisungen, wie es mit der BS Inter weitergehen soll? Allein wird er nichts entscheiden können. Und nach der Razzia muss irgendjemand das Heft des Handelns in die Hand nehmen. Die Eckpfeiler sind angeknackst. Wann stürzt alles über Ihren Köpfen zusammen?«

»Ich weiß nicht, wovon Sie reden. Lassen Sie uns in Ruhe.«

»Hat Erpel die Geschäftsunterlagen und den Server zu Ihnen gebracht?«

»Verschwinden Sie. Aber dalli!«

Es war aussichtslos. Sie hatten keinen Vorwand, um in das Haus einzudringen. Cansius hatte es richtig formuliert. Es gab keine nachweisbare Verbindung zwischen dem Unternehmen und George Andreescu. Namensgleichheit reichte nicht aus, auch nicht, dass er der Vater des ehemaligen Geschäftsführers war. Auch die Suche nach Dieter Erpel rechtfertigte keinen Zutritt zum Haus. Erpel wurde nur als Zeuge gesucht. Ihm wurde bisher keine Straftat zur Last gelegt. Sie wollten nun die Braunschweiger Polizei aufsuchen.

»Heute scheinen wir nirgendwo willkommen zu sein«, merkte Frauke an, als sie Bitter gegenübersaßen. Der Hauptkommissar unternahm gar nicht erst den Versuch, seinen Unwillen zu verbergen.

»Sie stehlen mir Zeit, die ich dringend benötige«, sagte er.

»Rudko Rosenberg hat noch kein Geständnis abgelegt, sondern beharrt auf seiner Version des Ablaufs. Ich teile Ihre Meinung, dass er der Mörder von Ludvig Weiss ist. Es ist uns aber noch nicht gelungen, es ihm nachzuweisen. Bisher steht seine Aussage gegen die von Harri Winterstein.«

Auch die Suche nach Pola Weiss oder Erpel war erfolglos geblieben.

»Haben Sie inzwischen die undichte Stelle gefunden?«

»Nein«, bekannte Bitter kleinlaut. »Böhnke und ich suchen noch.«

»Wo ist Böhnke?«

»Außendienst. Nicht alle Täter fängt man am Schreibtisch.«

»Manchmal schon, besonders wenn man einen Spezialisten für solche Aufgaben in seinem Team hat«, sagte Frauke und forderte Bitter auf, eine Verbindung zum LKA nach Hannover herzustellen und den Lautsprecher am Telefon einzuschalten.

»Haben Sie die Liste geprüft, in der festgehalten wurde, wer zu welchem Zeitpunkt über die Razzia informiert wurde?«, fragte sie Madsack und fuhr, zu Bitter gewandt, fort: »Es ist schon fast eine Dummheit, ausgerechnet eine Reinigungsfirma zu beschäftigen, die unter dem Kuratel von Andreescu steht. Das Personal wechselt so häufig, dass nicht mehr nachvollziehbar ist, wer die Abhöreinrichtung installiert hat. Nachdem diese Schwachstelle aufgedeckt und beseitigt worden war und Interna weiter nach außen drangen, musste es noch einen Maulwurf geben.«

»Danach haben Böhnke und ich geforscht«, sagte Bitter.

»Mein Team hat es vom Schreibtisch aus gelöst«, erwiderte Frauke. »Die Razzia fand am Freitagmorgen statt. Kurz zuvor wurden die Einsatzkräfte informiert. Erpel hat aber bereits am Mittwoch den Kleinlaster angemietet, mit dem die Unterlagen aus dem Büro abtransportiert wurden. Er wusste am Mittwochmittag von der bevorstehenden Aktion. Madsack hat analysiert, welcher Beteiligte zu diesem Zeitpunkt eingeweiht war. Das war ein relativ kleiner Kreis. Wir sind davon ausgegangen, dass von den Insidern mit Ausnahme des Maulwurfs niemand geplaudert hat. Es kamen also keine zehn Leute in Frage. Madsack. Erzählen Sie«, forderte Frauke den Hauptkommissar auf.

»Das waren mit Zollamtsrat Cansius eingeschlossen vier Leute des Zolls sowie jeweils einer vom Finanzamt und der Agentur für Arbeit. Ich habe sie durchleuchtet. Sie sind alle integer.«

Bitter sah Frauke entgeistert an. »Da bleiben nur noch wir – die Polizei.«

»Richtig.«

»Aber von uns war es auch keiner. Ich bin ratlos.«

»Wieso war es kein Polizist?«

Bitter schüttelte den Kopf. »Mein Chef war informiert. Und Böhnke. Sie wollen doch nicht unterstellen, dass …«

»Moment«, unterbrach ihn Frauke. »Sie haben sich vergessen.«

»Ich? Sie halten mich doch nicht für den Maulwurf?«

»Ich muss Ihnen nicht erklären, dass grundsätzlich jeder verdächtig ist, bis seine Unschuld feststeht.«

»Schon, aber …«

»Auch Sie. Wenn Sie mit den Andreescus zusammenarbeiten würden, hätten Sie mir nicht das Taschentuch ausgehändigt, mit dem wir Corneliu Andreescu der Vergewaltigung überführen konnten.«

»Aha«, sagte der immer noch verblüffte Bitter. »Dann bleibt nur Maximilian Böhnke.« Er sah sie ungläubig an. »Unmöglich. Wir arbeiten schon lange zusammen. Böhnke – niemals. Für den lege ich meine Hand ins Feuer.«

Frauke zeigte auf Bitters Hände. »Sehen Sie die Brandblasen?«

»Ich kann es nicht glauben.« Bitter war entsetzt.

»Woher hatte die Zeitung die Adresse des Zeugen Albert Riedel, der vor dem Mord mit seinem Hund in der Roonstraße spazieren ging?«

»Reporter sind pfiffig.«

»Sicher«, bestätigte Frauke. »Deshalb stecken sie immer wieder Polizisten oder anderen Behördenmitarbeitern ein kleines Taschengeld zu, um an Informationen zu kommen. Meistens sind es keine großen Geheimnisse, aber immerhin.«

»Das kann jeder andere Polizist gewesen sein«, meinte Bitter.

»Zutreffend. In diesem Fall liegt aber die Vermutung nahe, dass es Böhnke war. Außerdem hat er immer wieder versucht, die Ermittlungen zu torpedieren. Das wirkte auf mich fast schon penetrant. Er hat immer wieder vehement gegen die These argumentiert, dass Corneliu Andreescu die junge Frau missbraucht hat. Er hat gesagt, dass dort am Waldrand jede Menge Leute herumlaufen, die junge Frauen vergewaltigen. Als der Audi A8 ins Gespräch kam – einen solchen fuhr der Verdächtige –, hat er darauf verwiesen, dass in Braunschweig jede Menge dieses Fahrzeugtyps zugelassen ist. Er hat wörtlich gemeint, die Denkweise des LKA sei absurd. Böhnke war auch die treibende Kraft, dass die Ermittlungen in Sachen Vergewaltigung eingestellt und nicht weiterverfolgt wurden.«

»Wir sind nicht weitergekommen«, bestätigte Bitter. »Pola Weiss, das Opfer, hat unsere Arbeit mit allen Mitteln torpediert.«

»Das mag zutreffen«, sagte Frauke. »Aber davon lassen wir uns nicht beeindrucken. Gerade bei Sexualdelikten schämen sich die Opfer häufig und haben für sich selbst eine Blockade errichtet. Sie wollen durch Leugnen die Tat ungeschehen machen.«

»Das sind nur Vermutungen«, hielt Bitter dagegen. »Einen Beweis haben Sie nicht.«

»Noch nicht«, entgegnete Frauke. »Madsack!«

»Wir bekommen noch heute die richterliche Genehmigung, dass wir uns die Konten Böhnkes ansehen können.«

»Wie haben Sie das erreicht?« Bitter vergaß, den Mund zu schließen.

»Polizeiarbeit«, erwiderte Frauke lapidar.

»Und nun?« Bitter wollte zum Telefon greifen. »Ich rufe Maximilian an. Er soll sofort herkommen und zu den Vorwürfen Stellung nehmen. Unser Vorgesetzter muss auch informiert werden.«

»Warten Sie«, sagte Frauke. »Wir konfrontieren Böhnke mit den Vorwürfen, wenn er wieder hier ist. Ich möchte nicht, dass er vorgewarnt wird. Ich vertraue Ihnen.«

Bitter atmete tief durch. »Ich kann es immer noch nicht glauben. Das Ganze wird sich als Missverständnis herausstellen.«

»Das wäre gut«, sagte Frauke. »Es würde uns aber genauso helfen, wenn wir den Verräter identifiziert und für die Zukunft eliminiert hätten. Zum Glück kommt es nicht oft vor, dass wir auf einen bestechlichen Beamten oder sogar Polizisten treffen.«

Sie war für einen kurzen Moment irritiert, als sich ihr Handy meldete, und warf einen Blick auf das Display.

»Sorry, aber das ist wichtig.«

»Ja? – Was? – Sagen Sie das noch einmal? – Sind Sie sich sicher?«

Während des kurzen Telefonats sah sie der Reihe nach die anderen Teilnehmer der Runde an. Nachdem Sie das Gespräch beendet hatte, sagte sie: »Es gibt eine neue gefährliche Entwicklung. Möglicherweise hat Sonja Andreescu vorhin zu viel verraten, und ihr Mann hat den Mörder seines Sohnes und des Neffen vor uns gefunden. Kommen Sie. Wir müssen sofort dorthin.«

Sie nannte eine Adresse.

»Das ist eine Gegend, in der früher mittelständisches Gewerbe angesiedelt war. Hinterhofdruckereien, kleine Metallbearbeitungsbetriebe und Ähnliches. Die sind nach und nach eingegangen, das Areal verfallen. Es wurde jetzt neu entdeckt. In zum Teil restaurierten Gebäuden wurden Wohnungen und Lofts eingebaut.« Bitter sah Frauke an und streckte die Hand zum Telefon aus. »Soll ich die Streife informieren?«

»Wir sehen uns zunächst vor Ort um.«

»Von wem stammt die Information?«, wollte Beate Boss wissen.

»Aus einer zuverlässigen Quelle.«

»Und die heißt?«

Frauke ging nicht darauf ein.

»Wir nehmen meinen Wagen«, sagte Bitter entschlossen. »Das hat den Vorteil, dass wir mit einem einheimischen Kennzeichen vorfahren.«

Es war ein neutrales Fahrzeug – ein VW Passat. Unterwegs unternahm Beate Boss mehrfach den Versuch, Frauke auszuhorchen.

»Halten Sie endlich die Klappe«, fuhr Frauke sie an.

»Wir sollten das SEK anfordern«, schlug Bitter vor.

»Die Situation ist unklar«, erwiderte Frauke. »Das SEK käme aus Hannover. Gemäß Erlass des Innenministeriums kommt das SEK bei einem bewaffneten Einsatz gegen gewalttätige Terroristen, bei schweren Kriminalfällen, die besonders geschulte Kräfte erfordern, bei der Durchführung strafprozessualer Maßnahmen mit hohem Gefährdungsgrad und bei polizeilichen Sonderlagen. Wie definieren Sie die Lage, die wir noch nicht einmal kennen? Bekämpfen wir schwerste Gewaltkriminalität? Ist unmittelbarer Zwang gegen Gewalttäter erforderlich? Der Einsatz des SEK in Niedersachsen obliegt außerdem dem Zustimmungsvorbehalt des Lagezentrums des Innenministeriums.«

Bitter gab als Antwort nur ein Knurren von sich.

»Vergessen Sie nicht, Bitter, auch die Polizei ist nur eine Behörde.«

Eine Straßenseite war mit älteren Wohnhäusern bebaut, für die sich noch kein Investor zu interessieren schien. An manchen blätterte die Farbe von den Fensterrahmen, an einigen Stellen fiel der Putz ab. Trotzdem hielt Frauke die Zeile für ein Muster urbanen Wohnens. Auf der anderen Straßenseite zogen sich rote Ziegelbauten entlang. Keiner diente mehr dem ursprünglichen Zweck. Manche wirkten heruntergekommen. Die blinden Scheiben waren teilweise eingeworfen. An zwei Komplexen wurde gebaut. Ein großes Schild verkündete, dass hier eine Kernsanierung stattfand. Nach dem Umbau sollten moderne und großzügige Eigentumswohnungen entstehen. Für die oberen Etagen waren Lofts geplant. Außerdem wurden Büroflächen für Anwaltskanzleien und Arztpraxen offeriert.

Die Straße, die an zahlreichen Stellen mit Asphaltflicken ausgebessert war, war mit Kopfstein gepflastert. Das harmonierte nicht mit der futuristischen Anmutung der Umbauten. Frauke sah sich um. Auch das schmückende Grün und die Bäume auf dem Bild waren nirgendwo in der Straße zu sehen. Später würden teure Autos den Straßenrand säumen. Heute gab es keine Parkplatzprobleme.

Bitter stellte den Passat so ab, dass sie den Eingang des ehemaligen Fabrikgebäudes beobachten konnten. Vor dem Haus standen ein paar Baumaschinen. Kiesberge und ein rostiger Container zeugten ebenso von der Bautätigkeit wie das Dixi-Klo.

»Da ist nichts zu sehen«, sagte der Braunschweiger. »War es ein Fehlalarm?«

»Davon gehe ich nicht aus.« Frauke zeigte auf zwei abgestellte Fahrzeuge mit hannoverschen Kennzeichen. »Der Porsche Panamera Turbo und der Audi Q7 gehören mit Sicherheit keinem Bewohner dieser Straße.«

»Um sich solche Fahrzeuge leisten zu können, muss man Bordellbesitzer sein oder sein Geld mit anderen krummen Geschäften verdienen«, sagte Bitter.

»Nicht jeder erfolgreiche Mensch ist ein Krimineller«, erwiderte Frauke. Ihre Gedanken schweiften kurz zu Georg ab, der seinen Wohlstand durch sein erfolgreiches Wirken als Medizinprofessor zusammengetragen hatte.

»So habe ich es auch nicht gemeint«, verteidigte sich Bitter. »Nur begegnen uns im Alltag oft Leute, die von staatlicher Unterstützung leben und auf der Straße mit getunten Edelkarossen herumkurven. Wie passt das zusammen?«

»Wie sieht es mit Böhnke aus? Es kommt selten vor, dass sich ein Polizist schmieren lässt. Warum Böhnke?«

Bitter schwieg. Erst als Frauke die Frage wiederholte, suchte er nach einer Antwort.

»Da wäre noch etwas«, sagte er mit belegter Stimme. »Ich war mir nicht sicher. Deshalb habe ich es bis jetzt für mich behalten. Uns, also Böhnke und mich, hat es stutzig gemacht, dass George Andreescus Fahrer, der ja auch sein Bodyguard ist, nicht beim Mord an den beiden jungen Andreescus eingegriffen hat. Das mochte daran liegen, dass Hârtopeanu keinen Parkplatz direkt vor der Haustür gefunden hatte. Oder Andreescu wollte es nicht. Wir haben …«

»Wir?«, unterbrach ihn Frauke.

»Na ja, eigentlich Maximilian, also Böhnke, hat sich nach guter alter Manier auf den Weg gemacht und versucht, weitere Zeugen in der Umgebung zu finden, die etwas bemerkt haben könnten. Es ist ein mühsames Geschäft. Und frustrierend, wenn die Suche erfolglos bleibt. Darum habe ich mich ein wenig gewundert, als ich einen Hinweis fand, dass Böhnke offenbar doch auf einen Passanten gestoßen ist, der etwas bemerkt haben könnte. Sie wissen ja«, schränkte Bitter ein. Es klang wie eine Entschuldigung. »Die Leute wollen etwas gesehen haben, auch wenn sie sich weder genau erinnern noch etwas beschreiben können. Solche Aussagen sind also mit Vorsicht zu genießen. Wenn Sie die Roonstraße an der Kirche vorbeilaufen, kommt der Stadtpark. Dahinter liegt eine Schule. Noch davor will ein Passant einem Mann begegnet sein, der ihm merkwürdig vorkam. Es sei ›eine finstere Gestalt‹ gewesen, die trotz des miserablen Wetters nur mit einer Lederjacke bekleidet war. Deren Kragen hatte er hochgeschlagen. Der Fremde ist dem Passanten begegnet, und wenn der nicht ausgewichen wäre, hätte er ihn angerempelt. Der Passant hat sich ein bisschen gefürchtet, so sagte er.«

»Mensch, Bitter. Weshalb erfahren wir das erst jetzt? Das ist wichtig.«

»Na ja«, druckste der Hauptkommissar herum, »offiziell weiß ich es auch nicht.«

»Erklären Sie mir das.«

»Böhnke hat das Ganze nur in Stichworten notiert. Ich bin da zufällig drauf gestoßen.«

»Er hat es Ihnen nie gesagt?«

»Nein. Nie.«

»Gab es eine Zeitangabe dazu?«

»Ja. Es muss so gegen Viertel nach neun gewesen sein. Genauer konnte der Passant es nicht benennen.«

»Sie sprechen immer vom Passanten, nicht vom Zeugen«, merkte Frauke an.

»Das ist ein weiterer Punkt, der mich misstrauisch werden ließ. Böhnke hat weder Namen noch Adresse notiert. Wir wissen also nicht, von wem diese Information stammt. Ich arbeite schon lange mit Maximilian zusammen. Solche Fehler unterlaufen ihm nicht.«

»Es scheint so, als hätte Böhnke diese Auskunft wissentlich zurückbehalten.« Frauke ließ mehrere »Hmh – hmh« folgen. »Das Ganze ergibt einen Sinn.«

Sie weihte Bitter in die Ermittlungsergebnisse ein, in den akribisch recherchierten Zeitplan am Abend des Doppelmordes und Schwarczers Erkenntnis, dass Hârtopeanu sich auf der Tankstelle aufgehalten hatte. Man hatte aber nur bestätigt, dass der Bentley dort stand. Ob der Leibwächter im Wagen saß … Dafür gab es keine Zeugen.

»Das heißt, dass Hârtopeanu zu Fuß von der Tankstelle zur Roonstraße gelaufen ist, dort Corneliu und dessen Cousin Nicolae Andreescu erschossen hat und im Eiltempo wieder zur Tankstelle zurücklief, um sich von seinem Boss zum Tatort beordern zu lassen«, meldete sich Beate Boss atemlos vom Rücksitz.

»So könnte es gewesen sein«, bestätigte Frauke.

»Aber warum?«, mischte sich Bitter ein. »Welchen Grund hätte er, den Sohn seines Bosses zu ermorden?«

»Weshalb lässt sich Böhnke bestechen?«, antwortete Frauke mit einer Gegenfrage.

»Geld«, sagte Bitter.

»Oder er hat gemerkt, dass Andreescu langsam die Felle davonschwimmen, und wollte sich auf die Seite der Sieger schlagen.«

»Der Leibwächter hat im Auftrag der Libanesen gehandelt?«, fragte Bitter. »Ja.« Er nickte nachdenklich. »Das ist gut möglich. Aber weshalb hat er dann nicht George Andreescu ermordet?«

»Das wäre zu auffällig gewesen. Wir hätten dann vermutet, dass die Konkurrenz dahintersteckt, und uns sofort auf die Libanesen konzentriert.«

»Da wären wir in jedem Fall drauf gestoßen«, entgegnete Bitter.

»Schon«, sagte Frauke. »Aber wir haben auch Alternativen in Erwägung gezogen.«

Während die Polizisten im Passat saßen und warteten, wurden sie von dem Mann im Trenchcoat beobachtet, der ein Stück weiter geparkt hatte und immer wieder versuchte, hinter das Lenkrad seines Autos abzutauchen.

»Damit hätten wir den Doppelmörder identifiziert«, sagte Bitter. »Wir müssen es nur noch beweisen.«

»Das ist stets unser Problem«, merkte Frauke an.

Bitter fuhr in seinem Sitz in die Höhe, als ein gelber Golf um die Ecke bog, langsam durch die Straße rollte und hinter dem Porsche Panamera hielt.

»Böhnke«, sagte Bitter tonlos. »Was will der hier?«

»Das wird spannend«, stellte Beate Boss fest.

Fünf Minuten später rollte Andreescus Bentley die Straße entlang und hielt hinter Böhnkes Golf. Zwei Männer stiegen aus.

»Hârtopeanu und der andere, den wir in Andreescus Haus angetroffen haben«, sagte Frauke.

Auch Böhnke hatte sein Auto verlassen. Die drei Männer nickten sich zu, ohne miteinander zu sprechen. Dann überquerten sie die Straße und sahen sich noch einmal suchend um.

»Wir haben Glück, dass Sie uns nicht entdeckt haben«, stellte Frauke fest.

»Böhnke ist ausgebildeter Polizist. Der muss doch so etwas wahrnehmen«, sagte Beate Boss.

»Der ist vollgepumpt mit Adrenalin«, erwiderte Frauke. »Da erlischt die Beobachtungsgabe.« Ihre Vermutung hinsichtlich des Adrenalins wurde bestätigt, als die drei Männer Pistolen hervorholten.

»Los, Bitter«, sagte Frauke. »Fordern Sie Verstärkung an. Jede Menge Streifenwagen sollen hier auftauchen, aber ohne Gedöns. Ich will nicht, dass ganz Braunschweig vom Tatütata geweckt wird. Und vergessen Sie nicht, Rettungswagen herzubestellen.«

Die drei hatten inzwischen die Baustelle betreten.

»Folgen wir ihnen?«, fragte Beate Boss.

»Nein. Das hier ist Braunschweig und nicht Tombstone, wo sich Wyatt Earp und Doc Holliday am O.K. Corral eine wilde Schießerei mit den Clantons lieferten.«

»Ja aber ...«, warf Beate Boss ein.

»Bei uns gibt es kein ›Ja aber‹. Merken Sie sich das«, belehrte Frauke die Kommissarin.

Es dauerte dreißig Sekunden, bis sich die hintere Tür des Passats öffnete und Schwarczer lautlos herausglitt.

»Aber ...«, setzte Beate Boss an. »Thomas, du kannst doch ...«

Schwarczer war schon verschwunden und orientierte sich in gebückter Haltung in Richtung des Eingangs.

»Sehen Sie nicht, dass Thomas ...«, sagte Beate Boss.

Frauke war sauer. Schwarczer hatte ausdrücklich gegen ihre Anweisung gehandelt. Sie wollten abwarten, bis die Verstärkung eintraf. Und wenn die Situation im Haus eskalierte, was Frauke nicht hoffte, wäre es richtig, mit mehreren Beamten einzudringen. Sie beorderte Schwarczer aber nicht zurück. Der Kommissar hätte nicht auf sie gehört. Und wenn etwas aus dem Ruder laufen sollte, könnte es später gegen Schwarczer ausgelegt werden. Dieses Risiko wollte sie nicht eingehen. Sie durften aber auch nicht tatenlos im Auto sitzen bleiben.

»Los«, sagte sie. »Mitkommen.«

Bitter und Beate Boss stiegen ebenfalls aus, zogen ihre Waffen und näherten sich vorsichtig dem Haus. Es herrschte eine merkwürdige Stille. Kein Geräusch drang aus dem Inneren.

Der Fußboden bestand aus nacktem Beton, bestreut mit Sand und kleinen Steinen. Hinter dem breiten Durchbruch, der später einmal eine repräsentative Tür aufnehmen würde, öffnete sich eine Art Halle, die aus weißen Ytong-Steinen bestand. An der Betondecke waren die Spuren der Schalbretter erkennbar. Überall ragten noch Metallspitzen hervor.

Frauke legte den Finger auf den Mund. Kein Laut drang aus dem Haus. Von der anderen Seite der Halle führten mehrere Durchlässe weiter. Vorsichtig schlichen die drei hintereinander, eng an der Mauer entlang, zum ersten Durchgang. Bitter hatte sich an die Spitze der Prozession gesetzt. Mit seiner Heckler & Koch SFP9 in Vorhalte lugte er um einen Mauervorsprung. Nichts. Der Raum war leer. Nur rohe Wände, signalisierte er Frauke, die das Ende bildete. Während Frauke an der Stelle verharrte, um die Absicherung nach hinten zu übernehmen, tasteten sich Bitter und Beate Boss weiter vor. Durchgang um Durchgang untersuchten sie. Alles war leer. Es fanden sich nur schmutzige Maurerkübel, Kabeltrommeln, Reste von Baumaterial und Schuttberge. In einem Raum stand eine Art Betonmischer in klein.

»Was suchen die Libanesen hier? Das ist alles noch Rohbau«, wisperte Beate Boss.

Bitter zeigte mit der Spitze seiner Pistole zur Decke. »Die müssen oben sein«, flüsterte er und wandte sich der Treppe zu, die nur aus Betonstufen bestand. Kein Geländer sicherte den Aufstieg ab.

»Wollen wir wirklich hinauf?«, fragte Bitter.

»Unser Kollege ist dort oben«, erwiderte Frauke und zupfte Beate Boss an der Jacke, weil die Kommissarin sich auf den Weg zur Treppe machte. »Halt. Sie sind nicht die Erste.«

Beate Boss' Antwort ging im Bellen einer Pistole unter. Fast mit demselben Herzschlag antwortete eine andere Waffe. Zwei weitere mischten sich ein.

Die drei Polizisten erstarrten für Sekundenbruchteile. Frauke fasste sich als Erste. Sie rannte auf die halb fertige Treppe zu und nahm zwei Stufen auf einmal. Dabei kam sie ins Straucheln und ruderte mit den Armen, um nicht von der ungesicherten Treppe hinabzufallen.

»Polizei!«, rief sie laut und wiederholte es, während sie die Stufen hinaufhastete.

Beate Boss folgte ihr auf den Fersen. Frauke registrierte, dass die Kommissarin für ihre massige Gestalt außerordentlich behände unterwegs war. Dichtauf war Bitter. Auch die beiden anderen Beamten riefen jetzt laut: »Polizei!«

Der Schusswechsel wurde fortgesetzt.

Zwischen dem Knallen meldete sich Schwarczer.

»Zweite Etage. Es sind sechs.«

Seine Meldung wurde mit mehreren Schüssen beantwortet. Sie hatten Böhnke, Hârtopeanu und den weiteren Mann aus Andreescus Haus hineingehen sehen. Demnach waren drei Libanesen anwesend.

Frauke ging das Risiko ein und lief an der ersten Etage vorbei. Schwarczer war zuverlässig. Man konnte sich auf seine Angaben verlassen. Es sei denn, er hatte einen der Libanesen übersehen, der sich zur Absicherung in der ersten Etage aufhielt.

Frauke hielt sich an der Wand, um nicht Gefahr zu laufen, beim Stolpern von der ungesicherten Treppe zu stürzen. Die Stufen führten bis zur Hälfte des Stockwerks und endeten auf einem Podest, von dem der zweite Teil der Treppe im Winkel von einhundertachtzig Grad weiter nach oben führte. Frauke stoppte und bekam einen Schlag ins Kreuz, weil die ungestüm folgende Beate Boss es zu spät bemerkte und auflief.

»Trampel«, fluchte Frauke.

Sie war auf die Betonstufen gefallen und hatte sich das Schienbein gestoßen. Sie versuchte, etwas zu erkennen. Im Augenblick war es still. Nur das stoßweise Atmen war zu vernehmen. Frauke glaubte, auch ihr Herzschlag müsse durchs ganze Haus dringen.

»Schwarczer«, rief sie.

Die Antwort waren erneute Schüsse.

»Fünf«, meldete sich der Kommissar aus dem Nichts.

Dann waren Schritte zu hören. Die groben Steine und Betonreste auf dem nackten Fußboden knirschten. In die Schritte hinein bellten wieder Pistolen. Kurze Stille. Dann knallte es zweimal hintereinander.

»Vier«, rief Schwarczer.

»Thomas hat einen merkwürdigen Humor«, flüsterte Beate Boss in Fraukes Nacken.

»Das ist kein Humor, sondern eine Statusansage«, sagte Frauke.

Jemand sprang mit langen Sätzen durch die Räume, begleitet von Schüssen.

»Schwarczer?«

Frauke erhielt keine Antwort.

»Schwarczer?«

Erneut knallte es. Zum Glück, dachte Frauke, war keiner der Männer mit einer Maschinenpistole bewaffnet.

»Aufhören. Polizei«, schrie sie aus Leibeskräften.

Erneut fiel eine Serie von Schüssen.

Dann rief eine Männerstimme: *»Stop. Stop. Nu trage. Nu trage.«*

Eine andere Stimme meldete sich. »Aufhören.«

Dann kehrte Ruhe ein, in die sich das Stöhnen eines Menschen mischte.

In Zeitlupe erklomm Frauke, gefolgt von den beiden anderen, den Absatz der zweiten Etage. Hinter dem Mauerdurchbruch öffnete sich der Weg zu einer Fläche, die später einmal ein großzügiger Flur werden könnte.

»Polizei«, wiederholte Frauke. »Legen Sie Ihre Waffen nieder. Kommen Sie mit erhobenen Händen hervor.«

»Stop. Stop. Nu trage. Nu trage.«

Immer wieder waren diese Worte zu hören. Dann schepperte es. Eine Pistole wurde in den Flur geworfen. Ihr folgten zwei Hände, die sich hinter einem Mauervorsprung hervorwagten. Der Kopf. Die Schultern. Dann kam der ganze Mann zum Vorschein. Er streckte die Hände in die Höhe. Es war der zweite – Frauke vermutete – Leibwächter, den sie neben Hârtopeanu in Andreescus Haus gesehen hatten.

Frauke winkte ihm aus der Deckung zu. Mit schnellen Sprüngen kam er heran und wurde von Bitter hinter den Mauervorsprung gezogen. Der Hauptkommissar packte den Mann, drehte ihn mit dem Gesicht zur Wand und drückte ihn dagegen, während er die Hände auf den Rücken zog. Der Fremde stöhnte auf, als sein Gesicht über die rauen Steine schurrte. Widerstandslos ließ er sich auf dem Rücken Handfesseln anlegen. Bitter klopfte ihn ab und zog ein mit einem Clip am Hosengurt befestigtes Spyderco hervor.

»Oh«, sagte Beate Boss. »Ein besonders hochwertiges Klappmesser für den professionellen Einsatz bei Militär und Polizei. Das charakteristische runde Loch ermöglicht es, das Messer blitzschnell mit dem Daumen der führenden Hand zu öffnen. Ein Profiwerkzeug.«

Weitere Waffen fanden sie nicht.

»Wie viele sind da drin?«, fragte Frauke.

Aber der Mann zog die Schultern in die Höhe und gab damit zu verstehen, dass er kein Deutsch verstand.

»Polizei. Geben Sie auf. Kommen Sie mit hochgehobenen Händen heraus«, rief Frauke.

Für einen Moment blieb es still. Dann meldete sich eine Männerstimme.

»Sind Sie wirklich von der Polizei?«

Frauke bestätigte es.

»Wir kommen. Unbewaffnet. Wir sind hier überfallen worden. Gut, dass die Polizei da ist. Allah sei Dank.«

Zwei Männer tauchten auf. Beide hielten ihre Pistolen mit spitzen Fingern in die Höhe. Frauke erkannte sie wieder. Es waren die Libanesen, denen sie im Bistro im hannoverschen Steintorviertel begegnet waren.

»Wo ist der Dritte?«, fragte Frauke, ohne ihre Deckung zu verlassen.

Der Erste zeigte über die Schulter. »Bilal liegt dort. Er hat etwas abbekommen.«

»Schwarczer?«, rief Frauke.

Die Gestalt des Kommissars tauchte wie aus dem Nichts auf. Er hielt seine Dienstpistole in der Hand. Seine Lederjacke war weiß vom Baustaub.

»Alles okay«, sagte er.

Von unten näherten sich auf den Treppenstufen mehrere Leute.

»Polizei. Polizei«, drang es gleich aus mehreren Kehlen.

»Kriminalpolizei«, erwiderte Frauke. »Die Lage ist bereinigt. Alles frei.«

Trotzdem ließen die Streifenpolizisten Vorsicht walten. Bitter musste sich mit seinem Dienstausweis legitimieren. Dann zeigte er auf die drei Beamten des LKA.

Die Uniformierten übernahmen den Rumänen und die beiden Libanesen, während Frauke und Beate Boss sich auf die Suche nach Bilal Faour machten. Er lag in einer Ecke eines schmutzigen Raumes und presste die Hände auf die Hüfte. Dort hatte sich ein großer Blutfleck gebildet. Ein weiterer zeichnete sich am Oberschenkel ab.

Ein Schutzpolizist, der ihnen gefolgt war, versicherte, dass der Notarzt gleich eintreffen müsse. Dann übernahm er Faour.

Bitter erteilte Anweisungen. Frauke trat auf Schwarczer zu. »Sind Sie von allen guten Geistern verlassen? Wer hat Ihnen erlaubt, hier hineinzugehen? Das kann Folgen für Sie haben.«

»Die Folgen wären noch gravierender gewesen, wenn ich keine Aufklärung gelaufen wäre«, erwiderte Schwarczer gelassen.

»Was ist passiert?«

»Ich bin vorsichtig hinterher und habe das Erdgeschoss und die erste Etage durchsucht. Da war nichts. Die Stimmen kamen von hier oben. Ich habe mich angeschlichen und fünf Männer beobachtet. Drei Libanesen, Hârtopeanu und Böhnke. Hârtopeanu hat mit Faour, dem Wortführer der Libanesen, gesprochen und ihm gedroht. Die Libanesen sollten sofort ihre Waffen niederlegen und auf Nimmerwiedersehen Braunschweig verlassen, sonst würde er sie eigenhändig umbringen.«

»Und Böhnke?«

»Der stand seelenruhig daneben, seine Waffe in der Hand und auf Faour gerichtet.«

»Und dann?«

»Plötzlich wurde geschossen. Einem der anderen Libanesen, so genau konnte ich es von meiner Position aus nicht sehen, war es gelungen, seine Waffe zu zücken und auf Hârtopeanu und Böhnke zu schießen. Ich habe mich sofort in einen der anderen Räume zurückgezogen, da ich annahm, dass sich die fünf bei meinem Erscheinen sofort gegen mich verbündet hätten. Sie haben den Schusswechsel mitbekommen.«

»Haben Sie auch geschossen?«

»Ja«, gab Schwarczer zu. »Ich hatte mich zurückgezogen. Mehrfach tauchte jemand der anderen auf, und ich habe Warnschüsse abgegeben, um die anderen zu vertreiben.«

»Wo war der zweite Rumäne?«

»Der hatte sich in einen anderen Raum verkrochen.«

»Hat der auch geschossen?«

»Vermutlich nicht. Soweit ich es mitbekommen habe«, schwächte Schwarczer ab.

»Wo sind Hârtopeanu und Böhnke?«

Schwarczer zuckte mit den Schultern. »Keine Ahnung. Ich weiß nicht, ob es hier einen weiteren Ausgang gibt.«

»Kollege. Komm mal«, rief aufgeregt einer der Schutzpolizisten.

Es galt Bitter, dem er als Mann die Position des Vorgesetzten zuordnete. Der Uniformierte stand im Durchbruch zu einem weiter hinten liegenden Raum. Dort fanden sie Hârtopeanu und Böhnke. Der Rumäne lag mit angewinkeltem rechten Bein auf dem Bauch. Der Kopf war zur Seite gedreht. Im Rücken und im Nacken befanden sich zwei Einschusslöcher. Böhnke saß breitbeinig in einer Ecke. Er hielt seine Pistole noch in der schlaffen Hand. Die Schleifspuren an der Wand zeigten, dass er sich dorthin zurückgezogen hatte, als ihn das Geschoss oberhalb der Nasenwurzel traf. Mit Phantasie konnte man seinem Gesichtsausdruck das Erstaunen entnehmen. Böhnke war in der Raumecke an der Wand herabgerutscht.

»Die sind ja förmlich hingerichtet worden«, sagte Frauke, ohne sich den beiden zu nähern.

»So sieht es aus«, erwiderte Schwarczer lakonisch.

»Haben Sie gesehen, wer das war?«

»Ich war in meinem Raum in Deckung.«

Zwanzig Minuten später wimmelte es in dem Gebäude von Polizeibeamten. Die Spurensicherung war eingetroffen und untersuchte akribisch die Räumlichkeiten. Mit Ausnahme des vom Rettungsdienst versorgten Bilal Faour wurden alle Beteiligten auf Schmauchspuren untersucht. Auch Schwarczer musste sich dem Prozedere stellen. Der Kriminaldauerdienst hatte die Einsatzleitung übernommen und die Schusswaffen aller Beteiligten eingesammelt.

Frauke ließ sich von Schwarczer den Raum zeigen, in den er sich zurückgezogen hatte. Tatsächlich fanden sich Einschüsse hoch oben in der Wand hinter dem Eingang. Frauke zählte vier Löcher und ließ sich vom Dauerdienst bestätigen, dass in Schwarczers Heckler und Koch vier Patronen im Magazin fehlten. Inzwischen war auch ein Dolmetscher vor Ort, und Andreescus Leibwächter konnte vernommen werden.

Der festgenommene Rumäne hieß Bogdan Sapunaru, war sechsundvierzig Jahre alt und kannte Hârtopeanu aus der Heimat. Er war nach eigenen Angaben neu in Deutschland und als Leibwächter engagiert. Sapunaru behauptete, nicht gewusst zu haben, welchem Zweck der Besuch in dem Haus dienen sollte. Man hatte ihm – angeblich – gesagt, dort solle ein Mitarbeiter abgeholt und begleitet werden. Er habe geglaubt, es könnte sich um den Mann handeln, der mit einem Sprinter die Akten und den Computer in das Haus seines Chefs Andreescu nach Cremlingen gebracht hatte. Ihm sei es merkwürdig vorgekommen, dass es sich um eine Baustelle handelte. Hârtopeanu und der andere Mann aus dem gelben Golf, dessen Namen er nicht kannte und den er nie zuvor gesehen hatte, seien in das Gebäude hinein. In seiner Funktion als Bodyguard trage er selbstverständlich eine Waffe, auch wenn er keinen Waffenschein besitze. Das habe ihn aber nicht gestört. Meinte er. In der zweiten Etage seien sie auf drei andere gestoßen, die wie Araber aussahen. Hârtopeanu habe mit ihnen gesprochen. Da er kein Deutsch verstehe, wisse er nicht, worüber sie sich unterhalten haben. Es sei aber kein freundliches Gespräch gewesen. Die Stimmung sei immer hektischer geworden, bis einer aus der anderen Gruppe eine Pistole gezogen und ihnen gedroht habe. Sie hätten ihrerseits die Waffen hervorgeholt und sich zurückgezogen. Dann habe sich eine Schießerei entwickelt. Sapunaru sei beim Rückzug von seinen beiden Gefährten getrennt worden und habe sich in einem der unfertigen Räume versteckt. Er habe zur Abschreckung ein paar Schüsse abgegeben, aber nie auf jemanden gezielt. Zwischendurch sei ein weiterer Mann, den er zuvor nicht gesehen hatte, aufgetaucht, habe ihn kurz angesehen, mit der Pistole gedroht und sei dann weitergehuscht. Sapunaru sagte aus, fürchterliche Angst gehabt zu haben. Er sei froh gewesen, als die Polizei auftauchte, und habe sich sofort ergeben.

Frauke war zwischendurch auf die Straße gegangen und fluchte. Der Bentley war verschwunden. Offenbar war George

Andreescu ebenfalls mitgekommen und hatte im Auto gewartet, als seine Leute die Libanesen bedrohen und verjagen sollten. Als die Schießerei ausbrach, war er mit dem Bentley geflüchtet.

In dem Gebäude gab es nichts mehr zu tun. Sie konnten nach diesem ereignisreichen Tag nach Hannover zurückkehren.

Frauke sah, wie Beate Boss vertraulich ihre Hand auf Schwarczers Rücken legte. Die Hand rutschte dann weiter in Richtung Kreuzbein und verharrte kurz oberhalb in Höhe des Gürtels. Nur für den Bruchteil von Sekunden und nur für das geübte Auge zeichneten sich die Konturen einer Waffe ab.

»Nach so einem Tag, Thomas …«, sagte Beate Boss bestimmend, »werden wir beide in Hannover noch ein Bier zusammen trinken. Ohne Widerrede«, setzte sie hinzu und ließ ihre Hand kurz bis zum Gesäß weiterwandern.

ELF

Am gestrigen Tag hatte Frauke bürokratische Aufgaben erledigt. Es mussten Protokolle geschrieben werden, Kriminaloberrat Ehlers hatte einen ausführlichen mündlichen Bericht erbeten. Zwischendurch gab es immer wieder Abstimmungen mit den Braunschweiger Kollegen.

Frauke wartete ungeduldig auf die ersten Ergebnisse der Forensik. Sie hatte den Vormittag ebenfalls mit Protokollen und Telefonaten zugebracht. Bitter hatte in den zwischenzeitlich durchgeführten Verhören nichts Neues erfahren. Die vier Libanesen, auch Bilal Faour war im Krankenhaus vernommen worden, hatten ausgesagt, dass sie im Auftrag ihres Chefs – Haytham Ghaddar – die Räumlichkeiten in dem Umbau besichtigen sollten. Man überlege, so Faour, dort ein Büro für die Braunschweiger Geschäftsinteressen einzurichten. Welcher Art diese waren … Dazu konnte er angeblich keine Auskünfte erteilen.

Die Libanesen zeigten sich wortkarg und machten keine Aussagen dazu, weshalb sie mit Waffen herumliefen. Sie hatten inzwischen den Besuch eines Rechtsanwalts empfangen und schwiegen zu diesem Thema. Auch ihr Rechtsbeistand wollte dazu keine Stellung beziehen. Er musste sich bewusst sein, dass es in diesem Punkt eine Anklage geben würde. Die Beteiligung an der Schießerei konnten sie nicht leugnen, gaben aber vor, sich nur verteidigt zu haben. Bitter hatte ihnen Mord beziehungsweise Totschlag an Hârtopeanu und Böhnke vorgeworfen. Die Auffindesituation deutete darauf hin, dass beide nicht zufällig im Feuergefecht gestorben waren. Der Schuss in den Rücken und der weitere Einschuss bei Hârtopeanu und Böhnke wiesen Merkmale einer Hinrichtung auf.

Endlich! Am Mittag meldete sich das Kriminaltechnische Institut mit einem vorläufigen, das wurde ausdrücklich betont, ersten Ergebnis. Die Waffe, die bei Hârtopeanu gefunden und ihm eindeutig zugeordnet werden konnte, war das Mordwerkzeug, mit dem Corneliu und Nicolae Andreescu erschossen worden waren. Damit wurde die bisherige Annahme der Polizei bestätigt.

Es erfüllte Frauke nur mit wenig Genugtuung, dass der Täter des Doppelmordes ermittelt worden war. Viel wichtiger war die Frage nach dem Motiv. Der Bodyguard hatte nicht aus eigenem Antrieb geschossen. Er war ein Auftragsmörder. Aber wer stand hinter ihm?

Es war umso rätselhafter, da Frauke überzeugt war, dass der Überfall der Andreescu-Leute, unterstützt durch Böhnke, nicht nur der Vertreibung der Libanesen aus Braunschweig dienen sollte, sondern vom Clan-Chef auch als Racheakt für die Ermordung des Sohnes und des Neffen angesehen wurde.

Die Techniker waren sich zu einem hohen Prozentsatz sicher, dass die beiden Männer mit einer Neun-Millimeter-Parabellum-Pistole, nach ihrem Entwickler auch Luger genannt, erschossen worden waren.

»Die Spuren geben es nicht her, aber ich tippe auf eine Subkompakt-Pistole wie zum Beispiel die CZ 2075 RAMI. Bestätigen kann ich es aber erst, wenn Sie mir die Waffe zeigen«, hatte der Techniker auf Fraukes Rückfrage erklärt.

Dieser Aussage musste besondere Bedeutung zugemessen werden, da der subkompakte Waffentyp speziell für die verdeckte Trageweise entwickelt worden war. Der Kriminaldauerdienst hatte die Ermittlungen vor Ort in Braunschweig übernommen und alle Waffen der Beteiligten einschließlich der Waffen der anwesenden Kriminalbeamten sichergestellt. Darunter fand sich nur eine, die als mutmaßliche Mordwaffe hätte angesehen werden können. Es war Sapunarus Pistole. Der Rumäne blieb aber bei seiner Aussage, sich allein in einen Raum zurückgezogen und nicht gezielt auf Menschen geschossen zu haben. Es würden umfangreiche forensische Untersuchungen erforderlich sein, um festzustellen, ob die Geschosse in Hârtopeanus und Böhnkes Leichnamen aus dieser Waffe stammten.

Eine Parabellum. Neun Millimeter. Subkompakte Bauweise. Für eine verdeckte Trageweise. Anzeichen für eine Art Hinrichtung. Frauke lief ein eiskalter Schauder den Rücken herunter. Es würde ein hartes Stück Arbeit für die Braunschweiger Ermittler werden. Zumindest wurde Schwarczers Aussage hinsichtlich seiner abgegebenen Schüsse bestätigt. Ja, er hatte geschossen. Das belegten die Schmauchspuren an ihm. Und die vier Einschüsse in der Wand, weit über den Köpfen von Menschen, passten auch zu seiner Aussage.

Während Frauke immer wieder den Bericht durchlas und nach Haken suchte, klingelte ihr Telefon. Bitter meldete sich.

»Dieter Erpel hat sich bei uns gemeldet. Er hat Angst und will aussagen. Ja, er glaubt – glaubt! Nicht, er weiß!«, überbetonte Bitter, »dass Böhnke die Information zur bevorstehenden Razzia weitergegeben hat. Erpel war von George Andreescu beauftragt worden, die Unterlagen zur Seite zu schaffen, und hat sie nach Cremlingen in George Andreescus Haus gebracht. Er bestätigt im vollen Umfang, dass Andreescu der Drahtzieher war und er seine Anweisungen von ihm erhalten hat. Nein! Mit den Libanesen hat er nichts zu tun. Erpel will alles offenlegen. Wenn Sie mich fragen: Er will seine Haut retten.« Bitter hatte noch mehr Informationen.

Die Staatsanwaltschaft hatte umgehend eine richterliche Erlaubnis eingeholt, dass Böhnkes Bankverbindungen eingesehen werden konnten. Die erste Sichtung zeigte, dass der korrupte Polizist neben seinen Dienstbezügen weitere Einkommensquellen hatte. Fast regelmäßig wurden Bareinzahlungen auf seine Konten getätigt.

Es lag auch ein Haftbefehl gegen George Andreescu vor, der seit dem Überfall auf die alte Fabrik am Montag untergetaucht war.

Frauke bestellte Madsack in ihr Büro und forderte ihn auf, die Tür zu schließen.

»Mir gefällt das Ganze nicht«, eröffnete sie das Gespräch. »Weshalb sollte der Bodyguard Corneliu ermorden? Wir haben keine Anhaltspunkte dafür gefunden, dass er ein persönliches Motiv hatte, zum Beispiel Rache. Ich gehe davon aus, dass Hârtopeanu gedungen war. Aber von wem? Er hätte sich nicht auf den Auftrag eingelassen, die Libanesen zu verjagen, wenn er zuvor in deren Auftrag zum Mörder geworden wäre.«

»Wir haben darüber nachgedacht, dass der ältere Sohn, der homosexuelle Simion, seinen Bruder loswerden wollte. Er war praktisch auf das Abstellgleis geschoben worden. Aber eines verstehe ich nicht«, dachte Madsack laut nach. »Wer auch immer Corneliu aus dem Weg räumen wollte … da war immer noch der Patriarch vor ihm: George Andreescu.«

»Und genau das ist unser Ansatzpunkt, Madsack. Weshalb wurde der Sohn und nicht die Nummer eins ermordet?«

»Dem Andreescu-Imperium wurde zuvor erheblich zugesetzt. Lauter Nadelstiche. Alle Aktionen von Polizei, Zoll und anderen Behörden brachten Unruhe in das Imperium. Und dann kam auch noch die aufkeimende Konkurrenz der Libanesen hinzu. George war nicht mehr unangefochten.«

»Das ist Außenstehenden nicht verborgen geblieben. George Andreescu hat das Geflecht aus Scheinfirmen und Strohmännern kunstvoll zusammengebastelt. Nur wenige dürften es überblickt haben.«

Madsack zog die Stirn kraus. »Erpel? Kaum. Der ist nur Handlanger. Der Steuerberater? Ich glaube nicht, dass der sich in die kriminellen Machenschaften hineinziehen ließ. Gewerkschafter Röhricht? Sicher nicht. Ein Geschäftspartner wie Stummheitmann? Den hätte Andreescu nie akzeptiert. Er war Alleinherrscher und hat keine fremden Götter neben sich geduldet. Also kommt nur ein Insider in Frage.«

»Richtig«, stimmte Frauke zu. »Es muss jemand aus dem engsten Zirkel sein.«

»Da fällt mir nur Sonja Andreescu ein. Die hat sich mit ihren Scheidungen hochgedient. Und wenn etwas aus dem Ruder lief, hat sie rechtzeitig das sinkende Schiff verlassen.«

»Das ist mehrfach passiert, wie man ihrer Vita entnehmen

kann. Sie hat auch keine emotionale Bindung zu Corneliu aufgebaut, sondern stets ausdrücklich betont, dass er nicht ihr Sohn, sondern *nur* der *Stiefsohn* ist. Glauben Sie, dass die Frau ihrem Ehemann George gegenüber Loyalität aufbringt?«

Madsack schüttelte heftig den Kopf, dass das Doppelkinn in Schwingungen geriet. »Man kann sich nicht vorstellen, dass Sonja Andreescu hinter allem steckt.«

»Sie ist intrigant und abgebrüht. Ihre Ehe mit George war keine Liebesheirat, sondern Kalkül.«

»Hat sie ein Verhältnis mit Arsenie?«, überlegte Madsack laut.

»Möglicherweise, aber nicht aus Zuneigung.«

»Hat sie den Bruder für ihre Zwecke benutzt?«

»Das wäre filmreif gewesen. Ich glaube es aber nicht. Dazu fehlte ihr noch etwas.«

Madsack nahm sein Doppelkinn zwischen Daumen und Zeigefinger und massierte es nachdenklich. »Dann bleiben nicht mehr viele übrig.«

»In diesem Punkt stimmen wir überein.«

»Was ist mit Arsenie? Er steht die ganze Zeit hinter seinem Bruder, immer in dessen Schatten. Für Arsenie fallen nur Brosamen ab. Während George im Luxus lebt, muss sich der Bruder mit der Wohnung in der Roonstraße bescheiden. Welten trennen die Brüder. Und George ist nicht bereit, mehr abzugeben. Sein System ist es, andere für sich arbeiten zu lassen. Es funktioniert über viele Jahre. Dann unterlaufen ihm Fehler. Oder der Druck von außen wird zu groß. Dem war auch George Andreescu nicht mehr gewachsen. Arsenie blieb die ganze Zeit über nur die Position des Beobachters, wie ein Ersatzspieler, der verzweifelt auf der Auswechselbank sitzt und überzeugt ist, es besser zu können.«

»Also musste er versuchen, das Heft des Handelns in die Hand zu nehmen, den König zu stürzen. Wir haben schon festgestellt, dass es zu auffällig gewesen wäre, George selbst zu ermorden. George hat eine wunde Stelle – seine Kinder. Einer stirbt sinnlos bei einem illegalen Autorennen. Der Zweite ist schwul. So blieb ihm nur Corneliu. Wir haben alle schon die Aussage gehört: ›Ich mache das nur für meine Kinder. Sie sollen es einmal besser haben.‹ Nur jemand, der ganz nah an George Andreescu dran ist, versteht dessen Psyche. Nicht er, sondern der Sohn muss aus dem Weg geräumt werden. Damit ist auch die Position des Nachfolgers frei. Ein genialer Schachzug«, sagte Frauke.

»Jemand wie Hârtopeanu ist nicht treu ergeben bis in den Tod. Der Leibwächter war ein gut ausgebildeter und gewissenloser ehemaliger Securitate-Mann. Er hat sich von Arsenie Andreescu kaufen lassen mit dem Versprechen, nach der Machtübernahme eine wesentlich einflussreichere Position zu erhalten.«

»Ich bin Ihrer Meinung«, stimmte Frauke zu.

»Als Hârtopeanu Corneliu erschoss, war dessen Cousin Nicolae dabei. So kam es zum Doppelmord. Ungewollt? Kollateralschaden?«

Frauke wiegte den Kopf. »Das glaube ich nicht. Wie hätte ein Vater reagiert, wenn er den Mörder seines Sohnes kennt? Und was macht Arsenie Andreescu? Er heuert Hârtopeanu danach für den Angriff auf die Libanesen an.«

Madsack öffnete den Mund und war für einen Moment sprachlos. »Sie wollen nicht unterstellen, dass Arsenie wusste, dass sein Sohn bei dem Mordanschlag mit draufgeht?«

»Ich denke, alle haben Arsenie unterschätzt, insbesondere sein Bruder. Ihre Reaktion eben ist die natürlichste der Welt. Wer gibt den Mord an seinem Kind in Auftrag? So pervers denkt niemand. Keiner kommt auf die Idee, dass Arsenie dahintersteckt. Wir haben so etwas auch noch nicht erlebt, dass jemand zum Mörder des eigenen Sohnes wird, nur um an die Macht zu gelangen. Niemand konnte erkennen oder einschätzen, wie brutal er dabei vorgehen würde. Der Überfall auf die Libanesen ging von Arsenie aus. Wenn der Doppelmord nicht sinnlos sein sollte, musste er versuchen, durch Einsatz von Gewalt zu retten, was möglich ist.«

»Gewalt ist uns nicht fremd. Aber das ist selbst für mich zu viel«, sagte Madsack atemlos.

»Informieren Sie Boss. Wir fahren nach Braunschweig.«

»Ich sage den anderen Bescheid«, antwortete Madsack.

»Nur Boss. Schwarczer bleibt hier.«

Beate Boss hatte das Fahren übernommen. Frauke führte unterwegs ein Telefonat und wies Beate Boss an: »Arsenie Andreescu ist im Büro der BS Inter. Wir fahren direkt dorthin.«

»Woher wissen Sie das?«

»Machen Sie es so, wie ich es angeordnet habe.«

»Das ist kein kooperatives Verhalten, das Sie an den Tag legen«, beschwerte sich Beate Boss.

»Ich will nicht kooperativ, sondern erfolgreich ermitteln. Also. Los jetzt.«

Auch Madsack bekam seinen Rüffel ab. Er hatte sich auf die Rückbank des Passats klemmen müssen und versuchte immer wieder, die Stimmung aufzuhellen, indem er die knisternde Tüte mit den schokoladenüberzogenen Geleebananen zwischen den Vordersitzen durchreichte und die beiden Frauen zum Naschen animieren wollte.

Vor dem Geschäftshaus am Braunschweiger Rebenring stand ein Streifenwagen.

»Wie kommt der hierher?«, fragte Beate Boss.

»Vermutlich ist er gefahren«, erwiderte Frauke bissig. »Oder meinen Sie, er sei hier montiert worden?«

Die Besatzung des Einsatzfahrzeugs sah auf, als die drei Kriminalbeamten die Räume betraten.

»Was ist hier los?«, fragte Frauke und sah sich die Schulterklappen der Beamten an. Dann sprach sie einen grauhaarigen Hauptkommissar an: »Landeskriminalamt.«

»Für so eine Lappalie? Haben Sie denn nichts anderes zu tun?«

Der Polizist erklärte, dass eine Mitarbeiterin die Polizei verständigt habe, nachdem ein Unbefugter ins Büro gekommen sei, Einblick in die Unterlagen gefordert habe und den Geschäftsbetrieb übernehmen wollte.

»So ganz unbekannt ist er nicht«, sagte Frauke. »Aber formell hat er keine Befugnisse.«

Das sah Arsenie Andreescu anders, als er aus dem Nebenzimmer zurückkehrte. Und Frauke erblickte.

»Raus«, rief er laut. »Das ist Hausfriedensbruch, was Sie begehen. Sie haben hier nichts zu suchen.«

Als Frauke ihn darauf hinwies, dass er ebenfalls keine Berechtigung habe, wurde Arsenie Andreescu laut. »Wer kümmert sich sonst um die Firma? Die beiden Geschäftsführer sind tot.«

»Und der Prokurist?«

»Das ist doch eine Pfeife. Außerdem …« Er breitete die Arme aus. »Wo ist er?«

»Sie haben überhaupt keinen Bezug zu diesem Unternehmen.«

Andreescu lachte schrill auf und tippte sich hart gegen die Stirn. »Im Augenblick bricht alles zusammen. Da muss eingeschritten werden. Wer kommt für die Schäden auf? Sie?«

»Es gibt den Rechtsweg.«

»*Ich* bin das Recht. Jedenfalls hier und jetzt. Wenn es brennt, fragt die Feuerwehr auch nicht, ob sie das Haus unter Wasser setzen darf.«

»Hören Sie auf. Seien Sie vernünftig.«

»Ich bin vernünftig. War immer vernünftig. Ohne mich hätte es schon früher nicht geklappt.«

»Sie haben sich nicht aktiv an den Unternehmungen Ihres Bruders beteiligt.«

»Ich nicht …? Hah. Wer hat im Hintergrund die Arbeit gemacht?«

»Auch die dreckige?«

Arsenie Andreescu stutzte. »Die unangenehme«, korrigierte er Frauke. »George war immer die Lichtgestalt. Er und sein Sohn.«

»Der war als Nachfolger auserwählt.«

»Nichts! Gar nichts hat Corneliu auf die Reihe gebracht. Der Idiot hat mit seiner Vergewaltigung alles in Frage gestellt.« Wütend ließ er seine Arme in der Luft kreisen. »Und die Lösung war stümperhaft. So etwas muss geräuschlos abgewickelt werden. Wie es in der Vergangenheit immer geschehen ist.« Die Wut ging mit ihm durch. Sein Gesicht war knallrot angelaufen. »Sie wissen doch selbst, dass die Familie hinter dem früher einmal erfolgreichen Unternehmen stand. Dann zogen Wolken auf. Aber nein! George wusste nicht, wie er die Lage bereinigen konnte. Die Libanesen. Eine Gangsterclique aus Hannover. Denen musste klargemacht werden, dass hier kein Platz für sie ist.«

»Deshalb haben Sie Hârtopeanu beauftragt, die Leute zu überfallen.«

»Er sollte ihnen erzählen, dass sie sich zurückziehen müssen. Aber die fangen sofort an, herumzuballern.«

»Ihre Leute haben angefangen.«

»Wir sind Geschäftsleute, keine Killer. Einer muss doch alles retten, bevor es zusammenbricht.«

»Und das sind Sie?«

»Niemand anders wäre dazu in der Lage.«

»Sie stecken hinter dem genialen Plan. Kompliment«, sagte Frauke mit einschmeichelnder Stimme.

Aus Andreescu war jegliche Spannkraft gewichen. Er stand vor ihr wie ein schlaffer Sack. Er hatte aufgegeben.

»Es war ein hoher Preis, den Sie dafür bezahlt haben, das Imperium Ihres Bruders zu übernehmen.«

»Ein Lebenswerk. Er hat alles vereinnahmt.«

»Und Sie haben im Hintergrund daran gearbeitet.«

Arsenie Andreescu nickte. Er starrte Frauke aus rotumränderten Augen an.

»Ich habe George gehasst. Abgrundtief. Ich habe mein Leben dafür geopfert.«

»Und das Ihres Sohnes.«

Erneut nickte er geistesabwesend.

Frauke ließ ihm Zeit. Dann fragte sie: »Wussten Sie, dass auch Ihr Sohn Nicolae gefährdet war, als Sie Hârtopeanu mit einem Mordauftrag losschickten?«

»Nicolae war der Bodyguard von Corneliu. Ich habe ihm immer eingeschärft, aufzupassen, dass der bescheuerte Corneliu keinen Mist verzapft. Und was macht mein Sohn? Lässt den Idioten von der Leine, dass der die Zigeunerin flachlegt. Macht ja nichts, so eine zu gebrauchen. Aber man darf sich nicht erwischen lassen.«

»Zum Glück haben Sie hinter den Kulissen dafür gesorgt, dass alles gesäubert wurde.«

Arsenie Andreescu nickte.

»Es hat Sie nicht berührt, dass Ihr Sohn erschossen wurde?«

»Was wissen Sie denn. Natürlich. Aber Gott hat seinen Sohn auch für etwas Größeres geopfert.«

Frauke war sprachlos. Was war Arsenie Andreescu für ein Mensch, der ohne Zögern sein Kind umbringen ließ, um an die Spitze des Imperiums zu gelangen? George hatte rechtzeitig erkannt, dass sein Bruder dazu nicht das Format besaß. Selbst wenn Arsenie alle vor ihm Stehenden ermordet hätte, wäre ihm das Unternehmensgeflecht nicht zugefallen. Mit Sicherheit gab es kein Testament, in dem er bedacht war.

»Schaffen Sie dieses Subjekt aus meinen Augen«, sagte Frauke mit Abscheu zu den Beamten des Streifenwagens.

Am Abend meldete sich die Bundespolizei vom Hamburger Flughafen. Man hatte George Andreescu gefasst. Er hatte einen Direktflug mit der staatlichen rumänischen TAROM nach Bukarest gebucht. In seiner Brieftasche fand man eine Taxiquittung von Braunschweig nach Fuhlsbüttel. Andreescu gab an, nicht im Bentley gesessen zu haben. Das musste Arsenie gewesen sein. Er hatte von der Schießerei gehört und mitbekommen, dass sein Bodyguard Hârtopeanu unter den Opfern war. Andreescu behauptete, sehr erschrocken darüber zu sein.

Erklären konnte er es sich nicht. Er hatte keine Anweisung für den Angriff auf die Libanesen gegeben. Andreescu gab aber zu, Sapunaru zu kennen. Frauke sicherte den Bundespolizisten zu, dass man Andreescu kurzfristig nach Hannover überführen würde.

Die Stimmung war entspannt, auch wenn Frauke auf konzentriertes Arbeiten drängte. Sie saßen im Besprechungsraum zusammen und diskutierten noch einmal das Vorgehen bei den Ermittlungen, als sich die Tür öffnete und Putensenf erschien.

»Hallo, Jakob«, begrüßte ihn Madsack. »Hast du Langeweile? Ich dachte, du freust dich über das ungezwungene Pensionärsdasein.«

»Ich war immer mit Leib und Seele Polizist«, erwiderte Putensenf und ließ sich unaufgefordert am Tisch nieder. Er griff sich eine unbenutzte Tasse und schob sie Beate Boss hin. »Kaffee! Mit Milch und drei Stücken Zucker.«

»Bin ich das Serviermädchen?«, erwiderte die Kommissarin und rührte sich nicht.

Zum Erstaunen aller stand Frauke auf, schenkte Putensenf Kaffee ein und schob ihm die Untertasse mit den kleinen Milchportionsdosen sowie dem Würfelzucker zu.

»Oh«, sagte Beate Boss. »Womit hat er das verdient?«

»Mit vielem«, erwiderte Frauke. »Ohne Putensenf hätten wir manche Information nicht erhalten.«

»Ich verstehe nicht.« Beate Boss sah abwechselnd Frauke und Putensenf an.

»Du hast …«, begann Madsack und schüttelte ungläubig den Kopf.

Putensenf nickte. »Meine Frau kommt nicht damit zurecht, dass ich den ganzen Tag zu Hause sitze. Also habe ich mich nützlich gemacht. Was soll ein alter Zausel tun? Dinge, die ihm Spaß machen. Das ist bei mir die Detektivarbeit. Viele Jahre stand ich unter ihrem Kuratel.« Sein Finger zeigte auf Frauke. »Ich konnte und durfte nichts Vernünftiges machen. Jetzt bin ich ein freier Mann und kann endlich richtig ermitteln. Andreescu, aber das wisst ihr ja selbst, hat geschickt ein Imperium installiert, das er aus dem Untergrund geleitet hat, ohne selbst in Erscheinung zu treten. Das hat mich gestört. So habe ich angefangen zu bohren. Ich habe ihn beobachtet und mich umgehört.«

»Andreescu hatte seine Augen und Ohren überall«, gab Madsack zu bedenken. »Das war doch gefährlich.«

Putensenf lachte auf. »I wo. Wer beachtet einen alten Mann? Nur einmal wurde es brenzlig, als ich bei Scheißwetter in Braunschweig die Wohnung von Arsenie Andreescu beobachtet habe. Da kam ein misstrauischer Hundebesitzer vorbei und hat mich von meinem Beobachtungsposten verjagt.«

»Du warst der Mann mit dem Trenchcoat und dem Schlapphut?«, fragte Madsack erstaunt.

»Sag nicht ›Schlapphut‹. Du sitzt hier im Warmen. Hast du eine Ahnung, wie mistig das Wetter draußen sein kann?«

»Dann warst du Zeuge des Doppelmordes?«

Putensenf sah nachdenklich auf die Zimmerwand. »Ich konnte nichts machen. Ich bin ja unbewaffnet. Es ging alles so schnell. Ich habe weder eingreifen noch den Täter verfolgen können. Der hat den Mord so kaltblütig ausgeführt, da wäre ich als denkbarer Zeuge ebenfalls Opfer geworden.«

»Ist schon gut, Putensenf«, mischte sich Frauke ein. »Es war wohl das erste Mal, seit wir uns kennen, dass Sie vernünftig gehandelt haben.«

»Ich habe Sie da sofort auf dem Handy angerufen. Aber da war niemand dran.«

Frauke bestätigte, dass die Nachricht sie erst am nächsten Morgen erreicht hatte.

»Daher wussten Sie Bescheid«, stellte Beate Boss fest. »Wer hat dich auf Andreescu angesetzt? Sie?« Erneut zeigte ein Finger auf Frauke.

»Ich habe auf eigene Faust ermittelt. Erst später war ich undercover aktiv, habe das Haus in Cremlingen beobachtet und euch bei euren Aktionen zugesehen. So war ich auch vor Ort, als es die Schießerei gab.«

»Putensenf hat mir wertvolle Informationen zukommen lassen. Nicht jede hätten wir auf legalem Weg erlangen können. Außerdem hat die Polizei keine Ressourcen für solche Beobachtungen«, sagte Frauke. »Von ihm stammt der Hinweis, dass die Libanesen im ehemaligen Fabrikgebäude eingetroffen waren und damit zu rechnen sei, dass dort Andreescus Leute aufkreuzen würden.«

»Das war, als wir bei Bitter saßen«, fiel Beate Boss ein. »Daraufhin sind wir dorthin gefahren.« Sie öffnete weit die Augen. »Jetzt verstehe ich, dass Sie nicht sagen wollten, woher die Information stammt.«

»Putensenf hat auch herausgefunden, dass die Libanesen den Folgeauftrag in der Fleischfabrik bekommen haben, nachdem Andreescu mit seinem Firmengeflecht dort herausgeflogen ist. Er war auch in der Holländischen Kakao-Stube anwesend, als ich mich dort mit Ghaddar getroffen habe.«

»Und wie sollen seine Aktionen in die Berichte einfließen?«, fragte Beate Boss.

»Gar nicht«, erwiderte Frauke. »Wir können alles ganz legal erklären. Der Rest ist vertraulich.«

»Das ist aber sehr vertraulich«, brummte Beate Boss. »Wer weiß noch darüber Bescheid?«

»Das bleibt alles in diesem Raum.«

»Sie sind sich sicher, dass ich mitspiele?«

Frauke nickte ernst. »Ja. Sonst wären Sie schon lange wieder bei der Sitte.«

Beate Boss strahlte. »Danke für das Vertrauen.«

»Willkommen im Team!«

Dichtung und Wahrheit

In manchen Branchen herrscht ein hoher Wettbewerbsdruck; manchmal wird dieser als Vorwand genutzt, um sich der Entrichtung von Steuern und Sozialabgaben zu entziehen oder andere gesetzliche Vorgaben zu missachten. Oft wird auch die Notsituation von Menschen ausgenutzt. Das habe ich in diesem Roman thematisiert.

Der Inhalt, die handelnden Personen und aufgeführten Unternehmen sind frei erfunden und entspringen ausschließlich meiner Phantasie.

Für klugen Rat danke ich meinem Sohn Leif, Birthe und meiner Lektorin Dr. Marion Heister.

Die Erfolgsserie des Bestsellerautors Hannes Nygaard:

Alle Titel sind auch als eBook erhältlich.

Hinterm Deich Krimis:

Tod in der Marsch
ISBN 978-3-89705-353-3

Vom Himmel hoch
ISBN 978-3-89705-379-3

Mordlicht
ISBN 978-3-89705-418-9

Tod an der Förde
ISBN 978-3-89705-468-4

Tod an der Förde
Hörbuch, gelesen von Charles Brauer
ISBN 978-3-89705-645-9

Todeshaus am Deich
ISBN 978-3-89705-485-1

Küstenfilz
ISBN 978-3-89705-509-4

Todesküste
ISBN 978-3-89705-560-5

Tod am Kanal
ISBN 978-3-89705-585-8

Der Tote vom Kliff
ISBN 978-3-89705-623-7

Der Inselkönig
ISBN 978-3-89705-672-5

Sturmtief
ISBN 978-3-89705-720-3

Schwelbrand
ISBN 978-3-89705-795-1

Tod im Koog
ISBN 978-3-89705-855-2

Schwere Wetter
ISBN 978-3-89705-920-7

Nebelfront
ISBN 978-3-95451-026-9

Fahrt zur Hölle
ISBN 978-3-95451-096-2

Das Dorf in der Marsch
ISBN 978-3-95451-175-4

Schattenbombe
ISBN 978-3-95451-289-8

Flut der Angst
ISBN 978-3-95451-378-9

Biikebrennen
ISBN 978-3-95451-486-1

Nordgier
ISBN 978-3-95451-689-6

Das einsame Haus
ISBN 978-3-95451-787-9

Stadt in Flammen
ISBN 978-3-95451-962-0

Nacht über den Deichen
ISBN 978-3-7408-0069-7

Im Schatten der Loge
ISBN 978-3-7408-0200-4

Hoch am Wind
ISBN 978-3-7408-0275-2

Das Kreuz am Deich
ISBN 978-3-7408-0393-3

Niedersachsen Krimis:

Mord an der Leine
ISBN 978-3-89705-625-1

Niedersachsen Mafia
ISBN 978-3-89705-751-7

Das Finale
ISBN 978-3-89705-860-6

Auf Herz und Nieren
ISBN 978-3-95451-176-1

Kurzkrimis:

Eine Prise Angst
ISBN 978-3-89705-921-4